L'invention
de la réalité

L'Invention de la réalité

Comment savons-nous ce que nous croyons savoir ?

Contributions au constructivisme

DIRIGÉ PAR
PAUL WATZLAWICK

TRADUIT DE L'ALLEMAND
PAR ANNE-LISE HACKER

PUBLIÉ AVEC LE CONCOURS
DU CENTRE NATIONAL DES LETTRES

Éditions du Seuil

Titre original : *Die Erfundene Wirklichkeit*
Wir wissen wir, was wir zu wissen glauben ?
Beiträge zum Konstruktivismus
© R. PIPER CO. VERLAG, MÜNCHEN, 1981, 1985
ISBN original : 3-492-00673-6

ISBN : 978-2-02-029452-2
(ISBN 2-02-009861-X, 1ʳᵉ publication
ISBN 2-02-015677-6, 2ᵉ publication)

Oh ! c'est elle, la bête qui n'existe pas.
Eux, ils n'en savaient rien, et de toute façon
– son allure et son port, son col et même la lumière
calme de son regard – ils l'ont aimée.

Elle, c'est vrai, n'existait point. Mais parce qu'ils l'aimaient
bête pure, elle fut. Toujours ils lui laissaient l'espace.
Et dans ce clair espace épargné, doucement,
elle leva la tête, ayant à peine besoin d'être.

Ce ne fut pas de grain qu'ils la nourrirent, mais
rien que, toujours, de la possibilité d'être.
Et cela lui donna, à elle, tant de force,

qu'elle s'en fit une corne à son front. L'unicorne.
Et puis s'en vint de là, blanche, vers une vierge,
et fut dans le miroir d'argent et puis en elle.

Rainer Maria Rilke, les Sonnets à Orphée

La conception que tout individu a du monde est et reste
toujours une construction de son esprit, et on ne peut jamais
prouver qu'elle ait une quelconque autre existence.

Erwin Schrödinger, l'Esprit et la Matière.

Préface

Comment savons-nous ce que nous croyons savoir ? Cette question, apparemment simple, met en fait en jeu trois domaines de pensée qui occupent l'esprit humain depuis des milliers d'années.

On considère généralement *ce que* nous savons comme le résultat de notre investigation et compréhension du monde réel, de la manière dont les choses existent *réellement*. Après tout, le bon sens laisse supposer qu'on peut découvrir cette réalité objective. Par conséquent, le titre de ce livre est absurde : une réalité inventée ne peut – précisément parce qu'elle est inventée – être la vraie réalité.

Comment nous savons est un problème beaucoup plus embarrassant : pour le savoir, l'esprit doit, pour ainsi dire, sortir de lui-même, et s'observer au travail ; en effet, on ne se trouve plus alors face à des faits qui existent en apparence indépendamment de nous, dans le monde extérieur, mais à des processus mentaux dont la nature n'est pas du tout évidente : à cet égard, le titre de ce livre est un peu moins absurde. En effet, si *ce que* nous savons dépend de *comment* nous sommes parvenus à le savoir, alors notre conception de la réalité n'est plus une image vraie de ce qui se trouve à l'extérieur de nous-mêmes, mais elle est nécessairement déterminée aussi par les processus qui nous ont conduits à cette conception.

Mais, maintenant, qu'en est-il du mot *croire* ? C'est là précisément que le sujet de ce livre prend son point de départ. Il traite d'un thème que les philosophes présocratiques connaissaient déjà, mais qui prend aujourd'hui une importance pratique grandissante, à savoir la conscience croissante que toute prétendue réalité est – au sens le plus immédiat et concret du terme – la construction de ceux qui croient l'avoir découverte, et étudiée. Autrement dit, ce qu'on suppose découvert est en fait une

9

invention ; mais, l'inventeur n'étant pas conscient de son acte d'invention, il la considère comme existant indépendamment de lui. L'invention devient alors la base de sa conception du monde et de ses actions.

Depuis des siècles, le *quoi* et le *comment* on sait constituent le sujet de recherches philosophiques approfondies, connues des spécialistes respectivement sous le nom d'ontologie (la branche de la métaphysique qui traite de la nature de l'être) et d'épistémologie (l'étude de la manière dont on parvient à la connaissance). Pour ce qui concerne le troisième aspect que nous venons de mentionner, l'« invention » de la réalité, un terme malheureux – celui de *constructivisme* – est de plus en plus généralement accepté. Malheureux, d'abord, parce que le mot a déjà une signification établie, mais un peu différente, en philosophie classique ; ensuite, parce qu'il fait référence à un mouvement artistique de courte durée, et qui fleurit en particulier dans l'architecture soviétique des années vingt ; enfin, parce qu'il est affreux. Si ce nom ne s'attachait déjà à notre production intellectuelle, on préférerait l'expression plus prosaïque de *recherche de la réalité*.

Dans ce volume, des spécialistes de divers domaines expliquent l'invention (la construction) des réalités scientifiques, sociales, individuelles et idéologiques comme le résultat de l'inéluctable besoin d'approcher la réalité supposée indépendante, « là-bas », à partir d'hypothèses de base que nous considérons comme des propriétés objectives de la réalité réelle, alors qu'elles ne sont en fait que les conséquences de la manière dont nous *recherchons* la réalité.

Ce livre est ainsi un ensemble d'essais sur le thème du constructivisme. Il ne constitue ni une thèse, ni une étude exhaustive. Un travail de ce type demanderait un auteur et directeur bien plus compétent que je ne le suis, qui, dans une vaste synthèse, aurait à suivre le développement du constructivisme de l'Antiquité à Giambattista Vico, Emmanuel Kant, David Hume, Eduard Zeller, Wilhelm Dilthey, Edmund Husserl, Ludwig Wittgenstein et le Cercle de Vienne, Jean Piaget, Erwin Schrödinger, Werner Heisenberg, George Kelly, Peter Berger et Thomas Luckmann, Nelson Goodman, Edgar Morin, Jean-Pierre Dupuy, Henri Atlan et bien d'autres penseurs, pour ne pas nommer les grands cybernéticiens contemporains, et les poètes et écrivains qui, à leur manière, en ont toujours su long sur ce thème.

Mais cette synthèse n'est pas encore accomplie ; les ponts entre ces différentes disciplines ne sont pas encore construits.

Ce qui unit les auteurs qui ont contribué à cette étude, c'est leur intérêt pour le constructivisme, et leur volonté de le décrire ici. Le lecteur constatera sans beaucoup de surprise que, en dépit de leur thème commun, les différentes contributions constituent comme des blocs erratiques, de style et de degré d'abstraction très divers, et qu'elles contiennent des contradictions et répétitions manifestes (par exemple, l'esprit d'Épiménide le Crétois, qui fait des apparitions fantomatiques dans plus d'un essai). Après tout, ces traités ont leur origine dans des disciplines très différentes, et seulement quelques-uns des auteurs se connaissent personnellement. (Je suis le seul, en tant que directeur de cette publication, à les connaître tous.)

J'ai écrit des commentaires introductifs aux différents chapitres, en espérant que, lus pour eux-mêmes, ils puissent constituer un essai sur le constructivisme. Je fais appel à l'indulgence du lecteur dans la mesure où on ne peut, au mieux, réussir que partiellement une entreprise aussi ambitieuse.

Enfin, je voudrais faire remarquer que les commentaires ne reflètent pas nécessairement les conceptions exposées dans les contributions.

Villach, Autriche,   Paul Watzlawick.
et Palo Alto, Californie.

PREMIÈRE
PARTIE

PAUL
WATZLAWICK

Introduction

Dans le vaste champ de la psychologie expérimentale, il existe un ensemble de tests d'une importance particulière pour ce livre. On les appelle expériences à récompense arbitraire (noncontingent reward experiments) : leur caractéristique commune est en effet l'absence de tout lien causal entre la performance du sujet et la réponse de l'expérimentateur à cette performance. Cette particularité, appelée non-contingence, n'est pas connue du sujet soumis au test.

Dans l'une des nombreuses expériences de ce type faites par le psychologue Alex Bavelas [1] à l'université de Stanford (malheureusement non publiées), l'expérimentateur lit au sujet une longue liste de paires de nombres (par exemple, 31 et 80, 77 et 15). Après chaque paire, le sujet doit dire si les deux nombres vont ensemble, autrement dit s'ils conviennent * l'un à l'autre. Invariablement, le sujet veut d'abord savoir en quel sens les nombres sont supposés convenir l'un à l'autre, et l'expérimentateur explique alors que le but de l'expérience est précisément de découvrir les règles de cette convenance. Ceci mène le sujet à supposer qu'il a affaire à une de ces courantes expériences de tâtonnement, ou d'essai/erreur, et qu'il ne peut donc que commencer par des convenances et des non-convenances affirmées au hasard. D'abord, il se trompe à chaque fois, mais sa performance s'améliore progressivement, et le nombre de réponses « juste » de l'expérimentateur augmente. Le sujet arrive alors à une hypothèse qui, même si elle n'est pas tout à fait exacte, s'avère de plus en plus fiable.

1 Communication personnelle.

* On a ainsi traduit *to fit*, qui signifie que deux (ou plusieurs) éléments vont ensemble, s'accordent, ou encore sont adaptés l'un à l'autre. Ce terme est ici opposé à *to match* (voir la suite du texte), qui indique une relation de correspondance, de conformité, ou même de similitude entre ces éléments [*NdT*].

15

Rappelons-le, le sujet ignore qu'il n'existe aucun lien immédiat entre ses suppositions et les réactions de l'expérimentateur. Ce dernier, en effet, donne ses réponses « justes » selon la ligne ascendante d'une courbe en forme de cloche, c'est-à-dire d'abord très rarement, puis avec une fréquence croissante. Ce qui amène le sujet à supposer un ordre sous-jacent aux paires de nombres ; supposition pouvant être si persistante que le sujet refuse d'y renoncer même après que l'expérimentateur lui a dit que ses réponses étaient arbitraires. Certains sujets sont même convaincus d'avoir découvert une régularité dont l'expérimentateur était lui-même inconscient.

Au sens le plus concret du terme, le sujet a ici inventé *une réalité qu'il suppose tout à fait légitimement avoir* découverte. *La raison de sa conviction est que l'image de la réalité qu'il s'est construite convient dans le contexte du test : cela signifie seulement que la nature du contexte ne la contredit pas ; mais cela ne signifie cependant pas qu'elle reflète correctement l'ordre (supposé) qui régit la relation entre les paires de nombres, puisque objectivement un tel ordre n'existe pas. Et les lois de relation semblant exister entre les nombres que le sujet peut « découvrir » n'ont pas le moindre rapport avec les données du test ; elles conviennent plus ou moins dans le contexte des données de cette étrange situation, mais elles ne correspondent en aucun cas à sa vraie nature.*

Ernst von Glasersfeld a postulé cette distinction fondamentale entre convenance (fit) *et* correspondance (match), *qui précisément constitue un des points essentiels de son « Introduction à un constructivisme radical », le premier essai de ce livre. Il y développe une proposition provocante (et, à première lecture, d'une radicalité peut-être inacceptable) : tout ce que nous pouvons connaître du monde réel, c'est ce qu'il* n'est *pas. Cette proposition, ainsi que ses conséquences pratiques et immédiates, sous-tend non seulement la contribution de von Glasersfeld, mais aussi l'ensemble du livre. Cela posé, il peut être utile de la présenter d'abord par l'intermédiaire d'une métaphore.*

Par une nuit sombre et orageuse, un capitaine doit, sans balises ni rien qui puisse l'aider dans sa navigation, traverser un détroit qui ne figure sur aucune carte maritime. Dans cette situation, ou bien il échoue son bateau sur les rochers, ou bien il passe le détroit et retrouve la sécurité de la pleine mer. S'il perd à la fois son bateau et sa vie, son échec prouve que la route qu'il avait choisie n'était pas la bonne. On peut dire qu'il a découvert, en quelque sorte, ce que la traversée n'était pas. Si, par contre, il traverse le détroit, son succès prouve simplement que, littéralement, son bateau n'est pas entré en collision avec la forme et la nature (autrement inconnue) de la voie navigable. Mais il ne le renseigne en rien sur le degré de sécurité ou de danger dans lequel il se trouvait à chaque moment de la traversée. Le capitaine a traversé le détroit comme un aveugle. La route choisie a convenu *à la topographie inconnue, ce qui ne signifie pas qu'elle lui ait* correspondu *– si on prend le terme de correspondance au sens où von Glasersfeld l'utilise –, autrement dit, que la route ait correspondu à la réelle configuration géographique du détroit. On peut facilement imaginer que la réelle configuration géographique du détroit permette des traversées plus sûres et plus courtes.*

Le constructivisme, au sens pur et radical du terme, est incompatible avec le mode de pensée traditionnel. Bien que la plupart des représentations du monde, philosophiques, scientifiques, sociales, idéologiques ou individuelles, soient très différentes les unes des autres, elles ont cependant un point commun : l'hypothèse de base qu'une réalité réelle existe, et que certaines théories, idéologies ou convictions personnelles la reflètent (lui correspondent) plus justement que d'autres.

Le problème se pose alors de savoir comment de telles réalités sont construites. Et c'est précisément le sujet de la seconde contribution à la partie introductive de ce livre : celle de Heinz von Foerster, conférence intitulée « La construction d'une réalité », donnée en 1973, et aujourd'hui déjà devenue classique. Ce cybernéticien et biomathématicien de renommée internationale y étudie les différentes étapes de ce processus à partir des prémisses, c'est-à-dire de la découverte que notre environnement, tel que nous le percevons, est notre invention, jusqu'aux mécanismes neurophysiologiques de ces perceptions, et enfin aux implications éthiques et esthétiques de ces constructions. Il faut ici insister sur sa réfutation concise de l'objection apparemment justifiée selon laquelle la conception constructiviste ne serait que la répétition d'un très ancien paralogisme philosophique, le solipsisme, c'est-à-dire l'affirmation qu'aucune réalité n'existe en dehors de mon esprit ; que toute perception et expérience humaine – le monde, les cieux, l'enfer et tout le reste – n'existent que dans ma tête ; que moi seul (ego solus ipse) *existe.*

ERNST
VON GLASERSFELD

Introduction
à un constructivisme radical *

> Les dieux ont la certitude, alors que pour
> nous, humains, seule la conjecture est
> possible.
>
> Alcméon **.

REMARQUES
PRÉLIMINAIRES

On ne peut certainement pas, dans les limites d'un chapitre, justifier complètement un mode de pensée non conventionnel ; mais il est peut-être possible d'en présenter les traits les plus caractéristiques, et de l'ancrer ici et là dans des points particuliers. Reste, bien sûr, le danger d'être mal compris. Mais aussi, dans le cas du constructivisme, il existe un risque supplémentaire : celui qu'il soit d'emblée rejeté parce que, comme le scepticisme – avec lequel il a des caractéristiques communes –, il peut sembler trop froid et trop critique, ou simplement incompatible avec le bon sens ordinaire. Généralement, les tenants d'une idée expliquent son refus autrement que ne le font les critiques et les opposants. Étant moi-même très engagé dans ce mode de pensée, je pense que la résistance rencontrée au XVIIIᵉ siècle par Giambattista Vico, le premier vrai constructiviste, et par Silvio Ceccato et Jean Piaget dans

---

* Contribution originale.
** Citation extraite de *Ancilla to the Pre-Socratic Philosophers* [5] ***. Il s'agit d'une traduction du travail de Diels qui, en allemand, utilise le mot *erschliessen :* mis à part « inférer » et « conjecturer », il signifie aussi « ouvrir ». D'où mon usage de la métaphore de la clé, voir p. 23.
*** Les chiffres entre crochets renvoient aux sources indiquées à la fin des essais.

un passé plus récent, ne s'explique pas tellement par des inconsistances ou des failles de leur argumentation, mais plutôt parce qu'on a soupçonné à juste titre le constructivisme de saper une trop grande partie de la conception traditionnelle du monde.

En effet, il n'est pas nécessaire d'explorer très profondément la pensée constructiviste pour se rendre compte qu'elle mène inévitablement à l'affirmation que l'être humain – et l'être humain seulement – est responsable de sa pensée, de sa connaissance, et donc de ce qu'il fait. Aujourd'hui, alors que les béhavioristes sont encore résolus à rejeter toute responsabilité sur l'environnement, et que les sociobiologistes essaient d'en placer une bonne partie dans les gènes, une doctrine peut en effet paraître inconfortable si elle avance que nous n'avons personne d'autre à remercier que nous-mêmes pour le monde dans lequel nous pensons vivre. Et c'est précisément ce que le constructivisme se propose d'affirmer – mais il affirme bien plus encore : nous construisons la plus grande partie de ce monde inconsciemment, sans nous en rendre compte, simplement parce que nous ne savons pas comment nous le faisons. Mais cette ignorance n'est pas du tout nécessaire : le constructivisme radical affirme en effet – comme Kant dans sa *Critique* – qu'on peut étudier les opérations au moyen desquelles nous constituons notre expérience du monde, et que la conscience d'effectuer ces opérations (ce que Ceccato a si joliment appelé, en italien, *consapevolezza operativa* [4] *) peut nous aider à le faire différemment, et peut-être mieux.

Cette introduction, je le répète, se limitera à exposer quelques aspects. La première partie traite de la relation entre la connaissance et cette réalité « absolue », supposée exister indépendamment de toute expérience : j'essaierai ici de montrer qu'on ne peut jamais considérer notre connaissance comme une image ou une représentation de ce monde réel, mais seulement comme une clé qui nous ouvre des voies possibles (voir le fragment d'Alcméon au début de cet essai).

La seconde partie expose dans ses grandes lignes les débuts du scepticisme et la pensée de Kant, selon laquelle, étant donné les manières dont nous faisons l'expérience du réel, nous ne pouvons en aucun cas concevoir un monde indépendant de notre

---

* En français : conscience opérationelle [*NdT*].

expérience ; elle présente ensuite quelques aspects de la pensée constructiviste de Vico.

La troisième partie explique quelques-uns des principaux aspects de l'analyse constructiviste de concepts. J'exposerai les grandes lignes de quelques-unes des nombreuses idées que j'ai empruntées à Piaget et Ceccato, en les étayant seulement de quelques citations. Le travail de Piaget m'a très largement influencé et encouragé dans les années 1970 ; avant, ma collaboration avec Ceccato m'avait fourni une direction et d'innombrables éléments de réflexion pour le développement de ma propre pensée. Mais, pour les constructivistes, toute communication et toute compréhension sont affaire de construction interprétative de la part du sujet qui fait l'expérience de quelque chose ; de ce fait, en dernière analyse, moi seul peux assumer la responsabilité de ce qui est dit dans ces pages.

I

L'histoire de la philosophie est un enchevêtrement de « ismes ». L'idéalisme, le rationalisme, le nominalisme, le réalisme, le scepticisme et des douzaines d'autres se sont livré bataille plus ou moins vigoureusement et continuellement au cours des vingt-cinq siècles écoulés depuis le premier témoignage écrit de la pensée occidentale.

Il est souvent difficile de distinguer les nombreux mouvements, écoles et directions. D'une certaine manière, pourtant, tout « isme » voulant être pris au sérieux doit se démarquer de ceux qui sont déjà établis : il doit proposer au moins *une* nouvelle formule dans le cadre de la théorie de la connaissance. Il ne s'agit souvent que d'une disposition nouvelle d'éléments de base bien connus, ou d'une légère modification du point de départ, ou encore de la scission d'un concept traditionnel. Le problème épistémologique (à savoir comment on acquiert une connaissance de la réalité, et combien fiable, « vraie », cette connaissance peut être) n'occupe pas moins les philosophes contemporains qu'il n'occupait déjà Platon. Les manières et moyens de rechercher des solutions sont, bien sûr, devenus plus variés et compliqués ; mais la question de base est presque sans exception restée la même. La manière dont la question a été posée au tout début a rendu toute réponse impossible, et les tentatives faites jusqu'à présent ont à peine approché une solution du problème.

Hilary Putnam, l'épistémologue américain, a récemment formulé cette impossibilité de la manière suivante : « Il est impossible de trouver, des présocratiques à Kant, un philosophe qui n'ait été un réaliste métaphysique, au moins quant à ce qu'il considérait comme propositions fondamentales et irréductibles [18]. » Putnam explique cette affirmation par le fait que, au cours de ces deux mille ans, les philosophes avaient certainement des conceptions différentes de ce qui existe *réellement,* mais leur conception de la vérité, par contre, a toujours été la même, au sens où elle était toujours liée à la notion de validité objective. Ainsi, un réaliste métaphysique est un philosophe qui s'attache à l'affirmation qu'on peut considérer quelque chose comme « vrai » seulement si cela correspond à une réalité indépendante et « objective [1] ».

Dans l'ensemble, même après Kant, la situation n'a pas changé. Quelques-uns ont essayé de prendre sa *Critique de la Raison pure* au sérieux, mais le poids de la tradition philosophique a été plus fort. Et, en dépit de la thèse de Kant selon laquelle l'entendement ne puise pas ses lois dans la nature, mais au contraire les lui prescrit [9], la plupart des savants considèrent encore aujourd'hui qu'ils « découvrent » les secrets de la nature, et, lentement mais sûrement, étendent le champ de la connaissance humaine en les dévoilant ; ainsi, d'innombrables philosophes se sont efforcés de donner à cette connaissance laborieusement acquise la certitude incontestable que chacun attend d'une vérité authentique. Aujourd'hui comme toujours règne la conviction que la connaissance n'est connaissance que si elle reflète le monde tel qu'il est [2].

Bien sûr, quelques pages ne sauraient suffire pour rendre compte honnêtement et de façon adéquate de l'histoire de l'épistémologie occidentale. Étant donné les limites de cet essai, on se contentera de faire ressortir le point principal qui distingue

---

1. « Dès le début de la connaissance, se pose la question de la vérité. Son introduction fait du processus de la connaissance humaine un problème de savoir [4]. »
2. Dans *Begründung, Kritik und Rationalität,* Spinner propose une excellente étude détaillée des penseurs dont les arguments ont attaqué cette notion encore répandue, et illustre la faillite générale de l'épistémologie conventionnelle [23].

radicalement le constructivisme que je propose des conceptualisations traditionnelles. Et cette différence radicale concerne précisément la relation entre connaissance et réalité. Alors que l'épistémologie traditionnelle comme la psychologie cognitive considèrent cette relation comme une correspondance plus ou moins figurative (iconique), le constructivisme radical la conçoit comme une adaptation au sens fonctionnel.

En anglais courant, on peut facilement mettre en évidence cette opposition conceptuelle en confrontant les mots *match* (correspondance ou accord) et *fit* (convenance ou adaptation) dans divers contextes. Le réaliste métaphysique cherche une connaissance qui corresponde à la réalité, comme on peut chercher une peinture qui corresponde à la couleur qui se trouve déjà sur le mur à repeindre partiellement. Pour l'épistémologue, il ne s'agit évidemment pas de couleur, mais d'un certain type d'« homomorphisme », c'est-à-dire d'une équivalence de relations, d'une séquence ou d'une structure caractéristique – en d'autres termes, de quelque chose qu'il puisse considérer comme *identique,* parce qu'alors seulement il peut affirmer de sa connaissance qu'elle est *du* monde.

Quand, d'autre part, on dit que quelque chose convient, on a alors à l'esprit un type de relation différent. Par exemple, une clé convient si elle ouvre la serrure qu'elle est supposée ouvrir. La convenance décrit dans ce cas une capacité : celle de la clé, non pas celle de la serrure. Grâce aux cambrioleurs professionnels, on ne sait que trop bien qu'il existe beaucoup de clés découpées tout à fait différemment des nôtres, mais qui n'en ouvrent pas moins nos portes. La métaphore est un peu brutale, mais elle met particulièrement bien en relief la différence que je me propose d'expliquer. D'un point de vue constructiviste radical, nous tous – savants, philosophes, profanes, écoliers, animaux et, en fait, toute espèce d'organismes vivants – nous trouvons face à notre environnement comme le cambrioleur face à une serrure qu'il doit ouvrir pour atteindre le butin qu'il espère emporter.

C'est précisément en ce sens que le mot *fit* (apte) est employé dans les théories darwiniennes et néodarwiniennes de l'évolution. Malheureusement, Darwin lui-même a employé l'expression « persistance du plus apte », ouvrant ainsi le chemin à la conception insensée selon laquelle on pourrait considérer certains organismes comme plus aptes que d'autres, et parmi ces derniers en trouver même un qui soit le plus apte [3]. Mais, dans le cadre d'une théorie pour laquelle la persistance est le *seul* critère de sélection des espèces, il n'y a que deux possibilités : ou bien une espèce est adaptée (ou convient) à son environnement (comprenant les autres espèces), ou bien elle ne l'est pas ; autrement dit, elle survit ou elle disparaît. Seul un observateur extérieur qui introduit d'autres critères (par exemple, l'économie, la simplicité ou l'élégance de la manière dont un organisme persiste), et pose donc délibérément des valeurs autres que la persistance, seul cet observateur pourrait avancer des jugements comparatifs sur la persistance plus ou moins « bonne » de ces organismes.

A cet égard précis, le principe fondamental de l'épistémologie constructiviste radicale coïncide avec celui de la théorie de l'évolution : tout comme l'environnement exerce des contraintes sur les organismes vivants (structures biologiques) et élimine toutes les variantes qui, d'une façon ou d'une autre, transgressent les limites à l'intérieur desquelles elles sont possibles ou « viables », de la même manière, le monde empirique, celui de la vie quotidienne comme celui du laboratoire, constitue le terrain d'expérimentation pour nos idées (structures cognitives). Ceci est valable pour les toutes premières régularités qu'un nourrisson établit dans son expérience encore à peine différenciée ; ceci s'applique aussi aux règles à l'aide desquelles les adultes essaient de maîtriser leur environnement quotidien ; et ceci s'applique aussi aux hypothèses, aux théories et aux prétendues « lois naturelles » que les savants formulent dans leur effort pour tirer du plus vaste champ d'expérience possible des éléments d'ordre et de stabilité durables. A la lumière d'une expérience plus étendue, les régularités, règles empiriques et théories se révèlent fiables ou non (à moins d'introduire le concept de probabilité, et, dans ce cas, de renoncer explicitement à l'exigence d'une connaissance absolument certaine).

Dans l'histoire de la connaissance, comme dans la théorie de l'évolution, on a parlé d'« adaptation », engendrant ainsi un énorme malentendu. Si on prend au sérieux le mode de pensée évolutionniste, il ne peut en aucun cas s'agir des organismes ou idées qui s'adaptent à la réalité, mais de la réalité qui, *en limitant ce*

---

3. Au cours d'un symposium à Brême, en 1979, C.F. von Weizsäcker attira l'attention sur le fait que, dans la littérature évolutionniste allemande, *fit* est souvent traduit par *tüchtig*, qui fait penser à « prouesse » ou « exploit », et, de ce fait, mène à parler du « meilleur » ou « plus fort ».

qui est possible, anéantit inexorablement ce qui n'est pas apte à vivre. Dans la phylogenèse, ainsi que dans l'histoire des idées, la « sélection naturelle » ne sélectionne pas au sens positif le plus apte, le plus robuste ou le plus vrai, mais, au contraire, elle fonctionne négativement, au sens où elle laisse simplement mourir tout ce qui, en quelque sorte, ne réussit pas le test.

La comparaison est, bien sûr, poussée un peu trop loin. Dans la nature, un manque d'aptitude est invariablement fatal ; les philosophes, par contre, meurent rarement de l'inadéquation de leurs idées. Dans l'histoire des idées ne se pose pas la question de la persistance, mais celle de la « vérité ». Si on garde cela à l'esprit, la théorie de l'évolution peut fournir une analogie de grande portée : la relation entre des structures biologiques viables et leur environnement équivaut en fait à la relation entre des structures cognitives viables et le monde empirique du sujet pensant. Ces deux types de structures *conviennent* – les premières, parce que le hasard naturel des mutations leur a donné la forme qu'elles ont maintenant, les secondes, parce que l'intention humaine les a formées pour atteindre des buts qu'elles se trouvent effectivement atteindre : à savoir l'explication, la prédiction ou le contrôle d'expériences vécues spécifiques.

Plus important encore est l'aspect épistémologique de cette analogie. En dépit des affirmations souvent trompeuses des éthologistes, la structure du comportement d'organismes vivants ne peut jamais servir de base pour des conclusions concernant un monde « objectif », c'est-à-dire un monde tel qu'il pourrait exister avant l'expérience [4]. Selon la théorie évolutionniste, cela s'explique par le fait qu'il n'existe pas de lien causal entre ce monde et la capacité de persistance des structures biologiques et des comportements. Gregory Bateson a insisté sur ce point : la théorie

---

4. Jakob von Uexküll, par exemple, dans *Streifzüge durch die Umwelten von Tieren und Menschen* (avec Georg Kriszat, 1933 ; réimp. [24]), montre avec beaucoup d'élégance que chaque organisme vivant, étant donné ses propriétés particulières, détermine un environnement individuel. Seul un être indépendant, complètement extérieur, qui ne fait pas l'expérience du monde mais le connaît inconditionnellement et immédiatement, pourrait parler d'un monde « objectif ». Pour cette raison, des tentatives, comme celle de Lorenz, pour expliquer les concepts humains d'espace et de temps en tant qu'« adaptation » tout en les considérant aussi comme aspects de la réalité ontologique aboutissent à une contradiction logique (voir Konrad Lorenz, « Kants Lehre vom Apriorischen im Lichte gegenwärtiger Biologie », *Blätter für Deutsche Philosophie*, n° 15, 1941, p. 94-125).

de Darwin se fonde sur la notion de contraintes, non sur celles de cause et d'effet [1]. Les organismes que l'on trouve vivants à n'importe quel moment de l'histoire de l'évolution, ainsi que leurs modes de comportement, sont le résultat de variations *accidentelles* cumulatives, et l'influence de l'environnement était et est encore limitée à l'élimination de variantes non viables. De ce fait, on peut tenir l'environnement pour responsable de l'extinction, mais jamais de la persistance. Autrement dit, un observateur de l'histoire évolutionniste peut en fait établir que tout ce qui a disparu doit, d'une certaine manière, avoir transgressé les limites du viable, et que tout ce qui persiste est, au moins pour le moment, viable. Cependant, affirmer ceci constitue une évidente tautologie (ce qui persiste vit) et n'éclaire aucunement les propriétés objectives de ce monde qui ne se manifeste alors que par des effets négatifs.

Ces considérations s'appliquent aussi bien au problème fondamental de la théorie de la connaissance. D'une manière générale, notre connaissance est utile, pertinente et viable (quels que soient les termes qu'on emploie pour désigner l'extrémité positive de l'échelle d'évaluation) quand elle résiste à l'épreuve de l'expérience, nous permet de faire des prédictions et de provoquer, ou au contraire d'éviter, suivant le cas, des phénomènes (manifestations, événements, expériences vécues). Si elle ne nous permet pas d'atteindre ces buts, la connaissance devient alors discutable, inutile, et se trouve finalement dévaluée au rang de superstition. En d'autres termes, d'un point de vue pragmatique, on considère les idées, théories et « lois de la nature » comme des structures constamment exposées et confrontées au monde empirique (dont nous les avons dérivées) : de deux choses l'une : ou elles résistent, ou elles ne résistent pas. Ainsi, toute structure cognitive qui fonctionne encore aujourd'hui en tant que telle ne prouve par là, ni plus ni moins, que ceci : étant donné les circonstances dont on a fait l'expérience (et qu'on a déterminées *en* en faisant l'expérience), cette structure a accompli ce qu'on attendait d'elle. Logiquement, cela ne nous donne aucune indication sur les éventuelles caractéristiques du monde « objectif », mais signifie seulement que nous connaissons *un* moyen viable d'atteindre un but que nous avons choisi parmi des circonstances spécifiques dans notre monde empirique. Cela ne nous dit rien – et ne peut rien nous dire – sur le nombre des autres moyens pouvant exister, ou sur la manière dont l'expérience que nous considérons comme but peut être liée à un monde *au-delà* de notre expérience. Un seul aspect de ce monde « réel » entre effectivement dans le domaine de l'expérience : ce sont ses contraintes ; ou, comme l'exprime extraordinairement Warren McCulloch, un des premiers cybernéticiens, « avoir prouvé qu'une hypothèse est fausse, c'est en fait le sommet de la connaissance [14] ».

Le constructivisme radical est alors *radical* parce qu'il rompt avec la convention, et développe une théorie de la connaissance dans laquelle la connaissance ne reflète pas une réalité ontologique « objective », mais concerne exclusivement la mise en ordre et l'organisation d'un monde constitué par notre expérience. Le constructiviste radical a abandonné une fois pour toutes le « réalisme métaphysique », et se trouve en parfait accord avec Piaget quand il dit : « L'intelligence (...) organise le monde en s'organisant elle-même [17]. »

Pour Piaget, l'organisation est toujours le résultat d'une interaction nécessaire entre intelligence consciente et environnement. Et, parce qu'il se considère essentiellement comme un philosophe de la biologie, il caractérise cette interaction comme « adaptation ». Avec cela aussi je suis d'accord ; mais, après ce que l'on vient de dire dans les pages précédentes à propos du processus de sélection évolutionniste, il devrait être clair qu'on ne doit en aucun cas interpréter cette adaptation comme correspondance ou homomorphisme. Quant à la question de savoir comment les structures cognitives ou la connaissance pourraient être liées à un monde ontologique au-delà de notre expérience, la position de Piaget est un peu ambiguë. Malgré les importantes contributions qu'il a apportées au constructivisme, il a toujours un penchant pour le réalisme métaphysique. En cela, bien sûr, il n'est pas seul. Donald Campbell, auteur d'une excellente étude sur les représentants de l'« épistémologie évolutionniste » depuis Darwin, écrit : « Le sujet de controverse est l'inclusion conceptuelle du monde réel, définissant le problème de la connaissance comme l'accord ou la convenance *(fit)* des informations et de la théorie avec ce monde réel [3]. » Dans sa conclusion, il déclare alors que l'épistémologie évolutionniste, représentée par lui-même et Karl Popper, « est tout à fait compatible avec la revendication de réalisme et d'objectivité dans le domaine de la science ». Mais la théorie dont il a fourni un exposé extrêmement clair indique une direction opposée [22].

Dans cette première section, j'ai essayé de montrer que la notion de correspondance *(match)* entre connaissance et réalité, notion indispensable pour le réalisme, ne peut en aucun cas être dérivée de – encore moins remplacée par – la notion évolutionniste de convenance ou adaptation *(fit)*. Dans la seconde section, j'essaierai de rendre au moins partiellement compte des liens qui existent entre le constructivisme radical et l'histoire de l'épistémologie, et de montrer ainsi que ce constructivisme n'est pas aussi radical qu'il n'y paraît à première vue.

II

Les doutes concernant la correspondance entre connaissance et réalité sont apparus au moment où un individu pensant est devenu conscient de sa propre pensée. Xénophane déjà, un des premiers penseurs présocratiques, disait qu'aucun homme n'a jamais vu la vérité absolue, et ne connaîtra jamais les dieux et le monde, « car, même s'il parvient à connaître le tout en disant la vérité absolue, il n'en a cependant pas lui-même conscience ; l'opinion (l'apparence) est fixée par le destin sur toutes choses [6] ».

Pour pouvoir être « vue », une chose devrait *être là* avant qu'un regard ne se pose sur elle – et la connaissance serait alors le reflet ou l'image d'un monde qui est là, c'est-à-dire existe avant qu'une conscience le voie ou en fasse l'expérience d'une quelconque autre façon. Le décor est alors planté, et, avec lui, le dilemme qui a déterminé l'épistémologie occidentale depuis le VIᵉ siècle av. J.-C. Ce décor étant donné, le « réalisme métaphysique » n'en constitue pas une disposition philosophique parmi d'autres, mais il se trouve fondamentalement constituer la seule possible. Humberto Maturana, le fondateur de la recherche biologique sur les processus cognitifs, l'a remarquablement mis en évidence : « L'affirmation *a priori* selon laquelle la connaissance objective constitue une description de ce qui est connu (...) appelle les questions *qu'est-ce que savoir ?* et *comment savons-nous ?* [15]. » Et considérer comme allant de soi que la connaissance doive refléter la réalité a mené l'épistémologie traditionnelle à créer pour elle-même un dilemme aussi inévitable qu'insoluble.

Si la connaissance doit être une description ou image du monde en soi, nous avons alors besoin d'un critère qui nous permette de juger quand nos descriptions ou images sont « correctes » ou « vraies ». Ainsi, avec le scénario selon lequel l'homme est né dans un monde indépendant et achevé, où il se trouve en tant qu'« explorateur » ayant la tâche de découvrir et de « connaître » la réalité de la façon la plus vraie possible, la voie du scepticisme est d'emblée ouverte. La notion d'« apparence », qui, selon Xénophane, est attachée à toute connaissance humaine, a été élaborée, et appliquée surtout à la perception, par l'école de Pyrrhon et, plus tard, par Sextus Empiricus ; et la question à laquelle il est impossible de répondre – à savoir si, et dans quelle mesure, une image transmise par nos sens correspond à la réalité « objective » – reste aujourd'hui encore le point crucial de toute la théorie de la connaissance. Sextus utilisait, parmi d'autres, l'exemple de la perception d'une pomme. Elle apparaît à nos sens comme lisse, parfumée, sucrée et jaune, mais il ne va pas de soi du tout que la pomme possède effectivement ces propriétés, comme il n'est pas évident du tout qu'elle ne possède aussi d'autres propriétés que nos sens ne perçoivent simplement pas [21].

Cette question reste sans réponse : en effet, quoi qu'on fasse, nous ne pouvons contrôler nos perceptions qu'au moyen d'autres perceptions, mais jamais en les comparant avec la pomme telle qu'elle serait avant qu'on la perçoive. Cet argument des sceptiques a rendu la vie difficile aux philosophes pendant plus de deux mille ans [19]. Puis Kant a ajouté un second argument – encore plus embarrassant, celui-là. En considérant le temps et l'espace comme des aspects de notre manière de faire l'expérience du réel, il les a fait passer de la réalité au domaine des phénomènes. Ainsi, non seulement les propriétés sensibles de la pomme devenaient discutables, mais aussi son existence même en tant que chose. En effet, non seulement son aspect lisse, son parfum, sa couleur, son goût sucré sont alors douteux, mais on ne peut non plus être certain qu'il existe un objet qui corresponde à notre expérience, formant un tout ou une « chose » séparée du reste du monde.

Ce second doute a en effet des conséquences plus sérieuses que celui qui concerne la fiabilité de nos sens : il sape toute représentation d'une structure objective dans le monde réel, et pose alors inévitablement la question de savoir pourquoi et surtout *comment* il se fait que nous cherchions, et même trouvions, dans notre monde empirique une structure qui n'est pas un reflet de la réalité. En d'autres termes, si l'affirmation de Kant est juste, et si notre expérience ne peut rien nous apprendre sur la nature des choses en soi [10], alors comment expliquer que nous fassions cependant l'expérience d'un monde qui, à de nombreux égards, est tout à fait stable et fiable ?

Telle est la principale question à laquelle le constructivisme radical essaie de répondre, et la réponse qu'il suggère a été préparée, au moins dans ses grandes lignes, par Giambattista Vico en 1710, plus d'un demi-siècle avant Kant :

> Comme la vérité de Dieu est ce que Dieu connaît en le créant et en l'assemblant, la vérité humaine est ce que l'homme connaît en le construisant, en le formant par ses actions. Ainsi, la science [*scientia*] est la connaissance [*cognitio*] des origines, des manières dont les choses sont faites [25].

Le « slogan » de Vico, « *verum ipsum factum* » – le vrai est le même que le fait (*factum,* fait, vient de *facere,* faire) –, a été très souvent cité depuis qu'on a redécouvert Vico comme historien de la culture et philosophe de l'histoire. Ses idées épistémologiques révolutionnaires sont rarement mentionnées, encore moins expliquées. Selon lui, la seule manière de « connaître » une chose est de l'avoir faite, parce que alors seulement on sait quels sont ses composants et comment ils ont été assemblés. Ainsi, Dieu connaît sa création, alors que nous ne le pouvons pas ; nous ne pouvons connaître que ce que nous construisons nous-mêmes. Vico emploie même le terme d'*opération,* et anticipe par là le principal concept utilisé par les constructivistes de ce siècle, comme Dewey, Bridgman, Ceccato et Piaget.

Bien sûr, Vico essaie encore d'établir un lien entre la construction cognitive humaine et la création divine. A la lecture de son traité de métaphysique, on a l'impression que ses propres idées l'effraient parfois. Bien que sa théorie de la connaissance soit logiquement fermée – la connaissance humaine est en effet considérée comme construction de l'homme et n'a pas besoin (ne peut avoir besoin) de la création ontologique de Dieu –, Vico hésite cependant à insister sur cette indépendance. Et, à cause de cette hésitation, on pourrait considérer sa conception du monde comme équivalente à la métaphysique de Berkeley. Pour Berkeley, le principe « *esse est percipi* » (être, c'est être perçu) joue le même rôle que l'affirmation de Vico selon laquelle Dieu sait tout parce qu'il a tout fait. Pour l'un comme pour l'autre, les activités de Dieu garantissent l'ontologie. Cependant, Vico ouvre une voie d'accès à la réalité à notre avis beaucoup plus acceptable parce qu'elle n'implique aucune forme de réalisme rationnel. Il suggère que la mythologie et l'art approchent la réalité au moyen de symboles. Eux aussi sont *fabriqués,* mais l'interprétation de leur signification fournit un type de connaissance différent de celui de la connaissance rationnelle de la construction.

Pour nous, la différence importante entre Vico et Berkeley ainsi que les idéalistes qui l'ont suivi, c'est que Vico considère la connaissance rationnelle humaine, de même que le monde de l'expérience rationnelle, comme produits de la construction cognitive humaine [26]. Pour Vico, la « connaissance » est ce que nous appellerions aujourd'hui la conscience des opérations dont le résultat est notre monde empirique. Bien que Berkeley affirme que « tout le chœur des cieux et tout le contenu de la terre, en un mot tous les corps qui composent le puissant système du monde, ne peuvent subsister sans un esprit ; que leur *existence,* c'est être perçus ou connus [2] », et présuppose donc l'activité de l'intellect, il met toujours l'accent sur l'*être,* alors que Vico insiste invariablement sur la *connaissance* humaine et sa construction [5].

Sans aucun doute, l'utilisation explicite du terme *facere* par Vico, sa constante référence à la composition et au fait d'assembler, bref, à la construction active de toute connaissance et expérience, le rapprochent beaucoup plus que Berkeley de l'épistémologie génétique de Piaget et du constructivisme moderne en général ; chose qui apparaît très clairement dans une affirmation où il anticipe l'attitude épistémologique de quelques-uns des philosophes des sciences contemporains : « La connaissance humaine n'est rien d'autre que la tentative de faire que les choses correspondent les unes aux autres de manière équilibrée [29]. »

Notre principal problème était de savoir comment il se pouvait que nous fassions l'expérience d'un monde relativement stable et

---

5. Le *Traité* de Berkeley et *De Antiquissima* ont tous deux été publiés en 1710, et, par certains aspects, se ressemblent de manière étonnante bien que les auteurs ne se soient pas connus à ce moment-là. Ils se sont rencontrés quelques années plus tard à Naples, mais il n'existe, à ma connaissance, aucune trace des discussions qu'ils ont certainement eues ensemble.

fiable bien que nous soyons incapables d'attribuer stabilité, régularité ou toute autre propriété perçue à une réalité objective ; Vico ne répond pas à cette question, ou plutôt il la rend superflue et dénuée de sens. Si, comme il l'affirme, le monde dont nous faisons l'expérience et que nous parvenons à connaître est nécessairement construit par nous-mêmes, nous ne devrions alors pas être surpris qu'il paraisse relativement stable. Pour s'en rendre compte, il faut nécessairement garder à l'esprit le caractère fondamental de l'épistémologie constructiviste, à savoir que le monde ainsi construit est un monde empirique composé d'expériences, qui ne prétend en aucune façon à la « vérité » au sens d'une correspondance avec une réalité ontologique. A cet égard, la position de Vico est similaire à celle de Kant quand il affirme : « La nature, donc (...) est la somme de tous les objets de l'expérience [11]. » Pour Kant, on appelle expérience la « matière première des impressions sensibles » que « l'activité de l'esprit transforme en connaissance d'objets [12] ». En d'autres termes, l'expérience comme les objets de l'expérience sont dans tous les cas le résultat de *nos* manières et moyens de faire cette expérience, et se trouvent nécessairement structurés et déterminés par l'espace, le temps, et les catégories qui en sont dérivées. Dans le système de Kant, la transformation de la matière première est *automatiquement* régie par l'espace, le temps (sans lesquels aucune expérience ne serait possible) et les catégories de l'entendement qui, pour cette raison, sont appelées *« a priori »*. On peut ainsi considérer l'*a priori* comme la description technique de la capacité d'expérience de l'organisme. L'*a priori* délimite le cadre à l'intérieur duquel un tel organisme fonctionne, mais il ne nous dit pas ce que l'organisme fait, et encore moins pourquoi il le fait. *« A priori »* veut dire « ancré dans » ou « inné », et la façon dont Kant fonde cette notion mène, bien que par des chemins détournés, à Dieu et à une mythologie platonicienne des idées. A cet égard, Vico est plus moderne et plus concret. De la catégorie de la causalité, par exemple, il affirme : « Si vrai signifie avoir été fabriqué, alors, prouver quelque chose au moyen de sa cause équivaut à la causer. » Vico s'en était clairement rendu compte, cette notion (redécouverte par les mathématiciens modernes, probablement sans aucune connaissance de Vico) a un champ d'application remarquablement large.

La possibilité d'identifier des causes a donc son origine dans l'association d'éléments indépendants ; c'est-à-dire dans l'activité même de celui qui fait l'expérience, de telle manière que « la forme déterminée (causalement déterminée) de l'objet résulte de la mise en ordre et de la composition d'éléments [28] [6] ». D'une manière très générale, cela signifie que le monde dont nous faisons l'expérience est et doit être comme il est parce que *nous* l'avons composé ainsi. Pour Kant, l'*a priori* détermine la manière dont cette composition s'effectue. Alors que, dans le système de Vico, il n'existe pas de principes immuablement ancrés dans l'organisme qui déterminent nos manières de faire des expériences, de penser et de construire. Au contraire, les contraintes que l'on rencontre résultent de l'histoire de notre construction, car, à chaque moment, ce qui a déjà été fait limite ce qui peut encore l'être maintenant [20].

Pour résumer la pensée de Vico, la construction de la connaissance ne rencontre pas de contraintes du fait de viser une (impossible) correspondance avec une réalité « objective » dont on ne peut faire l'expérience et qu'on ne peut connaître. Elle en rencontre cependant du fait des conditions liées au matériel utilisé qui, qu'il soit abstrait ou concret, résulte toujours d'une construction précédente. Avec cette idée de cohérence à l'intérieur de certaines limites, qui remplace la notion iconique de « vérité », Vico anticipait, sans le savoir, le principe fondamental de *viabilité* tel qu'on le trouve dans la théorie de la connaissance constructiviste.

Aussi élégant soit-il, son système laisse cependant deux questions ouvertes. D'abord : quelles sont les limites à l'intérieur desquelles on considère une nouvelle construction comme compatible avec ce qui a déjà été construit ? Ensuite : pourquoi un organisme entreprend-il la tâche d'une construction cognitive ? La troisième section de cet essai constituera une tentative de réponse à ces questions.

III

Dans les théories de la connaissance traditionnelles, on considère l'activité de « connaître » comme une évidence, c'est-à-dire

6. George A. Kelly, fondateur de la psychologie des constructions personnelles, est indépendamment arrivé à la même conclusion : « Pour la créature vivante, donc, l'univers est réel, mais il n'est pas inexorable, à moins qu'elle ne choisisse de l'interpréter ainsi [13, p. 8]. »

une activité qui ne requiert aucune justification et fonctionne comme donnée de départ. Le sujet connaissant est conçu comme une entité « pure », au sens où on ne le considère pas comme essentiellement entravé par des conditions biologiques ou psychologiques. L'épistémologie constructiviste radicale brise tout à fait ce cadre conventionnel, et commet ce que les philosophes professionnels rejettent avec plus ou moins de mépris comme « psychologisme ». Les réflexions qui m'ont amené à cette position quelque peu iconoclaste découlent de ce qui a été dit dans les deux premières sections dès qu'on les considère conjointement.

Il s'agit d'abord de comprendre que la connaissance, c'est-à-dire ce qui est « connu », ne peut être le résultat d'une réception passive, mais constitue au contraire le produit de l'activité d'un sujet. Par cette activité, il ne s'agit pas, bien sûr, de manipuler des « choses en soi », autrement dit des objets dont on pourrait penser qu'ils possèdent, indépendamment de toute expérience, les propriétés et la structure que le sujet connaissant leur attribue. Nous appelons donc « opération » l'activité qui construit la connaissance – opération effectuée par cette entité cognitive qui, comme Piaget l'a si bien formulé, organise son monde empirique en même temps qu'elle s'organise elle-même. L'épistémologie consiste alors à étudier *comment* l'intelligence opère, quels moyens et manières elle emploie pour construire un monde relativement stable et *régulier* à partir du flux d'expériences dont elle dispose. La fonction de l'intellect a cependant intéressé la psychologie – et, plus on insiste sur le caractère actif des opérations, plus l'investigation devient psychologique. Si, de plus, on prend en compte des considérations liées au développement d'un organisme, en faisant intervenir des concepts phylogénétiques ou ontogénétiques, on se trouve alors résolument dans le domaine de l'« épistémologie génétique » – domaine que les réalistes métaphysiques prennent grand soin d'éviter. Pour eux, en effet, la théorie de la connaissance ne doit en aucun cas être altérée par des considérations d'ordre biologique ou physiologique [16].

Si, cependant, comme Alcméon l'a déjà suggéré, l'activité humaine de connaître ne mène jamais à une image du monde qui soit certaine et vraie, mais seulement à une interprétation conjecturale, alors on peut comparer cette activité à la fabrication de clés dont l'homme se sert pour ouvrir des voies vers les buts qu'il choisit d'atteindre. Par là, la seconde question que nous avions posée à la fin de la section précédente, à savoir pourquoi une activité cognitive existe, se trouve inextricablement liée à la première. En effet, l'efficacité d'une clé ne dépend pas du fait de trouver une serrure à laquelle elle convienne : la clé doit seulement ouvrir le chemin qui mène au but précis que nous voulons atteindre.

Le constructivisme commence nécessairement avec l'hypothèse (intuitivement confirmée) que toute activité cognitive s'effectue dans le monde empirique d'une conscience dirigée vers un but. Dans ce contexte, la direction vers un but ne désigne naturellement pas un objectif situé dans une réalité « extérieure ». Les buts dont il s'agit ici n'ont d'autre raison d'être que la suivante : un organisme cognitif évalue les expériences qu'il fait, et, par là, tend à en répéter certaines et à en éviter d'autres. De ce fait, les produits d'une activité cognitive consciente ont toujours un but, et, au moins à l'origine, sont évalués en fonction de la façon dont ils contribuent à atteindre ce but. Mais cette notion d'efficacité dans la manière d'atteindre un but présuppose cependant d'affirmer qu'il est possible d'établir des régularités dans le monde empirique. A cet égard, la position de Hume décrit parfaitement la situation : « Toutes les conclusions tirées de l'expérience supposent, comme fondement, que le futur ressemblera au passé (...) S'il y a quelque doute que le cours de la nature puisse changer et que le passé ne puisse être la règle pour l'avenir, toutes les expériences deviennent inutiles et ne peuvent engendrer d'inférences ou de conclusions [8]. » Cette croyance est inhérente à tous les êtres que nous appelons vivants.

Le concept de « nature », pour Hume comme pour Kant, englobait la totalité des objets de l'expérience [11]. Autrement dit, tout ce que nous inférons à partir de notre expérience – c'est-à-dire tout ce que nous appelons *inductif* – concerne nécessairement notre expérience, et non pas un monde mythique, indépendant de l'expérience d'un sujet, dont rêvent les réalistes métaphysiques.

L'approche constructiviste nous permet de formuler une deuxième idée ; elle concerne la nature des régularités qu'un organisme cognitif trouve, ou plutôt produit, dans son monde empirique. Pour affirmer, en effet, que quelque chose est régulier, constant, ou d'une manière quelconque *inchangé*, une comparaison est nécessaire : une chose déjà expérimentée est mise en relation avec une seconde expérience qui, à l'intérieur de cette séquence d'expérience, ne coïncide pas avec la première. Cette

35

« mise en relation », indépendamment du fait qu'elle indique une similitude ou une différence, donne lieu à l'un des deux concepts essentiellement différents : l'équivalence ou l'identité individuelle. La confusion de ces deux concepts mutuellement incompatibles est largement favorisée par le fait qu'en anglais on utilise tout à fait indifféremment le mot *same* (même). Cette confusion est cependant d'ordre conceptuel. En effet, alors qu'on trouvait à l'origine, dans d'autres langues, deux termes distincts (par exemple, en allemand, *das Gleiche* et *dasselbe,* ou, en italien, *stesso* et *medesimo* *), l'usage actuel n'en est pas moins indifférent. Pourtant, si on se propose de comprendre un des plus élémentaires composants de la construction cognitive, on doit clairement distinguer les deux concepts ici impliqués.

Piaget l'a montré, les concepts d'équivalence et d'identité individuelle ne sont pas donnés *a priori* (innés), mais doivent être construits ; et, en fait, tout enfant « normal » les construit au cours des deux premières années de sa vie [17]. Pour cela, le développement d'une capacité de représentation est crucial. D'une part, c'est la capacité de se représenter à soi-même une perception ou expérience passée qui rend possible la comparaison entre celle-ci et une expérience présente ; et, d'autre part, la même capacité de représentation nous permet de considérer des perceptions renouvelées, en particulier des groupes de perceptions renouvelées, comme des *objets,* de les placer dans un espace indépendant de celui dans lequel le sujet se meut, et dans un temps aussi indépendant de la succession des expériences faites par le sujet. Allant de pair avec ce développement, deux types de comparaison possibles interviennent. On peut, d'une part, « extérioriser » deux éléments empiriques et les considérer comme deux objets indépendants l'un de l'autre. Mais on peut aussi les considérer comme deux expériences d'un seul et même objet « existant » individuellement. Cette distinction ne dépend alors pas d'une comparaison entre deux expériences : elle se trouve déterminée par le caractère conceptuel des éléments comparés. Si cette comparaison conduit à un jugement d'« identité », on a : ou bien deux objets équivalents quant aux propriétés examinées dans la comparaison, ou bien *un* objet qui n'a pas changé pendant l'intervalle qui a séparé les deux expériences. Si, au contraire, la comparaison

---

* *Das Gleiche* et *stesso* indiquent une équivalence, *dasselbe* et *medesimo,* une identité individuelle [*NdT*].

mène à un jugement de « différence », on a alors : ou bien deux objets avec des propriétés différentes, ou un objet qui a *changé* depuis la précédente expérience que nous en avons faite.

Dans notre pratique quotidienne de l'expérience, nous établissons bien sûr des contextes qui nous conduisent vers l'une ou l'autre conceptualisation, sans que nous ayons chaque fois à choisir consciemment entre équivalence et identité individuelle. Mais j'ai montré ailleurs qu'il existe des cas d'indécision, et comment nous essayons alors de déterminer une identité individuelle par la démonstration plus ou moins plausible d'une certaine forme de continuité [7]. Dans le contexte présent, je veux simplement insister sur le fait que tout type d'une telle continuité dans l'existence d'un objet est dans tous les cas le résultat d'opérations effectuées par le sujet connaissant, et ne peut jamais être expliqué comme un fait donné dans une réalité objective.

Personne n'utilise ces possibilités conceptuelles avec autant d'habileté que le magicien professionnel. Au cours d'une représentation, il peut par exemple demander la bague d'un spectateur, la lancer à son assistant à travers la salle, et laisser le spectateur retrouver, stupéfait, sa bague dans la poche de son propre manteau. La magie consiste ici à diriger la perception des spectateurs de telle manière qu'ils construisent involontairement une identité individuelle entre la première expérience de la bague et l'expérience de l'objet lancé. S'il s'agissait vraiment d'un même objet, il faudrait effectivement l'intervention d'un pouvoir magique pour transférer la bague de la poche de l'assistant à celle du spectateur. Un autre exemple est celui du ruban rouge que le magicien découpe en petits morceaux, puis – d'un simple petit geste de la main – qu'il produit de nouveau entier.

Un exemple similaire, souvent cité, est celui du film, que, selon des conditions de perception différentes, on voit comme séquence d'images individuellement différentes ou comme le mouvement continu d'*une* seule image. Indépendamment de tout cheval « réel » qui peut avoir trotté quelque part, à un moment donné, et avoir été filmé à ce moment-là, quand le film nous est présenté, nous devons nous-mêmes construire le mouvement en constituant le changement *continu* d'un seul et même cheval à partir de la succession des images perçues. Et que nous effectuions cette opération inconsciemment ne change rien au fait que nous devons l'effectuer pour percevoir le mouvement du cheval.

De même, les jugements d'identité ou de différence dans le

domaine des objets perceptuels ne sont pas moins construits.
Comme je l'ai indiqué plus haut, l'« identité » est toujours le
résultat d'un examen tenant compte de propriétés spécifiques.
On peut considérer deux œufs comme identiques à cause de leur
forme, leur taille, leur couleur, ou bien parce qu'une même poule
les a pondus ; il restera cependant entre eux une différence
manifeste si l'un d'eux a été pondu hier, et l'autre il y a six
semaines. Ou encore, un rat des champs et un éléphant sont
différents à bien des égards, mais on les considérera cependant
comme identiques si on propose de distinguer les mammifères
d'autres animaux. Enfin, tous les œufs, tous les animaux et en
fait tous les objets que j'ai vus ou imaginés sont identiques au
sens où je les ai isolés en tant qu'objets délimités, formant des
unités, dans l'ensemble du champ de mon expérience. Dans ces
cas, comme dans tous les autres cas concevables, il devrait
maintenant apparaître clairement que les critères permettant
d'établir l'identité ou la différence sont créés et choisis par le
sujet qui fait des expériences, qui juge, et qu'on ne peut en
aucun cas les attribuer à un monde indépendant d'un sujet.

Pour la compréhension du constructivisme radical, il est encore
plus important d'apprécier les opérations qu'effectue le sujet dans
la mesure où elles engendrent des régularités et invariances dans
le monde empirique. A la fois la régularité et la constance
présupposent la répétition d'une expérience, et on ne peut établir
la répétition que sur la base d'une comparaison qui fournit un
jugement d'identité. On l'a vu cependant, l'identité est toujours
relative : les objets, et les expériences en général, sont « identiques » quant aux propriétés ou composants qui ont été pris en
compte dans une comparaison. De ce fait, on peut considérer
comme identiques une expérience constituée des éléments a, b
et c, et une expérience constituée de a, b, c et x, aussi longtemps
qu'on ne tient pas compte de x. Il s'agit ici en fait du principe
d'*assimilation*. Si on établit un contexte dans lequel seuls les
éléments a, b et c comptent, tout objet contenant a, b et c est
acceptable. Aucun objet de ce type ne pourra en effet être
distingué d'autres objets contenant aussi a, b et c, tant qu'on
n'inclut aucun autre élément dans la comparaison. Mais la
situation change s'il s'avère qu'un objet, bien que contenant a,
b et c, a un comportement différent de celui qu'une expérience
précédente laisse attendre des objets a-b-c. Quand elle se présente, une telle situation engendre une perturbation qui peut

mener à la prise en considération d'autres propriétés ou éléments. Ce qui permet aussitôt de distinguer l'objet qui perturbe (celui qui n'est plus acceptable) sur la base d'un élément x dont on n'avait jusqu'ici pas tenu compte. Vient ensuite l'exemple du principe d'*accommodation,* le pilier de la théorie de Piaget dans le cadre des schèmes d'action et de son analyse du développement cognitif. Je voudrais ici simplement souligner que le concept de « convenance » est aussi intégré à ce principe : en effet, dans ce cas aussi, on ne considère pas ce qu'un objet peut être en « réalité », ou d'un point de vue objectif, mais on se demande seulement s'il accomplit ce qu'on attend de lui, autrement dit s'il convient ou non.

Si on peut construire la répétition sur la base de telles comparaisons, il devrait maintenant apparaître clairement que cela est aussi valable pour toutes sortes de régularités. Tous les concepts qui impliquent une régularité dépendent du point de vue particulier que l'on adopte – à savoir *ce que* l'on considère et *quel* type de similitude on recherche. La matière première du monde empirique étant suffisamment riche, une conscience capable d'assimilation peut construire des régularités et établir un ordre même dans un monde complètement chaotique. Dans quelle mesure cette construction pourra s'effectuer dépend beaucoup plus des buts choisis et des points de départ déjà construits que de ce qui est donné dans une prétendue « réalité ». Mais, dans nos expériences, toujours déterminées par les buts que l'on choisit, nous tendons à attribuer les obstacles rencontrés à une réalité mythique plutôt qu'à la façon dont nous opérons.

Un maçon qui construit exclusivement avec des briques arrive tôt ou tard à la conclusion que, là où sont prévues des ouvertures pour des fenêtres et des portes, il doit faire des cintres qui soutiennent le mur au-dessus de ces ouvertures. Et, si le maçon croit alors avoir découvert une loi régissant un monde absolu, il fait exactement la même erreur que Kant qui pensait que toute géométrie doit être euclidienne. Quels que soient les éléments de construction que nous choisissons, qu'il s'agisse de briques ou d'éléments d'Euclide, ils déterminent toujours des contraintes et des limites. Mais nous expérimentons seulement ces contraintes (en quelque sorte) de l'« intérieur » des briques ou de la perspective euclidienne ; autrement dit, nous ne parvenons pas à voir les contraintes et limites du monde auxquelles nos entreprises se heurtent. Ce que nous expérimentons, découvrons et savons est nécessairement constitué de nos propres éléments de construction, et seuls nos manières et moyens de construction peuvent en rendre compte.

Le langage nous contraint inexorablement à tout exposer sous forme de séquence. On doit donc lire les trois parties de cet essai l'une après l'autre ; mais cette inévitable succession ne correspond cependant pas à un ordre logiquement nécessaire. On ne pourrait esquisser que de manière très approximative le contenu de chacune de ces parties en tant que thèmes indépendants ; en effet, dans la pensée constructiviste, chaque thème est si intimement lié aux autres que, présenté séparément, il paraîtrait un simple exercice de doigté. Séparément, les arguments que j'ai présentés ici ne peuvent engendrer une nouvelle façon de penser le monde. Et, s'ils le pouvaient, ce serait à travers le tissu de leurs relations réciproques.

L'analyse conceptuelle montre, d'une part, qu'une conscience, quelle que soit sa constitution, ne peut « connaître » des répétitions, des invariances, des régularités, que sur la base d'une comparaison ; d'autre part, elle montre qu'une décision doit toujours précéder la comparaison elle-même : celle de déterminer si on doit considérer les deux expériences qu'on se propose de comparer en tant que manifestations d'un seul et même objet ou de deux objets différents. Ces décisions déterminent ce qu'on classe, d'une part, comme objets unitaires « existants », et, d'autre part, comme relations entre ces objets ; enfin, elles structurent le flux des expériences auquel la conscience est confrontée. La structure ainsi créée est ce que les organismes conscients connaissants expérimentent en tant que « réalité » – aussi, dans la mesure où le sujet empirique crée cette réalité sans pratiquement avoir conscience de son activité créatrice, elle apparaît comme donnée dans un monde « existant » indépendamment de cette conscience.

La conception exposée plus haut n'est pas particulièrement nouvelle. Les sceptiques, depuis Pyrrhon, en sont arrivés au même point dans le développement de leur pensée. Les théoriciens de la physique contemporaine en sont également proches, dans leurs termes à eux : ils doivent en effet se demander de plus en plus fréquemment s'ils découvrent vraiment des lois de la nature, ou si plutôt la préparation sophistiquée de leurs observations contraint la nature à se soumettre au cadre d'une hypothèse préconçue. Cependant, aussi longtemps que, dans nos convictions les plus intimes, nous restons des « réalistes métaphysiques », et attendons de la connaissance (autant de la connaissance scientifique que de la connaissance courante) qu'elle produise une image « vraie » d'un monde « réel » supposé indépendant de tout sujet connaissant, le sceptique, attirant sans cesse l'attention sur le fait qu'une telle connaissance « vraie » est impossible, apparaît inévitablement comme un pessimiste et un rabat-joie. Le réaliste peut bien sûr, malgré tout, rester réaliste et prétendre qu'on peut passer outre à ces arguments sceptiques, simplement parce qu'ils contredisent le bon sens. Si, par contre, il les prend au sérieux, il doit se replier sur une forme d'idéalisme subjectif qui mène nécessairement au solipsisme, c'est-à-dire à la croyance qu'aucun monde n'existe hors de l'esprit pensant du sujet.

D'un côté, cette situation semble inévitable à cause de l'irréprochable logique des arguments sceptiques ; et, de l'autre, nous sommes intuitivement convaincus, et en même temps notre expérience quotidienne nous confirme constamment, que le monde est rempli d'obstacles que nous ne plaçons pas délibérément sur notre chemin. Pour résoudre le problème, il nous faut alors retourner au tout début de la construction de nos théories de la connaissance. On y trouve bien sûr, parmi d'autres éléments, la définition de la relation entre connaissance et réalité – et c'est là précisément que le constructivisme s'écarte des chemins traditionnels de l'épistémologie. Le problème traditionnel disparaît dès que l'on ne considère plus la connaissance comme la recherche de la représentation iconique d'une réalité ontologique, mais comme la recherche de manières de se comporter et de penser qui *conviennent*. La connaissance devient alors quelque chose que l'organisme construit dans le but de créer un ordre dans le flux de l'expérience – en tant que tel, informe – en établissant des expériences renouvelables, ainsi que des relations relativement fiables entre elles. Les possibilités de construire un tel ordre sont déterminées, et sans cesse limitées, par les précédentes étapes de la construction. Cela signifie que le monde « réel » se manifeste lui-même uniquement là où nos constructions échouent. Mais, dans la mesure où nous ne pouvons décrire et expliquer ces échecs que par les concepts mêmes dont nous nous sommes servis pour construire des structures défaillantes, ce processus ne fournit jamais l'image d'un monde que nous pourrions tenir pour responsable de leur échec.

Une fois cela tout à fait compris, il deviendra évident qu'on ne doit pas considérer le constructivisme radical comme un moyen d'établir une image ou description d'une réalité absolue, mais seulement comme modèle possible de connaissance élaboré par des organismes cognitifs capables de construire pour eux-mêmes, à partir de leur propre expérience, un monde plus ou moins fiable.

RÉFÉRENCES

1   Bateson, Gregory, « Cybernetic Explanation », *American Behaviorist,* n° 10, 1967, p. 29-32.

2   Berkeley, George, *Principes de la connaissance humaine,* trad. fr. d'André Leroy, Paris, Aubier, 1969, p. 211.

3   Campbell, Donald T., « Evolutionary Epistemology », *in* P. A. Schilpp (éd.), *The Philosophy of Karl Popper,* La Salle, Illinois, Open Court, 1974, p. 449.

4   Ceccato, Silvio, *Un Tecnico fra i filosofi,* Mantoue, Marsilio, 1964-1966, t. I et II.

5   Freeman, Kathleen, *Ancilla to the Pre-Socratic Philosophers,* Cambridge, Massachusetts, Harvard University Press, 1948, p. 40.

6   *Ibid.,* p. 33.

7   Glasersfeld, Ernst von, « Cybernetics, Experience and the Concept of Self », *in* M. N Ozer (éd.), *A Cybernetic Approach to the Assessment of Children . Toward a More Human Use of Human Beings,* Boulder, Colorado, Westview Press, 1979.

8   Hume, David, *Enquêtes sur l'entendement humain,* Paris, Aubier-Montaigne, 1947, p. 83-84.

9   Kant, Emmanuel, *Prolégomènes à toute métaphysique future,* Paris, Gallimard, coll. « Bibliothèque de la Pléiade », 1985, p. 97

10 *Ibid.,* p. 65.

11 *Ibid.,* p. 67.

12 *Id., Critique de la Raison pure,* trad. fr. de J. Barni et P. Archambaut, Préfaces et Introduction, Paris, Aubier-Montaigne, 1973, Introduction, p 115.

13 Kelly, George A., *A Theory of Personality : The Psychology of Personal Constructs,* New York, W.W. Norton, 1963.

14 McCulloch, Warren S., *Embodiments of Minds,* Cambridge, Massachusetts, MIT Press, 1965, p. 154.

15 Maturana, Humberto, *Biology of Cognition* (Rapport 9.0), Urbana, Illinois, Biological Computer Laboratory, 1970, p. 2.

6 Mays, Wolfe, « The Epistemology of Professor Piaget », *Minutes of the Aristotelian Society,* 7 décembre 1953, p. 54-55

17 Piaget, Jean, *La Construction du réel chez l'enfant.* Neuchâtel, Delachaux et Niestlé, 1937, p 311.

18 Putnam, Hilary, *Reason, Truth and History,* Cambridge, Cambridge University Press, 1981.

19 Richards, John, et Glasersfeld, Ernst von, « The Control of Perception and the Construction of Reality », *Dialectica,* n° 33, 1979, p. 37-58.

20 Rubinoff, Lionel, « Vico and the Verification of Historical Interpretation », *in* G Tagliacozzo, M. Mooney et D. P. Verene (éd.), *Vico and Contemporary Thought,* Atlantic Highlands, New Jersey, Humanities Press, 1976

21 Sextus Empiricus, *Esquisses pyrrhoniennes,* trad. fr. de Jean Grenier et Geneviève Goron, Paris, Aubier-Montaigne, 1948, p. 94-95 et 177.

22 Skagestad, Peter, « Taking Evolution Seriously : Critical Comments on D.T. Campbell's Evolutionary Epistemology », *Monist,* n° 61, 1978, p. 611-621.

23 Spinner, Helmut F., *Begründung, Kritik und Rationalität,* Vieweg, Braunschweig, 1977, p. 61.

24 Uexküll, Jakob von, *Streifzüge durch die Umwelten von Tieren und Menschen,* Francfort-sur-le-Main, Fischer, 1970.

25 Vico, Giambattista, *De Antiquissima Italorum Sapientia,* Naples, Stamperia de' Classici Latini, 1858, chap. I, section I, p. 5-6.

26 *Ibid ,* chap. I, section III, p. 2.

27 *Ibid ,* chap III, section I, p. 2.

28 *Ibid ,* chap. III, section I, p. 3.

29 *Ibid ,* chap. VII, section III, p. 5.

HEINZ
VON FOERSTER

La construction d'une réalité *

> Dessinez une différence !
>
> G. Spencer Brown [1].

LE POSTULAT

Vous vous souvenez certainement du personnage de Monsieur Jourdain, dans la pièce de Molière intitulée *le Bourgeois gentilhomme* : un nouveau riche qui, avide d'instruction, fréquente les sphères raffinées de l'aristocratie française. Un jour, s'entretenant de poésie et de prose avec son maître de philosophie, Jourdain découvre à son grand étonnement et plaisir que, quand il parle, il parle en prose. Bouleversé par cette découverte, il s'exclame : « Par ma foi ! Il y a plus de quarante ans que je dis de la prose sans que j'en susse rien, et je vous suis le plus obligé du monde de m'avoir appris cela ! »

Une découverte similaire a été faite il n'y a pas si longtemps. Il ne s'agissait alors ni de poésie ni de prose, mais d'environnement : c'était l'environnement qu'on avait cette fois découvert. Je me souviens d'avoir vu, il y a peut-être dix ou quinze ans, quelques-uns de mes amis américains arriver en courant, eux aussi à la fois surpris et enchantés de leur dernière grande découverte : « Nous vivons dans un environnement ! Nous vivons depuis toujours dans un environnement sans le savoir ! »

Cependant, ni Monsieur Jourdain ni mes amis n'ont encore fait une autre découverte – ils ne savent pas que, quand Monsieur Jourdain parle, que ce soit en prose ou en poésie, c'est lui-même

---

* Cet article est l'adaptation d'un exposé fait le 17 avril 1973, lors de la quatrième conférence de l'International Environmental Design Research Association, au département d'architecture du Virginia Polytechnic Institute, Blacksburg, Virginie, États-Unis.

qui invente ce qu'il dit, et que, de la même façon, quand nous percevons notre environnement, c'est nous-mêmes qui l'inventons.

Toute découverte est à la fois douloureuse et joyeuse : douloureuse quand nous en sommes encore à nous battre avec une idée nouvelle, encore imprécise ; mais joyeuse aussitôt qu'on est parvenu à la déterminer. Aussi, le seul but de ma présentation sera de minimiser le plus possible la douleur et d'augmenter la joie de ceux qui n'ont pas encore fait cette découverte. Quant à ceux qui l'ont déjà faite, ils sauront ainsi qu'ils ne sont pas les seuls. Formulons donc de nouveau la découverte que nous devons tous faire pour nous-mêmes. Il s'agit du postulat suivant :

L'environnement, tel que nous le percevons, est notre invention.

A moi maintenant d'appuyer cette affirmation extravagante. Pour cela, je commencerai par vous inviter à faire une expérience ; je décrirai ensuite un cas clinique, ainsi que les résultats de deux autres expériences. Après quoi, je donnerai une interprétation, puis une description très concise des fondements neurophysiologiques sur lesquels reposent ces expériences et le postulat que j'ai formulé plus haut. Enfin, j'essaierai de suggérer la signification de tout ceci appliqué à des considérations esthétiques et éthiques.

EXPÉRIENCES

La tache aveugle

Prenez le livre dans la main droite, fermez l'œil gauche, et fixez l'étoile de la figure 1 avec l'œil droit. Avancez et reculez lentement le livre sur la ligne de vision : à une distance précise (environ 30 à 35 cm), la tache noire et ronde disparaît. Si vous fixez bien l'étoile, la tache doit rester invisible, même si vous déplacez lentement le livre dans n'importe quelle direction, en le maintenant droit.

Cette cécité localisée est une conséquence directe de l'absence

FIGURE 1

le cellules photosensibles (les bâtonnets ou les cônes) sur la partie de la rétine où les fibres nerveuses de la surface photo-sensible de l'œil convergent pour former le nerf optique. En clair, quand l'image de la tache noire est projetée sur cette partie de la rétine (la papille), elle ne peut être vue. Notons que cette cécité localisée n'est pas perçue comme une tache sombre dans notre champ visuel (voir une tache sombre impliquerait de pouvoir la voir) ; elle n'est pas perçue du tout, ni comme quelque chose de présent, ni comme quelque chose d'absent – ce que nous percevons, nous le percevons « sans taches ».

Scotome

Des lésions occipitales localisées avec précision dans le cerveau (par exemple, des blessures entraînées par le choc de projectiles) guérissent relativement rapidement sans que le patient perçoive la moindre perte ou défaillance de sa vision. Cependant, après quelques semaines, des troubles moteurs apparaissent – par exemple, la perte du contrôle du mouvement d'un bras ou d'une jambe d'un côté du corps. Des tests cliniques montrent alors que le système nerveux moteur fonctionne normalement, mais que,

 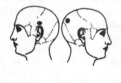

FIGURE 2

dans certains cas, les lésions ont entraîné chez le malade la perte
(fig. 2) d'une grande partie du champ visuel (scotome) [9]. Une
thérapie efficace consiste à bander les yeux du patient pendant
un à deux mois, jusqu'à ce qu'il retrouve le contrôle de son
système nerveux moteur, et cela en déplaçant son « attention »,
de points de repère visuels (non existants) qui l'informent normalement sur la position de son corps, vers des canaux (tout à
fait opérationnels) qui lui fournissent directement des repères
posturaux provenant des récepteurs sensoriels (proprioceptifs)
logés dans ses muscles et ses articulations. Notons ici aussi que
l'« absence de perception » n'est pas perçue, et que la perception
intervient par l'intermédiaire d'une interaction sensori-motrice.
Ce qui amène deux remarques : 1. Percevoir, c'est faire. 2. Si
je ne vois pas que je suis aveugle, alors je suis aveugle, mais, si
je vois que je suis aveugle, alors je vois.

Mots alternatifs

On enregistre un seul mot sur une bande magnétique que l'on
relie ensuite (sans raccord) à un circuit fermé. On entend ainsi
le même mot sans cesse répété, le volume de l'appareil étant
réglé assez haut. Après une ou deux minutes d'écoute (soit de
cinquante à cent cinquante répétitions), le mot que l'on a entendu
jusqu'alors se transforme tout à coup en un autre mot, aussi
clairement perçu et dont la signification est tout à fait précise :
il s'agit d'un « mot alternatif ». Après dix à trente répétitions de
ce premier mot alternatif, une seconde transformation se produit,
un nouveau mot est perçu, et ainsi de suite [6]. L'énumération
qui suit est une brève sélection parmi 758 mots alternatifs enten-
dus par deux cents sujets soumis à l'écoute répétitive du mot
cogitate : *agitate, annotate, arbitrate, artistry, back and forth,
brevity, ça d'était, candidate, can't you see, can't you stay, Cape
Cod you say, card estate, cardiotape, car district, catch a tape,
cavitate, cha cha che, cogitate, computate, conjugate, conscious
state, counter tape, count to ten, count to three, count yer tape,
cut the steak, entity, fantasy, God to take, God you say, got a
date, got your pay, got your tape, gratitude, gravity, guard the
tit, gurgitate, had to take, kinds of tape, majesty, marmalade.*

Compréhension [1]

On implante des micro-électrodes dans les différents relais des conduits auditifs du cerveau d'un chat afin d'établir un électro-encéphalogramme des signaux nerveux électriques locaux, en commençant par les cellules nerveuses du limaçon de l'oreille interne, qui sont les premières à recevoir des stimuli auditifs, et jusqu'aux cellules du cortex auditif [10]. On place ensuite le chat ainsi préparé dans une cage ; elle contient une mangeoire dont il est possible d'ouvrir le couvercle en appuyant sur un levier. Cependant, le mécanisme qui lie le levier au couvercle ne fonctionne que lorsqu'un bref son (dans ce cas, C_6, qui équivaut environ à 1 000 hertz) est émis de manière répétitive. Le chat doit donc apprendre que C_6 « signifie » nourriture. Les oscillo-grammes des figures 3 à 6 montrent le modèle d'activité nerveuse se produisant au niveau de huit relais auditifs, dans un ordre croissant, et à quatre étapes consécutives du processus d'appren-tissage [10]. Les comportements du chat associés à l'activité neurale correspondante sont les suivants : « recherche au hasard » pour la figure 3, « examine le levier » pour la figure 4, « appuie immédiatement sur le levier » pour la figure 5, et « marche directement vers le levier » (parfaite compréhension) pour la figure 6. On remarque qu'aucun son n'est perçu tant qu'il n'est pas encore interprété (dans les figures 3 et 4, il ne s'agit que d'un bruit) ; mais tout le système devient actif au premier « bip » émis *(fig. 5 et 6)* dès que la sensation est devenue compréhensible, c'est-à-dire quand *notre* perception des « bip-bip-bip » correspond à « nourriture » dans la perception du *chat*.

INTERPRÉTATION

Dans les expériences décrites ci-dessus, j'ai pris des exemples dans lesquels nous voyons ou entendons ce qui n'est pas « là »,

---

1 Littéralement : *con,* « avec », et *prehendere,* « saisir », « prendre ».

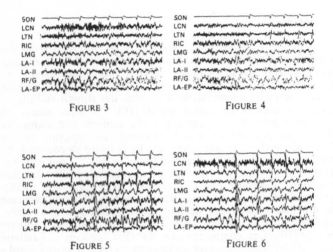

FIGURE 3

FIGURE 4

FIGURE 5

FIGURE 6

ou dans lesquels nous ne voyons pas ou n'entendons pas ce qui est « là », jusqu'à ce que la coordination de la sensation et du mouvement nous permette de « saisir » (comprendre) ce qui semble être là. Je consoliderai maintenant cette remarque en énonçant le « principe d'encodage indifférencié » :

> La réponse d'une cellule nerveuse *n*'encode *pas* la nature physique des agents qui ont causé cette réponse. Autrement dit, le « quoi » n'est pas encodé, mais seulement le « combien ».

Considérons par exemple une cellule photosensible de la rétine, un « bâtonnet », qui absorbe la radiation électromagnétique émise par une source éloignée. Cette absorption provoque un changement dans le potentiel électrochimique du bâtonnet, donnant finalement lieu à des décharges électriques périodiques de certaines cellules dans la zone plus profonde des réseaux neuronaux postrétiniens (voir, plus loin, *fig. 15*). La fréquence de ces décharges correspond à l'intensité de la radiation absorbée, mais rien n'indique qu'une radiation électromagnétique était à l'origine de la décharge produite par le bâtonnet. Ceci est valable pour tout récepteur sensoriel, qu'il s'agisse des papilles gustatives, des récepteurs tactiles, olfactifs, auditifs, ou de toute autre sorte de récepteur : il sont tous « aveugles » à la qualité des stimulations, ils ne réagissent qu'à leur quantité.

Bien que surprenante, cette affirmation ne devrait pourtant pas surprendre. En effet, « là-bas, à l'extérieur », il n'y a ni son, ni musique, mais seulement des variations périodiques de la pression de l'air ; et « là-bas, à l'extérieur », il n'y a non plus de chaleur et de froid, mais des molécules qui bougent avec plus ou moins d'énergie cinétique, et ainsi de suite. Enfin, « là-bas, à l'extérieur », il n'y a certainement pas de douleur.

Dans la mesure où la nature physique du stimulus – sa *qualité* – n'est pas encodée dans l'activité nerveuse, la question fondamentale est de savoir comment notre cerveau fait apparaître l'extraordinaire variété du monde coloré dont nous faisons l'expérience à tout instant quand nous sommes éveillés, parfois aussi dans nos rêves pendant notre sommeil. Ainsi se pose le « problème de la cognition », celui de la recherche d'une compréhension des processus cognitifs.

La façon de poser une question détermine aussi celle d'y répondre. Il m'appartient donc de formuler le « problème de la cognition » de façon que les outils conceptuels aujourd'hui disponibles deviennent tout à fait efficaces. Dans ce but, je formulerai la « cognition » de la manière suivante ($\longrightarrow$) :

cognition $\longrightarrow$ computation * d'une réalité

Une telle formulation me laisse prévoir une foule d'objections. D'abord, je remplace un terme inconnu, *cognition,* par trois autres, dont deux, *computation* et *réalité,* sont encore plus opaques que le terme à définir, le seul mot défini utilisé étant l'article indéfini *une.* De plus, l'utilisation de cet article indéfini implique l'idée absurde de l'existence d'autres réalités à côté de « la » seule et unique réalité, notre très cher « environnement » ;

---

* Nous avons traduit l'allemand *Berechnung* (calcul) et *berechnen* (calculer) par « computation » et « computer » ; ces termes font maintenant partie du vocabulaire qui définit l'intelligence artificielle dont von Foerster est un spécialiste [NdT].

enfin, par « computation », je semble suggérer que tout, de ma montre jusqu'aux lointaines galaxies, est seulement computé, et n'est donc pas « là ». Parfaitement inouï !

Mais considérons maintenant ces objections une par une. Tâchons d'abord d'apaiser la blessure sémantique que le terme de computation pourrait provoquer chez les personnes plus familières des arts et des sciences humaines que des sciences naturelles ou exactes. *Computer,* en anglais *to compute,* est en fait un terme tout à fait inoffensif ; il correspond au latin *com-putare* qui signifie, littéralement, penser, contempler *(putare)* des choses ensemble *(com),* sans référence explicite à des grandeurs numériques. Aussi, j'utiliserai précisément ce terme dans ce sens très général pour désigner toute opération (pas nécessairement numérique) qui transforme, modifie, ordonne ou réordonne des entités physiques observées (« objets »), ou leurs représentations (« symboles »). Par exemple, j'appellerai « computation » la simple permutation des trois lettres A, B, C, qui place cette fois la dernière lettre en premier – C, A, B –, ou encore l'effacement des virgules qui séparent les lettres – CAB –, ou enfin la transformation sémantique qui, en anglais, permet de passer de CAB à *taxi,* et ainsi de suite.

Je défendrai maintenant mon usage de l'article indéfini dans le groupe nominal *une réalité.* Je pourrais, bien sûr, me réfugier derrière l'argument logique suivant : en résolvant le cas général impliqué par *une,* j'aurai aussi résolu chaque cas spécifique désigné par l'utilisation de l'article défini *la.* Mais mon intention est beaucoup plus profonde. Il existe en fait un large gouffre entre les modes de pensée définis par *la* et ceux définis par *une,* dans la mesure où ils se servent respectivement des concepts distincts de « confirmation » et de « corrélation » comme principes permettant de rendre compte des perceptions. Selon la première école (celle des *la),* ma sensation tactile est la *confirmation* de ma sensation visuelle m'indiquant qu'il y a ici une table. Selon la seconde (celle des *une),* ma sensation tactile, en *corrélation* avec ma sensation visuelle, produit une expérience que je peux décrire par : « il y a ici une table ».

Pour des raisons épistémologiques, je rejette la position des modes de pensée définis par *la.* En effet, de cette façon, tout le problème de la cognition est mis à l'écart, hors de portée, dans la tache aveugle de la cognition elle-même : son absence ne peut plus être vue.

On semble finalement avoir le droit d'affirmer que les processus cognitifs ne computent pas des montres-bracelets, ni des galaxies : ils computent tout au plus des descriptions de ces entités. Je me plie donc à cette objection, et remplace ma formulation précédente par la suivante :

cognition $\longrightarrow$ computation de descriptions d'une réalité

Cependant, les neurophysiologistes nous diront [4] qu'une description computée à partir d'un niveau d'activité neurale – par exemple, celui d'une image projetée sur la rétine – est ensuite traitée à d'autres niveaux plus élevés, de telle façon que n'importe quelle activité motrice peut être considérée par un observateur comme une « description terminale » – par exemple, l'énoncé : « il y a ici une table ». Par conséquent, je dois de nouveau modifier ma formulation, cette fois de la manière suivante :

cognition $\longrightarrow$ computation de descriptions de ⌐

Le retour de la flèche indiquant ici la répétition illimitée de descriptions de descriptions, etc. Cette formulation a l'avantage d'éliminer avec succès l'inconnu, c'est-à-dire « réalité ». La réalité n'apparaît ici qu'implicitement, comme processus de descriptions récursives. De là, nous pouvons profiter du fait que la computation de descriptions n'est finalement rien d'autre qu'une computation pour affirmer :

cognition $\longrightarrow$ computations de ⌐

En résumé, je propose de comprendre le processus cognitif en tant que computation récursive illimitée. Et j'espère rendre cette conception transparente avec le tour de force que représente l'exposé neurophysiologique qui suit.

NEUROPHYSIOLOGIE

Évolution

Pour qu'il soit bien clair que le principe de calcul récursif se trouve à la base de tout processus cognitif – et de la vie même, comme l'affirme un des plus éminents biologistes [5] –, on peut revenir brièvement sur les plus élémentaires – les plus « primitives », diraient les évolutionnistes – manifestations de ce principe.

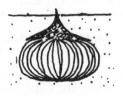

FIGURE 7

Il s'agit des « effecteurs indépendants » ou unités sensori-motrices indépendantes distribués sur la surface des protozoaires et métazoaires *(fig. 7)*. La partie triangulaire de cette unité, dont la pointe saille au-dessus de la surface, est sensorielle, alors que la partie en forme d'oignon est motrice et contractile. Ainsi, une modification de la concentration d'un agent dans l'environnement immédiat de la pointe sensible provoque, dans la mesure où elle peut le percevoir, une contraction immédiate de cette unité. Il en résulte un déplacement de l'animal, dû à son changement de forme et d'emplacement, pouvant entraîner à son tour des modifications perceptibles dans son environnement ; ces modifications provoquant à leur tour des contractions instantanées des unités, et ainsi de suite. On aboutit alors à la récursion suivante :

→ changement de sensation ⟶ changement de forme

54

FIGURE 8

La séparation des zones de sensation et d'action semble avoir été l'étape suivante dans le processus d'évolution *(fig. 8)*. Les organes sensoriels et moteurs sont alors reliés par de fins filaments, les « axones » (il s'agit en fait de fibres musculaires dégénérées, ayant perdu leur contractilité), qui transmettent les modifications du récepteur sensoriel à son effecteur, donnant ainsi lieu au concept de « signal » : Vois quelque chose ici, agis là en fonction de ce qui a été vu.

Cependant, l'étape essentielle dans l'évolution de l'organisation complexe du système nerveux central des mammifères semble avoir été l'apparition d'un « neurone intermédiaire », c'est-à-dire d'une cellule placée entre les unités sensorielle et motrice *(fig. 9)*. Il s'agit en fait aussi d'une cellule sensorielle, mais spécialisée de façon à ne répondre qu'à un « agent » universel, à savoir l'activité électrique des neurones afférents qui se terminent dans son environnement immédiat. Et, dans la mesure où la capacité de réponse de cette cellule est influencée par son activité à un moment donné, ce nouvel élément introduit une nouvelle fonction dans le monde animal : celle de calcul, qui donne à ces organismes la possibilité de développer un très vaste champ de comportements complexes. Une fois développé le code génétique pour l'assemblage d'un neurone intermédiaire, il ne manquait en fait pas grand-chose pour que vienne s'ajouter l'ordre génétique : « répète ». De là, on peut, je pense, facilement comprendre la prolifération de ces neurones en couches verticales, entre lesquelles se développèrent des connexions horizontales formant les

FIGURE 9

structures complexes liées les unes aux autres et qu'on appelle
« cerveau ».

Le neurone

Nous avons plus de dix milliards de neurones dans notre
cerveau. Il s'agit de cellules hautement spécialisées dont on
distingue les caractéristiques anatomiques suivantes *(fig. 10)* :
1) les ramifications en forme de branches, les arborisations, se
développant vers le haut ; *2)* le bulbe se trouvant au centre, dans
lequel se loge le noyau de la cellule ou « corps cellulaire » ;
3) l'axone, qui est la fibre lisse qui se développe vers le bas.
L'ensemble de ses arborisations se terminent sur les dendrites
d'un autre neurone (mais aussi, parfois, récursivement sur le
même neurone). La même membrane enveloppe le corps cellu-

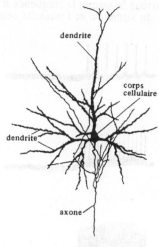

dendrite

corps
cellulaire

dendrite

axone

FIGURE 10

laire, et forme la gaine tubulaire qui entoure les dendrites et les axones ; elle est aussi la cause de la charge électrique d'environ un dixième de volt que l'intérieur de la cellule produit vers son environnement. Quand la charge se trouve dans une certaine mesure perturbée dans la région dendritique, le neurone est activé, et transmet cette perturbation le long de son axone, jusqu'à son extrémité, c'est-à-dire les synapses.

Transmission

Dans la mesure où les perturbations sont de nature électrique, on peut les capter avec des microsondes, les amplifier et les enregistrer. La figure 11 montre trois exemples de décharges périodiques d'un récepteur tactile sous stimulation continue ; la fréquence basse correspond à un stimulus faible, la fréquence haute à un stimulus fort. On voit clairement que l'amplitude de

57

la décharge est partout la même, la fréquence d'impulsion représentant l'intensité du stimulus, et l'intensité seulement.

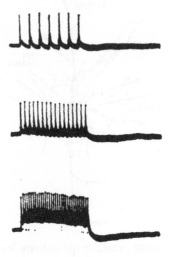

FIGURE 11

Le synapse

La figure 12 représente de manière simplifiée une jonction synaptique. L'axone afférent (Ax), le long duquel les impulsions voyagent, se termine par un renflement (R) séparé de l'épine (é) d'une dendrite (D) du neurone cible par une étroite brèche (sy) qu'on appelle fente synaptique. (On remarque, sur la figure 10, les nombreuses épines qui donnent une apparence rugueuse aux dendrites.) La composition chimique des substances transmettrices qui remplissent la fente synaptique joue un rôle essentiel dans la détermination de l'effet qu'une impulsion reçue a sur la réponse finale du neurone : dans certaines circonstances, cette impulsion peut produire un effet inhibiteur (annulation d'une

58

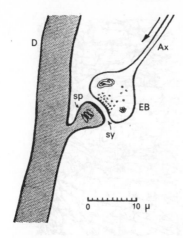

FIGURE 12

autre impulsion reçue simultanément), alors que, dans un contexte différent, elle aura au contraire un effet excitateur (amplification d'une autre impulsion qui entraîne la décharge du neurone). Par conséquent, on peut considérer la fente synaptique comme le micro-environnement d'une terminaison sensible, l'épine ; aussi, dans le même ordre d'idées, on peut comparer la sensibilité du système nerveux central aux changements de l'environnement *interne* (la totalité des micro-environnements) avec sa sensibilité aux changements de l'environnement *externe* (tous les récepteurs sensoriels). Dans la mesure où notre système nerveux ne compte que 100 millions de récepteurs sensoriels, et environ 10 000 milliards de synapses, nous sommes donc cent mille fois plus sensibles aux changements de notre environnement interne qu'à ceux qui peuvent intervenir dans notre environnement externe.

Le cortex

Pour donner au moins une petite idée de l'organisation extrêmement complexe qui prend en compte et traite toutes nos

59

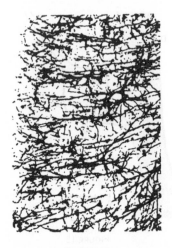

FIGURE 13

perceptions et expériences intellectuelles et émotionnelles, j'ai ajouté la figure 13 [7]. Elle montre un agrandissement de 2 mm² du cortex d'un chat ; une méthode de coloration permet de faire apparaître uniquement les corps cellulaires et les dendrites, mais de 1 % seulement des neurones effectivement présents. On doit donc s'imaginer les nombreuses liaisons (c'est-à-dire les axones invisibles sur l'agrandissement) qui relient les neurones entre eux, et selon une densité de remplissage cent fois supérieure à celle qui apparaît. Mais on peut cependant, avec cette figure, avoir une idée de la capacité de calcul de cette minuscule partie de cerveau.

Descartes

Voici maintenant un aperçu des conceptions qu'on avait il y a environ trois cents ans [2] :

Si le feu A se trouve proche du pied B, les petites parties de ce feu, qui se meuvent comme vous savez très promptement, ont la force de mouvoir avec soi l'endroit de la peau de ce pied qu'elles touchent ; et par ce moyen tirant le petit filet, *c,* que vous voyez y être attaché, elles ouvrent au même instant l'entrée du pore, *d, e,* contre lequel ce petit filet se termine : ainsi que, tirant l'un des bouts d'une corde, on fait sonner en même temps la cloche qui pend à l'autre bout. Or, l'entrée du pore ou petit conduit, *d, e,* étant ainsi ouverte, les esprits animaux de la concavité F entrent dedans et sont portés par lui, partie dans les muscles qui servent à retirer ce pied de ce feu, partie dans ceux qui servent à tourner les yeux de la tête pour le regarder, et partie en ceux qui servent à avancer les mains et à plier tout le corps pour le défendre.

FIGURE 14

Notons, cependant, que quelques béhavioristes ont encore aujourd'hui la même conception [8], avec une différence seulement, à savoir qu'entre-temps l'« esprit animal » de Descartes est tombé dans l'oubli.

Computation

La rétine des vertébrés, avec le tissu nerveux qui y est associé, fournit un exemple typique de calcul neural. La figure 15 est un schéma de rétine de mammifère, représentée avec le réseau postrétinien. La couche n° 1 correspond à l'ensemble des bâtonnets et cônes ; dans la couche n° 2 se trouvent les corps et noyaux de ces cellules ; la couche n° 3 correspond à la région dans laquelle les axones des cellules photosensibles sont reliés par des synapses aux arborisations dendritiques des « cellules bipolaires » qui composent la couche n° 4 ; dans la couche n° 5, ces cellules sont à leur tour reliées par des synapses avec les dendrites des ganglions nerveux qui composent la couche n° 6 ; enfin, les signaux électriques des ganglions nerveux sont transmis à des zones plus profondes du cerveau par l'intermédiaire de leurs axones regroupés en faisceaux pour former le nerf optique qui correspond à la couche n° 7. Les processus de computation s'effectuent dans les couches 3 et 5 où se trouvent les synapses. Maturana l'a montré [3], c'est là que la sensation de couleur ainsi que quelques autres indications, par exemple la forme, sont computées.

Examinons maintenant ce que suppose la computation de la forme de ce qui est perçu. Pour cela, considérons d'abord le réseau périodique à deux niveaux (fig. 16), le niveau supérieur représentant les cellules sensibles, dans ce cas, à la « lumière ». Chacune de ces cellules réceptrices est reliée à trois neurones de la couche inférieure (où la computation s'effectue) : par deux synapses excitateurs au neurone qui se trouve juste au-dessous (symbolisés par des boutons attachés au corps du neurone), et par deux synapses inhibiteurs (symbolisés par une boucle autour de la pointe du neurone) attachés chacun à un neurone, l'un à gauche, l'autre à droite. La couche où la computation s'effectue ne répond évidemment pas tant que la lumière projetée sur les

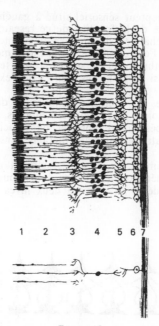

FIGURE 15

cellules sensibles reste uniforme ; dans ce cas, en effet, les deux stimuli excitateurs reçus par le neurone computateur sont exactement compensés par les signaux inhibiteurs venant des deux récepteurs latéraux. Mais cette réponse nulle persiste aussi dans le cas de stimulations plus fortes ou plus faibles, ou encore quand des changements d'éclairage rapides ou lents se produisent.

Dès lors se pose nécessairement la question de savoir à quoi peut bien servir un appareil aussi complexe.

Pour y répondre, considérons maintenant la figure 17, où on observe que l'ombre d'un objet empêche la lumière d'atteindre la couche des récepteurs. Ici encore, tous les neurones de la couche inférieure n'ont aucune réaction, à l'exception du neurone qui est au bord de l'ombre : il reçoit en effet deux signaux excitateurs du récepteur situé au-dessus, mais seulement un signal inhibiteur du récepteur sensoriel situé à gauche. On comprend alors l'importance de la fonction de ce réseau, dans la mesure où il compute chaque *variation* spatiale intervenant dans le champ visuel de l'œil considéré, indépendamment de l'intensité de la lumière ambiante et de ses variations temporelles ; indépendamment aussi de la localisation et de l'extension de l'obstruction.

Bien que toutes les opérations impliquées dans ce processus de computation soient tout à fait élémentaires, leur organisation nous permet cependant d'apprécier un principe fondamental, celui de la computation d'une abstraction ; dans ce cas, la notion de « bord ».

Ce simple exemple est, j'espère, suffisant pour suggérer la possibilité de généraliser le principe de computation au sens où on peut le considérer au moins à deux niveaux : *1)* celui des

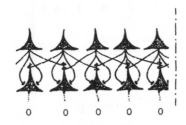

FIGURE 16

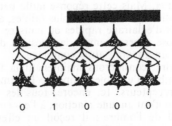

FIGURE 17

64

opérations effectivement effectuées ; *2)* celui de l'organisation de ces opérations, représentée ici par la structure du réseau nerveux. Dans le langage informatique, le premier niveau serait associé à « opérations », le second à « programmes ». Comme on le verra plus loin, dans les computateurs biologiques, les programmes eux-mêmes peuvent être computés. Ce qui mène au concept de méta-programme, de méta-méta-programme, et ainsi de suite, conséquence de l'organisation récursive inhérente à ces systèmes.

Fermeture

A examiner tous ces éléments neurophysiologiques, on aura peut-être oublié qu'un organisme est un tout qui fonctionne en tant que tel. La figure 18 rassemble précisément ces éléments dans leur contexte fonctionnel. Les carrés noirs marqués d'un N représentent des faisceaux de neurones reliés aux neurones d'autres faisceaux par l'intermédiaire de synapses et de fentes synaptiques figurées ici par l'espace qui sépare les carrés. La surface réceptrice (SR) de l'organisme est à gauche, sa surface motrice (SM) est à droite ; l'hypophyse (H), glande maîtresse très innervée, régulatrice de tout le système endocrinien, correspond à la surface pointillée sous les carrés. Les influx nerveux voyageant horizontalement (de gauche à droite) agissent finalement sur la surface motrice (SM) dont les changements (mouvements) sont immédiatement reçus par la surface réceptrice (SR), comme le suggèrent les conduits « externes » indiqués par des flèches. Les influx voyageant verticalement (du haut vers le bas) stimulent l'hypophyse (H) qui sécrète des hormones stéroïdes dans les fentes synaptiques ; cette substance, figurée par les petits traits ondulés entre les carrés, modifie d'abord le mode de fonctionnement des liaisons synaptiques, puis celui de l'ensemble du système. Remarquons la double fermeture du système qui agit maintenant sur ce qu'il « voit », mais aussi sur les processus mêmes de traitement de ce qu'il voit. Afin de faire apparaître plus clairement cette double fermeture, je propose d'enrouler le diagramme de la figure 18 autour de ses deux axes de symétrie circulaire jusqu'à ce que ses limites artificielles disparaissent et que soit formé l'anneau représenté avec la figure 19.

La fente synaptique entre les surfaces motrices et sensorielles

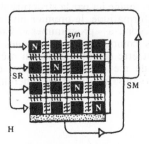

FIGURE 18

FIGURE 19

correspond, dans cette figure, au méridien strié qu'on observe sur le devant de l'anneau ; l'hypophyse est l'équateur pointillé. Telle est, je pense, très brièvement formulée, l'organisation fonctionnelle d'un organisme vivant.

Les computations effectuées à l'intérieur de l'anneau sont soumises à une contrainte non triviale désignée par le postulat d'homéostasie cognitive :

> Le système nerveux est organisé (ou s'organise lui-même) de telle manière qu'il compute une réalité stable.

66

Ce postulat implique la notion d'autonomie, c'est-à-dire une faculté d'autorégulation de chaque organisme vivant. Et, comme la structure sémantique des noms associés au préfixe *auto* devient plus transparente quand on explicite ce préfixe par le nom auquel il renvoie, *autonomie* devient synonyme de *régulation de régulation*. Et c'est précisément ce que fait le tore à double fermeture, en computant de façon récursive : il règle sa propre régulation.

SIGNIFICATION

Il peut paraître aujourd'hui étrange de stipuler l'autonomie, parce que l'autonomie implique la responsabilité : si je suis seul à décider comment j'agis, alors je suis responsable de mes actes. Et, dans la mesure où la règle du jeu de société le plus populaire aujourd'hui est de rendre les autres responsables de *nos* propres actes – le jeu s'appelle « hétéronomie » –, mes arguments ont nécessairement un impact très impopulaire. Une façon de les escamoter est de les rejeter en tant que nouvelle tentative de sauver le solipsisme, cette conception qui prétend que le monde n'existe que dans mon imagination, et que la seule réalité est le « je » qui imagine le monde. C'est effectivement ce que j'ai développé précédemment, mais il ne s'agissait alors que d'un organisme. Mais, comme je voudrais essayer de le démontrer avec l'histoire du gentleman au chapeau melon *(fig. 20)*, la situation change complètement dès que l'on considère deux organismes.

Ce gentleman affirme être la seule réalité, et prétend que tout le reste existe dans son imagination. Cependant, il ne peut nier que son univers imaginaire est peuplé de formes qui ne sont pas différentes de lui. Il doit donc concéder que ces formes peuvent elles aussi affirmer être la seule réalité, et que tout le reste n'est que le produit de leur imagination. Dans ce cas, leur univers imaginaire sera aussi peuplé d'apparitions, et parmi elles la sienne, celle du gentleman au chapeau melon.

Selon le principe de relativité qui rejette une hypothèse quand elle n'est pas valable pour deux exemples à la fois, bien qu'elle le soit pour chaque exemple pris séparément (les habitants de la Terre comme ceux de Vénus peuvent affirmer être au centre de

FIGURE 20

l'univers, mais leur affirmation s'effondrera s'il arrive qu'ils se rencontrent), le point de vue solipsiste devient intenable dès que je trouve à côté de moi un être vivant autonome. Notons cependant que, le principe de relativité n'étant pas une nécessité logique – ni une proposition dont on puisse affirmer qu'elle est vraie ou fausse –, le point essentiel devant être reconnu devient le suivant : je suis libre de choisir d'adopter ou de rejeter ce principe. Si je le rejette, je suis le centre de l'univers, ma réalité est mes rêves et mes cauchemars, mon discours est un monologue, ma logique une monologique. Si, par contre, je l'adopte, ni moi ni l'autre ne pouvons être le centre de l'univers. Comme dans le système héliocentrique, il doit y avoir un tiers qui sert de référence centrale : c'est la relation entre *tu* et *je,* cette relation est l'*identité :*

réalité = communauté

Maintenant, quelles sont les conséquences de tout ceci dans les domaines de l'éthique et de l'esthétique ?

L'*impératif éthique* sera : Agis toujours de manière à augmenter le nombre des choix possibles.

Et l'*impératif esthétique :* Si tu veux voir, apprends à agir.

RÉFÉRENCES

1   Brown, George Spencer, *Laws of Form,* New York, Julian Press, 1972, p. 3.
2   Descartes, René, *Traité de l'homme,* Paris, Gallimard, coll. « Bibliothèque de la Pléiade », 1953, p. 823-824.
3   Maturana, Humberto R., « A Biological Theory of Relativistic Colour Coding in the Primate Retina », *Archivos de Biología y Medicina Experimentales, Suplemento 1,* 1968.
4   *Id ,* « Neurophysiology of Cognition », *in* P. Garvin (éd.), *Cognition . A Multiple View,* New York, Spartan Press, 1970, p. 3-23.
5   *Id , Biology of Cognition,* Urrubana, Illinois, Biological Computer Laboratory, 1970.
6   Naeser, M A., et Lilly, J C , « The Repeating Word Effect : Phonetic of Reported Alternatives », *Journal of Speech and Hearing Research,* 1971.
7   Sholl, D A , *The Organization of the Cerebral Cortex,* Londres, Methuen, 1956
8   Skinner, B. F., *Beyond Freedom and Dignity,* New York, A. Knopf, 1971.
9   Teuber, H. L., « Neuere Betrachtungen über Sehstrahlung und Sehrinde », *in* R. Jung et H. Kornhuber (éd.), *Das Visuelle System,* Berlin, Springer, 1961, p 256-274.
10 Worden, F.G., « EEG Studies and Conditional Reflexes in Man », *in* Mary A B. Brazier (éd), *The Central Nervous System and Behavior,* New York, Fondation Josiah Macy Jr., 1959, p. 270-291.

DEUXIÈME
PARTIE

PAUL
WATZLAWICK

Effet ou cause ?

Post hoc, ergo propter hoc.

Les impératifs esthétique et éthique postulés par Heinz von Foerster à la fin de son essai nous semblent bien surprenants. En fait, ils paraissent obscurs parce que le concept qui les sous-tend (l'autonomie, l'autorégulation ou l'autoréférence) ne fait pas encore partie de notre manière de penser. Mais, dans la mesure où il constitue le fil conducteur de notre conception de la réalité (et donc de ce livre), quelques remarques et indications préliminaires s'imposent.

La construction de la réalité probablement la plus universellement acceptée repose sur la supposition que le monde ne peut pas être chaotique – non pas que nous ayons les moindres preuves pour cela, mais l'idée d'un monde chaotique nous serait tout simplement insupportable. Bien sûr, nous entendons les arguments des théoriciens de la physique, et nous affirmons avec eux : il n'y a pas de relation « nécessaire » entre cause et effet, il n'existe que des degrés de probabilité ; le temps ne s'écoule pas nécessairement du passé au présent vers le futur, et l'espace n'est pas infini, mais retourné sur lui-même. Pourtant, rien de tout cela ne modifie d'un iota les conceptions que nous avons du monde et de nos vies. Les deux langages – le nôtre et celui des physiciens – sont trop différents, et même le meilleur traducteur échouerait s'il tentait de les faire se correspondre. Les physiciens avancent de façon convaincante des preuves mathématiques de leur conception du monde. Mais ces preuves (même si nous comprenons le langage mathématique dans lequel elles sont formulées) se rapportent à un monde que nous ne pouvons nous représenter, étant donné nos manières de penser et d'expérimenter ; aussi continuons-nous à vivre comme si l'effet suivait nécessairement la cause. Nous n'avons donc pas grande

73

difficulté à continuellement prouver que l'événement A, par son occurrence, devient la cause de l'événement B, que B est donc l'effet de A, que, sans A, il n'y aurait pas de B, que l'occurrence de B devient à son tour la cause de C, et ainsi de suite. Pour ce qui concerne maintenant l'espace et le temps, on constate que, d'Aristote à Descartes et jusque dans un passé très récent, les constructions scientifiques et sociales de la réalité ont été entièrement fondées sur les conceptions d'un espace à trois dimensions et d'un temps défini par une progression continue et linéaire. On peut aussi affirmer que le modèle de causalité linéaire est à la base des concepts occidentaux de responsabilité, de justice, et surtout de vérité objective, et donc des notions de vrai et de faux.

Selon von Glasersfeld, le chaos apparaît quand et où cette construction ne convient plus. Nietzsche pensait que quiconque sait pourquoi il vit est prêt à supporter tout ce qu'il vit. Ceci explique peut-être notre éternel besoin de construire un pourquoi viable, c'est-à-dire une conception du monde qui réponde au moins aux questions les plus urgentes auxquelles la vie nous confronte. Et, quand cette tentative échoue, nous sombrons la tête la première dans le désespoir, ou la folie, ou encore nous faisons la terrifiante expérience du néant.

Mais, même là où ce modèle linéaire suffit, il suffit seulement jusqu'au moment où quelqu'un nous ouvre les yeux sur son inconsistance interne. Après avoir lu l'essai de Riedl sur les conséquences de la pensée causale (la première contribution de ce chapitre), il devient assez difficile de retourner à la conception de la réalité que nous avions précédemment, sauf à accepter de se duper soi-même. Car là est le hic : nous rions de l'exemple du garçon et du pot de chambre que donne Riedl, mais nous n'avons plus tellement envie de rire quand nous en arrivons à la description des pigeons dans la boîte de Skinner. Où est l'expérimentateur qui pourrait nous montrer les absurdités avec lesquelles nous avons construit notre monde ?

Riedl propose un examen critique de la phrase Post hoc, ergo propter hoc (à la suite de cela, donc à cause de cela), quintessence de la pensée causale qui introduit le concept de temps dans la construction déterministe classique du monde. Plus simplement exprimé : dans cette réalité, l'effet d'une cause doit suivre cette cause, il ne peut en aucun cas se produire en même temps que sa cause, et encore moins la précéder. Telle est la conception *dictée par le sens commun. Après tout, il s'agit ici, semble-t-il, d'une relation de type « si... alors... » ; et, dans cette vision du monde, il semble tout aussi impossible qu'un effet puisse devenir sa propre cause.*

Répétons-le encore, l'idée d'un mouvement linéaire unidirectionnel – allant de la cause à l'effet, et du passé au présent – est étroitement liée à notre conception du temps. Pourtant, même la plus banale expérience de la vie de tous les jours peut complètement contredire ce « fait » généralement admis par le sens commun. Considérons, par exemple, le phénomène du cercle vicieux dans lequel la séquence des événements n'est pas rectiligne : dans ce cas, l'effet peut avoir une rétroaction sur sa propre cause. Ceci se produit dans presque tous les conflits conjugaux qui tournent perpétuellement en rond, de façon tout aussi vicieuse, et dont le point de départ est oublié – ou bien, s'il ne l'est pas, il n'a plus aucune importance. Nous avons déjà rencontré ce type de séquences circulaires, réflexives, dans la contribution de von Foerster (p. 53), quand il définissait la cognition comme « computations de computations de computations... ». Une fois établi, un tel cercle se situe par-delà toute notion de commencement et de fin, comme de cause et d'effet.

Tout ceci est bien sûr encore très théorique et abstrait. Considérons donc maintenant quelques exemples pratiques.

Vers le milieu du XVIIIe siècle, quand James Watt commença à travailler sur le projet d'un moteur à vapeur, les « experts » prétendirent que cet engin ne marcherait jamais. Bien sûr, en laissant entrer la vapeur dans une extrémité du cylindre, le piston se trouvait poussé à l'autre extrémité – disons, de droite à gauche. Mais alors, le mouvement était terminé puisqu'il fallait nécessairement fermer la soupape du côté droit et laisser passer la vapeur du côté gauche pour faire revenir le piston du côté droit du cylindre. Autrement dit, le mouvement de va-et-vient du piston avait besoin d'un spiritus rector à l'extérieur de la machine, ou, plus prosaïquement, d'un opérateur qui ouvre et ferme les soupapes au bon moment. Ce qui, bien sûr, était incompatible avec l'idée d'une machine fonctionnant de manière indépendante. Watt trouva une solution à ce problème ; aujourd'hui elle nous semble évidente, mais à l'époque elle ne l'était pas : il mit le mouvement du piston au service de sa propre régulation – ceci en faisant que le mouvement effectue lui-même l'ouverture et la fermeture des soupapes. Ainsi, le mouvement du piston devenait la cause du fonctionnement des soupapes ; et l'effet provoqué sur les soupapes devenait à son tour la cause du mouvement du piston. En fonction du mode de penser des contemporains de Watt, procédant de la cause à l'effet avec une linéarité de « rue à sens unique », la causalité circulaire de ce dispositif rétroactif (son autorégulation) semblait « paradoxale ».

Mais le moteur à vapeur n'est jamais qu'un exemple physique, il ne s'agit là que de phénomènes concrets. La nature de la réflexivité ou autoréférence devient beaucoup plus complexe quand elle met en jeu l'être humain, et quand au moins une partie – si ce n'est l'ensemble – de la dynamique impliquée n'est plus simplement une affaire de mécanique, mais s'étend aux domaines des sciences sociales et comportementales. Entrent alors en jeu les facteurs émotionnels et psychologiques de notre expérience du monde. Et il est certainement beaucoup plus difficile de comprendre leur nature que celle d'un simple mécanisme. Des convictions, espérances, préjugés et surtout certaines présuppositions inébranlables ont l'étrange capacité de produire – réflexivement – leur propre preuve et justification. Ces prédictions qui se vérifient d'elles-mêmes (self-fulfilling prophecies) défient nos modes de penser « si... alors... » traditionnels en transformant l'effet en cause. Elles sont précisément l'objet de la seconde contribution de cette partie.

Les prédictions qui se vérifient d'elles-mêmes dérangent le cadre apparemment solide et objectif de notre réalité, et, pour cette raison, c'est plus qu'un simple jeu de mots de les mettre en rapport avec la folie. Après tout, l'étymologie du terme extase indique un « être-à-l'extérieur » du cadre de l'esprit que l'on considérait comme normal. Mais qu'en est-il alors si le cadre lui-même est une prédiction qui se vérifie d'elle-même ? La folie serait donc une construction (ou une « fabrication », au sens où l'entend Thomas Szasz [2]), et les formes de traitement traditionnelles qui lui sont appliquées se révéleraient – réflexivement – être la cause de la maladie supposée. Il y a une cinquantaine d'années, le critique et écrivain viennois Karl Kraus insinuait cette idée par un aphorisme cinglant : il affirmait que la psychanalyse est la maladie dont elle se considère être le traitement.

Comme on le sait, le critère psychiatrique classique permettant d'évaluer la santé mentale d'un individu est le degré de son « adaptation à la réalité ». Ce critère présuppose tacitement *qu'il existe effectivement une réalité objective, livrée à notre examen minutieux, et que nous pouvons donc comprendre. Aussi l'irruption d'une approche constructiviste au sein de l'orthodoxie d'une telle conception de la réalité ne peut-elle qu'avoir de sérieuses répercussions dans la psychiatrie et ses institutions considérées comme compétentes pour établir des diagnostics et traiter la folie.*

Au début de l'année 1973, le psychologue David Rosenhan publia dans Science, *la très respectée revue de l'American Association for the Advancement of Science, un article intitulé* « On Being Sane in Insane Places » *(« Être sain dans un environnement malade »). Cet article eut l'effet d'une bombe scientifique ; il constitue ici la troisième contribution de cette partie. Bien que le propos de Rosenhan fût alors sans doute de nature sociopsychologique, il présente cependant des développements tout à fait constructivistes. Au fil de sa recherche simple et élégante, il réussit à montrer que certains diagnostics psychiatriques – contrairement aux diagnostics faits dans d'autres spécialités médicales – ne* définissent *pas un état pathologique, mais le* créent *plutôt. Une fois qu'un tel diagnostic est fait, on invente une réalité dans laquelle on considère même un comportement normal comme étant, d'une certaine manière, pathologique. A partir de là, le processus acquiert sa propre logique, et ni le patient ni les autres personnes impliquées dans la construction de cette réalité ne peuvent plus le contrôler. Ainsi, le diagnostic a produit l'état pathologique ; et cet état rend nécessaire l'existence des institutions dans lesquelles on peut le traiter. L'environnement de l'institution (l'hôpital psychiatrique) crée l'impuissance et la dépersonnalisation du patient, qui, à leur tour, confirment réflexivement l'« exactitude » du diagnostic. Le résultat est précisément une prédiction qui s'est vérifiée d'elle-même ; le patient finit par l'accepter comme réelle, et finit aussi par vivre en fonction d'elle* [1].

L'étude de Rosenhan ne représente qu'un petit échantillon de la tragi-comédie des relations interpersonnelles à la construction desquelles nous participons tous – peu importe que ce soit activement ou passivement, dans la mesure où plus ça change,

1. Comme on peut l'imaginer, l'exposé de Rosenhan suscita de très vives réactions et critiques. On les trouve, accompagnées de la réponse de Rosenhan, dans l'article intitulé « The Contextual Nature of Psychiatric Diagnosis » [1], publié en 1975, et contenant une bibliographie détaillée

plus c'est la même chose. *Nous ne savons pas combien de contextes scientifiques, sociaux et personnels fonctionnent à partir des mêmes mécanismes que Rosenhan décrit pour la psychiatrie. Qui sait si nous ne sommes pas tous, en un sens beaucoup plus immédiat que celui postulé par Freud, les descendants d'Œdipe, dans la mesure où, comme lui, nous parvenons à accomplir une prédiction en essayant de l'éviter ? Depuis l'Antiquité, cet étrange renversement par lequel l'effet entraîne la cause — et non l'inverse — a été considéré comme l'élément essentiel de la tragédie.*

Mais notons maintenant que, si la tragédie, le drame et, finalement, toutes les formes de littérature constituent des descriptions fictives de la réalité, et si la réalité (bien avant toute description) est elle-même une fiction, alors la littérature est la description d'une description, et la théorie littéraire, la description de la description d'une description. Cette forme particulière de réflexivité constitue le sujet essentiel de la contribution de Rolf Breuer, la dernière de cette partie. Dans les premières pages, il transforme et élargit le cadre dans lequel la plupart d'entre nous percevons le théâtre et la littérature ; en effet, si, comme Breuer le montre avec les romans de Beckett, le sujet et l'objet s'interpénètrent finalement, si en dernière analyse l'invention et l'inventeur sont inséparables, alors le commencement et la fin se rejoignent paradoxalement pour former une seule unité symbolisée depuis un temps immémorial par l'ouroboros, le serpent qui se mord la queue.

RÉFÉRENCES

1 Rosenhan, David L , « The Contextual Nature of Psychiatric Diagnosis », *Journal of Abnormal Psychology*, n° 5, 1975, p. 462-474.
2 Szasz, Thomas S., *Fabriquer la folie*, Paris, Payot, 1976.

RUPERT
RIEDL

Les conséquences
de la pensée causale

Il se fait tard, c'est l'heure du crépuscule. Nous entrons dans un immeuble que nous ne connaissons pas, mais la situation nous est familière. Il fait trop sombre dans l'entrée pour que nous puissions lire les noms inscrits sur les plaques. Où est l'interrupteur ? Il y a là trois boutons, c'est probablement celui du haut. Nous appuyons dessus et faisons immédiatement un bond en arrière : aussi longtemps que le doigt reste sur l'interrupteur, une sonnerie retentit dans toute la maison (puis la lumière du néon commence à clignoter). Embarrassant ! Cela devait être la sonnerie d'une porte d'entrée (ou bien avons-nous aussi allumé la lumière ?). Une porte s'ouvre derrière nous : avons-nous aussi réveillé les habitants de l'immeuble ? Mais non ! C'est la porte d'entrée. « Excusez-moi, dit la personne qui entre, je pensais que la porte était déjà verrouillée. » A-t-elle donc fait retentir la sonnerie, et avons-nous ensuite allumé la lumière ? C'est manifestement cela. Mais pourquoi pensons-nous être la cause d'une coïncidence à laquelle nous ne nous attendions pas, à savoir la simultanéité de la pression sur l'interrupteur et de la sonnerie ? Ou bien la coïncidence de la sonnerie et de la porte (même si nous devons dans ce cas considérer le but ou l'intention de quelqu'un d'autre : la personne qui entre). En d'autres termes, comment rendre compte ou justifier les relations que nous établissons entre cause et but (ou fin) ?

LES ENSEIGNANTS À QUI
ON NE PEUT RIEN ENSEIGNER

Quelle logique ou raison alors invoquer ? Existe-t-il une quelconque contrainte, ou une manière nécessaire de raisonner dans ce qui guide nos actions, nos prévisions et nos déductions ? Examinons maintenant cette question en prenant quelques exemples (moins triviaux) : et d'abord, celui d'une relation que nous expérimentons en tant que nécessaire, au sens où elle désigne un réseau de causalité.

On cache un klaxon sous une voiture en stationnement, et on couvre le fil qui va du klaxon à notre poste d'observation en répandant du sable dans le caniveau. On décide de laisser le klaxon retentir aussi longtemps que le conducteur est assis dans la voiture, portière fermée. Arrive le conducteur qui ouvre la serrure de la portière, puis la portière elle-même, s'assoit dans la voiture et ferme la portière. Le klaxon retentit alors, le conducteur ouvre immédiatement la portière (« c'est la portière qui déclenche le klaxon ! ») et le son s'arrête. Sorti de la voiture, le conducteur regarde dans la rue, d'un côté puis de l'autre (« si ce n'est pas la portière, qu'est-ce que cela pourrait bien être ? ») ; il se rassoit finalement dans son véhicule et ferme la portière. Le klaxon retentit de nouveau, le conducteur ouvre la portière (« c'est quand même bien la portière ! ») ; le son s'arrête. Le conducteur sort de la voiture, regarde autour de lui, fait le tour du véhicule (« mais alors, qu'est-ce que c'est ? »), donne un coup sur le toit (pourquoi ?), secoue la tête, remonte dans la voiture et ferme la portière. Le klaxon retentit donc de nouveau. Le conducteur bondit hors de la voiture, et reste là debout, déconcerté. Une idée lui vient à l'esprit ! S'attendant à un changement, il ferme la porte de l'extérieur. Le klaxon reste silencieux. Ah ah ! Il s'assoit dans la voiture et ferme la porte : le klaxon retentit, et le conducteur bondit une nouvelle fois hors du véhicule. Gestes de découragement et de résignation. Il répète entièrement la même séquence, mais plus vite cette fois. Maintenant il ouvre le capot (?), le referme, puis il ouvre le coffre (« mais qu'est-ce que je cherche ? »). Il essaie alors son propre klaxon (!) : il a un son différent (! ?). Il commence à parler à des passants. Toute la séquence est répétée, chaque spectateur donnant différents avis et conseils. Quelqu'un va chercher un garagiste, etc. L'expérimentateur, dans un élan d'humanité, décide de mettre fin à la scène. Le conducteur le couvre de reproches et de remontrances.

Comment donc une porte a-t-elle mené à la supposition spontanée qu'elle puisse être la cause du retentissement du klaxon ? Cela s'est-il déjà produit ? Jamais, bien sûr. Mais c'est le fait même que cela ne soit jamais arrivé qui contraint le conducteur à chercher une explication.

Prenons maintenant l'exemple d'une relation dans laquelle nous faisons l'expérience d'un but précis, autrement dit d'un réseau de finalité.

A Vienne, un tramway se remplit. Parmi les passagers voyage une femme de condition modeste accompagnée de son fils. Le garçon a un énorme bandage autour de la tête. (Effrayant ! Que lui est-il donc arrivé ?) Des gens cèdent leur place aux deux individus affligés. Le bandage n'est pas l'œuvre d'un professionnel, il a manifestement été fait en hâte à la maison ; ils sont certainement en route pour l'hôpital. (Les voyageurs cherchent furtivement une explication sur le visage de l'enfant, et regardent discrètement s'il y a des taches de sang sur le bandage.) Le petit garçon gémit et s'agite dans tous les sens. (Les voyageurs manifestent leur sympathie.) La mère ne s'en occupe pas. (Invraisemblable !) Elle montre même des signes d'impatience. (Ahurissant !) L'enfant recommence à s'agiter ; sa mère le contraint à se rasseoir à sa place. L'attitude des voyageurs passe de l'observation discrète à l'inquiétude manifeste. (Le comportement de la mère est scandaleux !) Le garçon pleure et essaie alors de grimper sur la banquette où il est assis. Sa mère le retient si brutalement que le bandage commence, lui aussi, à bouger. (Le pauvre petit ! C'est vraiment terrible !) Les voyageurs manifestent maintenant leur désapprobation et critiquent la mère qui, pour sa part, refuse toute intervention. Les voyageurs la critiquent de nouveau, cette fois plus ouvertement encore. Elle leur demande de s'occuper de leurs affaires et met même en doute leur compétence. (C'est vraiment trop ! C'est faire outrage au respect de l'humanité !) L'atmosphère s'échauffe, le ton monte, et le tumulte s'installe. L'enfant braille ; sa mère, rouge de colère, déclare qu'elle va montrer de quoi il s'agit, et commence (sous les regards horrifiés des voyageurs) à retirer le bandage de la tête de l'enfant : apparaît un pot de chambre en métal que le petit Don Quichotte a si bien enfoncé sur sa tête qu'il n'arrive plus à l'enlever. La mère et son fils s'en vont donc demander l'aide du plombier le plus proche. Finalement, les voyageurs descendent du tramway très gênés.

Comment quelques morceaux de tissu autour de la tête du garçon ont-ils mené les voyageurs à supposer spontanément qu'un accident grave s'était produit, alors que toutes les autres indications contredisaient cette supposition ?

L'IMPOSSIBILITÉ D'UNE
ARGUMENTATION RATIONNELLE

Comment expliquer que nous voulions (chaque fois que nous ne savons pas) déterminer des causes, des buts, c'est-à-dire une causalité et une finalité ? Et cela bien que nous nous trompions souvent, que nous interprétions mal un but, que nous prenions une cause pour un effet, et *vice versa* – il nous est par exemple arrivé de confondre un ouvre-gants avec des pinces, un compresseur avec un générateur, la roue d'un moulin à eau avec celle d'un bateau à roues ; ou bien encore nous avons pris quelqu'un qui ne pouvait pas retirer la clé d'une serrure pour quelqu'un qui ne pouvait pas ouvrir une porte, ou bien des voleurs de tapis pour des livreurs, et des voleurs de tableaux pour des restaurateurs.

Comment justifions-nous notre affirmation selon laquelle l'orbite de la Lune est la cause des marées, les consommateurs la cause du marché, et l'expérimentateur celle du comportement de rats de laboratoire ? On constate en effet que les marées terrestres ralentissent la vitesse orbitale de la Lune, que le marché et l'industrie manipulent l'acheteur, et que l'ensemble des comportements du rat en laboratoire détermine les procédures que l'expérimentateur met en place [18].

Mais nous ne devrions pas seulement nous méfier des préjugés et des erreurs. Selon la thèse du philosophe écossais David Hume, nous devrions réaliser que le *parce que* avec lequel nous avançons une cause présumée n'est lui-même pas fondé. En fait, si nous croyons Hume, le « parce que » *(propter hoc)* de nos affirmations, n'est pas vérifiable ; seule la formule « si ceci, alors cela » *(post hoc)* peut être vérifiée. De ce fait, Hume affirme qu'on ne peut jamais dire : « la pierre devient chaude parce que le soleil brille », mais simplement : « chaque fois que le soleil brille, la pierre devient chaude ». Déjà en 1739-1740, dans son *Traité de la nature humaine,* Hume affirmait que la causalité ne faisait peut-être pas partie de la nature, et n'était donc probablement rien d'autre qu'« un besoin de l'esprit humain ». Il rejetait aussi toute explication métaphysique qui dépasse le cadre de l'expérience.

Tout ceci fit grande impression sur Emmanuel Kant qui était trente ans plus jeune que Hume. Il fut même tellement impressionné qu'il pensa avoir des ancêtres écossais (Cant) ; mais, on le sait aujourd'hui, il se trompait. Il avait par contre raison de considérer que la pensée rationnelle ne pouvait exister sans la présupposition d'une causalité et d'une finalité. Kant fonda leur nécessité dans la grande œuvre critique qu'il rédigea à Königsberg – celle de la causalité dans *la Critique de la raison pure* [6], et celle de la finalité dans *la Critique du jugement* [7]. Il démontra que la raison elle-même ne pouvait expliquer ces *a priori* considérés comme condition de toute forme de rationalité. Et les choses en restèrent là pendant deux cents ans – de Hume et son *Traité* de 1739-1740 à Konrad Lorenz qui publia en 1940 (plus précisément de sa chaire à l'université de Königsberg) son texte intitulé « Kants Lehre vom Apriorischen im Lichte gegenwärtiger Biologie » [11] ; et de la *Critique* de Kant, publiée en 1781, à nos jours.

Mais alors, comment vérifier notre concept de causalité, si nos prévisions, bien que reconnues comme nécessaires, ne peuvent être rationnellement vérifiées ? On doit seulement constater qu'il est resté invérifié. Ainsi, ce désir qu'il existe quelque chose comme la causalité ou la finalité est peut-être une nécessité, mais il peut, en même temps, être totalement fallacieux. L'épistémologie traditionnelle ne peut expliquer son propre fondement ; seule l'épistémologie évolutionniste y parvient.

L'HISTOIRE NATURELLE
DES PRÉVISIONS CAUSALES

L'épistémologie évolutionniste considère généralement l'évolution des organismes comme un processus d'accumulation de connaissances [19]. Nous devenons ainsi les observateurs d'un processus qui s'est développé presque exclusivement en dehors de nous, et dans un si grand nombre de familles d'organismes qu'il se prête facilement à une étude scientifique objective et comparative. L'accumulation de connaissances par le matériel génétique, c'est-à-dire la mémoire génétique, repose sur la répétition exacte de la nouvelle connaissance, autrement dit de la nouvelle acquisition réussie, dans la génération suivante, ou bien, sans dépasser le cadre de cette nouvelle connaissance, sur son expérimentation avec de légères variations. On pourrait dire que la forme initiale, non modifiée, contient la « prévision » de réussir avec ce qui a précédemment réussi. Le mutant modifié contient ainsi une tentative (bien sûr, aveugle) d'amélioration. La sélection détermine le succès ou l'échec. Et le taux de réussite est nécessairement faible. Néanmoins, ce principe extrait de l'environnement toutes les lois naturelles importantes et accessibles à l'organisme, afin d'intégrer définitivement leurs instructions sous forme de structures et de fonctions qui assurent le développement et la vie d'une espèce donnée. Ce principe est basé sur la constance de la nature [17].

Mais déjà, à ce stade élémentaire, on se rend clairement compte que, dans le monde vivant, un seul problème peut donner lieu à des solutions aussi nombreuses que différentes. Comparer l'œil humain avec celui d'une abeille, ou l'aile d'un aigle avec celle d'un papillon, met en évidence que la structure considérée peut être totalement différente.

Selon ce principe d'intégration d'informations sélectionnées, se développent la sensibilité, les stimuli, les conducteurs des stimuli, les cellules nerveuses, les interrupteurs et les circuits à rétroaction comme, par exemple, nos réflexes non conditionnés. Selon ce même principe, un simple souffle d'air sur la cornée règle le réflexe de la paupière qui se ferme pour protéger l'œil, et un changement de tension dans le ligament rotulien règle l'extension des muscles de la jambe afin d'assurer l'automatisme de la marche.

A ce stade, tout est encore appris « génétiquement », progressivement « inventé » par des individus mutants, propagé dans l'ensemble de l'espèce par la réussite de leur invention, et fidèlement conservé dans leur mémoire.

C'est seulement après que commence l'apprentissage individuel créatif, avec, disons, le réflexe conditionné. Si, par exemple, un expérimentateur éclaire régulièrement la cornée d'un sujet juste avant d'y envoyer un souffle d'air, l'œil commence rapidement à se fermer sous le seul effet du stimulus de la lumière. Ce stimulus conditionné, appliqué en premier lieu, intervient donc avec le souffle d'air, c'est-à-dire le stimulus non conditionné, et le remplace. L'avantage réside ici dans une réaction plus rapide, intervenant à temps pour prévenir un dérangement possible. Et cet avantage constituant un élément d'évolution explique pourquoi l'apprentissage individuel a prévalu chaque fois que de telles conditions se sont présentées.

Les réflexes non conditionnés, eux aussi, sont non seulement basés sur la constance des phénomènes naturels, mais aussi sur la permanence de leurs coïncidences, c'est-à-dire, sur la connexion ou la concordance de leurs caractéristiques et occurrences. Le souffle d'air sur la cornée détermine l'œil à prévoir un danger imminent ; de même, une soudaine augmentation de la tension de notre ligament rotulien nous avertit que nous allons tomber à moins que notre muscle extenseur ne se contracte avec une force et une rapidité suffisantes. A ce stade, la foi en la constance et la fiabilité de coïncidences observables dans la nature permet de développer un apprentissage créatif et individuel. Dès qu'une coïncidence se répète suffisamment souvent pour être confirmée, on « prévoit » qu'elle se reproduira dans le futur, et qu'on peut donc, à partir d'elle, faire des prévisions utiles. Dans le cas du réflexe conditionné de la paupière, le stimulus conditionné, c'est-à-dire la lumière, est considéré comme précurseur du souffle d'air : ceci parce que l'expérimentateur a construit une coïncidence qui n'existe pas dans la nature, plus précisément dans l'environnement de l'organisme. On peut en effet difficilement supposer qu'un faisceau de lumière dirigé sur un œil soit toujours suivi par un souffle d'air gênant. Les limites de ce principe d'apprentissage apparaissent déjà clairement, et on comprend pourquoi un organisme est programmé de manière à pouvoir désapprendre rapidement ce qu'il a appris s'il arrive plusieurs fois que la coïncidence prévue ne se confirme pas. Mais en général, et dans des conditions naturelles, on constate que les coïncidences qui se sont déjà répétées se reproduisent plus fréquemment que le contraire. On observe ici que la simple « expérience » a été intégrée au programme biologique.

Dans certains cas importants, il arrive qu'une coïncidence perçue ne puisse être oubliée, et ultérieurement transformée. Il s'agit là du phénomène d'empreinte. Par exemple : à partir d'un âge précis, un oisillon interprétera invariablement les formes qu'il perçoit comme étant celles de ses parents, qu'il s'agisse en réalité d'un expérimentateur, d'un chien en peluche ou d'un train pour jouer. Dans la nature, cette erreur est bien sûr quasiment impossible, puisque, au cours de cette période critique, l'oisillon ne voit dans le nid que ses parents, jamais un chien en peluche.

Dans d'autres cas importants, il existe un mécanisme inné de déclenchement, intégré à l'organisme, qui assure qu'un signal précis est toujours suivi par une réaction rapide et directe – par exemple : une attention accrue, un état d'alarme, ou une fuite immédiate. Il s'avère manifestement beaucoup plus sage, quand un bruissement ou une détonation se font entendre à proximité, dans le calme de la nuit, de prendre la fuite et de rechercher une situation plus sûre, que de se lancer dans de longues spéculations.

Il existe des programmes de ce type qui ne dépendent pas de la confirmation répétée de coïncidences, mais sont cependant la cause d'une réaction immédiate – probablement quand les inconvénients d'une fausse alarme sont moins importants que les éventuels dommages qu'entraînerait le fait de ne pas réagir rapidement. Seulement, si la perturbation prévue manque plusieurs fois de se produire, la réaction peut alors être étouffée pendant un certain temps.

D'autres programmes encore permettent de prévoir de façon fiable la satisfaction de besoins. Les organismes cherchent perpétuellement à satisfaire les divers besoins qu'ils ont développés : par exemple, ceux d'abri, de nourriture, de compagnon ou de partenaire sexuel. C'est ce qu'on appelle un comportement de besoin, ou appétence. Il existe aussi des appétences conditionnées. Par exemple, si on sonne régulièrement une cloche juste avant de donner à manger à un chien, il commencera à saliver au seul son de la cloche, exactement comme l'eau nous vient à la bouche quand nous avons faim et que nous entendons la description d'un bon plat. Si on détache la laisse du chien à ce moment précis, on pourra l'observer sauter autour de la cloche, aboyer, remuer la queue, et montrer tout le répertoire social qu'il déploie habituellement pour demander à manger. En somme, il prend la cloche pour ce qui lui donne à manger.

Nous aussi, êtres humains, avons évidemment hérité d'un grand nombre de ces programmes archaïques. La prévision que ces coïncidences ne sont probablement pas de nature contingente s'est inscrite en nous d'une manière tellement générale que nous supposons presque toujours une relation directe dans chacune d'elles. Dans son « Altenberger Kreis », Konrad Lorenz décrit comment de tels programmes sont à l'origine des hypothèses les plus fantastiques. Imaginez, dit-il, une chambre d'hôtel dans une ville étrange. Le vent fait claquer un volet à un rythme régulier, et la cloche d'une église se met à sonner au même rythme : on suppose alors, inévitablement, que l'un doit être la cause de l'autre. Dès que l'on connaît l'origine cachée de telles hallucinations, on constate avec surprise qu'elles nous influencent en fait souvent. Et nous comprenons alors pourquoi nous pensions avoir déclenché la sonnerie quand notre doigt a touché l'interrupteur, et pourquoi nous avons ensuite pensé que la personne entrée derrière nous l'avait déclenchée ; ou encore, pourquoi le conducteur de la voiture a pu imaginer que la portière faisait retentir le klaxon ; enfin, comment le bandage sur la tête de l'enfant a mené les voyageurs à supposer qu'il était blessé.

Avec la capacité des systèmes nerveux les plus complexes, et avec leur mémoire – c'est-à-dire leur aptitude à emmagasiner des informations, et à s'en souvenir –, le processus d'évolution a fait le pas décisif suivant. Il a créé la « représentation centrale de l'espace », à savoir l'aptitude à réfléchir, les yeux fermés, sur le contenu de la mémoire, autrement dit à se rappeler ce qui est contenu dans la mémoire, et à l'examiner : la conscience était née. L'avantage de cette évolution est de nouveau si important qu'il prévaut chaque fois que les conditions pour l'utiliser sont présentes. Et il consiste précisément dans le fait que, au lieu de risquer sa propre peau, il ne faut plus alors risquer qu'une expérience mentale ; l'hypothèse, dit Lorenz [12], peut mourir à la place de celui qui la fait.

Maintenant, les programmes héréditaires qui influencent nos prévisions conscientes deviennent aussi évidents ; ce sont nos modèles de perception héréditaires. Ils déterminent les représentations et prévisions mentales avec lesquelles nous abordons le monde dans lequel nous vivons. Bien sûr, ils ne deviennent évidents que quand, et là où, ils nous induisent manifestement et stupidement en erreur. Par contre, chaque fois qu'ils nous guident correctement, ils semblent judicieux et aller presque de soi ; ils constituent dans ce cas un système d'instructions apparemment guidé par la raison. Brunswick appelait leur interaction notre appareil ratio-morphologique. Cet appareil permet l'accomplissement de notre bon sens spontané ; il lui appartient de nous guider pour juger les caractéristiques essentielles de ce monde, mais aussi de nous aider à prendre les décisions appropriées face aux mille petits choix auxquels la vie quotidienne nous soumet ;

il nous épargne ainsi de nous enliser dans de constantes ruminations et spéculations.

Nos modèles innés de conception de l'espace et du temps sont deux exemples simples de ces modes de perception. Un bref examen de ces modèles montrera les limites des informations qu'ils fournissent. Einstein s'est précisément attaché à démontrer leur insuffisance (causée par un manque de concordance avec la réalité).

On en conviendra, le temps nous semble s'écouler comme un flux continu. Il passe. Venant d'une source inconnue, il ne fait jamais marche arrière, et disparaît, nul ne sait où. Nous n'expérimentons le temps que dans une dimension : comme un courant d'eau qui s'écoule d'un robinet, dont le mouvement est univoque et irréversible. Nous ne savons pas dans quelle chaîne de montagne le courant commence, ni dans quel océan il finit. Et nous sommes tout aussi embarrassés pour expliquer ce qu'est le temps ; nous ne pouvons dire où il commence, ni où il finit.

D'autre part, nous expérimentons l'espace en trois dimensions ; la géométrie emploie le terme « euclidien ». Nous le percevons comme les trois plans d'une boîte, ou les limites d'une pièce. Mais il suffit de nous demander comment nous concevons les limites de l'espace, disons les limites de notre univers, et nous sommes perdus. Nous pouvons imaginer un espace de ce type à l'intérieur d'un autre espace, mais nous ne sommes pas capables d'imaginer une fin à l'espace.

En fait, ces deux modes de perception ne nous donnent accès qu'à une réalité très largement simplifiée. Einstein nous a en effet appris qu'il existe un continuum espace-temps, qu'on appelle aussi espace à quatre dimensions, fermé sur lui-même. La physique a indiscutablement prouvé son existence, mais aucun esprit humain ne peut cependant se le représenter. Ce continuum rend par exemple possible la théorie selon laquelle, si nous pouvions voir aussi loin que nous le voulons, dans n'importe quelle direction, nous finirions toujours par voir le derrière de notre tête.

Ces exemples devraient donc nous avertir que nos modes de perception ne nous fournissent que de vagues approximations sur la structure de ce monde. Ils ont été sélectionnés il y a très longtemps par nos ancêtres du monde animal, en fonction de leur environnement et des problèmes auxquels ils se trouvaient confrontés. Pour leurs conditions de vie, une forme simple de perception suffisait. Même pour nous, êtres humains, pour le microcosme dans lequel nous vivons, les anciens modes de perception de l'espace et du temps suffisent. Nous devrions en effet voyager à une vitesse presque égale à celle de la lumière pour faire nous-mêmes l'expérience de l'inexactitude de nos conceptions.

En revanche, notre conception des causes nous influence directement, ici, sur notre planète. Elle est non seulement responsable d'une scission actuellement insurmontable dans notre conception du monde, mais elle a aussi engendré un fouillis social et environnemental dont nous ne parvenons manifestement pas à nous sortir [18]. Et c'est précisément ce qui rend utile notre exemple.

LA SUPERSTITION
CONCERNANT LES CAUSES

On se souvient que, dans l'expérience sur les réflexes conditionnés, le chien semblait prendre la cloche pour la cause de la nourriture qu'il reçoit. Plus précisément, il avait envers la cloche le comportement d'un loup occupant un rang subalterne dans une bande quand il demande la part d'une proie au loup qui est le chef de la bande – il manifestait de la « soumission » et essayait de « flatter ». Ce programme, intégré, ne fonctionne qu'avec le développement du rituel suivant : remuer la queue, aboyer, gémir, sauter, baisser la tête et la poitrine, exposer sa gorge au loup chef de bande que les autres loups ne peuvent toucher, si ce n'est avec la patte et doucement. Bien sûr, nous ne savons pas ce qu'un chien pense quand il réclame ; mais, dans la mesure où il réclame aussi parfois dans ses rêves, il a peut-être une idée, même très simple, de ce qu'il fait. Et, puisque le comportement à l'égard de la cloche et à l'égard du loup chef de bande est le même, on peut aussi penser qu'il existe dans ces deux cas le concept d'une relation du type « si... alors... ». La coïncidence de la nourriture et de la cloche donne lieu à la prévision d'une relation nécessaire qu'on appelle causale.

Nous faisons exactement le même type de prévision « si... alors... » que celles que nos ancêtres du monde animal ont profondément intégré comme un programme inattaquable, parce que s'avérant dans de multiples occasions essentiel à la survie.

Nous savons tous, bien sûr, que les cloches ne sont pas habituellement la cause de la présence de nourriture. Alors, comment, par quel type de contrainte, ce même mécanisme d'apprentissage individuel et créatif peut-il mener à la superstition, et jusqu'où faut-il remonter dans l'histoire du monde animal pour en trouver l'origine ? Ces questions sont encore sans réponses.

B. F. Skinner, le psychologue et psycholinguiste américain, plaça des pigeons dans ce que nous appelons maintenant des « boîtes de Skinner », en ne mettant qu'un pigeon par boîte. L'expérimentateur voit à l'intérieur de ces boîtes, mais l'oiseau perçoit uniquement les messages qu'il choisit de lui transmettre. Skinner plaça donc ses pigeons dans une série de boîtes, et mit en place son expérience de façon à ce qu'un mécanisme lance dans chaque boîte une boulette de nourriture à intervalles réguliers. Cependant, bien que cela ne soit pas toujours pris en considération, les pigeons ne réagissent pas simplement comme des robots. Ils ont leurs propres réflexes et programmes, et sont continuellement engagés dans une activité : ils marchent, regardent autour d'eux, lissent leurs plumes, etc. Ainsi, l'apparition de la boulette coïncide toujours avec un mouvement que les pigeons sont en train de faire. Et, au bout d'un certain temps, l'apparition de la boulette aura nécessairement coïncidé plusieurs fois avec un mouvement précis. A partir de là, un étonnant processus d'apprentissage commence. Le mouvement qui s'est trouvé associé avec l'apparition de la nourriture – par exemple, un pas sur la gauche – est dès lors répété plus fréquemment, et la coïncidence devient, elle aussi, plus fréquente. Ainsi, la « prévision » du pigeon selon laquelle il existe une relation entre la nourriture et ce mouvement précis est pour lui de plus en plus confirmée, jusqu'à l'évidence presque absolue que le mouvement, maintenant répété constamment, est nécessairement suivi par l'apparition de nourriture. En effet, si le pigeon ne fait rien d'autre que des pas sur la gauche, chaque boulette représente manifestement une récompense et une confirmation. Le résultat de l'expérience, c'est qu'un grand nombre de pigeons deviennent fous : l'un tourne sans arrêt sur la gauche, l'autre déploie constamment son aile droite, et un troisième tourne continuellement la tête d'un côté puis de l'autre. On conclura de tout ceci que la « prédiction » d'une relation causale se vérifie d'elle-même.

Maintenant, dans quelle mesure, nous, êtres humains, sommes victimes de telles « prédictions qui se vérifient d'elles-mêmes », sera le propos des contributions suivantes (voir aussi plus loin l'article de Paul Watzlawick qui traite ce thème en particulier). Mais on peut déjà affirmer que les racines de cette forme de superstition sont héréditaires et profondément ancrées en nous.

Il nous est à tous déjà arrivé de « toucher du bois » pour écarter le mauvais sort d'une prévision que l'on souhaite vivement voir se réaliser. Certains font même le geste amusant de toucher leur propre tête quand ils n'ont pas de bois à portée de la main. Et, puisque, dans la majorité des cas, la chance semble plutôt nous sourire, nous devons bien admettre que ce geste a été efficace.

Ceci nous mène de nouveau très près de la réflexion consciente. Nous avons évoqué précédemment l'avantage qu'avait représenté l'acquis de la conscience dans le processus de l'évolution – à savoir, l'avantage de pouvoir transférer le risque de mort de l'individu à celle de l'hypothèse qu'il fait. Ce passage de la réalité matérielle au domaine de la pensée est sans doute un des plus importants acquis de l'histoire de l'évolution. Mais on ne doit cependant pas oublier les pièges liés à ce progrès. Toutes les erreurs désastreuses qui en ont résulté ont la même origine : une vérification dans le domaine de la pensée est prise pour une vérification réelle et réussie dans le monde concret.

Quelque chose comme un deuxième monde est alors apparu : un monde théorique est venu s'ajouter au monde observable [22]. Mais qui décide quand ces deux mondes se contredisent ? Où trouver la vérité ? Dans nos sens qui nous trompent, ou dans notre conscience à laquelle on ne peut se fier ? Et là commence précisément le dilemme de l'être humain : il est désormais confronté à la coupure de son monde en deux parties – coupure particulièrement douloureuse parce qu'elle le partage aussi lui-même en deux, en corps et âme, en matière et esprit. On trouve là aussi la racine du conflit qui fait partie de l'histoire de notre civilisation depuis deux millénaires et demi : celui qui oppose le rationalisme à l'empirisme, l'idéalisme au matérialisme, les sciences exactes aux sciences humaines, les interprétations causales aux interprétations finalistes, l'herméneutique au scientisme.

Mais, en fait, cette coupure nous fait largement sortir des limites de notre histoire, puisque nous connaissons des traces de ce dilemme qui datent de plus de quarante millions d'années.

L'HISTOIRE DU
RAISONNEMENT CAUSAL

Sur le mont Circé, sur la côte tyrrhénienne de l'Italie, se trouve une grotte qui abrite le crâne d'un homme de Neandertal. La tête coupée et empalée sur un bâton avait été enterrée à l'intérieur d'un cercle de pierres. Aussi, le trou occipital avait été largement ouvert pour permettre d'atteindre le cerveau que les membres du clan mangeaient probablement. On a en effet découvert que d'autres peuples primitifs avaient la coutume de tuer un membre d'une famille et d'en manger le cerveau afin de pouvoir donner le nom du mort à un nouveau-né. Parce qu'enfin, ont-ils pu penser, où donc autrement lui trouver un nom ? Dans les montagnes du Zagros maintenant, en Irak, existent des tombes d'hommes de Neandertal ; elles contiennent une telle quantité de pollen que les corps ont sans doute été enterrés avec des lychnis, des mauves et des muscaris. Pensait-on que ces plantes avaient des pouvoirs curatifs qui aideraient le mort à revivre ? Nous ne savons pas. Mais nous constatons cependant que des hommes avaient inventé des buts ou des fins probablement reconnus par toute la tribu.

Dans les grottes des montagnes suisses, l'homme de Neandertal pratiquait le culte de l'adoration des ours, comme le font encore aujourd'hui certaines tribus de l'Arctique : elles croient que les ours sont des médiateurs entre les hommes et les dieux, et accomplissent des rituels élaborés pour apaiser l'ours après l'avoir mangé. Car rien n'arrive sans raison, et des présages menaçants se dessinent partout, dans la nuit comme dans l'invisible. Et qui nierait que les rituels d'apaisement pratiqués sont efficaces ?

Beaucoup d'autres tribus enterrent leurs morts pour des raisons autres que la piété. Elles essaient plutôt d'empêcher le fantôme du mort de revenir en couvrant la tombe de pierres ; car, chacun le sait, les morts ont la déconcertante habitude d'apparaître dans les rêves des vivants, et cela sous des formes tout à fait réalistes et effrayantes. Des armes et des provisions sont aussi placées dans les tombes dans l'espoir d'apaiser les morts et d'augmenter leurs possibilités de voyager très loin.

L'inconnu est donc interprété par analogie avec des buts et des pouvoirs familiers. « L'inconnu devient ainsi explicable, dit Klix. L'incertitude de la connaissance est remplacée par la certitude de la croyance. La pensée animiste comble les importantes lacunes de la connaissance des causes des phénomènes naturels. Elle permet de décider avec assurance (...) là où il n'y aurait autrement que confusion et perplexité [8]. »

Ce que nous appelons cause et effet est, dans le cadre de cette pensée, considéré en termes de faute entraînant l'expiation. De ce fait, on juge à propos de négocier. La culture grecque est familière de cet ancien concept. Et nous-mêmes, aujourd'hui, nous demandons à qui ou à quoi est la « faute » quand la voiture ne démarre pas, bien que nous sachions déjà plus ou moins que les bougies mouillées sont responsables de cet incident.

La « pensée sauvage [10] » des peuples primitifs, comme celle de nos ancêtres, fonctionne par analogies en fait arbitraires, et applique les concepts innés de pouvoirs et de buts à tout ce qui semble avoir besoin d'une explication.

Dans certaines tribus indiennes, les femmes enceintes ne doivent pas manger d'écureuil pour la raison évidente que ces animaux disparaissent dans l'obscurité des trous des arbres, alors qu'une naissance met au contraire un être vivant à la lumière. Les femmes hopi enceintes doivent par contre manger de l'écureuil aussi souvent que possible, pour la raison tout aussi évidente que cet animal a une grande facilité à trouver dans l'obscurité son chemin vers la lumière, et c'est précisément ce qui caractérise le processus de la naissance. Quant à moi, j'ai souvent été grondé dans mon enfance, jusqu'à ce que j'apprenne enfin que, au cours des repas, ma main gauche devait se trouver sur la table, à côté de mon assiette. Mes enfants, élevés aux États-Unis, furent aussi souvent grondés, jusqu'à ce qu'ils comprennent un jour que cette main devait se trouver sous la table, sur leurs genoux. A la recherche du fondement anthropologique de ces différentes manières, je ne pus suggérer qu'une explication qui satisfait nos amis américains : garder la main gauche sur la table empêche l'Européen de céder à son inclination naturelle de la poser sur le genou de sa voisine.

Les très anciennes cosmogonies nous apprennent beaucoup sur les premières conceptions de la causalité. Notre propre conception s'enracine dans les théogonies grecques qui ont précédé la pensée philosophique. Et ces théogonies s'enracinent elles-mêmes dans le récit épique de Kumarbi. L'histoire de la création de l'univers, étudiée par Schwabl [20], montre à peu près la série d'événements suivante : le Chaos primordial donne naissance à Érèbe, personnification des Ténèbres infernales, et à Nyx, sa sœur, la Nuit ; ils engendrent à leur tour Æther et Héméra (l'Éther ou ciel supérieur, et le Jour) ; Chaos, Éros et Gaïa (la Terre, Mère universelle) sont les puissances primitives. Gaïa engendre les Montagnes, Pontos (la Mer) et Ouranos (le Ciel). De l'union de Gaïa avec Ouranos naissent les Titans, les Cyclopes et les Hécatonchires (trois géants doués de cinquante têtes et de cent bras). Mais Ouranos hait ses enfants, et, pour les empêcher de voir la lumière, les contraint à rester ensevelis dans les profondeurs de la Terre. Gaïa souffre beaucoup de l'étouffement de ses enfants ; elle se résout à les délivrer, et leur demande de la venger d'Ouranos. Trop apeurés, aucun n'y consent, sauf Cronos, un des Titans. Gaïa lui confie alors une faucille très aiguisée, et quand, avec la nuit, Ouranos s'approche de Gaïa et l'enveloppe de toute part, Cronos tranche les organes sexuels de son père. Du sperme tombé dans la Mer naît Aphrodite, et du sang de la blessure tombé sur la Terre naissent les Érinyes, les Géants et les Nymphes humaines. Les Titans peuvent maintenant sortir de la Terre et vivre à la lumière. Cronos s'unit à sa sœur, Rhéa ; mais, averti par un oracle d'Ouranos et de Gaïa, il dévore tous ses enfants au fur et à mesure de leur naissance, de peur que l'un d'eux ne le détrône. Quand Rhéa met au monde Zeus dans une grotte de Grèce, elle donne à Cronos une pierre enveloppée de langes qu'il dévore donc à la place de l'enfant. Par cette ruse, le père grec des Dieux fut sauvé. C'est donc un tumulte de très « viscérales » – ou doit-on dire : humaines ? – intentions, fécondations et tromperies qui créa et explique le monde.

Toutes les cosmogonies ont ceci en commun : la présupposition d'intentions et de causes qui précèdent toute forme d'être et de devenir. Aussi, la pensée théologique et ontologique est étroitement liée aux cosmogonies. Schwabl dit ceci : « La philosophie grecque n'est au départ rien d'autre qu'une cosmogonie et représentation du développement des phénomènes dans l'univers. A partir d'une épuration de la conception mythologique du monde, apparaissent les différenciations toujours plus subtiles de la pensée, et, avec elles, celles qui interviennent dans la construction du savoir scientifique. »

L'ancien concept de causalité atteint sa forme la plus élaborée chez Aristote qui postula quatre types de causes différents en prenant pour exemple la construction d'une maison. D'abord, une *cause efficiente* est nécessaire en tant qu'impulsion ou force productrice qui engendre l'effet ; qu'il s'agisse, dans le cas de la construction d'une maison, de force de travail ou de capital. Puis, la *cause matérielle* entre en jeu, c'est-à-dire la matière avec laquelle on construit, puisque, avec la seule force de travail, on n'a jamais construit une maison. La *cause formelle* intervient ensuite ; il s'agit du plan de construction qui permet le choix et la disposition des matériaux. Notre expérience quotidienne nous confirme aussi ceci : les matériaux, quelle que soit la quantité livrée, ne permettent jamais à eux seuls de construire une maison. Enfin, Aristote postule l'action d'une *cause finale,* ou but – quelqu'un doit avoir l'intention de construire une maison. Seule l'universalité de cette cause finale a sérieusement été contestée par les penseurs modernes. Marx admet que l'architecte ait un but, mais pas l'abeille. Pourtant même cette thèse s'est révélée incorrecte : on sait en effet que l'abeille, l'araignée ou la mite ont l'ordre d'agir pour la conservation de l'espèce solidement inscrite dans leur mémoire génétique.

Alors, comment résoudre ce problème ? Au début de la pensée scolastique, les exégètes d'Aristote se posaient déjà la même question : pourquoi quatre causes différentes ? Ne devrait-il pas y avoir une cause première, précédant toutes les autres, et cause de toutes les autres ? Ainsi commença il y a quelque mille ans la recherche de la cause première. Aujourd'hui, les recherches continuent.

LA DÉCOUVERTE
DE LA CAUSE PREMIÈRE

Les exégètes tombèrent bientôt d'accord : pour le maître, seule la *cause finale* avait pu constituer la cause de toutes les causes. Car l'expérience nous apprend chaque jour que nous devons d'abord avoir une intention, par exemple, construire une maison, avant que cela ait un sens de s'occuper de l'argent, des matériaux et des plans. Et cette intention ne détermine-t-elle pas tout le reste – les plans, les matériaux et les dépenses à envisager ?

Mais un autre élément, beaucoup plus important encore, caractérise cette pensée : l'univers y est conçu comme entièrement ordonné en fonction de buts, de fins ; on trouve un sens dans toutes les relations observées dans la nature, dans les abeilles, dans les loups, les aigles, dans le fait de semer, de pousser, de mûrir, dans les saisons, etc. Ainsi, cette chaîne de fins – chacune étant la conséquence d'une autre faisant partie d'un ordre supérieur – se termine nécessairement dans la fin universelle de l'harmonie du monde entier. Et, dans la mesure où cette fin ultime doit se trouver à l'extérieur ou au-dessus de ce monde, il ne pouvait s'agir que du but de son Créateur. La *causa finalis* trouva ainsi sa dernière et plus haute formulation dans la *causa exemplaris* des théologiens. Et qui aurait voulu s'exclure de cette éminente vue des philosophes ? De fait, personne ne le voulut. Le christianisme était trop intimement lié à la conception médiévale du monde pour permettre quelque doute à propos de l'harmonie du plan de création de l'univers. La figure légendaire du docteur Faust (probablement Georg Faust, de la ville de Knittlingen) n'était rien d'autre qu'un exemple en guise d'avertissement, un nécromancien de mèche avec le diable ; ce qu'au sens figuré il est d'ailleurs toujours.

La philosophie médiévale ne se rendait pas compte que les autres problèmes posés par l'idée de ce réseau de causes n'étaient pas résolus, mais seulement exclus. Un monde artificiel avait été construit sans penser aux conséquences de cette construction. Personne ne pouvait prévoir qu'un jour (précisément, le 22 mars 1762), Voltaire apprendrait le meurtre absurde du marchand de tissu toulousain Calas, perpétré par l'Inquisition, et qu'il mettrait alors toute la force de sa plume pour lutter contre le fanatisme et l'infamie – et cela en pleine période des Lumières, juste avant la Révolution française. Personne ne pouvait non plus prévoir que le jeune théologien Hegel, dont la pensée s'enracinait dans la philosophie des Lumières, deviendrait un idéaliste romantique, et développerait, à partir de l'idée de conscience de soi et du concept d'avènement final d'un « esprit universel », une philosophie dialectique si fragile que Marx [13] la renverserait totalement. Enfin, personne ne pouvait prévoir que la croyance en des causes finales et absolues dépouillerait l'homme de toute autorité qu'on puisse invoquer comme une médiation entre ces conceptions du monde opposées.

Pendant la Renaissance, d'autre part, Galilée commença à

faire des expériences sur la chute des corps dans le vide, et finit par énoncer les lois de la gravité – bien que, comme le remarque le physicien Pietschmann [15], chacun de nous constate que, dans une forêt en automne, il n'y a pas deux feuilles qui tombent de la même manière. Le projet initial de Galilée était prométhéen, puisqu'il s'agissait pour lui de « mesurer le cours des astres ». Puis il se consacra peu à peu à la tâche de « rendre mesurable ce qui ne l'est pas ». Alors, qu'est-ce que cela signifie ? Cela signifie une précision considérablement accrue des prévisions à l'intérieur d'un champ très étroit de phénomènes réels dans ce monde ; mais au prix de l'exclusion et de l'ignorance de tous les autres. Afin d'exclure l'effet du poids, Galilée utilisa des objets lourds pour faire ses expériences ; pour exclure la forme, il utilisa des boules, et, pour éviter la résistance de l'air, il choisit le plan incliné. Ainsi, il ne peut rester que l'énergie qui intervienne dans l'établissement des prévisions et des lois, c'est-à-dire la cause efficiente d'Aristote. La matière et la forme sont oubliées, la fin a disparu. Le résultat est monumental, c'est une véritable révolution dans la civilisation : d'abord dans le domaine scientifique, puis dans les applications techniques, industrielles et militaires. L'homme détient désormais une immense puissance.

Ici, de nouveau, on ne prenait pas en compte que d'autres dimensions des relations causales n'étaient pas résolues, mais seulement exclues. On ne voyait pas, et on ne voit toujours pas, qu'avec des énergies ou des forces on ne fait pas tout. Et quel chercheur, quel scientifique aurait pu à l'époque se considérer comme un apprenti sorcier ? Personne ne pouvait prévoir qu'un jour (précisément, le 8 février 1939) Einstein écrirait à Roosevelt une lettre qui mettrait en marche le processus de construction de la première bombe atomique. Personne ne prévoyait qu'il nous deviendrait impossible de nous sortir du cercle vicieux de la technocratie, du progrès, du développement des armements, du pouvoir et de la peur. Personne n'était capable de prévoir que tout cela serait la conséquence de la prétendue capacité de mesurer l'efficacité, la production, la communication et l'intelligence même. Personne ne pouvait non plus prévoir qu'une explication du monde fondée sur l'énergie et sur des événements aléatoires devrait nier l'existence de tout but, ni que cela ôterait toute signification à l'homme et à la civilisation.

LA DIVISION DES ESPRITS

Aujourd'hui, ces interprétations du monde contradictoires en sont toujours au même point de division. Interpréter le monde à partir des buts supposés le constituer est devenu la méthode des sciences humaines ; la méthode d'explication du monde, ou herméneutique, de Dilthey [2] illustre particulièrement bien ce type d'interprétation fondé sur le principe de finalité. Et l'explication du monde à partir de la notion de force ou d'énergie est devenue la méthode des sciences exactes. On a appelé scientisme ce type d'explication fondé sur le principe de causalité. On suppose ainsi que des relations causales ont un effet sur le présent à partir du passé, et qu'au contraire les relations de finalité influent sur le présent à partir du futur – en effet, la maison future a manifestement des effets sur les préparations présentes. La division entre ces philosophies est fermement établie : on ne négocie pas par-delà ses frontières, et qui s'y essaie doit savoir qu'il attirera sur lui la foudre des deux camps.

Cette division donne ainsi à chaque conception un caractère d'exclusivité ; on est supposé souscrire au principe de causalité, ou bien au principe de finalité, avec l'obligation absolue de rejeter l'autre. On a, pour chacun de ces deux types de contrat, depuis longtemps établi des doctrines, des dogmes et des principes de conduite scientifique déclarés inadmissibles par le camp opposé qui défend ainsi ses propres positions contre toute possible réfutation.

Et tout ceci en dépit du fait que ces conceptions sont en réalité le reflet l'une de l'autre, et que la finalité comme la causalité influent sur le présent à partir du passé ; en effet, la maison que j'imagine construite dans dix ans existe déjà réellement dans ma tête. Et, si j'ouvre demain un compte d'épargne pour réaliser la construction de cette maison, une décision d'hier aura alors un effet sur mes actes de demain.

La relation de correspondance entre les deux types d'interprétation apparaît clairement quand on considère la hiérarchie des couches qui composent la structure du monde. Il ne fait aucun doute que des particules élémentaires constituent des atomes qui forment des molécules, des biomolécules, des cellules, des tissus et des organes qui, à leur tour, composent des individus, des sociétés et des cultures particulières à chacun des types de société. Si on cherche, par exemple, à expliquer la nature du muscle d'une aile de poulet, on constatera que sa structure et sa capacité se retrouvent dans celles de ses cellules, biomolécules, atomes et particules élémentaires ; mais on observera que sa forme et sa fonction sont liées à sa finalité, c'est-à-dire à ce à quoi il sert dans l'aile ; aussi la forme et la fonction de l'aile s'expliquent par l'oiseau, l'oiseau par l'espèce et l'espèce par le milieu. Exactement de la même manière, on explique qu'un homme transporte des briques par la construction d'un mur, celle-ci par la construction d'une maison ; puis, cette construction par les intentions d'un homme, et celles-ci par les traditions du groupe et de la civilisation auxquels il appartient.

Et pourtant, la division demeure. Bien que les effets des forces comme ceux des buts soient immédiatement apparents, et bien que la prévision de leurs effets soit solidement ancrée dans chaque être humain et dans chaque civilisation comme modes de perception héréditaires qui lui sont propres. C'est en fait ce que Kant appelait notre « raison paresseuse » qui nous empêche de réunir deux philosophies, et nous persuade plutôt de prendre le chemin plus facile de l'exclusion des alternatives ; alors que les réunir représenterait pour notre esprit une performance moindre que celle de la fusion de nos concepts d'espace et de temps. J'ai présenté ailleurs de façon plus détaillée la solution de cette énigme [18, 19]. Mais nous sommes ici davantage concernés par ses conséquences.

LES DIVERSES FORMES
DE L'OBSCURANTISME

Comme on pouvait s'y attendre, des concepts de nature tout à fait fantomatiques apparaissent maintenant chaque fois qu'on tente de parvenir à une explication homogène à l'aide d'un des concepts de causalité. Et, comme on pouvait le prévoir, les fantômes des conceptions du monde causale et finale, autrement dit les fantômes idéalistes et matérialistes, sont maintenant dressés les uns contre les autres.

Considérons d'abord les matérialistes : les fantômes de la causalité. Parmi les vénérables représentants de ce cercle spectral, on trouve le robot, *l'Homme-Machine,* l'ouvrage publié en 1745 (première édition) par La Mettrie [9], médecin de l'armée française, et précurseur des Lumières. Son matérialisme valut rapidement à l'auteur d'être banni, et, tout aussi rapidement d'ailleurs, accueilli par Frédéric II, et enfin d'être fait membre de l'Académie de Berlin. Ce fantôme, l'homme-machine donc, n'a jamais plus quitté la scène ; bien au contraire, il a entraîné à sa suite tout un monde d'esprits de son espèce, opérant partout où il s'agit de traiter des problèmes posés par la science des organismes vivants. La règle en la matière veut qu'un fantôme idéaliste suive un fantôme matérialiste et *vice versa* – une véritable ronde des fantômes en somme. Mais le spectacle se révéla peu distrayant ; trop de drames se jouaient dans les petits théâtres de la vie.

Prenons quelques exemples au cours des deux siècles et demi qui suivirent. Wilhelm Roux découvrit les chaînes de causalité qui régissent le développement embryonnaire ; apparurent ainsi la mécanique du développement ou embryologie causale, et son « contre-fantôme », le vitalisme. L'ancienne psychologie animale s'enracine dans ce camp finaliste, avec comme « contre-fantôme » Skinner et le béhaviorisme qui compare les réactions d'un animal à celles d'un automate. La morphologie, c'est-à-dire l'étude des structures biologiques externes, attira l'idéalisme allemand, et sa contre-réaction, la taxinomie numérique de Sokal et Sneath qui croyaient pouvoir classer les organismes sans l'appui d'aucune connaissance. La génétique moderne créa son « dogme central » interdisant l'idée d'un transfert d'informations des structures corporelles du matériel génétique. En proposant une théorie des effets au hasard dans tous les aspects de l'évolution organique, Monod [14] pense que nous, humains, devons enfin reconnaître notre propre contingence.

La méthode qui sous-tend ce développement fut extrêmement efficace. Ce « scientisme », apparu avec Galilée, a complètement transformé notre monde. Le concept de cause, tel qu'il le définit, se fonde sur la présupposition qu'on peut expliquer n'importe quel phénomène en le réduisant à ses parties. On appelle ce type de pensée « réductionnisme pragmatique ». On explique ainsi aujourd'hui l'esprit par la physiologie du cerveau, qui à son tour est expliquée par la transmission de stimuli par l'intermédiaire des cellules nerveuses ; on explique ensuite ces stimuli par le transport de molécules jusqu'à leurs circuits, ceux-ci par la cinétique des réactions chimiques et, finalement, par les orbites des électrons des éléments impliqués – en d'autres termes, par les propriétés des particules élémentaires. L'interprétation proposée par le scientisme contient de plus la présupposition qu'aucun autre élément n'entre en jeu ; elle exclut l'intervention de toute autre cause. Telle est l'erreur commise par le « réductionnisme ontologique » qui ne reconnaît pas avoir détruit le système des relations qui forment un tout en effectuant ces dissections et découpages. En quelque sorte, il jette le bébé avec l'eau du bain. On oublie ici une considération : bien qu'un cerveau pense, il est absurde d'affirmer qu'une cellule cérébrale pense ; aussi, qu'un nerf transmette des stimuli ne signifie en aucun cas qu'une molécule mobile soit une conduction. Goethe l'annonçait déjà : « Tu possèdes là les parties, mais il te manque le lien mental pour les réunir. » Alors, ou bien l'esprit n'existe pas du tout, et il est simplement une surestimation anthropomorphique de l'importance des transports moléculaires, ou bien, comme Rensch [16], on le considère comme une réalité. Mais, dans ce cas, chaque cellule, chaque molécule, chaque quantum et chaque quark devrait contenir une parcelle d'esprit toujours plus petite. De ce fait, en tant qu'explication du monde, cette théorie ne peut manifestement tenir. Le scientisme absolu ne mène jamais qu'à un obscurantisme scientifique.

Face à une telle situation, on souhaiterait que le concept de fin permette d'éviter ces erreurs. Aristote n'a-t-il pas lui-même placé la cause finale avant les autres ? Le but ne précède-t-il pas chaque action que nous décidons d'entreprendre ? Aussi longtemps que l'on maintient cette idée de but, on peut difficilement perdre ce qui est essentiel dans une interprétation du monde. Et pourtant il ressort ici, de nouveau, que l'on perd l'élément essentiel.

Driesch [3], contrairement à Roux, découvrit que les embryons compensent les lésions qu'on leur fait subir. Ceci signifie que le tout sait, d'une certaine manière, où il va ; il a un but inhérent, une sorte d'entéléchie, dont l'énergie seule ne peut rendre compte. On doit donc, avec Bergson [1], affirmer l'existence d'une force vitale orientée vers un but, un « élan vital ». Longtemps avant,

Goethe expliquait le prototype ou les plans de construction des organismes par un principe « ésotérique ». Ce « principe intérieur » n'était-il pas quelque chose de mystérieux et de spirituel ? Et la philosophie qui suivit – celle des idéalistes allemands, comme Fichte, Hegel et Schelling –, qui concevait le monde comme « participation à la grande matrice de l'être », n'était-elle pas autorisée à comprendre la morphologie (au sens idéaliste, la cause des formes) comme réalisation d'idées ? Et, si le monde était créé pour la conscience, si la matière avait pour but le monde vivant, alors on devait s'attendre à la conception d'une conscience absolue, but universel situé au-delà du cosmos. Considérant qu'il existe dans chaque aspect de l'évolution des organismes une orientation vers un but, Teilhard de Chardin [21] pense que l'humanité, en dépit de toutes les atrocités qu'elle commet, suit un cours ordonné par Dieu, une voie conduisant au Créateur lui-même.

La méthode à l'œuvre dans ce finalisme et idéalisme ne fut pas non plus tout à fait inefficace. Elle a donné lieu à une grande diversité de systèmes fantastiques, mais encore, affirme Dilthey, en tant qu'herméneutique – art de l'interprétation –, elle constitue un instrument pour les sciences humaines. Car d'où viendrait la compréhension des textes, des intentions et des actions dans les domaines de l'histoire et de la culture, si ce n'est de leurs buts ? Mais enfin, qu'explique donc l'entéléchie de Driesch ? Et, en fait, avec l'« élan vital » de Bergson, nous comprenons à peu près aussi bien les organismes vivants qu'on explique la nature d'une machine à vapeur par l'existence d'un « élan locomotive ». En tant qu'interprétation exclusive du monde, le concept de but appliqué au macrocosme appelle nécessairement l'intervention de buts ultimes connus du Créateur seulement, pour nous incompréhensibles, et situés en dehors de notre monde. Appliqué maintenant au microcosme, il mène aussi nécessairement à postuler des buts préétablis dans les molécules et particules, ce qui exclut là encore toute possibilité de les connaître. En tant qu'interprétation du monde, cette théorie ne tient pas davantage que la précédente. L'herméneutique absolue ne mène à rien d'autre qu'à un obscurantisme humaniste.

LE DILEMME DE LA SOCIÉTÉ

On pourrait cependant répondre, et avec raison, que les partisans d'un scientisme et d'un finalisme purs et durs ont pratiquement disparu, et n'ont même probablement jamais existé. En effet, tout scientiste se laisse quand même guider, dans certaines circonstances, par des buts, et tout finaliste respecte, à un moment ou à un autre, les lois de la causalité – ne serait-ce qu'en étant prudent autour d'un feu, ou en évitant l'effet d'une pierre lancée en l'air. On pourrait tout de même objecter qu'on n'a pas séparé les sciences naturelles des sciences humaines sans discernement ou raison valables ; il s'avère en effet que, pour les unes, le progrès vient du scientisme, et que l'herméneutique fait prospérer les autres. Mais, en réalité, la pratique de cette division dit seulement que nous nous habituons à la scission que nous avons établie dans notre interprétation du monde, que nous avons accepté la conception schizophrène d'un homme fragmenté, autrement dit l'idée de l'opposition du corps et de l'âme, ou de l'esprit et de la matière.

Remarquons cependant qu'il ne s'agit pas là d'une simple dispute académique : ce schisme traverse en fait chaque aspect ou élément de notre civilisation ; c'est notre monde dans sa totalité qui se trouve ainsi partagé. Nos perceptions à double face, comme celles qui n'ont au contraire qu'une seule dimension, nous conduisent de la contradiction entre explications causales à moitié vraies aux dilemmes sociaux que nous vivons tous, chacun de nous comme la société dans son ensemble. Ce dilemme est soutenu par la scission qui partage notre conception scientifique du monde, et, en lui donnant une base sociale, il se trouve à son tour récursivement défini par celle-ci.

Certains pensent que l'intelligence est innée, que chaque créature contient en elle-même ses buts préétablis : autrement dit, on ne peut pas faire grand-chose pour les idiots. Il découle de cette conception que la société a besoin d'une élite pour mener ses affaires ; et on constate effectivement partout, dans les partis comme dans les bureaux politiques, la compétition d'élites politiques qui cherchent à gagner l'adhésion des masses. D'autres affirment au contraire que l'intelligence est le produit du milieu dans lequel un individu évolue. Ainsi, l'éducation et l'enseignement sont tenus pour responsables de tout échec dans le développement des capacités des individus. Cette conception entraîne la prolifération d'écoles égalitaires où on s'attache à donner à chacun les mêmes possibilités de développer ses capacités. Aussi, posséder le savoir requis pour décider n'est plus l'affaire d'une élite mais d'une majorité. Les conséquences de ces deux positions ne sont que trop bien connues, et elles exercent entre elles une influence réciproque tout à fait déconcertante.

L'éducation morale, disent les uns, incombe à la famille ; cette dernière, en effet, représente le but de la vie. On ne va à l'école que pour apprendre et travailler. Comment un enseignant pourrait-il décider quelles valeurs morales inculquer à un enfant ? Nous, parents responsables, et non pas quelque collectivité voisine, devons veiller au développement moral de notre précieuse progéniture. De cette manière, les ivrognes et les voyous ont une influence causale sur le développement de leurs enfants, et assurent ainsi la continuité de leurs « traditions ». Seule la communauté, pensent au contraire les autres, peut assurer l'éducation des enfants, parce que seule la communauté connaît les éléments causaux qui vont déterminer les conditions de vie futures. En effet, comment les parents d'hier pourraient-ils savoir quels seront les besoins de demain ? Ainsi, les électeurs délèguent au parti le soin de nommer des experts qui, à leur tour, informent les directeurs des écoles sur ce que le but de l'éducation des masses doit être, et – beaucoup plus important encore – sur ce qu'on ne doit en aucun cas enseigner. Cause et effet aboutissent alors à deux extrémités diamétralement opposées, se recoupant cependant à mi-parcours, pour finalement s'exclure de nouveau.

L'économie et le marché, affirment les uns, dépendent entièrement du consommateur. Le consommateur est roi : on ne peut vendre ce dont il ne veut pas. Le but du commerce est de satisfaire le client. Mais on étouffe par là le fait que les hommes d'affaires ont de bonnes raisons de manipuler le consommateur pour s'assurer une meilleure place que leurs concurrents. D'autres pensent, au contraire, que le but du commerce est le développement de la société. Mais ce que le but de la société doit être a déjà été décidé par les idéologues. Et on tait ici précisément que leurs buts ne coïncident pas avec ceux de la société, à moins qu'on ne la manipule en fonction de ceux-ci. Ainsi, afin d'évacuer les contradictions inhérentes à ces sociétés « social-capitalistes » gouvernées par la volonté de réussite, les industries, contraintes de se battre sur les deux fronts, doivent pour survivre s'engager dans une voie qui les mène au suicide. On constate que des conceptions causales incomplètes suivent une trajectoire qui les conduit à la collision. Le résultat est le désastre d'une croissance non contrôlée, et le gâchis de l'environnement.

La justice, selon la loi naturelle, est fondée sur l'idée de droit. Et il serait très mal venu de donner à un souverain des pouvoirs illimités. Il faut de ce fait s'en remettre à l'idée d'une justice inhérente à l'homme. Mais, pour pouvoir vraiment compter sur elle, il vaut mieux s'assurer qu'elle est bien solidement ancrée dans la conscience humaine. D'autre part, pour les tenants de la conception positiviste du droit, les lois n'ont rien à voir avec la justice ; elles contiennent manifestement et uniquement ce que le souverain espère obtenir, ou ce qu'on pense qu'il espère obtenir. Le souverain a donc intérêt à ce que ses sujets considèrent comme parfaitement naturel tout ce qu'il demande et attend d'eux. De telles demi-vérités permettent toujours de retrouver l'idée d'honneur et de moralité à l'origine de toutes les catastrophes collectives – on les appelle les tournants de l'histoire – entraînées par des luttes pour le pouvoir.

Certains déclarent que le but de la société est la liberté de l'individu. Si donc un individu se trouve favorisé par certaines qualités physiques, ou des conditions financières, qu'il en ait hérité ou que le hasard les lui ait données, les autres doivent respecter la liberté supplémentaire que son argent ou sa force lui apportent. L'origine du progrès, affirme le darwinisme social, est fondée sur la réussite du plus apte. Mais tout cela est faux, prétendent les autres. En fait, c'est le contraire qui est vrai : le but du progrès est une certaine forme de société, à savoir une société qui se fonde sur des principes égalitaires. Pour permettre à une telle société d'exister, une nouvelle classe de privilégiés est apparue. Parce que les hommes sont égaux, mais, s'ils ne le sont pas, dit Che Guevara, la société doit compenser par des dépenses accrues le destin non mérité des inaptes. Les plus aptes, pour leur part, craignent que se crée ainsi une société d'inaptes. Alors se pose la question de savoir si le but final de la civilisation est l'individu ou la société. Vers quelle instance rationnelle se tourner pour résoudre ce conflit de buts ultimes ? Il ne s'en trouve pour cela aucune. On finit par la course aux armements, et une paix qui repose sur une peur toujours plus grande.

Jay Forrester [4] écrit : « L'esprit humain est incapable de comprendre les systèmes sociaux humains. » Et c'est vrai. Nos conceptions innées ont été selectionnées pour faire face au modeste environnement causal qui était celui de nos ancêtres animaux. Mais elles ne sont plus adaptées aux responsabilités auxquelles notre monde technocratique nous confronte. Notre mode de penser causal et unidimensionnel n'est pas capable de trouver une solution. Pour cette raison, nous construisons des vérités et des causes sociales qui s'excluent réciproquement. Et la décision appartient toujours à ce pouvoir aveugle qui, reconnaissons-le, nous fait à tous peur.

RÉFÉRENCES

1 Bergson, Henri, *L'Évolution créatrice*, Paris, PUF, 1983.
2 Dilthey, Wilhelm, *Einleitung in die Geisteswissenschaften*, Stuttgart, Teubner, 1933.
3 Driesch, H., *Philosophie des Organischen*, Leipzig, Engelmann, 1909.
4 Forrester, Jay, « Behavior of Social Systems », *in* P. Weiss (éd.), *Hierarchically Organized Systems in Theory and Practice*, New York, Hafner, 1971.
5 Hume, David, *Enquête sur l'entendement humain*, Paris, Garnier-Flammarion, 1983.
6 Kant, Emmanuel, *Critique de la raison pure*, Paris, PUF, 1984.
7 *Id.*, *Critique de la faculté de juger*, Paris, Vrin, 1974.
8 Klix, Friedhart, *Erwachendes Denken*, Berlin, VEB Deutscher Verlag der Wissenschaften, 1980.
9 La Mettrie, Julien Offray de, *L'Homme-Machine. Œuvres philosophiques*, Leyde, D'E. Luzac, 1748.
10 Lévi-Strauss, Claude, *La Pensée sauvage*, Paris, Plon, 1962.
11 Lorenz, Konrad, « Kants Lehre vom Apriorischen im Lichte gegenwärtiger Biologie », *Blätter für Deutsche Philosophie*, n° 15, 1941, p. 94-125.
12 *Id.*, *L'Envers du miroir : une histoire naturelle de la connaissance*, Paris, Flammarion, 1975.
13 Marx, Karl, et Engels, Friedrich, *L'Idéologie allemande*, Paris, Éd. Sociales, 1971.
14 Monod, Jacques, *Le Hasard et la Nécessité*, Paris, Éd. du Seuil, 1973.
15 Pietschmann, Herbert, *Das Ende des naturwissenschaftlichen Zeitalters*, Vienne, Zsolnay, 1980.
16 Rensch, Bernhard, *Biophilosophie*, Stuttgart, G. Fischer, 1968.

17   Riedl, Rupert, *Die Strategie der Genesis*, Munich, Piper, 1976.
18   *Id.*, « Über die Biologie des Ursachen-Denkens », *in* H. von Dithfurth (éd.), *Mannheimer Forum 78/79*, Mannheim, Boehringer, 1979.
19   *Id*, *Biologie der Erkenntnis. Die stammesgeschichtlichen Grundlagen der Vernunft*, Berlin, Parey, 1980.
20   Schwabl, H., « Weltschöpfung », *Paulys Realenzyklopädie der klassischen Altertumswissenschaften*, vol. suppl., n° 9, Stuttgart, Druckenmüller, 1958.
21   Teilhard de Chardin, Pierre, *La Place de l'homme dans la nature*, in *Œuvres*, t VIII, Paris, Éd. du Seuil, 1963.
22   Watzlawick, Paul, *La Réalité de la réalité Confusion, désinformation, communication*, Paris, Éd. du Seuil, 1978.

PAUL
WATZLAWICK

Les prédictions qui
se vérifient d'elles-mêmes

Une prédiction qui se vérifie d'elle-même est une supposition ou prévision qui, par le simple fait d'avoir été énoncée, entraîne la réalisation de l'événement prévu, et confirme par là même sa propre « exactitude ». Par exemple, quelqu'un suppose, pour une raison quelconque, qu'on ne le respecte pas ; et il a, à cause de cette supposition, un comportement tellement hostile et méfiant, et il manifeste une telle hypersensibilité qu'il provoque chez les autres un sentiment de mépris qui lui « prouve » sans cesse que sa profonde et solide conviction est vraie. Ce type de mécanisme est sans doute courant et bien connu, mais il repose cependant sur un certain nombre de faits qui eux, par contre, ne font pas du tout partie de nos manières de penser courantes, mais jouent pourtant un rôle essentiel dans notre conception de la réalité.

Notre mode de pensée habituel procède de la cause à l'effet : on considère généralement un événement B comme le résultat d'un événement causal précédent, (A), qui a bien sûr lui-même ses propres causes ; de même que l'occurrence de B entraîne à son tour une série d'événements. Dans la séquence causale A → B, A est la cause et B son effet. On considère ici la relation causale comme *linéaire :* B suit donc chronologiquement A. Selon ce type de causalité, B ne peut avoir d'effet sur A, puisque cela impliquerait un renversement du cours du temps : le présent (B) devrait avoir un effet rétroactif sur le passé (A).

Mais l'exemple suivant montre que les choses se passent différemment. En mars 1979, les journaux californiens commencèrent à faire beaucoup de bruit autour d'une importante et imminente pénurie d'essence ; les automobilistes californiens se ruèrent alors sur les pompes à essence pour remplir les réservoirs de leurs véhicules, et les maintenir aussi pleins que possible. Le remplissage de douze millions de réservoirs (qui jusqu'alors restaient aux trois quarts vides) épuisa les énormes réserves d'essence disponibles, et entraîna quasiment du jour au lendemain la pénurie annoncée. La volonté des automobilistes de garder les réservoirs de leurs véhicules pleins (au lieu de faire comme d'habitude et de les remplir seulement quand ils sont presque vides) eut pour résultat un affolement grandissant, et des files d'attente interminables aux pompes à essence. Une fois l'excitation apaisée, on se rendit compte que la livraison de carburant à la Californie avait en fait à peine diminué.

On remarque, dans ce cas, que le modèle de causalité linéaire échoue à rendre compte de la situation. La pénurie ne se serait jamais produite si les médias ne l'avaient pas annoncée. En d'autres termes, un événement ne s'étant pas encore produit (autrement dit un événement futur) a eu un effet sur le présent (l'assaut des pompes à essence) qui, à son tour, a entraîné la réalisation de l'événement prédit. Ce n'est donc pas ici le passé, mais le futur, qui a déterminé le présent.

On pourrait objecter qu'il n'y a là rien d'étonnant ou de nouveau. En effet, la plupart des décisions et actions humaines ne dépendent-elles pas largement de l'évaluation de leurs effets possibles, ainsi que des avantages et des dangers qu'elles peuvent comporter ? Ou au moins ne devraient-elles pas en dépendre ? Et, de ce fait, le futur n'intervient-il pas dans le présent ? Quelle que soit l'importance de ces questions, elles ne se posent cependant pas ici. Quiconque essaie, généralement sur la base d'expériences précédentes, d'évaluer l'effet futur de sa décision pense en principe obtenir le meilleur résultat possible. Dans ce cas, l'action engagée essaie de tenir compte du futur, et se révèle ensuite juste, ou adéquate, ou le contraire ; mais elle ne doit pas avoir une quelconque influence sur le cours des événements. Par contre, une action résultant d'une prédiction qui se vérifie par la suite d'elle-même produit les conditions requises pour que l'événement prédit ait lieu effectivement, et *crée* en ce sens une réalité qui ne serait autrement jamais apparue. Ainsi, l'action qui n'a d'abord aucune valeur – au sens où elle n'est ni adéquate ni inadéquate – crée une réalité et, avec celle-ci, sa propre « vérité ».

Donnons maintenant deux exemples qui illustrent chacune des perspectives précédentes. Quand quelqu'un commence à souffrir de maux de tête, à éternuer et à frissonner, il supposera, en fonction de son expérience passée, qu'il a attrapé froid. Et, si son diagnostic est exact, il peut favorablement influencer le cours (futur) de sa maladie par des actions présentes ; par exemple, en prenant de l'aspirine, des boissons chaudes, et en restant au lit. En agissant ainsi, il a correctement compris une séquence causale qui était d'abord totalement indépendante de lui, et a réussi à exercer une certaine influence sur les différents éléments qui la composent.

L'histoire suivante illustrera la seconde perspective. Dans certains pays, la pratique de la collecte des impôts révèle un tout autre type de séquence. L'administration fiscale considère que pas un citoyen ne déclare ses revenus réels, et fixe plus ou moins arbitrairement le taux d'imposition. Les percepteurs se fient donc en grande partie aux informations dont disposent les inspecteurs ; il s'agit en fait de données assez imprécises comme le niveau de vie de quelqu'un, ses biens immobiliers, le nombre de manteaux de fourrure de sa femme, la marque de sa voiture, et ainsi de suite. Au revenu ainsi « déterminé » vient s'ajouter un pourcentage supposé compenser la part des revenus non déclarés, puisque, on l'a déjà dit, on suppose *a priori* que chaque contribuable fraude. Cette supposition entraîne cependant la situation suivante : même un contribuable honnête ne présente pas une déclaration d'impôts exacte ; la malhonnêteté devient quasiment nécessaire pour échapper à une imposition injuste. De nouveau, une supposition que l'on croit vraie crée la réalité que l'on a supposée au départ ; et, de nouveau, que la supposition de départ soit vraie ou fausse n'a aucune importance. Mettons maintenant en évidence ce qui différencie les deux situations décrites. Dans l'exemple du coup de froid, on réagit le mieux possible à des événements qui se produisent déjà, en influençant ainsi leur déroulement présent. Alors que, dans le cas de la pénurie d'essence et de l'impôt sur le revenu, ce sont les mesures prises en tant que réaction (supposée) à l'événement prévu qui provoquent elles-mêmes cet événement. Ce qu'on suppose être une *réaction* (un effet) est en fait une action (une cause). Autrement dit, la « solution » engendre le problème : la prédiction de l'événement conduit à sa réalisation.

Ce type d'inversement de la cause et de l'effet est particulièrement évident dans les conflits interpersonnels ; on y observe en effet invariablement le phénomène de *ponctuation* d'une séquence d'événements. Reprenons un exemple que nous avons déjà donné ailleurs [29]. Il s'agit d'un couple qui se dispute, mari et femme s'accusant réciproquement d'être à l'origine du conflit, alors que leur comportement respectif n'est en fait qu'une *réaction* à celui

de l'autre. La femme se plaint que son mari fuit sa compagnie ;
il admet en effet que se taire ou quitter la pièce est pour lui la
seule réaction possible aux éternelles remarques et critiques de
sa femme. Pour elle, cette version est une totale déformation des
faits ; en réalité, le comportement de son mari est la cause de
ses critiques et de sa colère. Chacun se réfère donc à la même
réalité interpersonnelle mais lui assigne des causes diamétralement opposées. La figure 21 illustre cette divergence. Précisons
cependant qu'on y postule, inévitablement mais faussement, un
point de départ qui, en réalité, n'existe pas ; en effet, les deux
individus répètent depuis longtemps le même modèle de comportement, et la question de savoir qui a commencé est maintenant
sans importance.

Les flèches indiquées par un trait continu correspondent au
comportement du mari (« il fuit ») et les flèches en pointillés à
celui de la femme (« elle critique »). Le découpage (la « ponctuation ») du modèle de comportement du mari correspond aux
triades 2-3-4, 4-5-6, 6-7-8, et ainsi de suite ; pour lui, donc, dans
la réalité de sa relation avec sa femme, elle le critique (cause)
et l'amène à la fuir (effet). Du point de vue de la femme, par
contre, c'est la froideur et la passivité de son mari (cause) qui
l'amène à le critiquer (effet) ; elle le critique parce qu'il la fuit.
La ponctuation de son modèle de comportement correspond aux
triades 1-2-3, 3-4-5, 5-6-7, et ainsi de suite. En fonction de ces
ponctuations opposées, ils ont inventé deux réalités contradictoires, et surtout deux prédictions qui se vérifient d'elles-mêmes.
Les deux modes de comportement, considérés subjectivement
comme une réaction au comportement de l'autre, provoquent

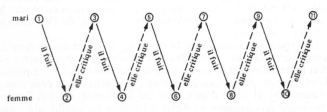

FIGURE 21

précisément le comportement de l'autre, et justifient « de ce fait » le comportement de chacun des deux partenaires.

Évidemment, ce type de prédictions, observées dans un contexte interpersonnel, peut aussi être employé délibérément et avec une intention spécifique. Nous considérons plus loin les dangers d'un tel procédé. Nous ne mentionnerons ici que l'exemple des méthodes autrefois bien connues des marieurs dans les sociétés patriarcales. Leur tâche ingrate consistait à éveiller un intérêt mutuel entre deux jeunes personnes qui ne s'intéressaient le plus souvent pas du tout l'une à l'autre, mais que leurs familles avaient décidé de marier pour des raisons d'argent, ou de niveau social, ou d'autres motifs de ce genre. Pour mener à bien sa démarche, le marieur parlait généralement au jeune homme seul, et lui demandait s'il n'avait pas remarqué que la jeune fille l'observait secrètement. Il disait d'autre part à la jeune fille que le jeune homme la regardait constamment dès qu'elle tournait la tête. Cette prédiction, déguisée en fait réel, s'accomplissait souvent rapidement. Dans d'autres contextes et d'autres situations, les diplomates habiles ont aussi recours à ce procédé comme technique de négociation [1].

L'expérience quotidienne nous apprend que seulement peu de prédictions se vérifient d'elles-mêmes ; les exemples précédents montrent pourquoi. En effet, il faut croire à une prédiction, c'est-à-dire la considérer comme un fait qui s'est pour ainsi dire déjà produit dans le futur, pour qu'elle ait un effet tangible sur le présent, et, par là, se vérifie d'elle-même. Quand cette croyance

---

1. L'histoire suivante n'est pas vraie, mais elle illustre bien notre propos En 1974, lors d'une de ses innombrables missions de médiateur à Jérusalem, le secrétaire d'État américain Kissinger retourne à son hôtel, tard le soir, après une promenade privée. Un jeune Israélien l'arrête, se présente comme économiste sans travail, et lui demande de lui trouver une place par l'intermédiaire de ses nombreuses relations. Favorablement impressionné par le candidat, Kissinger lui demande s'il aimerait devenir vice-président de la Banque d'Israël Le jeune homme pense bien sûr que son interlocuteur se moque de lui ou plaisante, mais Kissinger lui promet très sérieusement d'arranger l'affaire pour lui. Le lendemain, il appelle le baron Rothschild à Paris : « J'ai fait la connaissance d'un charmant jeune homme, spécialiste en économie politique, il est doué, et va devenir le vice-président de la Banque d'Israël. Vous devez le rencontrer, il serait un merveilleux mari pour votre fille. » Rothschild grommelle quelque chose qui n'a pas l'air d'un refus total, après quoi Kissinger appelle immédiatement le président de la Banque d'Israël : « J'ai rencontré un financier, un type brillant, exactement le vice-président qu'il faut pour votre banque, et de plus – imaginez donc cela – c'est le futur gendre du baron Rothschild. »

ou conviction est absente, l'effet aussi est absent. Mais rechercher comment une prédiction se construit, comment elle peut être acceptée, nous conduirait à dépasser largement le cadre de cet essai. (Joncs [14] a publié en 1974 une étude détaillée sur les effets sociaux, psychologiques et physiologiques des prédictions qui se vérifient d'elles-mêmes.) Les facteurs qui entrent en jeu dans ce processus sont trop nombreux, et les réalités qu'il recouvre très différentes ; il peut s'agir de la réalité qu'un individu invente pour lui-même au cours d'une expérience à récompense arbitraire [27], mentionnée p. 15, ou encore du cas très insolite de l'affirmation (peut-être non vérifiée, mais pas improbable) qui prétend que, depuis l'apparition de la Vierge Marie à Bernadette, à Lourdes, en février 1858, seuls des pèlerins (mais pas un seul habitant de Lourdes) ont été miraculeusement guéris.

De cette histoire, on dira simplement : *se non è vero, è ben trovato* * ; elle permet en effet de passer de nos réflexions précédentes, quelque peu dérisoires, à des exemples de prédictions qui se vérifient d'elles-mêmes ayant davantage de signification humaine et scientifique.

L'oracle prédit à Œdipe qu'il tuera son père et épousera sa mère. Horrifié par cette prédiction qu'il croit indubitablement vraie, Œdipe essaie de se protéger de ce désastre imminent ; mais tout ce qu'il fait pour l'éviter mène au contraire à l'accomplissement apparemment inévitable de l'oracle. Comme on le sait, Freud fait référence à ce mythe comme métaphore de l'attirance incestueuse de l'enfant pour le sexe opposé, et de la peur de vengeance du parent du même sexe qui en découle. Et il considère ce modèle primordial – le conflit que vit Œdipe – comme la cause fondamentale de tout développement névrotique ultérieur. Dans son autobiographie [17], le philosophe Karl Popper se réfère à une prédiction qui se vérifie d'elle-même ; il l'avait déjà décrite vingt ans auparavant, et l'appelle l'*effet* Œdipe :

> L'une des idées que j'avais discutée dans *Misère de l'historicisme* était l'influence de la prédiction sur l'événement prédit. J'avais appelé cela l'« effet Œdipe », à cause du rôle si important de l'oracle dans le déroulement des événements qui avaient conduit à la réalisation de sa prophétie. C'était également une allusion aux psychanalystes qui avaient

* Si ce n'est pas vrai, c'est au moins bien trouvé [*NdT*].

étrangement ignoré cet effet intéressant, bien que Freud lui-même ait admis que les rêves que faisaient les patients étaient eux-mêmes souvent influencés par les théories de leur analyste : Freud les appelait des « rêves provoqués ».

On remarque ici, de nouveau, l'inversement de la cause et de l'effet, du passé et du futur. Mais le phénomène est dans ce cas essentiel et décisif. En effet, la psychanalyse est une théorie du comportement humain qui repose sur la supposition qu'il existe une causalité linéaire, donc que le passé détermine le présent. Popper insiste sur l'importance de ce renversement en donnant l'explication suivante :

> Pendant un temps, je crus que l'existence de l'effet Œdipe permettait de distinguer les sciences sociales des sciences naturelles. Mais, en biologie également, et même en biologie moléculaire, les phénomènes d'attente contribuent souvent à amener ce qui a été attendu.

On pourrait encore trouver des quantités d'autres citations qui, comme la précédente, mentionnent l'effet de facteurs « non scientifiques », tels que de simples prévisions et suppositions, dans l'élaboration des connaissances scientifiques. Le propos de ce livre est précisément d'en fournir des exemples. A cet égard, on peut évoquer la remarque que fit Einstein au cours d'une conversation avec Heisenberg : « C'est la théorie qui détermine ce qu'on peut observer. » Et, en 1959, Heisenberg lui-même dit : « Souvenons-nous que nous n'observons pas la nature elle-même, mais la nature soumise à notre méthode d'investigation [11]. » Plus radical encore, l'épistémologue Feyerabend affirme : « Les suppositions qui guident la recherche ne tendent pas à conserver, mais à anticiper [7]. »

Pour ce qui concerne la communication humaine, quelques-unes des études les mieux documentées et les plus élégantes sur les prédictions qui se vérifient d'elles-mêmes sont associées au nom du psychologue Robert Rosenthal de l'université de Harvard. Son livre, intitulé *Pygmalion in the Classroom* [19], est particulièrement intéressant pour notre propos ; l'auteur y décrit les résultats de ses expériences appelées d'Oak School, d'après le nom de l'école primaire où elles ont été faites, avec la participation de dix-huit institutrices et de six cent cinquante élèves.

La prédiction induite parmi les enseignants au début de l'année scolaire se présentait de la manière suivante : il s'agissait de soumettre les élèves à un test d'intelligence, en disant aux enseignants que ce test permettrait non seulement de déterminer les quotients d'intelligence des élèves, mais aussi d'identifier, parmi eux, les 20 % qui feraient des progrès intellectuels rapides et au-dessus de la moyenne au cours de l'année scolaire. Une fois le test effectué, mais avant que les enseignants ne rencontrent leurs élèves pour la première fois, on leur donne les noms (pris au hasard dans la liste des élèves) de ceux dont on peut, d'après leur réussite au test, attendre avec certitude des résultats exceptionnellement bons. La différence entre ces enfants et les autres n'existe donc en fait que dans l'esprit des enseignants. On soumet de nouveau tous les élèves au même test d'intelligence à la fin de l'année scolaire, et on constate alors des progrès *réellement* exceptionnels chez ces élèves « particuliers » dont le quotient d'intelligence et les résultats ont effectivement dépassé la moyenne ; aussi, les rapports fournis par les enseignants prouvent que ces élèves se sont distingués par leur comportement, leur curiosité intellectuelle, leur bonne camaraderie et d'autres qualités.

Saint Augustin remerciait Dieu de ne pas être responsable de ses rêves. Mais aujourd'hui, la situation n'est plus aussi confortable. L'expérience de Rosenthal est un exemple, parmi beaucoup d'autres, qui met particulièrement bien en évidence à quel point nous sommes influencés par nos prévisions, préjugés, superstitions, désirs et espoirs – c'est-à-dire des constructions totalement mentales, qui ne correspondent souvent à aucune réalité – et à quel point aussi la découverte de tels phénomènes ébranle nos théories sur l'importance extrême de l'hérédité et des caractères innés. Car il est inutile d'insister sur le fait que ces constructions peuvent avoir des effets négatifs autant que positifs. Nous sommes non seulement responsables de nos rêves, mais aussi de la réalité que créent nos espoirs et nos pensées.

Ce serait cependant une erreur de supposer que seuls les êtres humains développent ce type de prédictions. Leurs effets sont plus profonds chez les animaux, et en ce sens encore plus inquiétants. Avant même de faire l'expérience décrite plus haut, Rosenthal publia en 1966 un livre [18] dans lequel il décrivait une expérience faite avec des rats ; de nombreux savants la répétèrent et la confirmèrent dans les années qui suivirent. Les données de l'expérience étaient les suivantes : douze participants à un stage de laboratoire spécialisé en psychologie expérimentale assistent à un cours sur des études prétendant prouver que les performances réalisées par des rats au cours de tests (par exemple des expériences d'apprentissage, faites dans des cages-laby-rinthes) peuvent devenir innées si on applique des méthodes d'élevage sélectif ; six étudiants reçoivent trente rats dont leur constitution génétique fait des sujets de laboratoire, semble-t-il, particulièrement performants, alors que les six autres étudiants reçoivent trente rats dont on affirme, au contraire, que leurs caractères génétiques en font de mauvais sujets de laboratoire. En réalité, les soixante rats sont tous de la même espèce, c'est-à-dire celle qu'on utilise toujours dans ce contexte. On soumet ensuite les soixante rats à la même expérience d'apprentissage. Les rats dont les expérimentateurs croient qu'ils sont particuliè-rement intelligents ne font pas seulement mieux dès le départ, mais atteignent des performances largement supérieures à celles des animaux « non intelligents ». A la fin des cinq jours que dure l'expérience, on demande aux expérimentateurs de porter un jugement subjectif sur leurs animaux, en complément des résul-tats qu'ils ont enregistrés au cours des expériences. Les étudiants qui « savent » qu'ils ont travaillé avec des rats non intelligents font un rapport négatif ; au contraire, ceux qui ont fait leurs expériences avec des rats prétendument plus performants les qualifient d'amicaux, intelligents, ingénieux, et ajoutent qu'ils ont souvent touché et caressé les animaux, et ont même joué avec eux. Or, on le sait, les expériences faites avec des rats jouent un rôle essentiel en psychologie expérimentale, en parti-culier dans le domaine de la psychologie de l'apprentissage ; on applique en effet souvent au comportement humain des conclu-sions tirées de ces expériences. On peut donc considérer ces conclusions comme quelque peu précaires.

On sait que les rats sont des animaux très intelligents, et les étudiants suggèrent, dans leurs rapports, qu'ils « transmettaient » littéralement aux animaux leurs hypothèses et prévisions. Mais les résultats donnés dans le rapport d'une autre étude faite en 1963 par l'équipe de chercheurs dirigée par Cordaro et Ison [5] avancent qu'il ne s'agit pas seulement d'une influence directement exercée sur les sujets. Cette étude avait utilisé des vers de terre *(planaria)* ; ces animaux sont très intéressants pour faire des recherches sur l'évolution et le comportement parce qu'ils représentent la plus primitive forme de vie possédant les rudiments d'un cerveau. L'expérience de ces chercheurs supposait qu'on pouvait soumettre ces vers à un apprentissage, même très simple ; par exemple, celui d'un changement de direction (à gauche ou à droite) quand ils arrivaient au segment transversal d'un sillon en forme de T. Des expériences de ce type furent faites dans plusieurs universités américaines à la fin des années cinquante. Comme pour les rats de l'expérience précédente, Cordaro et Ison firent croire aux expérimentateurs qu'ils travaillaient avec des vers particulièrement intelligents, ou, au contraire, particulièrement ineptes. Or, là encore, à ce stade primitif de l'évolution (qui, de plus, ne laissait guère de place à un éventuel attachement affectif), et à partir de la conviction établie chez les expérimentateurs, il apparut des différences objectivement observables et statistiquement importantes dans le comportement expérimental des planaria [2].

Parce que ces expériences sapent nos concepts fondamentaux, il n'est que trop facile de les ignorer et de retourner à la confortable certitude de nos routines. Et que l'on continue, en psychologie expérimentale, à ignorer ces résultats extrêmement gênants et à soumettre les animaux comme les êtres humains à des tests avec un sérieux absolu et l'appui d'une « objectivité » scientifique, n'est qu'un petit exemple de la détermination avec laquelle nous nous défendons quand notre conception du monde est menacée. Nous sommes pour le moment incapables de penser

2. Je mentionnerai ici brièvement un développement intéressant de ces expériences. Pour des raisons qui dépassent le cadre de notre propos, des chercheurs [15] ont étudié la théorie fascinante selon laquelle, au stade primitif du *planaria*, l'information contenue dans l'acide ribonucléique (ARN) d'un ver pouvait être directement transmise à d'autres vers. Pour essayer de vérifier cette théorie, les chercheurs donnèrent à manger des vers soumis à un apprentissage à des vers qui n'y avaient pas été soumis. Et leur expérience fut couronnée de succès. Même nous, profanes, pouvons imaginer l'excitation des chercheurs quand ils constatèrent que l'apprentissage des vers ainsi nourris devenait effectivement plus facile et rapide. Mais l'euphorie ne dura pas longtemps : de nouvelles expériences soumises à des contrôles plus rigoureux se révélèrent peu concluantes, et des doutes sérieux se formèrent quant à la transmissibilité de l'intelligence par l'intermédiaire de viande hachée. Il semblerait bien que cela n'ait en fait jamais été prouvé, et que les premiers résultats aient été l'aboutissement de prédictions qui se vérifient d'elles-mêmes, semblables aux précédentes dont l'effet sur les vers était déjà connu. (On ne peut cependant écarter l'analogie avec la croyance de certaines tribus africaines qui pensent que manger le cœur d'un lion donne le courage de cet animal.)

que nous sommes responsables du monde dans sa totalité, et dans une bien plus large mesure que ne le conçoivent nos rêveries philosophiques. Mais nous pouvons en prendre conscience en étudiant les processus qui régissent la communication humaine – étude qui doit englober de nombreuses disciplines jusqu'à présent considérées comme tout à fait indépendantes les unes des autres, ou bien même pas considérées du tout. La contribution de Rosenhan à ce livre (voir chapitre suivant) met en lumière l'effroyable possibilité qu'au moins certaines maladies mentales ne soient que des constructions, et que les institutions psychiatriques, supposées les traiter, contribuent en fait à la construction de ces réalités. Un problème permanent harcèle la psychiatrie moderne : nous ne disposons que de concepts très vagues et très généraux pour définir la santé mentale, alors que nous en avons un véritable catalogue dès qu'il s'agit de diagnostiquer des comportements anormaux. Freud, par exemple, a considéré le concept d'aptitude à travailler et à aimer comme le critère de base d'une maturité mentale normale. (Notons que cette définition ne rend pas compte d'un Hitler, d'un côté, ni, de l'autre, des proverbiales excentricités des hommes de génie.) Quant aux autres spécialités médicales, elles se servent de définitions de la pathologie se référant à certaines déviations ou modifications des fonctions normales et généralement bien connues d'un organisme sain. De façon tout à fait irrationnelle, on observe en psychiatrie une démarche inverse : dans ce domaine, en effet, la pathologie est le facteur que l'on considère comme connu, et on juge par contre difficile, voire impossible, de définir la normalité. Et ceci ouvre tout grand les portes aux diagnostics qui se vérifient d'eux-mêmes. Il existe dans la terminologie psychiatrique un grand nombre de modèles de comportements précisément définis, et si étroitement associés à certains types de diagnostics (je me réfère ici de nouveau à Rosenhan) qu'ils provoquent pratiquement des réflexes pavloviens, non seulement dans l'esprit du psychiatre, mais aussi dans l'environnement familial du patient. Essayer de montrer comment, à partir de leur valeur culturelle et sociale, des formes de comportement spécifiques prennent la signification de manifestations pathologiques, et comment ces manifestations deviennent des prédictions qui se vérifient d'elles-mêmes, dépasserait le cadre de cet essai. Parmi l'abondante littérature déjà consacrée à ce sujet, *Fabriquer la folie* [26], de Thomas Szasz, est particulièrement remarquable. Nous nous contenterons d'ajouter que le processus d'autovérification associé aux diagnostics psychiatriques est essentiellement fondé sur notre inébranlable conviction que tout ce qui a un nom doit *de ce fait* même exister réellement. Et les matérialisations et actualisations des diagnostics psychiatriques découlent probablement pour une grande part de cette conviction.

On connaît bien sûr depuis très longtemps les diagnostics « magiques », au sens propre du terme. Dans son article « Voodoo Death » [4], devenu un classique, le physiologiste américain Walter Cannon décrit des cas de morts mystérieuses, soudaines, difficiles à expliquer scientifiquement, et s'étant produites à la suite de malédictions, d'ensorcellements, ou de la transgression de tabous entraînant une menace de mort. Par exemple : un Indien brésilien, maudit par un sorcier, ne peut se défendre contre les réactions émotionnelles que provoque chez lui la sentence de mort proférée à son égard, et meurt quelques heures plus tard. Ou bien : un jeune chasseur africain tue et mange une poule sauvage dont il ignore le caractère sacré ; quand il se rend compte de son crime, le désespoir l'envahit et il meurt en l'espace de vingt-quatre heures. Autre exemple : dans la brousse australienne, un sorcier dirige vers un homme un os doué de pouvoirs magiques. Croyant que rien ne peut le sauver, l'homme tombe en léthargie et se prépare à mourir. Il n'est sauvé qu'au dernier moment, après que des membres de la tribu ont contraint le sorcier à effacer sa malédiction.

Cannon finit par être convaincu que la mort vaudou existe en tant que phénomène...

> caractéristique chez les aborigènes – chez des êtres humains si primitifs, si superstitieux et si ignorants qu'ils se sentent des étrangers égarés dans un monde hostile. Privés de toute connaissance, leur imagination fertile et sans limites peuple un environnement de toutes sortes d'esprits malins capables d'exercer une influence désastreuse sur leur vie.

A l'époque où Cannon écrivit ces lignes, des centaines de milliers d'êtres humains, ni superstitieux ni ignorants, avaient toutes les raisons de se considérer comme des victimes égarées dans un monde d'une hostilité inimaginable. Dans le monde effrayant des camps de concentration, Viktor Frankl [8] décrit un phénomène qui correspond à la mort vaudou :

Le prisonnier qui ne croyait plus en l'avenir – son avenir – était condamné. En même temps que sa croyance en l'avenir, il perdait aussi sa force spirituelle, et se laissait aller à la déchéance mentale et physique. Généralement, cela se manifestait très soudainement, par une sorte de crise, dont les prisonniers de longue date connaissaient bien les symptômes. Nous avions tous peur que ce moment arrive – non pas pour nous-mêmes, ce qui n'aurait servi à rien, mais pour nos amis. Généralement, le prisonnier commençait, un matin, par refuser de s'habiller, de se laver ou de sortir dans la cour d'appel. Aucune demande, aucune menace, aucun coup n'avait le moindre effet. Il restait couché.

Un des compagnons prisonniers de Frankl perdit sa volonté de vivre quand la prédiction qu'il avait faite lui-même en rêve ne se réalisa pas, et, de ce fait, se vérifia elle-même, mais négativement. Il dit à Frankl :

Je voudrais te dire quelque chose. J'ai fait un rêve étrange. Une voix me dit que je pouvais faire un vœu, que je n'avais qu'à dire ce que je voulais savoir, et j'aurais une réponse à toutes mes questions. Devine ce que j'ai demandé. J'ai dit que je voulais savoir quand la guerre serait finie pour moi. Tu comprends ce que je veux dire – pour moi ! Je voulais savoir quand nous, notre camp, serions libérés, et quand nos souffrances finiraient (...) Et tout doucement, secrètement, il me murmura : « Le 30 mars. »

Mais, quand le jour prédit pour sa libération approcha, les forces alliées étaient encore loin du camp, et les choses prirent une tournure fatale pour le prisonnier F., le compagnon de souffrance de Frankl :

Le 29 mars, F. tomba soudain malade, une forte fièvre le prit. Le 30 mars, le jour qui, selon sa prédiction, devait, pour lui, être la fin de la guerre, il commença à délirer et perdit finalement connaissance. Il mourut le 31 mars. Il était mort du typhus.

En tant que médecin, Frankl comprit que son ami était mort parce que...

> La libération qu'il attendait ne se produisit pas, et sa profonde déception affaiblit ses résistances physiques contre une infection de typhus déjà latente.

Nous admirons les êtres humains qui font face à la mort avec calme. Mourir « dignement », tranquillement, sans se battre contre l'inévitable, était et est toujours considéré dans la plupart de nos cultures comme une marque de sagesse et de maturité exceptionnelle. De ce fait, les résultats de la recherche sur le cancer sont d'autant plus surprenants et décevants : ils suggèrent en effet que le taux de mortalité est plus élevé parmi les patients qui se préparent à mourir avec sérénité, ou qui, comme le prisonnier F. du camp de concentration, sont victimes d'une prédiction qui se vérifie négativement. Les pronostics sont par contre largement plus favorables pour les patients qui s'accrochent à la vie d'une façon apparemment insensée, irrationnelle et immature, ou sont convaincus qu'ils « ne peuvent » ou « ne doivent pas » mourir parce qu'ils ont un travail important à faire, ou une famille dont ils doivent s'occuper. Le nom de l'oncologiste américain Carl Simonton est surtout associé aux recherches faites sur l'impact des facteurs psychologiques dont on reconnaît de plus en plus l'importance dans le traitement du cancer. Pour lui, trois éléments jouent à cet égard un rôle essentiel : le système des croyances du patient, celui de sa famille, enfin celui du médecin qui le traite [21]. A la lumière de ce que nous avons exposé jusqu'à présent, il semble plausible que ces systèmes de croyances puissent devenir des prédictions qui se vérifient d'elles-mêmes. De plus, on dispose d'un nombre croissant d'études et de rapports sur la sensibilité du système immunitaire humain aux changements d'humeurs, aux suggestions et aux représentations visuelles [22, 23].

Dans quelle mesure un médecin peut-il, et devrait-il, informer ses patients, non seulement de la gravité de leur maladie, mais aussi des dangers inhérents au *traitement lui-même ?* Du moins dans certains pays, cette question devient de plus en plus formelle. Le risque d'être poursuivi en justice pour faute professionnelle parce qu'on n'a pas informé un patient sur les moindres détails techniques de sa maladie et du traitement auquel on le soumet conduit, aux États-Unis par exemple, beaucoup de médecins à se protéger d'une manière qui peut avoir de graves conséquences. Cette protection consiste à demander au patient de donner son consentement écrit à un traitement dans lequel les conséquences les plus catastrophiques possibles de sa maladie comme celles des mesures jugées nécessaires par le médecin sont énumérées avec une extrême précision. On peut facilement imaginer que cette situation crée une sorte de prédiction qui se vérifie d'elle-même ayant pour effet de paralyser la confiance et la volonté du patient même le plus optimiste. Qui peut lire la composition d'un médicament apparemment inoffensif sans avoir ensuite l'impression d'avaler un poison ? Comment le profane (et probablement aussi le professionnel) peut-il être sûr qu'il n'allongera pas la liste des trois cas de mort inexplicable jusqu'ici enregistrés parmi les millions de personnes qui utilisent jusqu'à présent un médicament en toute sécurité ? Mais *fiat justitia, pereat mundus* *.

Dans la mesure où un médecin représente pour son patient une sorte de médiateur entre la vie et la mort, ses déclarations peuvent facilement devenir des prédictions qui se vérifient d'elles-mêmes. Un cas rapporté (malheureusement sans aucune précision circonstancielle) par le psychologue américain Gordon Allport démontre que cela arrive parfois vraiment. Ce cas a la particularité de montrer comment un malentendu fit qu'une prédiction de mort eut pour conséquence, au contraire, la vie :

> Dans un hôpital de province autrichien, un homme est gravement malade ; il est en fait en train de mourir. L'équipe médicale lui a franchement dit qu'elle ne pouvait diagnostiquer sa maladie, mais que, si elle y parvenait, elle pourrait probablement le soigner. Les médecins ont ajouté qu'un célèbre diagnostiqueur allait bientôt venir à l'hôpital, et qu'il serait peut-être en mesure d'identifier sa maladie.
>
> Quelques jours plus tard, le diagnostiqueur arrive à l'hôpital, et visite les malades. Au chevet de l'homme en question, il le regarde à peine, murmure : « *moribundus* », et s'en va.
>
> Quelques années plus tard, le patient appelle le diagnostiqueur et lui dit : « Je voulais vous remercier pour votre

---

* Que justice soit faite, le monde dût-il périr [*NdT*].

diagnostic. Ils avaient dit que je ne pourrais m'en tirer que si vous parveniez à identifier ma maladie. Et, dès que vous avez dit " moribundus ", j'ai su que je guérirai » [1].

La connaissance du pouvoir de guérison des prédictions positives est tout aussi ancienne que la foi dans les conséquences inévitables des malédictions et ensorcellements. L'usage moderne et conscient de suggestions et autosuggestions positives va de la formule : « je guérirai, je vais chaque jour un peu mieux », d'Émile Coué, aux nombreuses formes d'intervention hypnothérapeutique [10], ainsi qu'aux représentations positives qui influent sur l'évolution d'une maladie – et pas seulement le cancer. Plusieurs études suggèrent quels effets la représentation qu'un événement (futur) s'est déjà produit peut avoir dans le corps d'un individu ; certaines techniques autohypnotiques [24, 31] permettraient ainsi d'augmenter de quatre à cinq centimètres le tour de poitrine d'une femme. Je mentionne ces « succès » avec tout le scepticisme qu'il convient de garder, c'est-à-dire comme de simples curiosités témoignant en tout cas de l'extrême importance de la poitrine féminine dans l'érotique nord-américaine.

Je mentionnerai aussi brièvement les études récentes faites en physiologie et en endocrinologie : elles mettent de plus en plus en évidence la possibilité de stimuler les fonctions du système immunitaire de l'organisme humain par certaines expériences, et le fait que ces fonctions ne sont en aucun cas totalement autonomes (c'est-à-dire indépendantes du contrôle conscient), comme on le pensait encore très récemment. La recherche médicale fera dans ce domaine d'étonnantes découvertes. On sait par exemple que l'organisme produit lui-même des substances qui ressemblent à la morphine – on les appelle endorphines [2] – ayant une action analgésique, et dont la production est stimulée par différents processus psychologiques. Nous sommes donc face à un vaste champ non exploré, mais dans lequel le phénomène d'autovérification de prédictions commence à acquérir une certaine respectabilité scientifique.

Non seulement les commentaires suggestifs du médecin sont déterminants, mais aussi ses prévisions, ses convictions, les mesures qu'il prend et les remèdes qu'il prescrit. A cet égard, les *placebos* [3] sont particulièrement intéressants ; il s'agit de substances

3 *Placebo* signifie en latin : « je plairai ».

neutres qui ressemblent à certains médicaments par leur forme, leur goût ou leur couleur, mais n'ont aucune propriété thérapeutique. Rappelons qu'il y a seulement une centaine d'années, presque tous les médicaments étaient pratiquement inefficaces au sens moderne du terme. Il s'agissait de teintures et de poudres à peine plus raffinées que le crapaud moulu, le sang de lézard, les « huiles sacrées », ou la corne de rhinocéros écrasée qu'on employait dans des temps encore plus anciens. Quand j'étais enfant, les habitants des campagnes autrichiennes croyaient encore qu'un collier d'ail les protégerait contre le rhume, sans parler du fameux traitement magique contre les verrues. Encore aujourd'hui, on démasque souvent l'inefficacité thérapeutique de vieux remèdes ou de nouvelles découvertes prétendument sensationnelles. Mais cela ne signifie pas qu'ils étaient, ou sont, *fonctionnellement* inefficaces. « Soignons autant de patients que possible avec les nouveaux médicaments tant qu'ils sont encore efficaces » est la maxime d'un célèbre médecin, attribuée à Trousseau, Osler ou Sydenham. L'intérêt scientifique pour les placebos croît rapidement. Dans sa contribution à l'histoire de l'effet des placebos, Shapiro [20] indique que davantage d'articles sur ce sujet ont été publiés dans des revues scientifiques entre 1954 et 1957 seulement qu'au cours de la première moitié du XXe siècle. La plupart de ces exposés rendent compte d'études pharmacologiques sur l'efficacité des médicaments ; les expériences faites dans ce contexte consistent à observer un groupe de patients à qui on donne un nouveau médicament, alors qu'un autre groupe absorbe un placebo. L'objet de ce procédé, évidemment bien intentionné, est de déterminer si la maladie évolue différemment chez les patients « réellement » traités et chez ceux qui ont reçu un placebo. Seuls les individus dont la vision du monde est fondée sur un mode de pensée linéaire classique (pour qui seule une relation « objective » existe entre la cause et l'effet) réagissent avec consternation en apprenant que l'état des patients « traités » avec des placebos s'est souvent amélioré de façon tout à fait inexplicable. Autrement dit, l'affirmation du médecin selon laquelle il s'agit d'un nouveau médicament, récemment mis au point et efficace, et la bonne volonté du patient à croire en son efficacité créent une réalité dans laquelle une supposition devient un fait réel.

Nous avons maintenant donné assez d'exemples. Résumons-nous : les prédictions qui se vérifient d'elles-mêmes sont des phénomènes qui, non seulement ébranlent notre propre conception de la réalité, mais aussi peuvent remettre en question la conception scientifique du monde. Les prédictions ont toutes en commun un pouvoir manifestement créateur de réalité : celui d'une solide croyance dans le fait que les choses sont telles qu'on les suppose être – cette foi pouvant être une superstition, tout comme une théorie en apparence parfaitement scientifique et dérivée d'une observation objective. On a pu, encore très récemment, rejeter catégoriquement ce type de prédictions comme non scientifiques, ou bien les attribuer à un manque d'adaptation à la réalité propre aux esprits confus et aux romantiques. Mais cette porte de sortie nous est aujourd'hui fermée.

On ne peut encore vraiment évaluer ce que tout ceci signifie. La découverte que nous créons nous-mêmes nos propres réalités équivaut pour ainsi dire à l'expulsion d'un paradis : celui où le monde est tel que nous le supposons être. Il est vrai que la souffrance n'en est pas exclue, mais, de ce monde, nous ne nous sentons responsables que dans une très faible mesure [27].

Et ici précisément réside le danger. Les connaissances apportées par le constructivisme ont sans doute l'avantage extrêmement souhaitable de permettre des formes de thérapie nouvelles et plus efficaces [28] ; mais, comme de tous les remèdes, on peut en abuser. La publicité et la propagande sont des exemples particulièrement répugnants d'un tel abus : l'une comme l'autre essaient tout à fait délibérément de provoquer des attitudes, des suppositions, des préjugés ou autres idées dont la réalisation semble ensuite parfaitement naturelle et logique. Grâce à ce lavage de cerveau, on voit le monde « ainsi », donc le monde *est* « ainsi ». Dans le célèbre roman *1984* [16], ce langage de propagande créateur de réalité est appelé « Newspeak * », et l'auteur, Orwell, explique qu'il « rend tout autre mode de pensée impossible ». Dans un récent commentaire sur un volume d'essais (publié à Londres) sur la censure en Pologne [25], Daniel Weiss écrit à propos de ce langage magique :

> Comparez par exemple l'abondance d'adjectifs caractéristique du « Newspeak » : tout developpement n'est rien moins que « dynamique », toute séance plénière du parti est « his-

---

* Dans la traduction des Éditions Gallimard, « Newspeak » est traduit par « novlangue » [*NdT*]

torique », et les masses sont toujours des « prolétaires ». Un expert en communication sobre ne verra là que *redondance*, inflation d'épithètes réduites à une fonction mécanique, vidées de sens. Mais, à force d'être entendue, cette mécanique commence à prendre le caractère d'une incantation : le mot n'est plus utilisé pour transmettre une information, il est alors devenu l'instrument de la magie [30].

Et, finalement, le monde *est* simplement *ainsi*. Comment on l'a *fait* être ainsi n'était pas un secret pour Joseph Goebbels, qui, le 25 mars 1933, tenait ce discours aux directeurs de stations de radio allemands :

> C'est le secret de la propagande : il faut complètement saturer des idées de la propagande la personne que la propagande veut imprégner, sans qu'elle se rende compte à un seul instant qu'elle est saturée. La propagande a bien sûr un but, mais il doit être masqué avec tant de perspicacité et d'habileté que celui que le but doit imprégner ne remarque absolument rien [9].

Dans la nécessité de masquer ce but, réside cependant aussi la possibilité qu'il soit combattu et surmonté. En effet, on l'a vu précédemment, la réalité inventée devient réalité « réelle » seulement si le sujet qui invente croit à son invention. Quand l'élément de foi ou de conviction aveugle manque, alors aucun effet ne se produit. En comprenant mieux la nature des prédictions qui se vérifient d'elles-mêmes, notre capacité de les dépasser croît aussi. Une prédiction que nous savons être seulement une prédiction ne peut plus se vérifier d'elle-même. La possibilité de faire un choix différent (d'être un hérétique) et de désobéir existe toujours ; mais effectivement voir et saisir cette possibilité est bien sûr encore une autre affaire. Le domaine de la théorie mathématique des jeux, en apparence éloigné de notre propos, présente cependant un aspect qui nous intéresse ici. Dans ses *Remarques sur les fondements des mathématiques* [32], Wittgenstein notait que l'on peut gagner certains jeux à l'aide d'un simple truc. Dès que quelqu'un attire notre attention sur ce truc, nous n'avons plus besoin de continuer à jouer naïvement (ni de continuer à perdre). A partir de ces réflexions, le mathématicien Howard formula son *axiome existentiel* affirmant que « si quelqu'un prend " conscience " d'une théorie concernant son comportement, il n'est plus soumis à celle-ci, mais devient au contraire libre de lui désobéir [12] ». Il affirme aussi ailleurs :

> Quiconque prend consciemment une décision a toujours la liberté de désobéir à une théorie qui prédit son comportement. Disons qu'il a toujours la possibilité de « transcender » cette théorie. Ceci semble en effet réaliste. Nous pensons que, parmi les théoriciens socio-économiques, la théorie marxiste, par exemple, a échoué au moins en partie parce que certains membres de la classe dirigeante comprirent, quand ils eurent pris conscience de cette théorie, que leur intérêt était de lui désobéir [13].

Et, presque un siècle avant Howard, l'homme souterrain de Dostoïevski écrit ceci :

> Qu'arriverait-il si l'on réussissait à trouver la formule de toutes nos volontés, et de tous nos caprices ? Ce serait découvrir de quelles lois ils procèdent et dépendent, comment ils se développent, à quelles fins ils tendent, suivant les cas. Nous aurions ainsi une véritable formule mathématique. Je suppose que l'homme cesserait alors immédiatement de vouloir. J'en suis même certain. Quel plaisir, en effet, y aurait-il à vouloir selon des tables de calculs ? Mais il ne s'agit pas de cela. Le rôle de l'homme se réduirait tellement : une goupille dans un orgue, ou quelque instrument semblable [6].

Mais, même si on parvenait à une telle formulation mathématique de nos vies, elle ne rendrait compte en aucun cas de la complexité de notre existence. La plus parfaite des théories est encore impuissante face à l'anti-théorie ; la vérification de la prédiction la plus vraie peut être contrecarrée si nous la connaissons avant qu'elle ne s'accomplisse. Dostoïevski voyait beaucoup plus dans la nature humaine :

> Et, même au cas où l'homme ne serait réellement qu'un instrument de ce genre, si on le lui prouvait de par les sciences naturelles, ou mathématiquement, même alors il ne deviendrait pas plus raisonnable, et commettrait à dessein quelque action hostile, uniquement par ingratitude,

uniquement pour ne point démordre de ses idées. Et, si les moyens lui faisaient défaut, l'homme inventerait la destruction et le chaos, imaginerait je ne sais quels maux, et n'en ferait, en définitive, qu'à sa tête. Il répandra la malédiction sur le monde ; et, comme il est le seul à pouvoir maudire (privilège qu'il possède, et qui, plus que tout, le distingue des autres animaux), il parviendra peut-être, grâce à cette seule malédiction, à satisfaire son désir : se convaincre qu'il est un homme, et non une simple touche d'ivoire [6].

Pourtant, même l'évidence de l'homme souterrain pourrait être une prédiction qui se vérifie d'elle-même.

RÉFÉRENCES

1   Allport, Gordon W., « Mental Health : A Genetic Attitude », *Journal of Religion and Health*, nº 4, 1964, p. 7-21.

2   Beers, Roland F. (éd.), *Mechanisms of Pain and Analgesic Compounds*, New York, Raven Press, 1979.

3   Benson, Herbert, et Epstein, Mark D., « The Placebo Effect : A Neglected Asset in the Care of Patients », *American Medical Association Journal*, nº 232, 1975, p. 1225-1227.

4   Cannon, Walter B , « Voodoo Death », *American Anthropologist*, nº 44, 1942, p. 169-181

5   Cordaro, L., et Ison, J R , « Observer Bias in Classical Conditioning of the Planaria », *Psychological Reports*, nº 13, 1963, p 787-789.

6   Dostoïevski, Fedor M., *Dans mon souterrain*, Lausanne, Rencontre, 1960, p. 54 et 58-59

7   Feyerabend, Paul K , *Science in a Free Society*, Londres, New Left Books, 1978.

8   Frankl, Viktor E., *From Death Camp to Existentialism*, Boston, Beacon Press, 1959, p 74-75

9   Goebbels, Joseph, cité *in* Wolf Schneider, *Wörter machen Leute Magie und Macht der Sprache*, Munich, Piper, 1976, p 120

10 Haley, Jay, *Uncommon Therapy The Psychiatric Techniques of Milton H. Erickson, MD*, New York, W. W. Norton, 1973.

11 Heisenberg, Werner, *Physics and Philosophy : The Revolution in Modern Science*, New York, Harper, 1958 ; trad. fr., *Physique et Philosophie, La science moderne en évolution*, Paris, Albin Michel, 1961

12 Howard, Niguel, « The Theory of Metagames », *General Systems*, nº 2, 1967, p 167

13   *Id , Paradoxes of Rationality, Theory of Metagames and Political Behavior,*
     Cambridge, Massachusetts, MIT Press, 1971.
14   Jones, Russell A., *Self-Fulfilling Prophecies : Social, Psychological and
     Physiological Effects of Expectancies,* New York, Halsted, 1974.
15   McConnell, James V., Jacobson, Reva, et Humphries, Barbara M., « The
     Effects of Ingestion of Conditioned Planaria on the Response Level of Naive
     Planaria : A Pilot Study », *Worm Runner's Digest,* n° 3, 1961, p. 41-45
16   Orwell, George, *1984,* Paris, Gallimard, 1982.
17   Popper, Karl, *La Quête inachevée,* Paris, Calmann-Lévy, 1981.
18   Rosenthal, Robert, *Experimenter Effects in Behavioral Research,* New York,
     Appleton-Century-Crofts, 1966.
19   Rosenthal, Robert, et Jacobson, Lenore, *Pygmalion in the Classroom
     Teacher Expectation and Pupils' Intellectual Development,* New York,
     Holt, Rinehart & Winston, 1968 ; trad fr., *Pygmalion à l'école,* Paris,
     Casterman, 1971.
20   Shapiro, Arthur K., « A Contribution to a History of the Placebo Effects »,
     Behavioral Science, n° 5, 1960, p 109-135.
21   Simonton, O Carl et Stephanie, « Belief Systems and Management of the
     Emotional Aspects of Malignancy », *Journal of Transpersonal Psychology,*
     n° 1, 1975, p. 29-47.
22   *Id , Getting Well Again,* Los Angeles, J. P Tarcher, 1978
23   Solomon, G F., « Emotions, Stress, the Nervous System, and Immunity »,
     Annals of the New York Academy of Sciences, n° 164, 1969, p. 335-343.
24   Staib, Allan R , et Logan, D. R., « Hypnotic Stimulation of Breast Growth »,
     American Journal of Clinical Hypnosis, n° 19, 1977, p. 201-208.
25   Strzyzewski, Thomasz, *Czarna ksiega cenzury PRL* (Black Book of Polish
     Censorship), « Aneks », Londres, t. I, 1977, t. II, 1978.
26   Szasz, Thomas S., *Fabriquer la folie,* Paris, Payot, 1976.
27   Watzlawick, Paul, *La Réalité de la réalité Confusion, désinformation,
     communication,* Paris, Éd du Seuil, 1978.
28   *Id , Changements : paradoxes et psychothérapie* (en collab.), Paris, Éd. du
     Seuil, 1975.
29   Watzlawick, Paul, Beavin, Janet H., et Jackson, Don D., *Une logique de la
     communication,* Paris, Éd. du Seuil, 1972, et coll. « Points », 1979.
30   Weiss, Daniel, « Sprache und Propaganda – Der Sonderfall Polen », *Neue
     Zürcher Zeitung,* n° 39, 1980, p. 66.
31   Willard, Richard R., « Breast Enlargement Through Visual Imagery and
     Hypnosis », *American Journal of Clinical Hypnosis,* n° 19, 1977, p. 195-
     200.
32   Wittgenstein, Ludwig, *Remarques sur les fondements des mathématiques,*
     Paris, Gallimard, 1983.

DAVID
L ROSENHAN

Être sain dans
un environnement malade *

Si la santé mentale et la folie existent, alors comment les distinguer ? Comment savoir ce qui les caractérise ? La question n'est pas superficielle, ni elle-même démente. Quelle que soit notre conviction personnelle de pouvoir définir le normal et l'anormal, la question n'en est pas pour autant résolue. On a couramment l'occasion de lire des comptes rendus de procès de meurtriers, au cours desquels les psychiatres de la défense et ceux de l'accusation, les uns comme les autres tout à fait éminents, se contredisent sur le fait de savoir si l'accusé peut être considéré comme mentalement responsable de ses actes. Plus généralement, on trouve un grand nombre d'informations contradictoires sur la fiabilité, l'utilité et la signification de termes comme *santé mentale, folie, maladie mentale* et *schizophrénie* [3, 5, 9, 25, 26, 33, 39, 41]. Enfin, dès 1934, Benedict [8] suggérait que la normalité et l'anormalité n'étaient pas universelles. Ce que l'on considère comme normal dans une culture peut au contraire être complètement anormal dans une autre. Les notions de normalité et d'anormalité ne sont peut-être donc pas aussi précises qu'on veut généralement le croire.

S'interroger sur la normalité et l'anormalité ne signifie en aucun cas que l'on mette en doute l'existence de comportements déviants ou bizarres. Le meurtre est un comportement déviant. Les hallucinations constituent aussi un phénomène de déviance mentale. Il ne s'agit pas non plus, en posant de telles questions, de nier la souffrance personnelle souvent liée à la « maladie mentale ». L'angoisse et la dépression existent, la souffrance psychologique aussi. Mais la normalité et l'anormalité, la santé

* Cette contribution est une version légèrement augmentée d'un article ayant le même titre et d'abord paru dans *Science* nº 179, daté du 19 janvier 1973, p. 250-258. Je remercie W. Mischel, E. Orne et M. S. Rosenhan pour les commentaires qu'ils ont bien voulu faire sur la version précédente de ce texte.

et la maladie mentale ainsi que les diagnostics qui s'y rapportent sont peut-être moins consistants qu'on ne le croit généralement.

En théorie, la question est simple de savoir si on peut distinguer la santé de la maladie mentale (mais aussi s'il est possible de distinguer des degrés dans la maladie). Mais il s'agit de savoir si les principales caractéristiques qui permettent d'établir des diagnostics définissent les patients eux-mêmes, ou bien l'environnement et les contextes dans lesquels on les observe. De Bleuler à Kretschmer et aux auteurs du *Diagnostic and Statistical Manual* de l'American Psychiatric Association, récemment remanié, tous ont cru pouvoir affirmer que les patients présentent effectivement un certain nombre de symptômes, classables en différentes catégories, et implicitement qu'il est possible de distinguer la santé de la maladie mentale. Mais, plus récemment, cette affirmation a cependant été remise en question. A partir de considérations théoriques et anthropologiques, mais aussi philosophiques, juridiques et thérapeutiques, on a commencé à penser qu'établir des catégories de maladies mentales d'un point de vue psychologique est, dans le meilleur des cas, inutile, et, dans le pire des cas, tout à fait néfaste, trompeur et même dangereux. De ce point de vue, les diagnostics psychiatriques ne sont que le produit de l'esprit des observateurs et ne rendent pas compte valablement des caractéristiques observables [8, 10, 14, 19, 20, 22, 27, 32, 36, 38, 43, 44].

Un moyen de décider laquelle de ces conceptions est la plus proche de la réalité consiste à faire admettre dans des hôpitaux psychiatriques des individus normaux (ne souffrant pas et n'ayant jamais souffert de troubles psychiatriques), et à déterminer ensuite si, et éventuellement comment, on a pu établir qu'ils étaient sains. Si les faux patients étaient toujours reconnus comme tels, on se trouverait alors face à l'évidence qu'on peut effectivement distinguer un individu sain de l'environnement malade qui l'entoure. Ancrée dans l'individu, la normalité (et probablement l'anormalité) serait dans ce cas suffisamment évidente pour être reconnue comme telle. Si au contraire la santé mentale des faux patients n'était jamais découverte, les partisans des diagnostics psychiatriques traditionnels se trouveraient alors confrontés à de sérieuses difficultés. Étant donné la compétence du personnel de l'hôpital, ainsi que le comportement normal du faux patient, et la certitude, pour les médecins, qu'il n'a jusqu'à présent jamais séjourné dans un hôpital psychiatrique, un résultat aussi invrai-

semblable impliquerait que les diagnostics psychiatriques définissent beaucoup moins le patient que l'environnement dans
lequel on l'observe.

Cet essai décrit une expérience du type que nous venons de
présenter. Il s'agit de faire admettre huit personnes mentalement
saines dans douze hôpitaux différents [1], sans qu'aucun membre
du personnel hospitalier ne soit au courant de l'expérience. La
première partie de l'essai décrit comment les diagnostics ont été
établis ; la seconde rend compte des expériences que ces individus
ont faites dans les institutions psychiatriques. Trop peu de psychiatres et de psychologues – même parmi ceux qui ont travaillé
dans de tels hôpitaux – savent ce que représente une expérience
de ce type. Ils n'en parlent que rarement avec d'anciens patients,
probablement parce qu'ils se méfient d'informations données par
des individus ayant été mentalement malades. Quant à ceux qui
ont déjà travaillé dans des hôpitaux psychiatriques, ils sont la
plupart du temps tellement habitués à leur environnement qu'ils
restent insensibles à l'impact d'une telle expérience. On connaît
quelques rapports de chercheurs qui se sont volontairement
soumis à une hospitalisation psychiatrique [4, 7, 13, 21], mais
pendant des périodes généralement courtes, et souvent sans
dissimulation à l'égard du personnel hospitalier. Il est donc
difficile de savoir dans quelle mesure on les traitait comme des
patients ou comme des collègues chercheurs. On doit cependant
reconnaître la valeur de leurs rapports sur le milieu des hôpitaux
psychiatriques. Et notre contribution se propose de participer à
leurs efforts.

LES FAUX PATIENTS
ET LEUR ENVIRONNEMENT

Le groupe des huit faux patients comptait un étudiant en
psychologie d'une vingtaine d'années. Les sept autres étaient

1. Les résultats concernant un neuvième faux patient ne figurent pas dans cet
essai ; personne n'avait décelé sa santé mentale, mais il avait falsifié certains
aspects de son passé, dont son statut marital et ses relations familiales. Son
comportement au cours de l'expérience était de ce fait différent de celui des
autres faux patients.

plus âgés et « installés ». Parmi eux se trouvaient trois psychologues, un pédiatre, un psychiatre, un peintre et une ménagère. Trois des faux patients étaient des femmes, les cinq autres des hommes. Tous avaient pris un pseudonyme afin d'éviter que le diagnostic de leur supposée maladie ne les mette plus tard dans des situations difficiles. Les psychologues et le psychiatre annoncèrent une autre profession pour que les médecins ne leur prêtent pas, par politesse ou prudence, une attention particulière [2]. Je fus le premier faux patient, et, à ma connaissance, seuls le directeur de l'hôpital et le chef psychologue étaient au courant de ma présence. Celle des autres faux patients, ainsi que la nature de nos recherches, restèrent inconnues du personnel des hôpitaux [3].

Afin de pouvoir généraliser leurs résultats, les expériences d'internement se déroulèrent dans des hôpitaux différents, offrant chacun un cadre différent. Les douze hôpitaux choisis se trouvaient dans cinq États des côtes Est et Ouest des États-Unis. Certains étaient vieux et en mauvais état, d'autres au contraire très récents et modernes. Certains se consacraient à la recherche, d'autres pas. Les uns avaient suffisamment de personnel, les autres au contraire en manquaient. Un seul hôpital était complètement privé ; tous les autres recevaient des subventions de l'État ou de caisses fédérales, ou encore, dans un cas, d'universités.

Après avoir pris un rendez-vous à l'hôpital, le faux patient se présentait au bureau des admissions en se plaignant d'avoir

2 Une fois dans l'hôpital, le faux patient doit surmonter des difficultés personnelles, mais aussi sociales et juridiques, qui méritent d'être très sérieusement examinées avant d'y entrer Il est par exemple très difficile, voire impossible, de quitter à court terme un hôpital psychiatrique une fois qu'on y a été admis, bien qu'une loi stipule le contraire. Alors que nous commencions à élaborer notre projet, je ne connaissais pas encore ces problèmes, ni les difficultés personnelles et les situations urgentes qui peuvent se présenter. Nous fîmes donc par la suite établir un ordre d'*habeas corpus* pour l'admission de chaque faux patient, et un avocat pouvait à chaque instant être joint par téléphone aussi longtemps que durait l'hospitalisation. Je remercie John Kaplan et Robert Bartels de l'aide et des conseils juridiques qu'ils m'ont donnés à ce sujet.

3 Bien que gênante, cette dissimulation était nécessaire pour mener à bien notre projet : sans dissimulation, nous n'aurions eu aucun moyen de savoir dans quelle mesure nos expériences étaient valables. Si on décelait que les patients étaient faux, nous n'aurions pu déterminer ce qui avait permis de le découvrir : la perspicacité des médecins ou des bruits ayant couru dans l'hôpital, mon propos étant d'ordre général, j'ai respecté l'anonymat des hôpitaux et de leurs équipes, et n'ai donné aucun élément qui aurait pu permettre de les identifier.

entendu des voix. A la question de savoir ce que les voix disaient, il répondait qu'elles étaient souvent peu claires, mais qu'elles lui semblaient dire « vide », « creux » et « étouffant ». Il ne connaissait pas ces voix ; enfin, elles étaient du même sexe que le faux patient. Ces symptômes furent choisis pour leur caractère en quelque sorte existentiel, au sens où ils sont supposés se manifester chez des individus qui souffrent de ne pas trouver de sens à leur vie. La personne hallucinée semblait dire : « Ma vie est vide et creuse. » Le choix de ces symptômes fut aussi déterminé par le fait qu'aucun cas de psychose existentielle n'a jamais été rapporté dans la littérature spécialisée.

A part l'invention de symptômes et la falsification des noms, des professions et des lieux de travail, rien – de la personne, de son passé ou d'autres éléments – ne fut modifié. Les principaux événements de la vie du faux patient furent présentés comme ils s'étaient réellement produits. Mises à part les exceptions mentionnées précédemment, ses relations avec ses parents, ses frères et sœurs, son conjoint et ses enfants, ses collègues et ses camarades, furent toutes décrites telles qu'elles existaient ou avaient réellement existé. Il est important de garder ces données à l'esprit. En effet, si elles eurent une quelconque influence, ce fut en favorisant largement la possibilité de déceler la santé mentale des faux patients, puisque aucun de leurs comportements passés ou présents n'était d'aucune manière sérieusement pathologique.

Immédiatement après avoir été admis dans le service de psychiatrie, les faux patients cessaient de manifester un *quelconque* symptôme d'anormalité. Certains manifestèrent une légère nervosité et anxiété parce qu'aucun d'entre eux ne pensait réellement pouvoir être admis aussi facilement. En fait, ils craignaient tous que leur supercherie soit immédiatement découverte, et de se trouver alors dans une situation très embarrassante. De plus, beaucoup n'avaient jamais visité de service de psychiatrie ; mais même ceux qui connaissaient déjà ce type d'environnement avaient de réelles craintes quant à ce qui pourrait leur arriver. Leur nervosité était donc entièrement liée au fait de se trouver soudain en milieu hospitalier, et se calma rapidement.

Exception faite de ce moment de nervosité, le faux patient se comporta dans le service comme il se comportait « normalement ». Sa façon de parler aux patients et au personnel de l'hôpital était tout à fait habituelle. Les activités possibles dans un service de psychiatrie étant remarquablement limitées, le faux patient essayait d'engager des conversations. Quand les membres du personnel lui demandaient comment il se sentait, il répondait qu'il allait très bien, et qu'il n'avait plus d'hallucinations. Il suivait les prescriptions du médecin, prenait les médicaments qu'on lui donnait (mais sans les avaler) et se conformait aux instructions concernant la salle à manger. A côté de ces « activités » – les seules qu'il pouvait avoir dans le service –, il passait son temps à noter des observations sur le service, les patients et le personnel. Il écrivait d'abord « secrètement », mais quand il se rendit compte que manifestement personne n'y prêtait attention, il commença à prendre ses notes sur des feuilles de papier courantes sans se cacher, par exemple dans la salle de séjour, où n'importe qui pouvait le voir. Autrement dit, il ne dissimulait pas du tout cette activité.

Le faux patient, exactement comme un vrai patient du service, était entré à l'hôpital sans savoir quand il en sortirait. Il savait par contre qu'il devrait en sortir par ses propres moyens, en particulier en convainquant les médecins de sa santé mentale. Les tensions psychologiques liées à l'hospitalisation étant considérables, tous les faux patients sauf un souhaitèrent sortir presque immédiatement après avoir été admis. Ils étaient de ce fait non seulement motivés pour avoir un comportement sain, mais aussi pour se montrer des modèles de coopération. On a pu obtenir, pour la plupart d'entre eux, les rapports des infirmiers : ils indiquent qu'ils n'étaient jamais désagréables, mais au contraire « amicaux », « coopératifs », et ne « montraient aucun signe d'anormalité ».

ON NE PEUT PAS DISCERNER LA SANTÉ MENTALE DES INDIVIDUS NORMAUX

Bien qu'ils aient publiquement « étalé » leur santé mentale, personne ne s'aperçut que ces patients n'étaient pas réellement malades. Tous, sauf un, furent admis avec un diagnostic de schizophrénie [4], et ils quittèrent l'hôpital avec un diagnostic de

4 Notons ici un fait intéressant : sur les douze admissions, onze furent accompagnées d'un diagnostic de schizophrénie, et une d'un diagnostic de psy-

schizophrénie « en rémission ». Précisons qu'on ne doit en aucun cas voir dans la spécification « en rémission » une simple formalité, puisque, à aucun moment de l'hospitalisation des faux patients, le moindre doute quant à une éventuelle simulation n'a été formulé. Leurs dossiers d'hospitalisation ne contiennent non plus aucune trace de suspicion quant à leur statut. Il apparaît au contraire clairement que le faux patient restait marqué par la spécification de schizophrène une fois qu'elle lui avait été assignée. S'il pouvait quitter l'hôpital, il était bien sûr « en rémission », mais il n'était pas mentalement sain, et, du point de vue de l'institution psychiatrique, il ne l'avait non plus jamais été. De cette façon, une évidente « réalité » humaine avait été construite.

La qualité des hôpitaux sélectionnés pour nos recherches ne peut expliquer l'impossibilité générale de découvrir la santé mentale des faux patients. Bien qu'ils aient été très différents, plusieurs sont considérés comme excellents. On ne peut non plus penser que la durée d'observation ait été trop brève : elle va de sept à cinquante-deux jours, et la moyenne est de dix-neuf jours. Effectivement, les faux patients ne furent pas observés avec beaucoup d'attention ; non pas que les occasions aient manqué, mais les choses se passent traditionnellement ainsi dans les hôpitaux psychiatriques.

Enfin, on ne peut pas expliquer l'impossibilité de discerner la santé mentale des faux patients par le fait qu'ils ne se soient pas comportés normalement. Bien qu'ils aient tous été relativement tendus, ni les personnes qui les visitaient chaque jour, ni d'ailleurs les autres patients ne décelaient de manifestations importantes de cette tension dans leur comportement. Les patients « découvraient » souvent, en revanche, que les faux patients n'étaient pas réellement malades. Les comptes rigoureusement tenus au cours des trois premières hospitalisations permirent d'établir que, sur 118 patients des services de psychiatrie, 35 exprimèrent leur suspicion ; certains même avec véhémence : « Vous n'êtes pas fou. Vous êtes un journaliste ou un professeur (le faux patient prenait sans cesse des notes). Vous faites une enquête sur l'hô-

chose maniaco-dépressive, avec pourtant la même symptomatologie Le pronostic de ce type de psychose est plus favorable que celui de la schizophrénie, et il fut établi par le seul hôpital privé sélectionné dans notre projet Sur les relations entre classes sociales et diagnostics psychiatriques, voir Hollingshead et Redlich [23].

pital. » L'insistance du faux patient à affirmer qu'il était malade avant d'entrer à l'hôpital, mais qu'il allait maintenant mieux, rassurait la plupart des patients. Mais d'autres continuaient à croire, tout au long de son hospitalisation, qu'il était mentalement sain [5]. Le fait que les patients aient souvent reconnu notre normalité alors que le personnel médical ne l'a pas même soupçonnée soulève des questions importantes.

Les statisticiens distinguent deux types d'erreur : celles de type 1 (fait négatif faux) et celles de type 2 (fait positif faux). On constate chez les médecins généralistes une forte tendance au second type d'erreur : on expliquerait ainsi qu'ils ne discernent pas la santé mentale des individus au cours de leur hospitalisation [38]. En fonction de cette tendance, ils considèrent donc plus facilement une personne saine comme malade (positif faux, type 2), qu'une personne malade comme saine (négatif faux, type 1). Ce qui se comprend facilement : il est manifestement plus dangereux de faire une erreur de diagnostic chez un malade que chez une personne en bonne santé. Il vaut mieux se tromper par excès de prudence et supposer la maladie même là où elle n'est pas.

Mais ce qui vaut pour la médecine générale ne s'applique pas nécessairement aussi bien à la psychiatrie. Les maladies somatiques, bien que regrettables, n'ont généralement pas de suites fâcheuses. Les diagnostics psychiatriques ont par conséquent des conséquences existentielles, juridiques, sociales pour ceux qu'ils marquent [15, 17, 24, 28]. Il devenait donc important de savoir si on pouvait inverser cette tendance à diagnostiquer la maladie chez des sujets sains. L'expérience suivante a été faite dans un hôpital dont l'activité est aussi centrée sur la recherche et l'enseignement ; le personnel connaissait les résultats statistiques mentionnés plus haut, mais doutait que ce type d'erreur puisse se produire dans cet hôpital. On l'informa qu'à plusieurs reprises, au cours des trois mois à venir, des faux patients essaieraient de se faire admettre dans le service de psychiatrie. Chaque membre

5 Bien sûr, les patients n'ont pas une idée très précise de ce qu'est un diagnostic, et on peut donc penser qu'ils ont tendance à croire mentalement sains des individus dont le comportement est manifestement anormal Cependant, bien que nous ne disposions d'aucune information sûre à ce propos, nous avons eu la nette impression que ce n'était pas le cas De nombreux patients manifestèrent à notre égard une attention particulière, mais aussi commencèrent à imiter notre comportement et notre façon de parler

du personnel devait évaluer chaque patient qui se présentait au bureau des admissions ou dans le service de psychiatrie, en tenant compte de la probabilité qu'il s'agisse d'un faux patient. Il devait porter son évaluation sur une échelle de 10 degrés, les degrés 1 et 2 correspondant à une forte probabilité que le patient soit faux.

Tous les membres du personnel – aussi bien les aides-soignants, les infirmiers, les médecins, que les psychiatres et les psychologues – ayant été en contact prolongé avec le patient, ou ayant eu à son égard une responsabilité essentielle, durent se prononcer. Ainsi, sur les 193 patients admis en psychiatrie, 41 furent jugés comme étant très probablement des faux patients par au moins un membre du personnel ; 23 furent considérés comme suspects par au moins un psychiatre, et 19 par un psychiatre *et* un autre membre du personnel. En réalité, aucun faux patient (du moins de mon groupe) ne se présenta à l'hôpital pendant cette période.

Cette expérience est instructive : elle montre que l'on peut inverser la tendance à classer les individus sains parmi les malades quand les enjeux (dans ce cas, le prestige, et la capacité de faire des diagnostics exacts) sont élevés. Mais que penser des 19 cas soupçonnés d'être « mentalement sains » par un psychiatre et un autre membre du personnel ? Ces personnes étaient-elles vraiment « mentalement saines » ? Ou bien le personnel eut-il tendance à faire davantage d'erreurs du type 1 – en considérant comme sains des individus fous – par souci d'éviter des erreurs du type 2 ? Nous n'avons aucun moyen de le savoir. Mais une chose est cependant certaine : tout procédé ou critère dont on se sert pour faire des diagnostics ne peut être très fiable s'il permet si facilement d'accumuler un si grand nombre d'erreurs.

ON NE PEUT PAS SE DÉBARRASSER DES « ÉTIQUETTES » PSYCHIATRIQUES

La tendance à croire malade ce qui est sain, mise en évidence précédemment, rend davantage compte du comportement des médecins au moment de faire des diagnostics d'admission qu'elle ne vaut pour ceux qu'ils font après une longue période d'observation du sujet. Mais, au-delà de cette tendance, les informations résultant des expériences décrites démontrent surtout le rôle considérable de la classification dans le processus d'évaluation psychiatrique. Une fois classé comme schizophrène, le faux patient ne peut, quoi qu'il fasse, se débarrasser de cette étiquette qui influence profondément la façon dont les autres le perçoivent, lui-même et son comportement. De nouveau, au sens tout à fait propre du terme, une « réalité » a été construite.

D'un certain point de vue, ces informations ne sont pas vraiment surprenantes ; on sait en effet depuis longtemps que des éléments ou des faits n'ont de sens que par le contexte dans lequel ils existent ou se produisent. La psychologie de la forme a vigoureusement soutenu cette thèse ; et Asch [1] a démontré qu'il existe des caractéristiques centrales de la personnalité (par exemple, « chaleureux » opposé à « froid ») si puissantes qu'elles influencent nettement la signification d'autres informations quand il s'agit de se faire une idée d'une personnalité [11, 12, 14, 46]. « Malade mental », « schizophrène », « maniaco-dépressif » et « fou » comptent probablement parmi les plus fortes de ces caractéristiques centrales. Une fois qu'un individu a été caractérisé comme anormal, l'ensemble de ses comportements et des autres aspects de sa personnalité est marqué par cette étiquette ; cette classification est en effet si puissante que beaucoup de comportements normaux des faux patients n'étaient pas perçus du tout, ou étaient complètement déformés de façon à les faire entrer dans le cadre de la réalité présumée. Quelques exemples éclaireront mon propos.

J'ai indiqué précédemment que rien du passé et du statut actuel du faux patient n'avait été modifié, si ce n'est son nom, son lieu de travail et, si nécessaire, sa profession. Les faux patients racontaient donc leur vrai passé, et décrivaient leurs vraies conditions de vie actuelles. Aucun signe de psychose ne s'y trouvait. Comment a-t-on pu alors les associer de façon cohérente à un diagnostic de schizophrénie ? A-t-on modifié les diagnostics de façon à ce qu'ils soient en accord avec le vécu des faux patients tel qu'ils l'avaient décrit ?

Autant que je puisse me rendre compte, les diagnostics ne furent pas influencés par la vie relativement normale des faux patients. L'inverse se produisit plutôt : le diagnostic modela complètement la façon dont les médecins perçurent leur vie. On illustrera clairement ce type de mécanisme de construction d'une réalité par le cas d'un des faux patients qui avait été étroitement lié à sa mère pendant sa toute première enfance, et, au contraire, assez distant de son père. Cependant, à partir de l'adolescence, il lia avec lui une grande amitié, alors que sa relation avec sa mère devint à son tour plus distante. Il avait avec sa femme une relation étroite et chaleureuse, et, à part quelques colères occasionnelles, ils ne se disputaient que rarement. Leurs enfants n'avaient aussi que rarement reçu des fessées. De toute évidence, il n'y a dans tout cela rien de particulièrement pathologique. Beaucoup de lecteurs reconnaîtront leur propre expérience, sans pour autant constater chez eux de conséquences vraiment fâcheuses. Mais voici maintenant comment, dans un contexte psychopathologique, cette histoire fut traduite. Le passage qui suit est extrait de la description du cas rédigée après que le faux patient eut quitté l'hôpital.

> Les relations de cet homme blanc de trente-neuf ans avec ses proches (...) sont marquées depuis la première enfance par une considérable ambivalence. Avec l'adolescence, sa relation, jusqu'alors étroite, avec sa mère devient plus distante. Sa relation avec son père, jusqu'alors distante, devient au contraire très intense. On constate l'absence d'équilibre affectif. Ses efforts pour contrôler son émotivité à l'égard de sa femme et de ses enfants sont interrompus par des accès de colère ; les enfants, quant à eux, reçoivent des fessées. Et, bien qu'il affirme avoir plusieurs bons amis, on sent que ces relations sont aussi marquées par une profonde ambivalence.

Le personnel déforma involontairement les données du cas pour qu'elles correspondent à la théorie généralement répandue du développement d'une réaction schizophrène [6]. Il n'y avait en réalité aucun élément de nature ambivalente dans la description que le faux patient avait faite de ses relations avec ses parents, sa femme et ses enfants. Et, si on pouvait déduire une certaine ambivalence, elle ne dépassait probablement pas celle qu'on trouve dans n'importe quelle relation humaine. Effectivement,

6. On trouve un exemple similaire de prédiction qui se vérifie d'elle-même – il s'agit dans ce cas de la caractéristique « centrale » de l'intelligence – dans Rosenthal et Jacobson [34].

les relations du faux patient avec ses parents évoluèrent avec le temps. Dans un contexte ordinaire, cette évolution ne serait même pas remarquable ; on la considérerait bien plutôt comme tout à fait prévisible. Manifestement, le diagnostic de schizophrénie détermina la signification d'ambivalence et de déséquilibre affectif qui fut donnée aux déclarations du faux patient. Si les médecins avaient su que cet homme était « normal », ils leur auraient donné une signification complètement différente.

Tous les faux patients prirent des notes publiquement. Dans des circonstances ordinaires, les observateurs se seraient posé des questions à ce sujet, et les patients s'en posèrent effectivement. Persuadés que ces notes feraient naître la suspicion, nous avions élaboré des mesures de précaution permettant de les faire sortir chaque jour de l'hôpital. Mais elles se révélèrent inutiles. Une seule fois, un membre du personnel fit une remarque concernant directement ces notes. Le faux patient demanda quel type de médicament on lui donnait, et commença à noter la réponse du médecin qui ajouta gentiment : « Vous n'avez pas besoin de l'écrire, si vous n'arrivez pas à vous en souvenir, vous n'avez qu'à me le redemander. »

Si personne n'interrogeait les faux patients, alors, comment interprétait-on le fait qu'ils écrivent ? Dans les rapports rédigés sur trois d'entre eux, les infirmières considérèrent cette activité comme un aspect de leur comportement pathologique. « Le patient se met à écrire » était le commentaire quotidien d'une infirmière sur un faux patient qu'on n'interrogea jamais sur le fait qu'il écrivait. Le patient se trouvant à l'hôpital, il doit être psychologiquement dérangé. Et, puisqu'il est dérangé, le fait d'écrire continuellement doit constituer une manifestation comportementale de ce dérangement, peut-être un dérivé des conduites compulsives qui sont parfois associées à la schizophrénie.

Une caractéristique implicite des diagnostics psychiatriques veut que les troubles mentaux aient leur origine dans l'individu, et seulement rarement dans l'ensemble des stimuli qui l'environnent. Par conséquent, les comportements que l'environnement provoque chez le patient sont habituellement attribués à sa maladie. Par exemple, une infirmière aimable rencontre un faux patient qui arpente les couloirs de l'hôpital et lui demande : « Nerveux, M. X ? » Et le faux patient de répondre : « Non, je m'ennuie. »

Les notes prises par les faux patients mentionnent de nombreux comportements que le personnel, pourtant plein de bonnes intentions, interpréta mal. Assez souvent, un patient « devenait fou furieux » parce que quelqu'un, par exemple un aide-soignant, avait à son égard un comportement inadéquat. Et, si une infirmière intervenait à ce moment-là, elle ne cherchait jamais, même rapidement, ce qui dans l'environnement du patient aurait pu provoquer son attitude ; elle supposait immédiatement que sa maladie était à l'origine de cette explosion, sans tenir compte du fait que le patient avait, dans ce cas par exemple, un démêlé avec un autre membre du personnel. Parfois, le personnel supposait que la famille du patient (en particulier quand elle venait de le visiter) ou d'autres patients avaient provoqué l'éclat. Mais qu'un membre du personnel, ou la structure de l'hôpital, pût avoir une quelconque influence sur le comportement d'un patient n'était jamais pris en considération. Un jour, un médecin attira l'attention sur un groupe de patients assis près de l'entrée de la salle à manger. Il indiqua aux jeunes internes qui l'accompagnaient qu'un tel comportement montrait l'aspect déterminant de la fixation orale dans le syndrome de ces patients. Il ne semble pas lui être venu à l'esprit que, dans un hôpital psychiatrique, il n'y a pas grand-chose à attendre, si ce n'est l'heure de manger.

Un diagnostic psychiatrique produit sa propre réalité et, avec celle-ci, ses propres effets. A partir du moment où le patient a été classé schizophrène, on prévoit qu'il le restera. Et, quand, pendant suffisamment longtemps, il n'a rien fait de bizarre, on considère que sa maladie est en rémission et il peut quitter l'hôpital. Mais le diagnostic reste valable après que le patient est sorti, puisqu'on prévoit, sans l'ombre d'une confirmation, qu'il se comportera de nouveau comme un schizophrène. La classification qu'établissent les spécialistes des maladies mentales a autant d'influence sur le patient lui-même que sur sa famille et ses amis et, comme on peut s'y attendre, le diagnostic a sur eux l'effet d'une prédiction qui se vérifie d'elle-même. Finalement, le patient accepte le diagnostic avec tout ce qu'il signifie et toutes les prévisions qui s'y rattachent, et se comporte en fonction de celui-ci [38]. Il s'adapte ainsi à la construction d'une « réalité » interpersonnelle.

Les conclusions à tirer de tout ceci sont tout à fait simples. Comme Zigler et Phillips ont mis en évidence d'énormes similitudes entre les symptômes présentés par des patients dont les diagnostics sont différents [18, 47], on constate d'aussi grands recoupements entre les comportements d'individus mentalement sains et ceux d'individus mentalement malades. Les premiers ne sont pas toujours « mentalement sains ». Sans avoir vraiment de bonnes raisons, nous nous mettons en colère, ou nous sommes parfois déprimés ou angoissés. Ou bien, nous avons des difficultés à nous entendre avec quelqu'un, sans pouvoir nous l'expliquer. Mais aussi, les individus mentalement malades ne le sont pas non plus continuellement. En vivant avec eux, les faux patients eurent en effet l'impression qu'ils étaient normaux pendant de longues périodes, et qu'en fait les comportements bizarres sur lesquels reposait leur diagnostic ne représentaient qu'une faible part de l'ensemble de leur comportement. On ne considère pas quelqu'un qui a une dépression passagère comme chroniquement déprimé ; de la même façon, des comportements ou idées bizarres ne suffisent pas pour classer tous les patients parmi les malades mentaux ou les schizophrènes. Mischel l'a montré [30], il semble plus utile de limiter nos discussions aux *comportements,* aux stimuli qui les provoquent et aux phénomènes qui y sont associés.

On ne sait pas pourquoi se forment des appréciations de la personnalité d'un individu aussi extrêmes que « fou » et « malade mental ». Quand les origines d'un comportement, ainsi que les stimuli qui le provoquent, sont confus ou inconnus, ou quand ce comportement nous paraît immuable, il est concevable de faire porter ces appréciations sur la *personnalité* de l'individu considéré. Quand, par contre, les origines et les stimuli sont connus et explicables, la question se limite au comportement lui-même. Je peux ainsi avoir des hallucinations parce que je dors, ou parce que j'ai pris un certain type de médicament. On les appelle respectivement des hallucinations provoquées par le sommeil, ou des rêves, et des hallucinations dues aux médicaments. Mais, si les stimuli de mes hallucinations sont inconnus, on parle alors de folie, ou de schizophrénie – comme si cette affirmation constituait une explication, au même titre que les précédentes.

L'EXPÉRIENCE
D'HOSPITALISATION PSYCHIATRIQUE

L'expression de *maladie mentale* a une origine récente. Des personnes particulièrement humaines l'inventèrent : leur intention était d'élever le statut de ceux qui souffrent de troubles psychologiques, jusqu'alors considérés comme des sorcières et des « fous », en l'assimilant à celui des malades qui souffrent physiquement. Leur succès fut au moins partiel, puisque le traitement des malades mentaux s'est considérablement *amélioré* avec le temps. Mais, si le traitement s'est effectivement amélioré, on n'a pas cependant aujourd'hui la même attitude à l'égard des maladies mentales qu'à l'égard des maladies physiques. Alors qu'on se remet d'une jambe cassée, la maladie mentale est supposée durer toute une vie. Une jambe cassée ne représente pas une menace pour les autres. Mais un schizophrène ? On constate maintenant, de toute évidence, que la peur, l'hostilité, la distance, la suspicion et la crainte caractérisent l'attitude générale à l'égard des malades mentaux [36, 37] : ils sont les lépreux de la société.

Que de telles attitudes soient si généralement répandues n'est probablement pas surprenant, mais, en tout cas, affligeant. Plus déconcertant encore, parce qu'elles sont à la fois évidemment pernicieuses et involontaires, ces attitudes concernent aussi les professionnels – les aides-soignants, les infirmières, les médecins, les psychologues et les assistantes sociales – qui ont affaire aux malades mentaux et les traitent. La plus grande partie du personnel psychiatrique affirmerait être compatissant et ne jamais manifester de distance ou d'hostilité à l'égard des malades mentaux. Mais, plus probablement, une subtile ambiguïté caractérise ses relations avec ce type de patients, et ses impulsions avouées ne représentent en fait qu'une partie de son attitude générale. On peut aussi facilement remarquer des attitudes négatives chez les membres de ce personnel, et elles ne devraient pas nous surprendre : elles découlent naturellement de la façon dont on étiquette les patients, et de l'environnement dans lequel ils se trouvent.

Si on observe la structure la plus courante des hôpitaux psychiatriques, on constate une stricte séparation du personnel et des patients. Le personnel dispose d'un espace qui lui est réservé, y compris des salles à manger, salles de bains et salles de réunion. Dans chaque salle de séjour, un espace clos de parois en verre est réservé au personnel (les faux patients l'appelèrent la « cage ») : il en sort principalement pour s'occuper des malades, leur distribuer des médicaments, leur donner des instructions, les réprimander, assurer des séances de thérapie ou des réunions de groupe. En dehors de ces activités, les membres du personnel restent entre eux, comme si la maladie dont souffrent leurs patients était contagieuse.

Nous avons essayé de déterminer, dans quatre hôpitaux publics, combien de temps le personnel passait avec les patients. La séparation entre eux est si marquée que nous avons pris le « temps passé à l'extérieur de la cage du personnel » comme base de travail. Pourtant, à l'extérieur de leur cage, les membres du personnel ne se trouvaient pas nécessairement avec des patients (il arrivait par exemple aux aides-soignants de regarder la télévision dans la salle de séjour). Mais ce fut néanmoins la seule façon de rassembler des données fiables qui nous permettent de mesurer le temps.

En moyenne, les aides-soignants passaient 11,3 % de leur temps de service à l'extérieur de la cage (avec une variation de 3 à 52 %). Ce chiffre ne correspond pas seulement au temps passé avec les patients ; il comprend aussi le temps passé à exécuter des travaux comme plier le linge, diriger le nettoyage du service, à surveiller les patients quand ils se rasent, ou à les envoyer à leurs activités quand elles ont lieu à l'extérieur du service. Rares étaient les aides-soignants qui passaient du temps à bavarder ou jouer avec eux. Quant aux infirmières, elles passaient si peu de temps à l'extérieur de la cage qu'il s'avéra impossible de déterminer pour elles un pourcentage de temps passé avec les patients. On compta donc le nombre de fois qu'elles sortaient de la cage. En moyenne, les infirmières de jour sortaient 11,5 fois par équipe (avec une variation de 4 à 39 fois). Les infirmières de service le soir et la nuit étaient encore moins disponibles ; elles sortaient en moyenne 9,4 fois par équipe (avec une variation de 4 à 41 fois). Nous ne disposons d'aucun chiffre sur les infirmières de service la nuit et tôt le matin (arrivant généralement après minuit et partant

146

à huit heures) ; les patients dormaient en effet la plus grande partie de leur temps de service.

Les médecins, en particulier les psychiatres, étaient encore moins disponibles. On ne les voyait que rarement dans le service, en général seulement au moment de leur arrivée et de leur départ. Ils passaient le reste du temps dans leur bureau et dans la cage. En moyenne, les médecins se trouvaient dans le service 6,7 fois par jour (avec une variation de 1 à 17 fois). Mais, l'organisation de leur temps de travail leur permettant d'arriver et de partir à des heures différentes, il fut difficile d'obtenir pour eux une estimation précise.

L'organisation hiérarchique de l'hôpital psychiatrique a déjà été commentée [42] ; mais la signification latente de ce type d'organisation mérite d'être de nouveau examinée. De ce point de vue, on remarque que les membres du personnel qui ont le plus de pouvoir ont le moins souvent directement affaire aux patients ; au contraire, ceux dont le pouvoir est le plus faible sont le plus souvent en contact avec les patients. Rappelons cependant que l'apprentissage des comportements adéquats à un rôle se fait principalement par l'observation des autres : à savoir des plus puissants qui ont donc le plus d'influence. On comprend par conséquent que les aides-soignants passent non seulement plus de temps avec les patients que n'importe quels autres membres du personnel – c'est leur rang dans la hiérarchie qui l'exige –, mais qu'ils passent aussi avec eux le moins de temps possible, comme le leur apprend le comportement de leurs supérieurs. Les aides-soignants se trouvent la plupart du temps dans la cage, là où sont leurs modèles – là où sont le pouvoir et l'action.

Nous aborderons maintenant un ensemble d'études avec lequel il s'est agi d'observer les réactions du personnel à l'égard des contacts dont les patients prennent l'initiative. On le sait bien, le temps qu'on passe avec quelqu'un peut indiquer combien il compte pour nous. Ou bien encore, si quelqu'un cherche et soutient le regard de son interlocuteur, on a de bonnes raisons de croire qu'il prend en considération ses demandes et ses besoins. Et, s'il s'arrête un court instant pour bavarder, ou même plus longtemps pour parler avec lui, on aura d'autant plus de raisons de penser qu'il le considère comme un individu à part entière. Dans quatre hôpitaux, les faux patients s'adressèrent à un membre du personnel pour lui poser la question suivante : « Excusez-moi, monsieur (ou docteur ou madame), pouvez-vous me dire quand je serai autorisé à sortir dạns le jardin ? » (ou bien : « quand serai-je présenté à la réunion du personnel ? » ou encore : « quand puis-je compter sortir ? »). Le contenu de la question variait en fonction de l'objectif à atteindre et des besoins actuels manifestes du faux patient, mais la demande d'information était toujours pertinente et exprimée poliment. Les faux patients prirent soin de ne pas s'approcher d'un membre du personnel plus d'une fois par jour afin d'éviter de l'irriter ou d'éveiller chez lui des soupçons. En considérant les données qui suivent, il faut se souvenir que le comportement des faux patients ne fut jamais bizarre ou susceptible de créer un quelconque désordre. Il était en effet possible d'engager avec eux une conversation tout à fait normale.

Ces données sont présentées en deux parties sur le tableau 1. La colonne 1 se rapporte au comportement des médecins, la colonne 2 à celui des infirmières et des aides-soignants. Malgré quelques différences mineures entre les quatre hôpitaux, le comportement du personnel se révéla tout à fait homogène : il évitait de prolonger les contacts dont les patients prenaient l'initiative. La réaction du personnel la plus courante, très fréquemment observée, consistait à répondre brièvement à la question tout en continuant à marcher et en détournant la tête, ou à ne pas répondre du tout.

L'échange se déroulait souvent bizarrement. Par exemple, le faux patient demandait : « Excusez-moi, docteur X, pourriez-vous me dire quand je serai autorisé à sortir dans le jardin ? » Le médecin répondait : « Bonjour Dave, comment ça va aujourd'hui ? », et s'éloignait sans même attendre la réponse.

Il est instructif de comparer ces résultats avec d'autres récemment obtenus à l'université de Stanford. On a prétendu que, dans certaines universités, grandes et éminentes, le corps enseignant est si occupé qu'il n'a pas de temps à consacrer aux étudiants. Dans le cadre de cette étude, une jeune femme s'approchait d'un enseignant qui semblait se rendre à une réunion ou à un cours, et lui posait une des six questions suivantes :

1. « Excusez-moi, pourriez-vous m'indiquer la salle Encina (dans la faculté de Médecine) ? » Ou bien : « Pourriez-vous m'indiquer où se trouve le Centre de recherche clinique ? »

2. « Savez-vous où se trouve la Fondation Fisch ? » (Il n'existe pas de Fondation Fisch à Stanford.)

3. « Enseignez-vous ici ? »

4. « Comment s'inscrit-on dans cette université ? »

5. « Est-ce difficile d'y entrer ? »

6. « Peut-on obtenir une aide financière ? »

On peut le voir sur le tableau 1 (colonne 3), les enseignants répondirent tous sans exception aux questions qu'on leur posait.

Même très pressés, non seulement ils répondirent en regardant leur interlocuteur, mais aussi s'arrêtèrent pour lui parler. Beaucoup firent un détour pour indiquer à la jeune femme le chemin du bureau qu'elle cherchait, ou même pour l'accompagner, ou pour essayer de localiser la Fondation Fisch, ou encore pour parler avec elle des possibilités de s'inscrire à l'université.

Une expérience similaire fut faite à l'hôpital de l'université (voir tableau 1, colonnes 4, 5 et 6). Dans ce cas aussi, la jeune femme avait préparé six questions. Après la première question, cependant, elle ajouta la remarque : « je cherche un psychiatre », pour dix-huit de ses interlocuteurs (colonne 4), et, pour quinze autres, la remarque : « je cherche un interne » (colonne 5). Pour dix autres interlocuteurs enfin, elle n'ajouta aucun commentaire (colonne 6). Dans l'ensemble, le pourcentage de réponses coopératives est considérablement plus élevé dans ces équipes soignantes universitaires que pour les faux patients dans les hôpitaux psychiatriques. Des différences apparaissent même dans ce cadre : on se montrait moins coopératif quand elle indiquait qu'elle cherchait un psychiatre que quand elle cherchait un interne.

IMPUISSANCE
ET DÉPERSONNALISATION

Le fait de regarder son interlocuteur et de lui parler témoigne de l'intérêt qu'on lui porte, et dans quelle mesure on le considère comme un individu à part entière. L'absence de ces deux formes de communication dénote au contraire le désintéressement et la dépersonnalisation. Les résultats que j'ai présentés ne donnent

CONTACTS RÉACTIONS	HÔPITAUX PSYCHIATRIQUES		CAMPUS UNIVERSITAIRE (OÙ LA MÉDECINE N'EST PAS ENSEIGNÉE)	MÉDECINS DE CLINIQUE UNIVERSITAIRE		
	(1) psychiatres	(2) infirmières et aides-soignants	(3) enseignants	(4) « cherche un psychiatre »	(5) « cherche un interne »	(6) pas de précision
s'éloigne en détournant la tête (%)	71	88	0	0	0	0
regarde son interlocuteur dans les yeux (%)	23	10	0	11	0	0
s'arrête brièvement et dit un mot (%)	2	2	0	11	0	10
s'arrête plus longtemps et parle (%)	4	0,5	100	78	100	90
moyenne des réponses obtenues (sur la base de six questions)	a	a	6	3,8	4,8	4,5
personnes qui ont répondu (nombre)	13	47	14	18	15	10
tentatives (nombre)	185	1 283	14	18	15	10

a. Les six questions ne furent pas posées dans les hôpitaux psychiatriques.

TABLEAU 1. – *Contacts dont les faux patients ont pris l'initiative à l'égard de psychiatres d'infirmières et d'aides-soignants, comparés à des contacts engagés dans d'autres contextes.*

qu'une idée très partielle des incidents qui, en matière de désintéressement et de dépersonnalisation, s'accumulaient chaque jour. On m'a rapporté des cas de patients battus pour s'être adressés verbalement à un membre du personnel. Au cours de mon expérience d'internement, un patient fut battu en présence des autres pour s'être approché d'un aide-soignant et lui avoir dit : « Vous me plaisez. » Des écarts de conduite coûtaient aux patients des punitions parfois si excessives que même l'interprétation la plus radicale des critères psychiatriques ne pouvait les justifier. Cependant, personne ne semblait les remettre en question. Les crises de colère étaient tout à fait courantes. Un patient qui n'entendait pas l'appel pour aller chercher les médicaments se faisait rondement houspiller ; et les aides-soignants de service le matin réveillaient souvent tout le monde avec des : « Allez, bande d'enculés, debout ! »

Ni les anecdotes ni les données « scientifiques » ne peuvent refléter le sentiment écrasant d'impuissance qui envahit un individu quand il se trouve continuellement en proie à la dépersonnalisation pratiquée dans les hôpitaux psychiatriques. De ce point de vue, les très bons hôpitaux publics et les luxueux établissements privés étaient certes meilleurs que les misérables hôpitaux de campagne, mais *tous* partageaient en fait les caractéristiques communes aux hôpitaux psychiatriques, celles-ci dominant largement leurs apparentes différences.

L'impuissance était partout évidente. Le patient est privé de beaucoup de ses droits parce qu'il est hospitalisé dans un établissement psychiatrique [45]. Le diagnostic avec lequel on le marque contribue aussi à le priver de sa crédibilité. Il ne peut non plus bouger ni se déplacer librement. Il ne peut engager de relation avec le personnel, mais seulement répondre aux initiatives qu'il prend. La vie des patients n'a quasiment plus rien de privé. N'importe quel membre du personnel peut inspecter leurs affaires personnelles, pour quelque motif que ce soit. Tout membre du personnel (y compris souvent les aides volontaires) a accès à leur dossier et peut y lire tout ce qui concerne leur vie personnelle et leurs angoisses, même s'il n'a aucun rôle thérapeutique à leur égard. On contrôle souvent leur hygiène ; on les surveille aussi souvent quand ils vont aux toilettes (elles n'ont parfois pas de porte).

Parfois, la dépersonnalisation atteignait de telles proportions que les faux patients avaient l'impression d'être invisibles, ou de ne pas mériter la moindre attention. Après notre admission, par exemple, plusieurs d'entre nous (dont moi-même) furent soumis aux premiers examens médicaux dans une salle semi-publique où le personnel allait et venait comme si nous n'étions pas là.

Dans le service même, des aides-soignants maltraitaient verbalement et parfois physiquement des patients en présence d'autres patients, dont des faux patients qui prenaient note de tout ce à quoi ils assistaient. Cependant, ce type de comportement abusif cessait brusquement dès que d'autres membres du personnel arrivaient : contrairement aux patients, ils sont, eux, des témoins crédibles. Il arriva qu'une infirmière ouvre sa blouse pour ajuster son soutien-gorge en présence de tous les hommes d'un service. Son attitude ne semblait pas volontairement séductrice ; on avait plutôt l'impression qu'elle n'avait même pas remarqué notre présence. Ou encore, plusieurs membres du personnel pouvaient montrer du doigt un patient dans la salle de séjour et parler de lui haut et fort, comme s'il n'était pas là.

L'exemple suivant éclaire particulièrement bien ce que représente la dépersonnalisation des patients, et comment même leur présence physique peut passer inaperçue. En tout, les faux patients reçurent près de 2 100 comprimés, y compris d'Élavil, de Stelazine, de Compazine et de Thorazine, pour ne citer que quelques médicaments. (Qu'on ait donné des médicaments aussi différents à des patients présentant des symptômes identiques vaut déjà la peine d'être remarqué. Seulement deux furent avalés. Les faux patients, et ils n'étaient pas les seuls, mettaient les comprimés dans leurs poches ou dans les toilettes. Je ne dispose pas de chiffres exacts sur le nombre de patients qui ne prenaient pas leurs médicaments, mais les faux patients en trouvaient souvent dans les toilettes en allant jeter les leurs. A cet égard, et pour beaucoup d'autres choses aussi importantes, il suffisait que les patients (et les faux patients) se montrent coopératifs pour que tout cela passe complètement inaperçu.

Les faux patients réagirent aussi intensément à la dépersonnalisation. Bien qu'ils soient entrés à l'hôpital comme observateurs actifs, et qu'ils aient eu parfaitement conscience de ne pas être là « pour de vrai », ils ne purent tout de même garder de distance à l'égard de leur environnement et luttèrent contre la dépersonnalisation dont ils faisaient l'objet. Un des étudiants en psychologie demanda ainsi à sa femme de lui apporter ses manuels à l'hôpital pour qu'il puisse rattraper son travail universitaire, et cela malgré toutes les précautions prises pour dissimuler précisément le fait qu'il était étudiant en psychologie. Le même étudiant, qui s'était entraîné longtemps pour pouvoir être admis à l'hôpital, et qui avait attendu avec impatience le moment de réaliser cette expérience d'internement, « se souvint » d'une course à laquelle il voulait assister un week-end, et insista pour qu'on le laisse sortir à ce moment-là. Un autre faux patient essaya de séduire une infirmière. Après quoi, il informa le personnel qu'il était candidat à l'inscription dans une université de psychologie et serait très probablement admis parce qu'un professeur de cette université venait régulièrement lui rendre visite. Il commença aussi une psychothérapie avec d'autres patients – et tout cela pour rester une personne dans un environnement impersonnel.

LES CAUSES
DE LA DÉPERSONNALISATION

Comment expliquer la dépersonnalisation ? J'ai déjà mentionné l'attitude que nous avons tous à l'égard des malades mentaux (y compris le personnel des hôpitaux qui les soigne) : la peur, la méfiance, d'horribles prévisions et des intentions ambivalentes la caractérisent. Cette ambivalence menant, dans ce cas comme dans d'autres, à une certaine forme de bannissement.

On trouvera une seconde explication, en partie liée à la première, dans la structure hiérarchique des hôpitaux psychiatriques qui favorise la dépersonnalisation. La catégorie de personnel la plus haut placée a le moins souvent affaire aux patients, mais le reste du personnel s'inspire de son comportement. Les contacts journaliers avec les psychiatres, les psychologues, les internes et les médecins furent évalués à une moyenne générale de 6,8 minutes (avec une variation de 3,9 à 25,1 minutes) pour 6 faux patients sur une durée d'hospitalisation de 129 jours. Cette moyenne comprend les entretiens d'admission, les réunions de service en présence d'un membre du personnel occupant un rang supérieur dans la hiérarchie, les séances de psychothérapie individuelle et de groupe, les réunions de présentation de cas et les réunions où se décide la sortie des patients. Il apparaît clairement que les patients n'ont que peu de contacts directs avec les médecins, et que le comportement de ces derniers sert de modèle aux infirmières et aux aides-soignants.

On peut certainement trouver d'autres causes à la dépersonnalisation. Les établissements psychiatriques ont actuellement de sérieuses difficultés financières. Le manque de personnel se fait partout sentir, et le temps du personnel coûte cher. Quelque chose doit donc être laissé pour compte, et ce quelque chose est précisément le contact avec les patients. Bien que ces difficultés financières existent réellement, on peut aussi leur accorder trop d'importance. J'ai l'impression que les forces psychologiques qui mènent à la dépersonnalisation sont beaucoup plus puissantes que les contraintes financières, et davantage de personnel ne suffirait pas à vraiment améliorer le traitement des patients à cet égard. La fréquence des réunions du personnel et l'énorme quantité d'informations sur l'évolution des patients au cours de leur hospitalisation n'ont pas aussi substantiellement diminué que les contacts des patients avec le personnel. Il existe des priorités, même pendant les périodes difficiles. Le contact avec les patients n'en constitue pas une dans les hôpitaux psychiatriques traditionnels, et les problèmes financiers n'y sont pour rien. Le bannissement et la dépersonnalisation y sont par contre pour quelque chose.

L'usage massif de médicaments psychotropes contribue aussi tacitement à la dépersonnalisation. Le personnel est en effet ainsi convaincu qu'on traite réellement les patients et que davantage de contacts avec eux ne s'imposent pas. Mais, là encore, on doit interpréter le rôle des médicaments psychotropes avec prudence. Si les patients n'étaient pas privés de tout pouvoir et de toute initiative, si on les considérait comme des individus intéressants plutôt que comme des cas répondant à un diagnostic précis, s'ils avaient un statut social plutôt que de devenir les lépreux de la société, si leur angoisse nous inspirait une compassion et un intérêt vraiment sincères, ne *chercherions*-nous pas à avoir des contacts avec eux, bien que les médicaments existent ? Peut-être tout simplement parce que cela nous ferait plaisir ?

LES CONSÉQUENCES
DE LA CLASSIFICATION PSYCHIATRIQUE
ET DE LA DÉPERSONNALISATION

Bien que la proportion de ce que nous savons comparé à ce que nous devrions savoir soit quasiment nulle, nous avons tendance à inventer des « connaissances » et à supposer que nous comprenons davantage que nous ne comprenons en réalité. Nous semblons incapables de simplement reconnaître que nous ne savons pas. Le besoin d'établir des diagnostics et de soigner les problèmes affectifs et comportementaux correspond à une demande considérable. Mais, au lieu de reconnaître que nos connaissances dans ce domaine ne sont encore que balbutiantes, nous continuons à classer les patients en « schizophrènes », « maniaco-dépressifs », « malades mentaux », comme si, avec ces mots, nous avions saisi l'essence de ce que nous pourrions comprendre. En réalité, nous savons que les diagnostics sont souvent inutiles et peu fiables, mais nous continuons néanmoins à nous en servir. Nous savons maintenant qu'on ne peut distinguer la maladie de la santé mentale. Mais il est attristant de penser à la façon dont on interpréta ce savoir.

Plus qu'attristant, c'est effrayant. Combien d'individus mentalement sains se trouvent-ils dans nos établissements psychiatriques sans que nous les reconnaissions en tant que tels ? Combien ont été privés de leurs droits de citoyen, du droit de voter à celui de gérer leurs propres finances ? Combien ont feint la maladie mentale pour échapper aux conséquences pénales de leur comportement, et, au contraire, combien supporteraient plutôt un procès que de rester indéfiniment dans un hôpital psychiatrique – où on les considère à tort comme des malades mentaux ? Combien ont été marqués par des diagnostics bien intentionnés mais faux ? Enfin, rappelons qu'une erreur de type 2 n'a pas les mêmes conséquences dans le cas d'un diagnostic psychiatrique que dans celui d'un diagnostic médical. Si on se rend compte qu'on s'est trompé en diagnostiquant un cancer, on le fête. En matière de diagnostic psychiatrique, par contre, on reconnaît rarement s'être trompé : marque indélébile d'insuffisance, l'étiquette de malade mental colle à la peau.

Enfin, combien de patients seraient « sains » si on les laissait vivre à l'extérieur d'un hôpital psychiatrique, alors qu'ils semblent « malades » à l'intérieur – non pas, comme on voudrait le croire, parce que la folie est en eux, mais parce qu'ils réagissent à un environnement à part, et qui n'existe peut-être que dans les institutions qui reçoivent des individus défavorisés ? Goffman [19] appelle le processus d'adaptation à de telles institutions « mortification » – terme approprié qui inclut le processus de dépersonnalisation décrit précédemment. Et, bien qu'il soit impossible de savoir si les réactions des faux patients sont caractéristiques de celles des autres patients – puisqu'ils n'étaient pas des vrais patients –, on peut cependant difficilement croire que ce processus d'adaptation à un environnement psychiatrique permette aux patients de développer des comportements utiles ou des types de réaction adaptés au « monde réel ».

RÉSUMÉ ET CONCLUSIONS

Il apparaît clairement qu'on ne peut distinguer la santé de la maladie mentale dans les hôpitaux psychiatriques. Le milieu hospitalier crée une réalité qui lui est propre et dans laquelle on interprète donc facilement mal la signification des comportements. Les conséquences de l'environnement psychiatrique pour les patients – à savoir l'impuissance, la dépersonnalisation, la ségrégation, la mortification et l'autodépréciation – contredisent manifestement toute perspective thérapeutique.

Encore maintenant, je ne comprends pas suffisamment le problème pour entrevoir des solutions. Mais deux aspects annoncent une évolution positive possible : d'abord, la prolifération de centres médico-sociaux spécialisés dans les maladies mentales, et de centres d'intervention d'urgence, ensuite la création d'un mouvement de développement des potentialités individuelles et le développement des thérapies comportementales, toutes choses qui, chacune dans son domaine d'intervention, essaient d'éviter la classification psychiatrique, de se concentrer sur les problèmes et comportements spécifiques, et de maintenir l'individu dans un environnement relativement inoffensif. Manifestement, notre perception des individus qui ont besoin d'aide est d'autant moins déformée qu'on évite de les envoyer dans des établissements psychiatriques. (Le risque de perceptions déformées existe toujours, me semble-t-il, parce que nous sommes beaucoup plus sensibles à ce que dit un individu et à ses comportements qu'aux subtils stimuli de son environnement qui souvent les provoquent. Mais il s'agit ici d'un problème de degré : comme je l'ai montré, le degré de déformation est excessivement élevé dans le contexte extrême des hôpitaux psychiatriques.)

Le second aspect qui pourrait annoncer un changement positif concerne la nécessité de sensibiliser les chercheurs et les travailleurs spécialisés dans le domaine de la maladie mentale à la situation contradictoire * où se trouvent les patients des hôpitaux psychiatriques. La lecture de textes consacrés à ce sujet pourra déjà aider certains de ces spécialistes. Pour d'autres, faire directement l'expérience de l'impact auquel l'hospitalisation psychiatrique soumet les individus sera extrêmement utile. Et continuer la recherche sur la psychologie sociale de telles institutions totalitaires facilitera d'une part le traitement des patients, et approfondira d'autre part les connaissances que l'on peut avoir dans ce domaine.

L'environnement psychiatrique suscita chez moi, comme chez les autres faux patients, des réactions très négatives. Nous ne prétendons pas décrire l'expérience subjective des vrais patients. La leur est peut-être différente de la nôtre ; en particulier pour ce qui concerne leur expérience du temps et la nécessité de leur adaptation à l'environnement psychiatrique. Nous sommes cependant en mesure de parler des caractéristiques relativement plus objectives des traitements pratiqués dans les hôpitaux. Ce serait une erreur – une erreur très malheureuse même – de penser que ce qui nous est arrivé était le résultat de la malveillance ou de la stupidité du personnel. Bien au contraire, il nous a très nettement semblé avoir affaire à des personnes extrêmement intelligentes qui s'intéressaient vraiment à leur travail et s'y investissaient. Il leur arrivait d'échouer, parfois du reste dans des situations particulièrement pénibles. Mais on comprendra mieux leurs échecs en les attribuant à l'environnement où elles

---

* A propos de ce type de situation, voir le roman de Joseph Heller, *L'Attrape-Nigaud*, Paris, Gallimard, 1964 [*NdT*].

se trouvent elles aussi qu'en y voyant l'effet d'un manque de bonne volonté personnelle. Leur façon de percevoir les patients et leurs comportements n'était pas motivée par de mauvaises dispositions, mais plutôt déterminée par la situation : dans un environnement plus favorable, où les diagnostics catégoriques seraient moins déterminants, leurs comportements et jugements auraient peut-être été, eux aussi, plus favorables et efficaces.

RÉFÉRENCES

1   Asch, Solomon E., « Forming Impressions of Personality », *Journal of Abnormal and Social Psychology*, n° 41, 1946, p. 258.
2   Id , *Social Psychology*, New York, Prentice Hall, 1952.
3   Asch, P., « The Reliability of Psychiatric Diagnoses », *Journal of Abnormal and Social Psychology*, n° 44, 1949, p. 272.
4   Barry, A., *Bellevue Is a State of Mind*, New York, Harcourt, Brace, Jovanovich, 1971.
5   Beck, A. T., « Reliability of Psychiatric Diagnoses. I, A Critique of Systematic Studies », *American Journal of Psychiatry*, n° 119, 1962, p. 210-216.
6   Becker, H., *Outsiders : Studies in the Sociology of Deviance*, New York, Free Press, 1963.
7   Belknap, E., *Human Problems of a State Mental Hospital*, New York, McGraw-Hill, 1956.
8   Benedict, R., « Anthropology and the Abnormal », *Journal of General Psychology*, n° 10, 1934, p. 59-82.
9   Boisen, A. T., « Types of Dementia Praecox – A Study in Psychiatric Classification », *Psychiatry*, n° 2, 1938, p. 233-236
10 Braginsky, B. M., Braginsky, D. D., et Ring, K., *Methods of Madness : The Mental Hospital as a Last Resort*, New York, Holt, Rinehart & Winston, 1969
11 Bruner, J. S., Shapiro, D., et Tagiuri, R., « The Meaning of Traits in Isolation and in Combination », *in* R. Tagiuri et L. Petrullo (éd.), *Person Perception and Interpersonal Behavior*, Stanford, Stanford University Press, 1958, p. 277-288.
12 Bruner, J. S., et Tagiuri, R., « The Perception of People », *in* G. Lindzey (éd), *Handbook of Social Psychology*, Cambridge, Massachusetts, Addison-Wesley, 1954, t. II, p. 634-654.
13 Caudill, W., *et al* , « Social Structure and Interaction Processes on a Psychiatric Ward », *American Journal of Orthopsychiatry*, n° 22, 1952, p. 314.
14 Crocetti, G. M., et Lemkau, P. V., « On Rejection of the Mentally Ill », *American Sociological Review*, n° 30, 1965, p. 577.

15 Cumming, John et Elaine, « On the Stigma of Mental Illness », *Community Mental Health Journal*, n° 1, 1965, p. 135-143.

16 Farina, A., et Ring, K., « The Influence of Perceived Mental Illness on Interpersonal Relations », *Journal of Abnormal Psychology*, n° 70, 1965, p 47.

17 Freeman, H. G., et Simmons, O. G., *The Mental Patient Comes Home*, New York, Wiley, 1963.

18 Freudenberg, R. K., et Robertson, J. P., « Symptoms in Relation to Psychiatric Diagnosis and Treatment », *Archives of Neurology and Psychiatry*, n° 76, 1956, p 14-22.

19 Goffman, Erving, *Asylums, Essays on the Social Situation of Mental Patients and Other Inmates*, Garden City, New York, Doubleday, 1968 ; trad fr ,*Asiles Essai sur la condition sociale des malades mentaux*, Paris, Éd. de Minuit, 1968.

20 *Id , Behavior in Public Places*, New York, Free Press, 1969.

21 Goldman, A. R., *et al* , « On Posing as Mental Patients : Reminiscences and Recommendations », *Professional Psychology*, n° 1, 1970, p. 427.

22 Gove, W. R., « Societal Reaction as an Explanation of Mental Illness : An Evaluation », *American Sociological Review*, n° 35, 1970, p. 873.

23 Hollinsghead, A., et Redlich, F. C., *Social Class and Mental Illness : A Community Study*, New York, Wiley, 1958.

24 Johannsen, W. J., « Attitudes toward Mental Patients ; A Review of Empirical Research », *Mental Hygiene*, n° 53, 1969, p. 218.

25 Kreitman, N , « The Reliability of Psychiatric Assessment : An Analysis », *Journal of Mental Science*, n° 107, 1961, p. 887-908.

26 Kreitman, N , *et al* , « The Reliability of Psychiatric Diagnosis », *Journal of Mental Science*, n° 107, 1961, p. 876-886.

27 Laing, Ronald D., *The Divided Self*, Chicago, Quadrangle, 1960 ; trad. fr., *le Moi divisé*, Paris, Stock, 1979.

28 Linsky, Arnold S , « Who Shall Be Excluded ? The Influence of Personal Attributes in Community Reaction to the Mentally Ill », *Social Psychiatry*, n° 5, 1970, p. 166-171.

29 Mensch, I. N., et Wishner, J , « Asch on " Forming Impressions on Personality " : Further Evidence », *Journal of Personality*, n° 16, 1947, p 188.

30 Mischel, Walter, *Personality and Assessment*, New York, Wiley, 1968

31 Nunnally, J. C., *Popular Conceptions of Mental Health*, New York, Rinehart & Winston, 1961

32 Phillips, D L , « Rejections : A Possible Consequence of Seeking Help for Mental Disorder », *American Sociological Review*, n° 28, 1963, p. 963

33 Phillips, D L , et Draguns, J G , « Classification of Behavior Disorders », *Annual Review of Psychology*, n° 22, 1971, p 447-482

34 Rosenthal, Robert, et Jacobson, Lenore, *Pygmalion in the Classroom*, New York, Holt, Rinehart & Winston, 1968

35 Sarbin, Theodore R , « On the Futility of the Proposition That Some People Should Be Labelled " Mentally Ill " », *Journal of Consulting and Clinical Psychology*, n° 31, 1967, p 447-453

36 Sarbin, Theodore R., et Mancuso, J C , « Failure of a Moral Enterprise : Attitudes of the Public toward Mental Illness », *Journal of Consulting and Clinical Psychology*, n° 35, 1970, p 159-179

37 Sarbin, Theodore R., « Schizophrenia Is a Myth, Born of Metaphor, Meaningless », *Psychology Today*, n° 6, 1972, p. 18

38   Scheff, T. J., *Being Mentally Ill : A Sociological Theory*, Garden City, New York, Doubleday, 1961.

39   Schmitt, H. O., et Fonda, C P , « The Reliability of Psychiatric Diagnosis : A New Look », *Journal of Abnormal and Social Psychology*, nº 52, 1956, p 262.

40   Schur, E , « Reactions to Deviance : A Critical Assessment », *American Journal of Sociology*, nº 75, 1969, p. 309.

41   Seeman, W., « Psychiatric Diagnosis : An Investigation of Interpersonal Reliability after Didactic Instruction », *Journal of Nervous and Mental Disease*, nº 118, 1953, p. 541-544.

42   Stanton, A. H., et Schwartz, M. S., *The Mental Hospital : A Study of Institutional Participation in Psychiatric Illness and Treatment*, New York, Basic Books, 1954.

43   Szasz, Thomas S , *Law, Liberty and Psychiatry*, New York, MacMillan, 1963 ; trad. fr., *la Loi, la Liberté et la Psychiatrie*, Paris, Payot, 1977.

44   Id , *The Myth of Mental Illness*, New York, Harper, 1961.

45   Wexler, D. B., et Scoville, S. E., « The Administration of Psychiatric Justice : Theory and Practice in Arizona », *Arizona Law Review*, nº 13, 1971, p 1.

46   Wishner, J., « Reanalysis of " Impressions of personality " », *Psychology Review*, nº 67, 1960, p. 96.

47   Zigler, E., et Phillips, L., « Psychiatric Diagnosis and Symptomatology », *Journal of Abnormal and Social Psychology*, nº 63, 1961, p. 69

ROLF
BREUER

La réflexivité en littérature

L'exemple de la trilogie de Samuel Beckett

I

Il va quasiment de soi qu'un ouvrage intitulé *l'Invention de la réalité* comprenne aussi un chapitre sur la littérature. C'est en effet le meilleur exemple qu'on puisse trouver pour comprendre la signification de mots comme *fiction, fictif* et *invention.* Le mot *poète,* qui en grec signifie « faiseur », « inventeur », ou « créateur », suffit déjà à montrer que la littérature est depuis longtemps consciemment associée à l'invention.

Une vérité aussi évidente ne peut cependant pas vraiment intéresser les raisonnements du constructivisme ; en effet, le monde décrit dans les œuvres littéraires est par définition, et du fait du processus d'écriture que sa description implique, fictif. La fiction est à la littérature ce que le chant est à l'opéra : elle est inhérente à la logique de cet art. Dans leur contexte respectif, la fiction et le chant vont de soi, et ne prêtent à aucune interprétation. Lohengrin ne s'étonne pas qu'Elsa s'adresse à lui en chantant ; son chant a pour ainsi dire le même statut ontologique que la langue parlée dans une pièce de théâtre. Certes, les constructivistes affirment que l'« objectivité » du monde n'est qu'apparente, et que le biologiste, le psychologue, l'anthropologue ou le physicien ne peut prétendre découvrir la réalité et la représenter par des descriptions ou des formules ; ils s'attachent à montrer que non seulement les scientifiques, mais aussi nous tous, dans et par nos efforts préscientifiques pour décrire et expliquer la réalité, nous l'inventons plutôt, ou, tout au moins, nous la structurons et la modifions. Mais ils entendent alors évidemment autre chose que le truisme du théoricien de la littérature selon lequel les textes de fiction représentent une réalité fictive.

161

Mais alors, qu'est-ce qui dans l'opéra, auquel le chant est intrinsèquement lié, correspond au chant dans une pièce de théâtre, dans laquelle il est simplement chant ? On ne peut répondre à cette question qu'en s'élevant à un niveau supérieur : celui du « méta-chant », le chant du chant. Appliquons maintenant la même démarche à la littérature. Si le monde que présente la littérature est par définition déjà fictif, et si de plus, selon la théorie constructiviste, le monde « réel » est aussi inventé, alors la réalité qu'invente la littérature est doublement fictive. Et, pour pouvoir entrer dans le cadre de la pensée constructiviste, la littérature devrait elle-même exprimer explicitement le fait qu'elle est le résultat d'une construction : il s'agirait alors d'une littérature réflexive.

A partir du concept constructiviste d'autoréférence, nous allons maintenant essayer de considérer ce problème de la réflexivité devenu très important dans la littérature moderne. En d'autres termes, il s'agit de comprendre ce que peut être une forme de littérature ayant essentiellement elle-même pour objet ; c'est-à-dire une littérature qui réfléchit sur les conditions de possibilité de sa propre création, qui traite d'une façon générale des conditions de possibilité du texte de fiction, et met en question les fondements du « contrat de fiction » qui définit la relation entre l'œuvre et son lecteur.

Cette tentative rejoint une suggestion de Heinz von Foerster [10] : à partir de l'affirmation qu'une perception objective ne peut en tant que telle exister, autrement dit, qu'il n'existe pas d'objets sans observateurs, il tire la conclusion que nous avons essentiellement besoin d'une théorie qui définisse ce qu'est précisément l'observateur, ou « celui qui décrit ». Von Foerster ajoute que, dans la mesure où seuls des organismes vivants peuvent être considérés comme observateurs, l'élaboration de cette théorie incombe au biologiste. Mais, le biologiste étant aussi un être vivant, sa théorie doit non seulement tenir compte de lui, mais aussi inclure son propre processus d'élaboration. Telle est en fait la situation de nombreux écrivains contemporains qui ne veulent plus continuer gaiement à raconter des histoires ; ils ont considéré que l'usage du langage comme médium, ainsi que tous les procédés traditionnels d'écriture – après avoir connu une période d'optimisme –, étaient devenus problématiques. Ils se sont donc trouvés contraints de réfléchir sur l'écriture elle-même.

II

La réflexivité en littérature existe en fait depuis longtemps, et dans tous les genres. Pour ce qui concerne la poésie, on pense immédiatement à ce qu'on appelle le poème « poétologique », c'est-à-dire le poème ayant pour thème l'écriture de poèmes, ou même le processus d'écriture du poème que l'écrivain est précisément en train d'écrire [1]. Mais la réflexivité prend aussi souvent des formes moins évidentes : par exemple, dans le cas de poèmes qui décrivent apparemment des paysages, mais qui, quand on les analyse plus précisément, se révèlent avoir pour thème l'écriture elle-même [2].

Il y a dans le théâtre différentes façons de montrer que la réalité des événements qui se déroulent sur la scène est construite, qu'il s'agit donc d'une « réalité inventée [3] ». Dans la comédie surtout, depuis la période classique, on trouve de nombreux passages dans lesquels des références aux spectateurs ou à la nature fictive de la pièce interrompent le niveau général de la représentation. Les fondements logiques sur lesquels repose l'hypothèse bien sûr illusoire – qu'on assiste à la représentation d'un monde indépendant et fermé sur lui-même – sont alors sapés. Mentionnons, par exemple, *les Nuées* et *les Guêpes* d'Aristophane, mais aussi le théâtre épique qui met l'accent sur le fait que le *sérieux* de la pièce n'est jamais que le sérieux *d'une pièce* (effet de distanciation). Nous citerons ici Bertolt Brecht, Thornton Wilder et Peter Weiss. Comme on parle dans un autre contexte d'« État dans l'État », la formule équivalente pour le

---

1. À ce propos, voir par exemple Alfred Weber [24].
2. Étant de culture allemande et angliciste, je citerai certainement beaucoup, peut-être même trop, d'œuvres littéraires anglaises, américaines et allemandes. J'espère ne pas porter ainsi préjudice à la valeur de mon argumentation.
3. Voir à ce propos les analyses de Dietrich Schwanitz [19], principalement sur les théâtres élisabéthain et moderne auxquels il applique les catégories de la théorie des rôles et les analyses de la recherche sur l'interaction. Voir aussi June Schlueter [18] qui consacre le chapitre III de son livre à la pièce de Beckett, *En attendant Godot*.

théâtre est la « pièce dans la pièce [4] ». Hamlet, par exemple, le personnage principal de la célèbre œuvre de Shakespeare, fait jouer une pièce qui représente, à quelques détails près, les événements dont – comme il le craint – son père a été victime. Chez Shakespeare toujours, on trouve un autre exemple dans *le Songe d'une nuit d'été* : la scène où les artisans jouent la tragédie de Pyrame et Thisbé. Un tel procédé est réflexif parce qu'il attire l'attention du spectateur sur l'élément de jeu inclus dans n'importe quelle pièce, même la plus sérieuse. Le jeu dans le jeu attire l'attention sur le jeu inhérent au théâtre, ce jeu en reflétant un autre : celui-là inhérent au monde [5].

C'est toutefois dans la littérature narrative moderne que la réflexivité se trouve véritablement exprimée. Le récit de fiction se distingue de la pièce de théâtre par la présence d'un narrateur : en tant que conscience qui organise le texte, le narrateur a toute liberté d'y introduire et d'y intégrer des structures réflexives. A cet égard, Miguel de Cervantès, Laurence Sterne *, mais aussi de nombreux écrivains romantiques allemands, comme Clemens Brentano (avec son roman *Godwi*), viennent immédiatement à l'esprit. Nous pourrions citer encore de nombreux autres noms, mais il faut cependant remarquer que, jusqu'au romantisme, seules quelques voix isolées exprimaient la réflexivité en littérature, et la plupart du temps dans un contexte comique. Environ à partir de 1900 seulement, on peut commencer à parler de littérature réflexive, et non pas seulement de réflexivité en littérature. *A la recherche du temps perdu* de Marcel Proust, *les Faux-Monnayeurs* d'André Gide, toute une série d'œuvres de Samuel Beckett, les « postmodernes » américains [6], et le *nouveau roman* français [7] illustrent ce passage.

4. Voir, par exemple, Joachim Voigt [21] ou Wolfgang Iser [14] pour des commentaires sur ce sujet.

5. Voir, par exemple, Lionel Abel [1] pour ce qui concerne le théâtre contemporain Abel n'accepte pas la définition de « théâtre de l'absurde » que Martin Esslin donne au théâtre d'après 1950. Le titre de son livre, *Metatheatre*, indique déjà ce qu'il pense être la caractéristique de ce théâtre.

6. Voir Maurice Beebe [5], Steven G. Kellman [16] ou Peter Freese [11] pour des commentaires.

7. Voir Winfried Wehle [25]. Dans son introduction, l'éditeur parle du « réalisme réflexif » (p. 10) de cette œuvre.

* Voir son roman *Vie et Opinion de Tristram Shandy*, rédigé et publié entre 1759 et 1767, dont l'anticonformisme littéraire eut dans l'Angleterre du XVIIIe siècle, un retentissement comparable à celui de *Don Quichotte* dans l'Espagne du XVIe [NdT].

Mais, plutôt que d'en rester à une simple énumération de noms d'écrivains et de titres de romans, je voudrais maintenant rendre compte plus précisément du processus d'écriture des écrivains de la littérature réflexive, et de la signification de leur pratique. Nous prendrons pour cela un exemple : celui de la trilogie de Samuel Beckett, *Molloy, Malone meurt* et *l'Innommable,* écrite en 1948 et 1949, en français [8] d'abord, puis traduite en anglais, en grande partie par l'auteur lui-même. La réflexivité est en effet un aspect essentiel de cette œuvre qui, d'autre part, peut servir d'exemple pour rendre compte de la tradition artistique dans son ensemble.

Avant d'aborder la trilogie de Beckett, je considérerai d'abord brièvement une œuvre qui occupe une place tout à fait particulière dans le domaine de l'écriture romanesque du début du XXᵉ siècle, et plus précisément eu égard au thème de la réflexivité et à sa réalisation comme méta-littérature. *A la recherche du temps perdu* de Marcel Proust, avec *Ulysse* de Joyce, est certainement le roman du XXᵉ siècle qui exerça la plus grande influence ; mais aussi, pour ce qui concerne plus précisément la problématique de la réflexivité, cette œuvre est à la littérature romanesque ce que la pièce de Luigi Pirandello *Six Personnages en quête d'auteur* est au théâtre. On peut ainsi résumer la nature réflexive des trois mille pages que compte la monumentale œuvre de Proust : à la fin, le Narrateur est prêt à écrire le roman qu'il prépare depuis de nombreuses années, non seulement dans sa tête, mais aussi avec tous ses sens, celui que le lecteur vient de terminer... Gabriel Josipovici [9] a montré que le Narrateur, Marcel, voudrait écrire un roman, mais ne parvient pas à trouver de sujet parce que la vérité – il le reconnaît lui-même – n'est pas dans les « choses ». En effet, les événements comme les individus sont toujours contingents. Marcel pense que décrire cette « réalité » serait en fait aussi arbitraire que d'inventer des personnages et des histoires qu'il pourrait aussi inventer tout à fait différents. Face à une telle situation, une forme d'art digne de ce nom ne doit pas tant prendre en considération des événements ou des individus ; puisqu'on peut les remplacer par d'autres, ils n'ont pas grande importance. C'est bien plutôt la *structure* de la vie

---

8. Pour toutes les citations qui suivent, se reporter aux publications des Éditions de Minuit.
9. Voir *The World and the Book* [15], p. 19 *sq.*

elle-même qu'il s'agit de dévoiler. La découverte de cette idée est le sujet qui convient pour une œuvre d'art qui revendique un tel niveau de conscience : c'est un méta-sujet. Marcel Proust tire alors les conséquences logiques de l'idée de son Narrateur et héros, Marcel, et prend pour sujet du roman la recherche de son sujet [10].

Beckett, qui connaissait très bien *A la recherche du temps perdu* [11], prit cette problématique comme point de départ, puis la radicalisa. C'est ce que nous nous proposons de montrer maintenant plus précisément.

III

Entre ses quatre *Nouvelles* et *Comment c'est,* c'est-à-dire entre 1945 et 1960, Beckett est à mi-parcours de sa période de créativité. Deux éléments caractérisent les œuvres qu'il écrit pendant cette période : le thème littéraire de la quête [12], et le mélange, à la fois comme thème et comme forme, d'un niveau et du méta-niveau [13], ces deux éléments se trouvant étroitement liés. Voyons maintenant comment [14].

Le double point de vue que nous venons d'énoncer suffit peut-

10. Pour ce qui concerne les paradoxes logiques liés à une telle structure romanesque – et surtout pour les développements sur Samuel Beckett qui suivent – voir Paul Watzlawick *et al.* [23].

11. Il publia en 1931, à l'âge de vingt-cinq ans, une étude sur Proust [4] qui, cependant, révèle davantage sur Beckett lui-même que sur Proust et ne présente aucun intérêt eu égard à la problématique que nous traitons ici.

12. Par « quête », il faut entendre la métaphore de la recherche, une forme plus spécifique de la métaphore du voyage : une série d'événements extérieurs expriment, en la rendant visible, une évolution intérieure. Mentionnons comme exemple le thème médiéval de la quête du Graal.

13. Tel que le décrit la théorie des types de Bertrand Russell qui permet de résoudre des paradoxes comme celui du Crétois qui dit que tous les Crétois sont des menteurs.

14. Voir l'étude de Rolf Breuer [6] dont le chapitre v constitue le point de départ de l'analyse qui suit. (Je voudrais remercier les Éditions W. Fink qui m'ont autorisé à me servir de certains passages.) Ce travail contient davantage d'informations sur l'œuvre de Beckett ; nous n'en rendrons pas compte ici, par manque de place, mais aussi parce qu'elles dépassent le cadre de cette contribution.

être pour comprendre les trois romans, *Molloy*, *Malone meurt* et *l'Innommable*, que Beckett réunit plus tard en un seul volume, leur donnant alors le statut de trilogie. Ces œuvres représentent le *summum* de la littérature réflexive, et peut-être, étant donné la cohérence et la radicalité du projet qui s'y trouve réalisé, sa fin logique.

Molloy, le premier roman de la trilogie, est divisé en deux parties. Dans la première, le Narrateur, Molloy, raconte qu'il cherche sa mère, bien que, malheureusement, il ne sache pas où elle vit, ni d'ailleurs où il se trouve lui-même. A cela s'ajoute sa progressive déchéance physique qui compromet d'autant plus un éventuel succès de cette recherche. A la fin de cette partie, Molloy, les deux jambes paralysées, rampe péniblement à travers une forêt ; arrivé à un fossé à l'orée de la forêt, il s'arrête, face à une ville où sa mère vit peut-être. La deuxième partie du roman raconte l'histoire de Jacques Moran, un détective à qui un certain Youdi confie la mission, par l'intermédiaire d'un messager du nom de Gaber, de retrouver Molloy. Moran ne sait pas, lui non plus, par où commencer ses recherches, et la même progressive déchéance physique que celle de Molloy le gagne. Alors qu'il est couché dans la forêt – une de ses jambes paralysée – et regarde la ville de Bally, Gaber, le messager, apparaît de nouveau pour lui transmettre l'ordre de Youdi de retourner immédiatement chez lui. Moran se traîne alors péniblement jusque chez lui.

Un résumé du contenu de l'œuvre est ici encore moins utile qu'il ne l'est généralement pour des textes littéraires : l'histoire ne constitue en effet qu'un prétexte au service de l'écriture elle-même. Néanmoins, aussi rudimentaire soit-elle, l'action met en évidence la double quête qui structure le roman. Remarquons aussi que, dans les deux cas, celui de Molloy comme celui de Moran, le but de la quête n'est pas atteint, et qu'une même déchéance physique gagne progressivement les deux héros. On peut donc, dans une certaine mesure, parler ici d'une inversion ou perversion du roman éducatif ou de formation à la tradition duquel *Molloy* appartient néanmoins manifestement.

La première partie du roman est une sorte de parodie de l'*Odyssée* d'Homère. On y discerne une réminiscence de l'épisode de Nausicaa. Comme Ulysse voulait, au terme de son voyage, retrouver sa patrie et son épouse, Molloy cherche sa ville natale et sa mère. Et Circé a son équivalent dans Madame Lousse dont les charmes, comparés à ceux du modèle mythologique, brillent aussi peu que l'indifférence générale et sexuelle du misérable et vieux vagabond comparée à l'énergie du héros grec qui prend le monde à bras-le-corps.

Après s'être arraché aux âpres charmes de la maigre, vieille et masculine Madame Lousse, Molloy continue son voyage à pied (il avait jusque-là une bicyclette qu'il doit abandonner), et sa deuxième jambe devient raide (l'autre l'était déjà avant qu'il ne parte en voyage). Il avance donc de plus en plus lentement à travers une forêt et un marécage vers la ville où sa mère pourrait se trouver. Finalement, il ne peut plus que se traîner sur le ventre :

> Allongé à plat ventre, me servant de mes béquilles comme de grappins, je les plongeais devant moi dans le sous-bois, et, quand je les sentais bien accrochées, je me tirais en avant, à la force des poignets (...) Ce mode de locomotion a sur les autres, je parle de ceux que j'ai expérimentés, cet avantage, que lorsqu'on veut se reposer on s'arrête et on se repose, sans autre forme de procès (p. 121).

Il reste là allongé, la ville devant lui (probablement la même que celle décrite par Moran dans la seconde partie du roman). Plus tard, cependant, il semble avoir atteint son but, peut-être en ambulance, parce que, au tout début de son récit, avant même qu'il ne commence à raconter l'histoire de sa quête, il dit, au présent, qu'il est dans la chambre de sa mère [15]. Mais Molloy ne serait pas un vrai héros « à la Beckett » s'il avait *réellement* atteint le but de sa recherche. En fait, sa mère est morte avant qu'il n'arrive, ou juste au moment où il est arrivé. Il prend toutefois sa place, et, il le dit au début de son récit, il s'est presque identifié à elle.

La seconde partie du roman – Moran cherche Molloy – est aussi une quête explicite. Et, puisqu'il s'agit de la quête d'un quêteur, on assiste alors à une quête au second degré, aussi circulaire que la première ; sa progression est, d'une façon générale, tout à fait parallèle à celle du voyage de Molloy. Le Narrateur, Moran, doit trouver Molloy sans savoir où il se trouve

15. Voir l'étude de Manfred Smuda [20], p. 62 *sq.*, sur l'emploi du présent dans le roman moderne.

exactement, ni que faire avec lui au cas où il le trouverait. Moran est aussi incapable de trouver Molloy que Molloy l'était de trouver sa mère. Moran, comme Molloy, devient au cours du voyage incapable de se déplacer. Comme lui aussi, il fait une partie du voyage à bicyclette. L'un comme l'autre, ils commettent un meurtre dans la forêt – ce lieu dont on sait par d'innombrables contes de fées et romans de quête qu'il est un univers d'aventures et d'épreuves. Enfin, comme Molloy dans la première partie, Moran reste étendu, la ville devant lui, jusqu'au moment où Gaber vient lui transmettre l'ordre de Youdi de retourner chez lui. Le cercle du voyage de Moran se ferme au moment où il est de retour chez lui, exactement un an après son départ, exactement à la même heure (minuit). Les deux parties du roman se complètent ainsi en formant un double cercle – un bi-cycle !

Un autre élément commun lie les deux parties du roman : la situation dans laquelle les deux narrateurs se trouvent écrire. Chaque partie consiste en un rapport que chaque Narrateur prépare pour quelqu'un qui leur en a passé commande. Enfin, les deux parties commencent par une brève description du présent fictif, autrement dit, de la situation dans laquelle le « je » commence à écrire les événements de sa quête.

Le plus important parallélisme est cependant celui de la fusion des deux héros en une seule identité. Cette thèse peut à première vue étonner. Molloy est un vagabond isolé, déchu, distrait et blasphémateur. Moran, au contraire, a une maison et un métier, il vit avec son fils et une bonne, il est pointilleux sur l'ordre et les bonnes manières, et va à l'église où il fréquente régulièrement les sacrements. Pourtant, un grand nombre de critiques ont montré qu'il existe des similitudes entre les deux narrateurs-héros. En général, ils considèrent que Moran évolue dans la direction de Molloy : Moran semble être Molloy à un stade antérieur de son évolution, et sa déchéance, dont le roman rend compte, révèle que le côté petit-bourgeois tatillon du personnage n'est qu'un mince vernis sous lequel se dissimule un chaos menaçant. Mais, si Moran est effectivement ce que Molloy était avant sa déchéance, pourquoi sa quête n'apparaît-elle qu'en second lieu dans le roman ? D'abord, parce que ce ne serait sans doute pas autrement possible de montrer à quel point Molloy est déjà en Moran ; il faut donc de ce point de vue commencer par montrer l'état final du personnage. Mais un aspect encore plus important intervient dans ce contexte : la nature régressive du développement personnel des deux héros semble faire écho à la forme même du roman. La chronologie des personnages est la suivante : (mère →) Moran → Molloy → union avec la mère. Mais le roman commence par la mort de la mère (la mort comme nouveau commencement), continue par l'histoire de Molloy et finit par celle de Moran. On peut donc dire que sa structure inversée reflète la régression des héros.

Mais on doit à cet égard surtout mentionner le parallélisme, commenté par de nombreux critiques, entre le début et la fin de la seconde partie du roman. Elle commence ainsi :

> Il est minuit. La pluie fouette les vitres. Je suis calme. Tout dort. Je me lève cependant et vais à mon bureau. Je n'ai pas sommeil. Ma lampe m'éclaire d'une lumière ferme et douce. Je l'ai réglée. Elle me durera jusqu'au jour. J'entends le grand-duc. Quel terrible cri de guerre ! Autrefois je l'écoutais impassible. Mon fils dort. Qu'il dorme. La nuit viendra où, lui aussi, ne pouvant dormir, se mettra à sa table de travail. Je serai oublié.
> Mon rapport sera long. Je ne l'achèverai peut-être pas (p. 125).

On remarque que le temps de la narration et le temps narré sont identiques. Commence alors le récit lui-même, le « rapport » qui se termine quand Moran, au terme d'une vaine recherche, est de retour chez lui. On lit alors :

> J'ai parlé d'une voix qui me disait ceci et cela (...)
> C'est elle qui m'a dit de faire le rapport (p. 238-239).

On se souvient du roman de Proust dont l'écriture commence aussi au moment où le récit de la « pré-histoire » est terminé. Beckett donne cependant à la situation un tour négatif en insistant sur la nature fictive du procédé qu'est la fiction. Moran continue :

> Alors je rentrai dans la maison, et j'écrivis, Il est minuit. La pluie fouette les vitres. Il n'était pas minuit. Il ne pleuvait pas (p. 239).

Et c'est la fin du roman. Mais cette fin renvoie au début : la fin *est* le début, bien qu'en même temps, elle l'annule, dévoilant ainsi le fin mot de l'histoire, à savoir, que tout cela était une réalité *inventée*. Le *rapport* fictif se dévoile lui-même en tant que rapport *fictif*. Le lecteur y a cependant été préparé de multiples façons. Dès le début du roman, d'abord, quand Molloy décrit la situation dans laquelle il se trouve lui-même écrire (voir p. 7*sq.*) [16]. Molloy fait ensuite toute une série de commentaires qui abondent en ce sens : il suggère ainsi que son rapport n'est peut-être pas toujours vrai (p. 9), ou qu'il est mal écrit (p. 15-16) ; et tout cela finit par la générale ineptie et incohérence de l'histoire – l'histoire qui fut d'ailleurs autrefois la fierté de certains auteurs, en fait le centre même de leur art. Dans la seconde partie, ensuite, Moran décrit aussi la situation dans laquelle il écrit (p. 125) ; il commente son propre gribouillage (p. 151, 180-181), la façon dont il « construit » sa propre histoire (p. 152) qui lui a peut-être seulement été « dictée » par cette voix qu'il entend de plus en plus distinctement (p. 230 et 238) depuis que, après avoir interrompu sa recherche, il est de retour chez lui. Des écrivains antérieurs se croyaient « inspirés » et pensaient être les porte-parole de la vérité (divine). Aussi, Beckett – de la façon caractéristique d'un écrivain de notre époque sécularisée et de nos sociétés bourgeoises sur le déclin – expose le mécanisme de son inspiration : c'est l'hallucination, et toute autre interprétation n'est que mensonge ou autoduperie.

En ce sens, donc, les expériences de Molloy et de Moran sont arbitraires, elles constituent de simples moyens artistiques. Le développement dans l'espace des quêtes des deux héros n'est que succession d'images, tout cela n'est que du « matériel ». La quête réelle de ce double roman est dans l'acte d'écrire, dans les tentatives de Molloy et de Moran de rendre compte de leurs vains efforts, des changements progressifs de leur corps et de leur personnalité, de préserver leur identité et, en fait, de la comprendre *dans* sa transformation.

Dans *Malone meurt,* la situation s'intensifie, ou plutôt (Beckett n'avançant pas arbitrairement) elle se radicalise : il s'agit de tirer les conséquences logiques de la situation que *Molloy* a laissée. Les héros ne se déplacent plus. Malone est alité, il attend

---

16. Pour ne pas trop compliquer mon argumentation, j'exclurai l'auteur, Beckett, de ce jeu d'imbrication des niveaux, bien que, d'une part, le spécialiste puisse facilement reconnaître les éléments autobiographiques du roman, et que, d'autre part, la structure même du roman fasse que le texte indique en quelque sorte son propre dépassement.

sa mort et passe son temps à raconter des histoires. Mais il commence par décrire son état présent. Il est incapable de faire le moindre mouvement, si ce n'est de bouger les bras : à l'aide d'un bâton, il amène son plat et son pot de chambre jusqu'à lui, ou les repousse, et fouille dans ses affaires. La première histoire est celle d'un homme d'abord appelé Saposcat, puis Macmann ; mais des passages où le narrateur parle de lui-même l'interrompent constamment. Quand Malone veut comme il l'a promis, remettre l'inventaire de ses biens, il s'aperçoit avec étonnement qu'il a perdu son bâton. Puis on retrouve Macmann qui vit maintenant dans un asile. Sa gardienne s'appelle Moll, puis – Moll étant morte – un gardien, Lemuel, la remplace. Lemuel et Macmann partent ensemble, avec d'autres pensionnaires, faire un voyage en bateau qui devient de plus en plus fantastique, jusqu'à ce que la désintégration du langage du narrateur indique qu'il est mort (et que ses personnages sont morts).

L'association de la mort et d'un voyage en bateau, et donc de l'eau, est un thème qui, à la fin de *Malone meurt,* rappelle une fois de plus au lecteur que cette œuvre est essentiellement fondée sur une quête ; car, depuis des siècles, ce sont précisément les auteurs de romans d'aventures, de voyages et de *peregrinatio* qui ont mené leurs personnages jusqu'au domaine de la mort en leur faisant traverser une rivière, un lac ou la mer, zone limite de ce domaine, mais qui lui est déjà intimement liée.

La radicalisation à l'œuvre dans *Malone meurt,* comparé à *Molloy* d'un point de vue thématique, apparaît peut-être le plus nettement dans le fait que le voyage vers la mère est devenu un voyage vers la mort. Comme beaucoup d'autres héros de Beckett, Molloy, délabré et vieillissant, essaie, par le retour à sa mère, à la chambre de sa mère – le mot anglais *room* (chambre) rime avec *womb* (le sein maternel) –, de reprendre en quelque sorte sa propre naissance, d'effacer la faute d'être né (un concept de Calderón que Beckett cite souvent). Proche de la mort (de nombreux détails indiquent que Malone est à un stade de déchéance plus avancé que celui de Molloy), Malone l'imagine comme un processus de naissance. « Je serai quand même bientôt tout à fait mort enfin » est la première phrase du roman, et quand, vers la fin, peu avant que les notes de son cahier ne s'interrompent, il est effectivement à l'agonie, il la décrit comme une naissance, la chambre devenant alors un utérus :

J'enfle. Si j'éclatais ? Le plafond s'approche, s'éloigne, en cadence, comme lorsque j'étais fœtus (...) Je nais dans la mort, si j'ose dire. Telle est mon impression. Drôle de gestation. Les pieds sont sortis déjà, du grand con de l'existence. Présentation favorable j'espère. Ma tête mourra en dernier (...) C'est fini sur moi. Je ne dirai plus je (p. 183).

Malone meurt va aussi plus loin que *Molloy* dans l'interpénétration du récit et du discours sur le récit, autrement dit du texte et du méta-texte. Alors que, dans *Molloy,* le discours sur l'acte d'écrire lui-même est principalement limité au début et à la fin du roman, il occupe dans *Malone meurt* une place beaucoup plus importante, et l'histoire est essentiellement composée d'histoires différentes (et seulement partiellement terminées) dont le caractère fictif est nettement mis en relief. La constante interruption du processus de la narration par des réflexions sur celui-ci est si évidente qu'un exposé détaillé ne s'impose pas ; l'alternance des deux niveaux est marquée par le passage répété de l'imparfait et du passé simple du récit au présent qui est le temps de Malone, le narrateur. Nous citerons maintenant deux passages qui nous semblent à cet égard représentatifs. Le premier parce que la réflexivité y est à son paroxysme : l'acte d'écrire est décrit de la façon la plus concrète possible. Et le second parce qu'il met en évidence les deux niveaux du texte :

> Mon petit doigt, couché sur la feuille, devance mon crayon, l'avertit en tombant des fins de ligne (p. 55).

> Je crois que j'ai encore dormi. J'ai beau tâtonner, je ne trouve plus mon cahier. Mais j'ai toujours le crayon à la main. Il va falloir que j'attende l'aube. Dieu sait ce que je vais faire pendant ce temps.
> Je viens d'écrire. Je crois que j'ai encore dormi, etc. (p. 57).

Avec ces passages réflexifs, on pourrait citer des douzaines de remarques où Malone dénigre les histoires qu'il raconte lui-même en les qualifiant d'ennuyeuses (p. 20, 23, 69, 71) ou de misérables (p. 27) ; ou bien il interrompt subitement le cours du récit : « Non, ça ne va pas » (p. 24) ; « Non, je ne peux pas » (p. 35) ; ou encore : « Je m'interromps pour noter que je me sens dans une forme extraordinaire. C'est peut-être le délire » (p. 139).

Bien sûr, aujourd'hui, un roman comme celui-ci n'est plus considéré comme exceptionnel. Mêler texte et méta-texte, mettre en relief le caractère fictif du récit, plus encore, faire participer cette explicitation du fictif à l'esthétique de l'œuvre elle-même est devenu banal. La réflexivité et les paradoxes de l'imbrication des niveaux sont même devenus une mode, et un truc dont on peut toujours se servir quand on en a besoin. Il suffit, à cet égard, de penser aux « postmodernes », surtout aux États-Unis [11, 12, 17]. Des écrivains comme John Barth, Donald Barthelme, Robert Coover ou Ronald Sukenik me semblent, comparés à Beckett (dans ses premières œuvres), avoir seulement ajouté des nuances à ce type de littérature. C'est pourquoi il me paraît justifié de voir dans la trilogie de Beckett la conclusion logique de la méta-littérature, bien que cette œuvre compte plutôt parmi les toutes premières qui représentèrent, pas seulement la réflexivité en littérature, mais la littérature réflexive.

Depuis, la réflexivité s'est tellement répandue qu'elle a séduit des auteurs aussi exceptionnels que Tom Stoppard [17] ; elle a même infiltré les programmes quotidiens de la télévision allemande [18], et la littérature enfantine sophistiquée [8]. Face à une telle inflation de méta-littérature, l'amateur enthousiaste finit tout de même par s'impatienter ; de la même façon, Hegel, en son temps, pensait que l'« ironie romantique », en dernière analyse, manquait de sérieux. Comme l'ironie tourne à la contrainte et à la mascarade quand elle devient une attitude permanente, la littérature réflexive, plus qu'un autre type de littérature, a tendance à s'user. Pourtant, il y a trente-cinq ans, la méthode de Beckett n'était pas seulement originale : l'œuvre d'un artiste comme Maurits Cornelius Escher était aussi originale, et pourtant on ne pourrait pas vraiment la comparer avec celle de Beckett. On peut expliquer cela par le fait qu'un roman comme *Malone meurt* ne se résume pas au développement d'un jeu comme celui de la réflexivité, sa richesse est beaucoup plus grande. La méthode de Beckett est essentiellement le résultat d'un processus de *détournement :* ce qui, pour les écrivains postérieurs, est devenu un procédé prêt à l'emploi, comme un simple jeu, n'importe

17. A ce sujet, voir Ulrich Broich [7].
18. Nous pensons au dessin animé *Mainzelmännchen,* sur la deuxième chaîne de télévision allemande : la réalité représentée et l'image de la réalité y sont fréquemment confondues. Par exemple, un personnage en dessine un autre qui devient à son tour « vivant », et ainsi de suite.

quand et facilement, Beckett a dû travailler à le découvrir, à l'inventer. Il s'agissait de quelque chose qui impliquait l'essence même de sa condition d'artiste. Je reviendrai par la suite sur cette idée.

Dans le roman *Malone meurt,* la fiction traditionnelle ne persiste donc que par fragments ; mais aussi, le fait qu'elle est le produit d'une invention est à tout moment explicité ; enfin, le narrateur l'interrompt constamment par ses commentaires sur le fait même qu'il raconte une histoire, sur la façon dont il l'invente peu à peu, sur les questions qu'elle l'amène à se poser. Ces commentaires sont cependant authentiques : par ceux-ci, et par le récit des conditions de vie de Malone qui leur est sous-jacent, Beckett montre le sérieux, la ténacité que son art implique. Considérons seulement la fin du roman, quand la prose de Malone se décompose, manifestement parce qu'il est en train de mourir. Sentant sa fin approcher, Malone fait tuer (à coups de hache) les personnages par Lemuel. L'histoire apparente semble, de ce fait, en quelque sorte « suspendue ». Puis finalement :

> Lemuel c'est le responsable, il lève sa hache, où le sang ne séchera jamais, mais ce n'est pour frapper personne, il ne frappera personne, il ne frappera plus personne, il ne touchera plus jamais personne, ni avec elle ni avec elle ni avec ni avec ni
> ni avec elle ni avec son marteau ni avec son bâton ni avec son bâton ni avec son poing ni avec son bâton ni avec ni en pensée ni en rêve je veux dire jamais il ne touchera jamais
> ni avec son crayon ni avec son bâton ni
> ni lumières lumières je veux dire
> jamais voilà il ne touchera jamais
> il ne touchera jamais
> voilà jamais
> voilà voilà
> plus rien (p. 190-191).

L'association de la hache avec le bâton et le crayon montre clairement que Malone s'identifie dans une certaine mesure à Lemuel. *Il* tue ses inventions après leur avoir donné la vie. La prétention des écrivains qui, en tant que « faiseurs », « créateurs », autrement dit en tant que « poètes », se sont souvent comparés à Dieu se trouve niée, ou tout au moins démasquée.

Mais Beckett n'a-t-il pas tout de même perpétué le mensonge en écrivant un autre roman ? Il a démasqué son œuvre, mais l'opération a-t-elle été assez radicale ? Malgré toute la minutie qu'il déploie à dévoiler le caractère fictif de toute démarche artistique, au sens où le résultat en est toujours l'invention d'une réalité qui n'existe qu'en apparence, ne s'est-il pas toutefois lui-même confortablement tenu à l'écart de cette entreprise ? Beckett décide alors d'écrire une suite : l'implication de soi n'était pas encore totale puisque la tentative de résoudre le problème de la quête, la tentative de détruire la réalité inventée, avait une fois de plus donné lieu à une quête : le résultat de cette tentative était un nouveau roman.

Ces paradoxes sont les points de départ de *l'Innommable*. Le narrateur, cette fois, n'a pas de nom, il est hors du temps et de l'espace ; il parle de lui-même, essentiellement au présent, refusant tout procédé de fiction. Mais il commence néanmoins de temps en temps à raconter des histoires. Le héros qui surgit sporadiquement s'appelle d'abord Basile, puis, par la suite, Mahood. D'après ce qu'on peut comprendre, il semble que Mahood, après des années de pénibles vagabondages, soit maintenant réduit à un tronc et exposé dans une grande jarre, dans la rue, en face d'une gargote. La tenancière de cet établissement prend soin de lui et le recouvre d'une bâche quand il neige. Une autre figure, appelée Worm, apparaît ; pratiquement sans réalité, il n'est pas toujours possible de la distinguer de la voix du narrateur. Dans la seconde moitié du roman, l'Innommable, un développement ultérieur de Malone, parle de plus en plus de sa « quête », du fait qu'il essaie de se taire, d'arriver au silence. Il n'est plus question de continuer à raconter une histoire : « Ah oui. Mensonges que tout ça. Dieu et les hommes (...) je les ai inventés (...) Il n'en sera plus question » (p. 34). Le texte n'a plus de paragraphes, et, vers la fin, même plus de phrases (il n'y a plus de points que toutes les quelques pages). Aussi, disons-le, la structure devient-elle opaque, et l'ensemble n'a que peu d'intérêt humain, si ce n'est le comique noir et l'humour mordant caractéristiques de l'œuvre de Beckett dans son ensemble. Mais peut-être le roman de la nécessité, du « devoir parler », doit-il être ainsi, pour finalement pouvoir être autorisé à se taire :

Alors, oui, comme ça, comme un vivant, allons-y, je serai mort, je vais bientôt être mort, j'espère que ça me changera. J'aurai voulu me taire avant, je croyais par moments que ce serait là ma récompense d'avoir si vaillamment parlé, entrer encore vivant dans le silence, pour pouvoir en jouir, non, je ne sais pas pourquoi... (p. 225).

Moran écrivait un rapport parce que son employeur lui en avait donné l'ordre, et Molloy parce que cela devait lui rapporter de l'argent, mais il le faisait volontairement. Quant à Malone, il n'« inventait » que pour lui-même. L'Innommable écrit (ou plutôt, étant donné le style du langage, *parle*) simplement pour se libérer des visions qui le tourmentent, et des voix qu'il entend (voir, par exemple, p. 40 et 128). L'Innommable doit parler, et la structure de son monologue fait du flux de mots qui s'écoule une espèce de logorrhée. C'est la fin du roman en tant que genre : la fiction, l'intrigue, le lieu, le temps, les personnages, la structure, les images, tout le matériel de l'art du récit a disparu, ou se trouve réduit au point de ne plus être reconnaissable. L'artiste Beckett veut se libérer de la contrainte de s'exprimer (ce thème joue un rôle dans un grand nombre des œuvres de Beckett), et tout tend à établir l'identité du narrateur en tant qu'auteur. On ne trouve dans aucune autre œuvre de Beckett autant de références à des héros antérieurs ; et pourtant ils sont les créations de Beckett, pas celles de l'Innommable. Il serait donc alors Beckett ? Le roman est devenu un discours sur le roman. Et, plus précisément parce que l'objectif visé est négatif, le roman est un discours sur la fin de l'écriture romanesque : il s'agit manifestement de la conclusion logique du principe de réflexivité en littérature.

IV

Nous essaierons pour finir d'établir quelle place l'œuvre de Beckett occupe dans l'histoire de la littérature, et, en même temps, en quoi elle se rapporte au sujet de cet ouvrage collectif. Commençons par noter que la littérature s'est toujours beaucoup intéressée à elle-même – le théâtre à la scène et au jeu des acteurs, par exemple, ou la poésie au travail de l'inspiration, ou

encore le roman aux conditions et à la signification de l'écriture
romanesque. Plus que les éditoriaux ne se sont intéressés aux
éditoriaux, ou les jeux télévisés aux jeux télévisés, les thèses de
biologie aux thèses de biologie ou les textes de loi aux textes de
loi. La raison en est que, pour la littérature, et pour l'art en
général, la vue est au moins aussi importante que l'objet vu, la
représentation au moins aussi importante que ce qui est représenté. Parce que les textes de fiction traitent d'une réalité inventée, de « constructions », autrement dit parce qu'ils ne décrivent
pas des faits ni ne se rapportent à une réalité extérieure, la
construction doit nécessairement au moins autant intéresser que
la *réalité* apparemment décrite. Des genres littéraires comme le
pastiche et la parodie ont tiré toute leur force d'une telle situation.
Don Quichotte, de Miguel de Cervantès, par exemple, est autant
un roman sur d'autres romans que l'histoire d'un chevalier
anachronique. Cette œuvre ridiculise en particulier les romans à
l'eau de rose dans lesquels, encore au XVIᵉ siècle, des chevaliers
errants parcourent le pays, arrachant des vierges aux griffes de
dragons, combattant des géants et des lions, alors que le contexte
matériel et spirituel qui avait donné leur signification aux romans
des cours médiévales a depuis longtemps disparu ; l'Espagne
connaît alors plutôt l'exode rural, l'inflation, et la bourgeoisie
capitaliste naissante remporte ses premiers succès.

L'histoire de la réflexivité en littérature a connu trois sommets :
le premier vers 1600, le second vers 1800 et le troisième depuis
environ la fin de la Première Guerre mondiale. Donner ne serait-
ce qu'un aperçu du développement de l'histoire en général dépasse
le cadre de cet essai ; nous nous limiterons donc à quelques
remarques sur la littérature du XXᵉ siècle.

Il faut développer la théorie de la littérature réflexive (y
compris celle de ce siècle) dans le cadre plus général de l'histoire
et de la théorie de l'ego moderne, de la subjectivité bourgeoise.
A cet égard, le nom de René Descartes s'impose immédiatement.
Pour ce philosophe, le sujet déduit son existence de la certitude
qu'il a de penser (ou de douter), « *cogito ergo sum* ». D'abord,
des philosophes anglais comme John Locke et George Berkeley
développèrent cette thèse. Puis, l'idéalisme allemand affirma que
le sujet, ayant la certitude de lui-même, assure par là le fondement de la pensée et de la réalité. Les problématiques inhérentes
à ces thèses de J. G. Fichte et G. W. F. Hegel trouvèrent dans
le solipsisme un développement encore plus radical : l'idée kan-

tienne d'inclusion du sujet dans le processus de la connaissance fut alors poussée jusqu'à exclure le monde de ce processus. L'insupportable faille séparant le sujet et le monde est ainsi dépassée – le sujet est déclaré constituer pour lui-même le seul objet possible – et la vieille unité de la vie restaurée ; mais, bien sûr, au prix de l'exclusion du monde du domaine de la connaissance.

La théorie de la connaissance est certainement, dans une large mesure, le reflet de changements matériels et sociaux, et d'un individualisme dont on peut dire qu'il n'a, dans l'ensemble, cessé de se développer depuis la Renaissance. Mais nous ne pouvons ici que suggérer cette direction. Quant aux développements littéraires, il faut aussi les considérer dans le cadre de ces changements. En bref, les trois romans de Beckett sont, d'un point de vue formel, de gigantesques monologues (plus exactement trois « monographies », puisque les narrateurs ne *parlent* pas, mais *écrivent*), et ils se situent à la fin de la tradition du « roman de conscience », développée par Virginia Woolf et James Joyce, dont le sujet et sa vie intérieure constituent le seul objet. Beckett va cependant plus loin. Considérons ce passage de Fichte :

> On a maintenant trouvé le savoir : il se tient devant nous comme un œil fermé et reposant sur lui-même. Il ne voit rien à l'extérieur de lui, mais il se voit lui-même [9].

On peut voir dans la trilogie de Beckett une tentative pour dépasser dans le domaine de l'esthétique les problèmes inhérents à cette approche, ainsi que les apories qu'elle implique. Dans *l'Innommable,* l'écriture progresse vers le point de départ de Fichte, mais cette fois comme point final. Faisant probablement écho à la métaphore de l'œil que nous venons de citer, le narrateur dit :

> mon corps (...) dont les yeux eux-mêmes ne peuvent plus se fermer (...) pour me reposer de voir et de ne pouvoir voir ou simplement pour m'aider à dormir, ni se détourner, ni se baisser, ni se lever au ciel, tout en restant ouverts, mais sont contraints, centrés et écarquillés, de fixer sans arrêt le court couloir devant eux, où il ne se passe rien, 99 % du temps. Ils doivent être rouges comme charbons

ardents. Je me demande quelquefois si les deux rétines ne se font pas face (p. 27).

Ici, le face-à-face des deux yeux exprime métaphoriquement la scission de l'être humain en sujet et objet qui devraient pourtant être identiques puisque l'objet est aussi le sujet. Mais la connaissance de soi absolue et totale est impossible : en effet, en connaissant davantage de soi, l'ego étend ce dont il veut savoir davantage à l'exacte proportion de ce qu'il découvre sur lui-même. En ce sens, la position solipsiste n'est pas seulement stérile, elle échoue aussi comme stratégie. Beckett le reconnaît à la fin de sa trilogie dont les derniers mots sont :

...il faut continuer, je vais continuer (p. 262).

Beckett a continué à écrire, bien qu'il ait eu pendant un certain temps l'impression d'avoir conduit sa propre écriture dans une impasse. Il a abandonné les quêtes et la méta-littérature, et, au cours des quinze dernières années, il a trouvé la voie d'une nouvelle forme de littérature ; il s'agit de pièces très courtes et concentrées et de courts romans où il représente, avec beaucoup de sérieux et de sympathie, la solitude, la perte de l'ego et les peurs de l'homme moderne.

La phase de réflexivité – en apparence terminée pour Beckett – a correspondu à la fin, depuis longtemps effective dans beaucoup d'autres disciplines, de la croyance en l'existence d'une réalité objective, et objectivement accessible à nous. Après une période d'optimisme naïf, on a maintenant compris que, en physique, les chercheurs se servent, avec tout le succès que l'on sait, de formules mathématiques qui représentent beaucoup moins la réalité elle-même que notre *compréhension* de la réalité. (Pour ce qui concerne d'autres domaines, voir les différentes contributions de cet ouvrage.) Il doit se passer quelque chose de similaire pour de nombreux écrivains de notre siècle : après une période d'enthousiasme pour les histoires (pensons, par exemple, à sir Walter Scott, Charles Dickens et à l'énorme production de trilogies vers la fin du XIXᵉ siècle, ou à Eugène Sue, Karl May et d'autres encore), ils n'eurent plus confiance dans le bien-fondé ni dans la possibilité de raconter des histoires, en d'autres termes de décrire une réalité apparemment donnée, positive et non problématique. Ceci peut nous aider en partie à comprendre pourquoi les textes de Beckett sont si difficiles à lire ; et pourquoi ils doivent en fait être ainsi pour ne pas être en retard sur leur époque. Ceci ne signifie pourtant pas que, après Beckett, on ne puisse nécessairement écrire que d'une façon toujours plus compliquée, ni que l'art, aujourd'hui et dans l'avenir, comme la physique nucléaire ou la théorie des ensembles, ne puisse être compris que par une élite. Il suffit de retenir qu'avec Beckett une forme d'art particulière a atteint un point tel qu'il semble à peine possible de le dépasser. (Même les œuvres de Beckett sont devenues thématiquement plus « naïves » depuis environ le milieu des années soixante.)

Mais quelles sont les raisons esthétiques qui ont amené la production d'une littérature réflexive telle que les œuvres de Beckett la représentent [19] ? D'abord une totale satiété des pièces de théâtre bien ficelées et des histoires bien racontées. Au XVIe siècle, déjà, Cervantès écrit un anti-roman à l'eau de rose en réaction à la production littéraire fleuve de son époque, et Lawrence Sterne, en réaction au ton d'autosatisfaction du roman du XVIIIe siècle, écrit un anti-roman. On imaginera maintenant facilement combien un écrivain doit souffrir de l'inflation littéraire contemporaine, pour ne rien dire des romans policiers, feuilletons, et autre camelote du même genre. Si toutes les histoires ont déjà été racontées, alors pourquoi en inventer encore une ? Et, s'il s'agit de toute façon d'inventions, pourquoi inventer *cette* histoire plutôt qu'une autre ? (Voir plus haut le paragraphe sur Proust.)

A cela vient s'ajouter un doute général à l'égard du langage. Pas seulement d'un point de vue philosophique, comme l'exprimait Ludwig Wittgenstein dans une formule souvent citée : « La philosophie est le combat contre l'ensorcellement de notre entendement par notre langage » [26] ; d'un point de vue littéraire, aussi, au sens où, par exemple, Lord Chandos (dans la *Lettre de Lord Chandos* de Hugo von Hofmannsthal) l'entend quand il dit que les mots se décomposent dans sa bouche « tels des champignons moisis » [13]. Il est donc simplement logique que les écrivains manifestent dans leurs œuvres davantage d'intérêt pour les conditions, les possibilités et les limites de leur travail que ne le suppose en principe un type de communication pour lequel

---

19. Voir Theodor W. Adorno [2] qui arrive à des conclusions similaires, mais à partir d'un autre point de vue.

la forme est aussi importante que le contenu. Watzlawick *et al* [22] ont décrit comment, pour n'importe quel type d'interaction humaine, la définition de la relation, en d'autres termes la communication sur la communication, est d'autant plus importante que la relation des partenaires qui communiquent est « malade », ou conflictuelle (voir p. 50). On reconnaît couramment cette situation dans les relations interpersonnelles problématiques : on constate en effet souvent que les partenaires d'une relation ne communiquent que très peu au niveau du contenu, mais passent bien plus leur temps, ou au moins mettent toute leur énergie, à s'expliquer réciproquement (et probablement tout autant à eux-mêmes) ce qu'ils pensent de la façon dont ils communiquent ensemble. Ainsi, la méta-communication étouffe la communication ; et, même quand ils se querellent à propos d'argent ou de lessive (autrement dit, quand un contenu est en cause), il ne s'agit en fait que de prétextes pour exprimer des conflits, et, en dernière analyse, les partenaires *ne* se querellent *pas* à propos d'argent, etc. Il n'en va vraisemblablement pas autrement de la littérature : à un certain point de son histoire, non seulement le récit de fiction naïf, la construction de pièces de théâtre faciles et la confiance dans le langage comme instrument sont devenus problématiques pour les artistes les plus sensibles, mais aussi la confiance dans les anciennes formes artistiques et dans la relation avec le public ont disparu, le contrat avec les lecteurs – au théâtre, avec les spectateurs –, dont l'écrivain gardait toujours la perspective, s'est dissous (en raison d'une totale réorganisation de ce public, d'une perte de confiance en soi de l'artiste et de l'avènement de nouveaux médias, comme le cinéma et la télévision). Dans une époque pareille, au milieu d'une telle désintégration, l'auteur de textes de fiction sembla, au moins pendant un certain temps, ne pouvoir écrire que sur l'écriture, ou, plus précisément, sur l'impossibilité d'écrire, et espéra, de cette façon paradoxale, continuer à faire son métier.

Beckett était aussi théoriquement conscient de cette situation. Dans les trois dialogues qu'il eut en 1949 (il travaillait alors à sa trilogie) avec Georges Duthuit, il dit à propos des peintres « informels », mais aussi certainement en pensant à lui :

Je parle d'un art qui s'en [le vraisemblable] détourne avec dégoût, las des exploits minables, las de prétendre être capable, d'être capable, de faire encore un peu mieux toujours la même chose, d'aller un peu plus loin sur la même route morne et monotone.

Et en réponse à la question de Duthuit de savoir ce que l'artiste devrait faire, il continue :

Exprimer qu'il n'y a rien à exprimer, rien avec quoi on pourrait s'exprimer, rien dont on pourrait exprimer quelque chose, ni de force d'exprimer, ni d'envie d'exprimer, en même temps que l'obligation d'exprimer [4] [20].

RÉFÉRENCES

1 Abel, Lionel, *Metatheatre. A New View of Dramatic Form*, New York, 1963.

2 Adorno, Theodor W., « Standort des Erzählers im zeitgenössischen Roman » (1954) ; repris in *Noten zur Literatur I*, Francfort-sur-le-Main, Suhrkamp, 1973, p. 60 *sq.*

3 Beckett, Samuel, *Molloy, Malone meurt*, Paris, Éd. de Minuit, 1951 ; *l'Innommable*, Paris, Éd. de Minuit, 1953.

4 *Id., Proust, Three Dialogues (with Georges Duthuit)*, Londres, Calder, 1965.

5 Beebe, Maurice, « Reflective and Reflexive Trends in Modern Fiction », *Bucknell Review*, n° 22, 1976, p. 13-26.

6 Breuer, Rolf, *Die Kunst der Paradoxie. Sinnsuche und Scheitern bei Samuel Beckett*, Munich, Fink, 1976.

7 Broich, Ulrich, « Dramatische Spiegelkabinette – Zum Motiv des Spiels im Spiel in den Dramen Tom Stoppards », in *Anglistentag 1980*, Grossen-Linden, Hoffmann-Verlag, 1981, p. 139-158.

8 Ende, Michael, *Die unendliche Geschichte*, Stuttgart, Thienemann, 1979

9 Fichte, Johann Gottlieb, *Œuvres*, I. H. Fichte (éd.), vol II, Berlin, de Gruyter, 1971, p. 38

10 Foerster, Heinz von, « Notes on an Epistemology for Living Things », *Biological Computer Laboratory*, rapport 9.3, Urbana, Illinois, 1972, p. 1 *sq*

11 Freese, Peter, « Die Story ist tot, es lebe die Story : Von der Short Story über die Anti-Story zur Meta-Story der Gegenwart », *in* H Bungert (éd), *Die amerikanische Literatur der Gegenwart : Aspekte und Tendenzen*, Stuttgart, Reclam, 1977, p. 228 *sq.*

20. Je voudrais remercier très cordialement Horst Breuer (Marburg) et Wolfram K. Köch (Paderborn) pour leurs suggestions et critiques qui m'ont été très utiles

12 Hansen, Arlene J., « The Celebration of Solipsism : A New Trend in American Fiction », *Modern Fiction Studies*, n° 19, 1973, p. 5-15.

13 Hofmannsthal, Hugo von, *Une Lettre, Lettre de Lord Chandos*, in *Lettre de Lord Chandos et autres essais*, Paris, Gallimard, 1980, p. 79.

14 Iser, Wolfgang, « Das Spiel im Spiel : Formen dramatischer Ironie bei Shakespeare », *Archiv für das Studium der neueren Sprachen und Literaturen*, n° 198, 1962, p. 342.

15 Josipovici, Gabriel, *The World and the Book A Study of Modern Fiction*, Londres, Macmillan, 1979.

16 Kellman, Steven G., *The Self-Begetting Novel*, New York, Columbia University Press, 1980.

17 Russell, Charles, « The Vault of Language : Self-Reflexive Artifice in Contemporary American Fiction », *Modern Fiction Studies*, n° 8, 1974, p. 349-359.

18 Schlueter, June, *Metafictional Characters in Modern Drama*, New York, Columbia University Press, 1979.

19 Schwanitz, Dietrich, *Die Wirklichkeit der Inszenierung und die Inszenierung der Wirklichkeit*, Meisenheim am Glan, Hain, 1977.

20 Smuda, Manfred, *Der Gegenstand in der Kunst und Literatur*, Munich, Fink, 1979.

21 Voigt, Joachim, *Das Spiel im Spiel. Versuch einer Formbestimmung*, Göttingen, thèse de doctorat, 1954.

22 Watzlawick, Paul, Beavin, Janet H. et Jackson, Don D., *Pragmatics of Human Communication A Study of Interactional Patterns, Pathologies and Paradoxes*, New York, W. W. Norton, 1967 ; trad. fr., *Une logique de la communication*, Paris, Éd. du Seuil, 1972, et coll. « Points », 1979.

23 Watzlawick, Paul, Weakland, John H., et Fisch, Richard, *Change : Principles of Problem Formation and Problem Resolution*, New York, 1974 ; trad. fr., *Changements   paradoxes et psychothérapie*, Paris, Éd. du Seuil, 1975.

24 Weber, Alfred, « Poetologische Gedichte und Künstlererzählungen als Dokumente der Poetik », *in* K. Schumann (éd.), *Anglistentag 1979*, Berlin, Universitätsbibliotek der Technischen Universität, 1980, p. 67-97.

25 Wehle, Winfried (éd.), *Nouveau Roman*, Darmstadt, Wissenschaftliche Buchgesellschaft, 1980.

26 Wittgenstein, Ludwig, *Investigations philosophiques* (*Tractatus logico-philosophicus*, suivi de), Paris, Gallimard, coll. « Tel », 1961.

TROISIÈME
PARTIE

PAUL
WATZLAWICK

L'imparfaite perfection

Penser
Que je ne veux plus penser à toi,
C'est toujours penser à toi.
Alors, je veux essayer
De ne plus penser
Que je ne veux plus penser à toi.

Ces mots, attribués à un maître zen, résument l'essentiel des idées développées dans la troisième partie de ce livre.

Dans notre conception du monde, fondée sur la causalité linéaire classique, deux éléments se dégagent avec une apparente logique et nécessité : d'une part la séparation de l'observateur (le sujet connaissant) et de l'observé (l'objet connu), et d'autre part l'organisation générale du monde en fonction de paires de concepts opposés – organisation que le bon sens commun parvient à confirmer en croyant reconnaître dans l'expérience quotidienne la distinction entre cause et effet, intérieur et extérieur, jour et nuit, bien et mal, corps et âme, passé et futur, santé et maladie. Et on pourrait continuer longtemps cette énumération.

Dans la réalité ainsi construite, les opposés se heurtent violemment. Mais, bien que cette lutte soit effrénée et dure depuis très longtemps, aucune des deux parties engagées ne parvient à l'emporter sur l'autre. Et pourtant, les pertes et les souffrances causées atteignent parfois des proportions terrifiantes.

Il s'agit alors de se demander si la propre puissance de l'attaquant donne une force particulière à celui qu'il attaque, et s'il y a, dans le fait même de se défendre, de refuser et de nier, quelque chose qui accroît la force de l'opposant. La question est rhétorique. Héraclite le savait déjà : il n'est rien qui n'ait besoin de son contraire. Et, bien avant les manichéens et les

gnostiques, Lao-tseu exprimait la même chose dans son Tao-tö
King, *en particulier dans le chapitre* II :

> *Tous, sous le ciel, connaissant le beau comme étant le
> beau : voici le laid ! Tous connaissant le bien comme étant
> le bien : voici le mal !*

Et, dans le chapitre XVIII :

> *Quand le grand Tao fut délaissé, il y eut l'humanité, la
> justice. Puis la sagesse, la prudence parurent, et l'hypo-
> crisie fut générale.*
> *Dans la famille, les membres se méconnurent ; il y eut
> l'affection des parents, la piété filiale.*
> *Les États souffrirent de la corruption, du désordre ; il y
> eut des fonctionnaires fidèles* [4].

*Selon le taoïsme, l'événement décisif qui amena la scission
du monde est donc la perte du Tao ; pour les Grecs anciens,
c'est l'homme, en tombant hors de l'état de* plèroma, *qui fut à
l'origine de l'apparition des opposés ; dans la kabbale, c'est le
fait d'avoir « brisé les vases » qui engendra le chaos primitif (le
tohou oubohou) ; pour le christianisme, c'est d'avoir mangé le
fruit défendu. Pour la science moderne, enfin, c'est la stricte
séparation du sujet qui observe et de l'objet observé. Heisenberg
notait l'absurdité de cette séparation en affirmant qu'un monde
vraiment objectif, dénué de toute subjectivité, serait, de ce fait
même, inobservable.*
   *L'homme moderne a de plus en plus de raisons de penser que
la perfection recherchée a en elle-même quelque chose qui mène
à l'imperfection. Et pourtant, cette constatation ne nous mène
pas à réexaminer radicalement le bien-fondé de nos perspectives.
Nous en venons seulement à la conclusion que la perfection que
nous recherchons n'est pas encore la vraie, et que nous devons
donc poursuivre les efforts de recherche faits jusqu'à présent
dans ce sens* [6]. *D'où notre ahurissement quand nous découvrons
que nos constructions scientifiques et sociales produisent des
réalités radicalement opposées à l'idéal que nous nous propo-
sions d'atteindre. Nous constatons avec stupeur que la médecine
commence en fait à entretenir la maladie plutôt qu'à la soigner* [2], *que les écoles toujours plus spécialisées engendrent de*

plus en plus de médiocrité, que la permanente incitation à la communication rend les gens émotionnellement de plus en plus sourds et muets, que les moyens de transport toujours plus rapides, et toutes les commodités techniques pour gagner du temps, nous laissent finalement de moins en moins de temps libre [1], que les systèmes de protection sociale de plus en plus développés contribuent à accroître l'incapacité du citoyen moyen de s'assumer lui-même [5], que la justice et le système pénal semblent faire augmenter la criminalité plutôt que de la freiner, et que tout nouveau progrès social semble entraîner une diminution des libertés individuelles [7].

Si on considère maintenant notre monde intérieur, on se rend vite compte que la situation est assez semblable. Le texte du maître zen cité au début du chapitre en témoigne. Qui veut oublier se souvient d'autant plus douloureusement ; de la même façon, qui essaie de se forcer à s'endormir reste inévitablement éveillé, qui veut se montrer particulièrement spirituel est ennuyeux, et qui veut se convaincre qu'il n'a aucune raison ni aucun droit d'être triste sombre finalement dans la dépression.

La perfection présuppose l'éradication de toute imperfection. Mais nos efforts pour y parvenir et notre recherche inlassable de perfection s'emmêlent dans les étranges pièges et paradoxes de la négation.

Tout ceci implique essentiellement les remarques suivantes : on peut rejeter une idée (ou une hypothèse, une idéologie, une croyance, etc.) ou bien parce qu'on a un point de vue opposé, *ou bien parce qu'on n'adhère ni à cette idée, ni à sa négation. Dans ce dernier cas, on reste donc à l'écart du conflit qui oppose l'assertion et sa négation ; en d'autres termes, n'étant ni* pour *ni* contre, *on ne s'engage pour aucune des deux parties opposées. C'est ce qu'on appelle l'autonomie* [1].

Cependant, en adoptant cette position définie comme autonome, on n'évite pas pour autant d'être en conflit avec la vision manichéenne et systématique consistant à comprendre le monde en fonction de paires de concepts opposés. En effet, ne pas être pour *signifie encore être* contre. *Tertium non datur – il n'existe de troisième possibilité ni dans le monde de Mani ni dans celui d'Aristote.*

---

1. Il ne faut pas confondre cette autonomie avec le concept hégélien de synthèse qui permet de résoudre l'opposition de la thèse et de l'antithèse.

On peut toutefois échapper à ce paradoxe dès que l'on comprend que nier l'opposé (ce qui, en fait, suppose qu'on le reconnaisse) et ne soutenir aucune des deux parties opposées constituent deux formes de négation fondamentalement différentes. On commence alors à s'apercevoir que, par un simple tour de passe-passe, et dans le cadre d'un monde construit à partir d'un mode de pensée primitif (fondé sur l'opposition oui/non), les deux formes de négation peuvent paraître identiques. On commence alors aussi à prendre conscience de l'inhumanité de cette construction qui nous atteint jusque dans notre vie quotidienne, et on finit par se demander comment nous avons pu rester aveugles à cet état de choses, et nous résigner à l'accepter comme s'il faisait partie du monde réel.

Ce monde est précisément le sujet de la première contribution de cette troisième partie. Le philosophe norvégien Jon Elster y démontre la nécessité d'une stricte séparation des concepts de négation active et passive, et décrit les conséquences de leur confusion non critique. Le lecteur qui n'est pas très familier de la logique symbolique ne devrait cependant pas se laisser décourager par les quelques paragraphes qui traitent de ce domaine. Il en sera très largement récompensé : non seulement l'essai d'Elster propose une analyse d'une rare densité, mais il est aussi fondé sur les romans du dissident soviétique Alexandre Zinoviev, qui parlent immédiatement au lecteur, et ne présupposent de sa part aucun savoir spécialisé. Elster dit que Zinoviev a créé dans ses livres « un genre littéraire dont il est le seul représentant ». En saisissant l'essence du « régime ivanien », le lecteur fera l'expérience de ce que Kuhn [3] a appelé un changement paradigmatique.

La seconde contribution de cette partie tente de mettre en évidence les caractéristiques essentielles de la réalité qu'invente celui qui a la conviction d'avoir trouvé l'explication du monde vraie et définitive. Dans sa prétention à la perfection, toute construction utopique de ce type s'enlise dans le paradoxe de la réflexivité ; aucun système ne peut se prouver lui-même. Mais, le mode de pensée primitif, manichéen, des idéologies ne parvenant pas à saisir que son inévitable et inhérente imperfection est la conséquence directe, réflexive, de sa prétention à la perfection, ce paradoxe devient la pierre d'achoppement concrète (et pas seulement métaphorique) de toutes les idéologies.

RÉFÉRENCES

1. Dupuy, Jean-Pierre, et Robert, Jean, *La Trahison de l'opulence*, Paris, PUF, 1976.

2. Illich, Ivan, *Medical Nemesis*, New York, Pantheon Books, 1976 ; trad. fr., *Némésis médicale : l'expropriation de la santé*, Paris, Éd. du Seuil, 1975 ; repris dans la coll. « Points ».

3. Kuhn, Thomas, *The Structure of Scientific Revolutions*, Chicago, University of Chicago Press, 1970 ; trad. fr., *La Structure des révolutions scientifiques*, Paris, Flammarion, 1983.

4. Lao-tseu, *Tao-tö King*, Paris, Dervy-Livres, 1978, p. 32 et 38.

5. Thayer, Lee, « The Functions of Incompetence », *in* Ervin Laszlo et Emily B. Sellow (éd.), *Vistas in Physical Reality : Festschrift for Henry Margenau*, New York, 1976, p. 171-187.

6. Watzlawick, Paul, Weakland, John H., et Fisch, Richard, *Changements : paradoxes et psychothérapie*, Paris, Éd. du Seuil, 1975, chap. II.

7. Watzlawick, Paul, « Games Without End », *in* Bo Persson (éd.), *Surviving Failures*, Atlantic Highlands, New Jersey, Humanities Press, et Stockholm, Almqvist and Wiksell International, 1979, p. 225-231.

JON
ELSTER

Négation active
et négation passive

Essai de sociologie ivanienne

Logicien de profession, romancier et sociologue de vocation, Alexandre Zinoviev [1] a créé un genre littéraire dont il est aussi le seul exemple. Pour avoir une idée de la spécificité de son approche, il faut imaginer la férocité de Swift, le burlesque de Rabelais, les paradoxes de Lewis Carroll, logicien comme lui, la hauteur morale de Soljenitsyne et l'intuition sociologique de Simmel. Or, une description par juxtaposition est forcément inadéquate. Pour résumer l'œuvre * de Zinoviev, je me servirai plutôt d'une comparaison qui ne sera peut-être pas du goût de l'auteur (mais qui sait ?) : il fait pour le communisme soviétique ce que fit Marx pour le capitalisme de son temps. Comme Marx s'efforçait de démontrer les rouages de l'irrationnel capitaliste, Zinoviev nous fait entrer dans un univers hallucinatoire qui n'est

---

1 Nos lectures ne portent que sur les deux premiers travaux publiés par Zinoviev en dehors du domaine logique. Nous ne traitons que de la méthode sociologique des travaux, ne proposant ni jugement littéraire ni évaluation du bien-fondé de l'analyse Sans doute le récit de Zinoviev sonne-t-il juste, même dans ses exagérations évidentes, et on ne peut guère ne pas l'accepter en gros ; d'autant qu'il confirme les impressions qu'on peut recueillir de diverses sources. Disons que nous tenons pour l'instant l'œuvre de Zinoviev pour une source privilégiée d'hypothèses plutôt que comme un ensemble de conclusions établies. Par une heureuse coïncidence, j'ai lu les ouvrages de Zinoviev en même temps que celui de Paul Veyne, *Le Pain et le Cirque* (Paris, 1976) ; je relisais alors également *De la démocratie en Amérique* J'aurai l'occasion de signaler ici et là quelques-unes des nombreuses convergences des trois ouvrages, auxquelles j'espère pouvoir consacrer plus tard une étude à part. Je tiens enfin à remercier M. Clemens Heller de m'avoir encouragé à lire Zinoviev et ouvert ainsi les yeux sur cet aspect de l'irrationnel social

* Alexandre Zinoviev, *Les Hauteurs béantes,* Lausanne, L'Age d'Homme, 1977, et *L'Avenir radieux,* Lausanne, L'Age d'Homme, 1978, abrégés ci-après en *HB* et *AR* [NdT].

pourtant pas un chaos, mais est régi par des principes aussi irrationnels qu'intelligibles. *Comprendre* l'irrationnel, telle est la tâche que s'est proposée Zinoviev. L'objet irrationnel, c'est la société soviétique ; la méthode suivie pour la comprendre dérive en grande partie de la logique formelle. On verra que Zinoviev s'inscrit non seulement dans la tradition de la logique formelle, mais aussi, peut-être à son insu [2], dans la lignée dialectique illustrée par Hegel, Marx et Sartre. Dans son analyse, l'irrationnel soviétique n'est pas, comme sous le capitalisme, le produit du choc d'intentions non coordonnées et incompatibles ; évoquons plutôt le serpent qui se mord la queue, la main droite qui vole la main gauche, le chien qui court après son ombre ou le bonhomme qui vérifie les nouvelles du journal en en achetant un second exemplaire.

Dès la première page des *Hauteurs béantes,* le lecteur comprend à qui il a affaire : « Le but de la mesure était de découvrir les éléments qui désapprouvaient sa mise à exécution » (*HB*, 9). D'une part, cette idée suggère un système politique dénué de contenu, ou dont le contenu serait la forme elle-même ; d'autre part, elle relève évidemment des paradoxes logiques qui, en notre siècle, ont bouleversé la logique formelle [3]. Dans la version théorique, le paradigme d'un tel paradoxe est la proposition : « Cette proposition est fausse. » Zinoviev suggère une version pratique : « Il faut obéir à cet ordre, sous peine de mort. » A quel ordre ? L'autoréférence et la régression à l'infini engendrent un sentiment de vertige, sans doute analogue aux vagues sentiments de culpabilité qui planent en permanence sur tout citoyen d'Ivanbourg, arène mythique des *Hauteurs béantes.*

---

2. La dialectique, bien entendu, fait partie intégrante du système soviétique ; aussi est-elle tournée en dérision à plusieurs reprises (*HB*, 161-162, 166-168, 185-186, 207-208 ; *AR*, 81-84). Or, Zinoviev semble aussi reconnaître une dialectique moins sclérosée que la *diamat :* « C'est ainsi que je ne peux me débarrasser d'Anton. Je suis invinciblement attiré par lui. Je ne peux passer une seule journée sans penser à lui. Et en même temps, je n'éprouve de désir plus pressant que celui de le quitter. On dit du mal de la dialectique, mais on ne peut faire un pas sans faire appel à elle » (*AR*, 124). Cette réflexion est celle du protagoniste très ambigu du livre, et rien ne permet de l'attribuer à Zinoviev On verra pourtant que c'est bien sa propre méthode que décrit ici Zinoviev sous le vocable « dialectique »

3. Pour des exposés amusants et instructifs, voir Raymond M. Smullyan, *What is the Name of This Book ?,* New York, 1978, et Douglas R. Hofstadter, *Gödel, Escher, Bach,* New York, 1979 ; Paris, 1986.

On pourrait citer d'autres exemples du même type [4], mais l'essentiel n'est pas là. Au centre de son analyse est une distinction logique entre ce que j'appellerai la *négation active* et la *négation passive,* distinction qui remonte à Kant et qui a assumé plus tard une importance cruciale dans la philosophie et la psychologie modernes. Zinoviev en fait un double usage. D'une part, il voit dans la confusion des deux formes de négation un aspect fondamental de l'irrationalité du régime, d'autre part, il se sert de la distinction comme d'un outil conceptuel important dans l'analyse des institutions soviétiques. En ce qui concerne le premier usage, on pourrait avancer qu'ignorer cette distinction caractérise *la mentalité primitive,* en faisant résolument abstraction de toutes les autres connotations qu'a eues dans le passé ce terme tombé en discrédit [5]. Quelle que soit la fécondité de cette notion, on va voir que l'analyse de l'irrationnel à partir de la tendance à confondre les deux négations s'impose en plusieurs cas.

Commençons par l'analyse logique, pour suivre ensuite l'histoire de la pensée et arriver enfin à Zinoviev. On peut considérer les propositions suivantes :

I. La personne A croit à la vérité de la proposition p (A croit $p,$ pour abréger).

II. Non (A croit p).

III. A croit non-p.

La proposition II est la négation passive de I, la proposition III en est la négation active. La négation de la logique formelle est en général la négation passive. Par exemple, les lois de la pensée invoquent toujours cette forme de la négation. Ainsi le principe de contradiction « Non (I et non-I) » est à comprendre comme « Non (I et II) » ; le principe du tiers exclu « I ou non-I », comme

---

4 Par exemple *HB,* 64, où il est question d'une délégation ivanienne qui rentre à Ivanbourg en emportant des « pantalons moulants portant des pièces de cuir et le label bizarre " made à l'étranger " » ; ou encore le slogan de la démocratie ivanienne : « Il faut tuer dans l'œuf tout ce qui est vieilli et dépassé » (*HB,* 125) ; ou encore *AR,* 233, qui cite : « Un paradoxe de notre existence : une des tendances fondamentales du mode de vie communiste, c'est la conquête d'une position plus ou moins libre, par rapport aux lois mêmes de ce mode de vie » ; ou enfin *HB,* 633, qui réfère drôlement au Collaborateur qu'on « pouvait apercevoir (...) dans la queue la plus courte, celle où les gens avaient le droit de toucher leur paie sans faire la queue ».

5. Pour une autre tentative de réhabiliter cette notion, voir R. Shweder, « Likeliness and Likelihood in Everyday Thought : Magical Thinking in Judgments about Personality », *Current Anthropology,* n° 18, 1977, p. 637-658.

« I ou II ». Une première expression de la mentalité primitive serait donc d'accepter ces principes pour la négation active aussi bien que pour la négation passive. Ainsi l'on conclurait à l'impossibilité d'avoir simultanément deux opinions contradictoires ou, de manière plus générale, un ensemble d'opinions d'où l'on peut déduire une contradiction. Cette conclusion – aussi attrayante que fallacieuse – se trouve en effet chez plusieurs auteurs récents [6] et même chez Aristote [7]. De manière analogue, la mentalité primitive nierait la distinction entre l'athéisme, négation active de Dieu, et l'agnosticisme, négation passive [8]. Qui ne reconnaît pas ici le « ou bien tu es pour, ou bien tu es contre » du manichéisme quotidien ?

L'exemple qu'on vient de donner est un cas particulier d'un grand ensemble de problèmes qu'étudie la logique modale [9]. Dans le paradigme classique de cette théorie, on met « Np » pour la nécessité de la proposition p et « Mp » pour sa possibilité. La négation passive de « Np » est donc « Non (Np) », ce qui équivaut à « M (non-p) » ; la négation active est « N (non-p) ». Or les opérateurs « N » et « M » se prêtent aussi à d'autres interprétations, dont les suivantes. Dans la *logique déontique,* « Np » s'interprète comme « Il est obligatoire de faire p » et « Mp » comme « Il est permis de faire p » ; on verra plus loin l'importance que prend ici la distinction entre la négation active et la négation passive. Puis il y a plusieurs versions de la *logique épistémologique :* dans la *logique du savoir,* on lit « Np » comme « *A* sait

6 Voir les références dans mon *Logic and Society,* Londres, 1978, p. 81, 94.

7. Dans *Métaphysique* 1005 b.

8. Pour ce problème, voir P. W. Pruyser, *Between Belief and Unbelief,* New York, 1974. Cf. aussi Tocqueville : « Dans les siècles que nous venons de décrire, on délaisse ses croyances par froideur plutôt que par haine ; on ne les rejette point, elles vous quittent » (*De la démocratie en Amérique,* Paris, 1961, t. I, p. 313). Or, à la suite de William James, Pruyser (*op cit ,* p. 126) remarque qu'on peut aussi être agnostique par conviction passionnée et non seulement par froideur ; c'est l'analogue de l'indifférence voulue dont il est question plus loin. Dans ce contexte, on peut aussi citer la remarque de Paul Veyne (*Le Pain et le Cirque, op. cit.,* p. 589), à propos du culte des empereurs romains : « La divinité des souverains n'avait pas de croyants En revanche, elle a eu ses incroyants, les chrétiens. » La divinité de l'empereur n'existait que comme objet de négation dans l'esprit des chrétiens, personne n'y attachant une croyance positive, en dépit des apparences. On ne peut pas ne pas se rappeler le culte du marxisme-léninisme.

9 Une bonne introduction est D. P. Snyder, *Modal Logic and its Applications,* New York, 1971 ; voir aussi *Logic and Society, op cit ,* chap. I, pour un exposé élémentaire.

p », dans la *logique de l'opinion* comme « A croit p », « Mp » étant compris comme « Non (N (non-p)) » dans les deux cas. Observons que la logique de l'opinion est une axiomatisation de l'opinion *rationnelle,* ce qui implique un principe de contradiction même pour la négation active. Par contre il n'y a pas de principe du tiers exclu pour la négation active. Parmi les systèmes modaux on peut aussi signaler la *logique temporelle* et la *logique de l'intention.* Dans cette dernière, il faut donc distinguer le désir de ne pas faire x de l'absence de désir de faire x ; nous y reviendrons.

On peut signaler deux autres distinctions logiques étroitement liées à celle du paragraphe précédent. Premièrement, il y a la distinction entre la négation d'une conjonction et la conjonction de négations. Dans la « mentalité primitive [10] », nier la conjonction des propositions $p, q...$ r équivaut à nier chacune d'entre elles ; ainsi un système de pensée ou une plate-forme politique sont-ils à laisser ou à prendre en bloc. Dans un conte norvégien [11], on peut observer à l'état pur ce mode de pensée primitif. Ici deux jeunes filles, l'une bonne et angélique, l'autre méchante et vilaine, doivent parcourir une série d'obstacles ordonnés de telle manière que le succès final demande la réussite en chaque épreuve. La fille bonne, bien entendu, surmonte tous les obstacles, et *la méchante échoue en tous,* bien qu'un seul échec eût suffi pour l'échec final. Dans les sociétés traditionnelles, on imagine mal que l'excellence puisse se diviser, qu'il puisse y avoir de multiples échelles de supériorité [12] ; de manière générale, le recours aux stéréotypes simplifie la vie et donne la paix à l'âme [13]. Sans doute les membres de la conjonction niée sont-ils souvent liés entre eux d'une manière causale qui justifie en partie de les traiter comme

10. Voir à ce propos B. Inhelder et J. Piaget, *La Genèse des structures logiques élémentaires,* Paris, 1959, chap. v, 4.

11 « Manndatteren og Kjerringdatteren », *in* P. C. Asbjørnsen et J. Moe, *Samlede Eventyr,* t. II, Oslo, 1957

12. Paul Veyne, *Le Pain et le Cirque, op. cit.,* p. 114, 773. Ce phénomène est sans doute à rapprocher du fait que « toute solution a tendance à dépasser son but » (*ibid ,* p. 708) En fait, l'exemple qu'offre Veyne de cette tendance, à savoir que « la théologie ascétique chrétienne enseigne qu'il ne suffit pas de renoncer aux plaisirs mauvais ni même de sacrifier les plaisirs dangereux ; il faut en outre se priver de quelques-uns des plaisirs licites » (*ibid.,* p. 790), rappelle fortement la distinction entre la négation passive et la négation active Une passion n'est jamais chassée que par une autre ; voir A. Hirschman, *The Passions and the Interests,* Princeton, 1977, p. 20 sq

13. On lira par exemple R. A. Jones, *Self-fulfilling Prophecies,* New York, 1977, chap. II et III.

un seul bloc, mais le propre de la mentalité primitive est de dépasser l'expérience pour tomber dans les préjugés.

La deuxième distinction relève d'un problème ésotérique de la logique : comment rendre en langage formel les *descriptions définies,* c'est-à-dire les expressions commençant par l'article défini *le* ou *la ?* Dans un article devenu célèbre [14], Bertrand Russell a démontré que ces expressions ne sont analysables que dans le contexte d'une proposition. Ainsi « Le roi de France est chauve » affirme (I) qu'il existe un objet x tel que x possède la qualité « être roi de France » ; (II) que, pour tout y possédant cette qualité, $y = x$; et (III) que l'objet x est chauve. Lue en 1979, cette proposition est simplement fausse puisque la première des trois composantes de la conjonction est fausse. Or comment évaluer sa négation, « Le roi de France n'est pas chauve » ? La négation passive est la proposition vraie qui nie la conjonction de (I), (II) et (III); la négation active est la proposition fausse qui affirme (I) et (II), tout en niant (III). Face à la question « Le roi de France est-il chauve ? », on sent que « Oui » et « Non » sont deux réponses également inadéquates, puisque chacune d'elles présuppose le fait inadmissible d'un roi français dont seule la calvitie fait question. Et que penser de la question-piège : « Et votre femme, vous la battez toujours [15] ? » Ivanbourg s'ajoute à l'univers de *Catch 22* sur la liste des lieux où toutes les questions sont ainsi piégées. La mentalité primitive n'est pas seulement celle qui tombe dans les pièges ; elle peut aussi les tendre, tout en ignorant que le dilemme présenté n'en est pas vraiment un. On dira même que seule la mentalité primitive tend bien ces pièges, la manipulation délibérée étant en général moins efficace que la complicité dans l'absurde ; nous y reviendrons.

C'est dans le court traité précritique *Versuch den Begriff der negativen Grössen in die Weltweisheit einzuführen* que Kant introduit la distinction entre la négation active et la négation passive. Le texte est obscur, faisant partie d'une controverse

14. « On denoting », *Mind,* n° 14, 1905, p. 479-493.
15. Voir Paul Watzlawick, *The Language of Change,* New York, 1978, p. 108 *sq .* pour d'autres exemples de ce dilemme, dont la forme générale est de présenter comme contradictoires deux idées qui ne sont que contraires ; ainsi l'on demande à l'enfant s'il préfère se coucher à huit heures ou à huit heures moins le quart Parmi ces dilemmes les vraies questions pièges sont celles qui laissent le choix entre « Oui » et « Non » : deux réponses contradictoires qui masquent deux idées contraires

physico-philosophique qui ne nous concerne plus [16] ; néanmoins, on peut utilement considérer les exemples qu'offre Kant pour expliquer la distinction. (I) La négation passive du mouvement est le repos, la négation active est le mouvement en sens opposé ; (II) la négation passive de la fortune est la pauvreté, la négation active est l'endettement ; (III) la négation passive du plaisir est soit l'indifférence soit l'équilibre, correspondant à l'absence de causes de plaisir et de déplaisir et à la présence de causes qui se suppriment dans leur effet ; la négation active est le déplaisir ; (IV) la négation passive de la vertu n'est pas le péché d'omission, qui non moins que le péché de commission constitue une négation active de la vertu ; seuls le défaut du saint et la faute du noble en représentent la négation passive; (V) la négation passive de l'attention est l'indifférence, la négation active en est l'abstraction ; on dirait aujourd'hui que l'absence de conscience de x est autre chose que la conscience de l'absence de x ; (VI) la négation passive de l'obligation est la non-obligation, la négation active est l'interdiction ; (VII) la négation passive du désir est encore l'indifférence, la négation active est le dégoût ; nous dirions que l'absence de désir de x est autre chose que le désir de l'absence de x.

On voit que ces exemples tombent dans deux catégories. D'une part, il y a les cas (V), (VI) et (VII) qui correspondent à la distinction modale entre « Non (Np) » et « N (non-p) » ; d'autre part, il y a des exemples (I)-(IV) qui ne se laissent pas ramener à cet э distinction. C'est que, strictement parlant, la négation est un opérateur qui ne s'attache qu'aux propositions ; parler de la négation d'un mouvement, d'un plaisir ou d'une vertu n'a pas de sens. Sans doute Kant a-t-il eu dans l'esprit l'idée d'un mouvement, d'une action ou d'une sensation qui, en quelque sorte annulerait une première tendance ; notion qui se comprend pour le mouvement dans l'espace, mais qui perd son sens dans le domaine moral. On peut se faire pardonner une mauvaise action ; on ne saurait faire comme si elle n'avait jamais été commise. Ajoutons qu'on peut se la faire pardonner de plus d'une manière, de sorte qu'on peut difficilement parler de *la* négation qui rétablit la balance. Cela dit, l'idée de Kant reste suggestive, même dans ces cas moins rigoureux. On verra que

16. Voir mon *Leibniz et la Formation de l'esprit capitaliste*, Paris, 1975, p. 224 *sq.*

Zinoviev lui-même l'utilise à la fois dans le sens strict et dans le sens plus large [17].

Dans le désir de l'absence de x, ou la conscience de l'absence de x, x est à la fois absent et présent ; présent en tant qu'objet intentionnel du désir d'absence. Cette observation, faite en passant par Kant, fait chez Hegel l'objet d'un développement systématique. On peut citer en particulier le chap. IV de la *Phénoménologie de l'esprit*, où la conscience se présente d'abord comme *désir*, dont le projet fondamental est de dominer le monde extérieur (et de s'affirmer soi-même) en le *consommant*. Or, la satisfaction ainsi obtenue se révèle fragile :

> Mais, dans cette satisfaction, la conscience de soi fait l'expérience de l'indépendance de son objet. Le désir et la certitude de soi atteinte dans la satisfaction du désir sont conditionnés par l'objet ; en effet la satisfaction a lieu par la suppression de cet autre. *Pour que cette suppression soit, cet autre aussi doit être.* La conscience de soi ne peut donc pas supprimer l'objet par son rapport négatif à lui ; par là elle le reproduit plutôt comme elle reproduit le désir [18].

Dans la phrase que j'ai soulignée, Hegel explique, on ne peut plus nettement, le paradoxe de la négation active : celui dont l'indépendance requiert la destruction d'un objet extérieur en dépend justement dans son être même, et ne saurait donc sans contradiction en désirer la destruction. Deux cents ans plus tôt, John Donne avait déjà écrit :

> *Take heed of hating me,*
> *Or too much triumph in the victory*
> *Not that I shall be mine own officer,*

17. Il n'en reste pas moins vrai que, même dans ce sens moins rigoureux, la confusion de la négation passive et de la (ou d'une) négation active demeure possible. On trouve un exemple classique dans la phrase de Leibniz : « *Regredimur nisi progrediamur, quia stari non potest* » (*in* G. Grua (éd.), *Leibniz : textes inédits*, Paris, 1948, p. 94), dont on rencontre aussi un écho dans l'idée que l'amour ou bien croît ou bien disparaît (ou a déjà disparu). Le romancier connaît le danger de peindre ses personnages trop pittoresques, étant donné les difficultés d'évoquer un caractère plus pâle : comment parler d'un rien ? Voir aussi l'exemple de Paul Veyne cité vers la fin de la note 12 ci-dessus.

18. *Phénoménologie de l'esprit*, trad. Hyppolite, Paris, 1939, t. I, p. 152.

And hate with hate again retaliate ;
But thou wilt lose the style of conqueror,
If I, thy conquest, perish by thy hate.
Then, lest my being nothing lessen thee,
If thou hate me, take heed of hating me.

The Prohibition

A la réflexion, il s'agit d'un phénomène omniprésent. Ainsi l'athéisme militant ne saurait se passer des croyants qu'il combat, tout comme un certain communisme vit en symbiose avec la propriété privée [19] : on peut aussi citer l'anticommunisme dont le monde se trouverait en ruine si, un jour, il parvenait à détruire « *the God that failed* ». En examinant le cas de l'athéisme, on constate qu'il soulève deux paradoxes distincts. D'une part, il y a la difficulté déjà mentionnée de faire accepter la distinction, trop sophistiquée pour la mentalité primitive, entre l'athéisme et l'agnosticisme ; d'autre part, il y a la croyance négative de l'athée, aussi lié à Dieu que le croyant (ou même plus [20]). En fait les deux paradoxes sont liés, car l'impuissance de l'athéisme vient justement de ce qu'il veut l'impossible : établir par la négation active un état de négation passive.

Sans nous arrêter sur le prolongement de ces idées dans le premier Sartre par la médiation de Koyré et de Kojève, concluons cet aperçu historique par une remarque sur leur importance dans la psychiatrie contemporaine. D'après l'école dite de Palo Alto [21], un élément important dans l'étiologie de certaines situations familiales pathologiques est *l'injonction contradictoire :* un commandement tel que le contenu ouvert en contredit les présuppositions pragmatiques. Ainsi le commandement « Ne sois pas si obéissant » – correspondant à l'idée sartrienne de l'amour – place son destinataire dans une situation impossible : pour obéir, il faut ne pas obéir. De manière semblable, l'injonction « Sois spontané » demande l'effort délibéré pour réaliser un état dont l'essence est la non-délibération. Les mauvais empereurs de

---

19. « *Just as atheism ceases to be significant when the affirmation of man is no longer dependent on the negation of God, in the same way socialism in the full sense is the direct affirmation of humanity independent of the negation of private property* » (L. Kolakowski, *Main Currents of Marxism*, vol. I, Oxford, 1978, p. 140).

20. Voir l'observation de Paul Veyne citée en note 8 ci-dessus.

21. Voir Paul Watzlawick *et al., Change*, New York, 1974.

l'Antiquité classique demandaient « Adorez-moi [22] », les esclavagistes américains, à la manière du maître hégélien, exigeaient la reconnaissance de leurs esclaves [23] : autant de projets incohérents et impossibles. Un dernier exemple, le plus important dans le présent contexte, évoque une mère qui instruit sa fille : « Rappelle-toi qu'il ne faut même pas penser à cette chose interdite », ce qui revient bien à lui demander d'y penser afin de ne pas y penser. Dans la phrase d'Emily Dickinson :

> The Heart cannot forget
> Unless it contemplate
> What it declines (Complete Poems, n° 1560)

la volonté d'oublier est un exemple de ce qu'on a appelé « vouloir ce qui ne saurait être voulu [24] » : un projet impossible puisque reposant sur la confusion de la négation active et de la négation passive. L'oubli ou l'indifférence est une négation passive, la simple absence de conscience de x, tandis que la volonté d'oublier requiert la conscience de l'absence de x. Vouloir oublier, c'est comme si l'on se décidait à créer l'obscurité par la lumière. Tout comme l'oubli ou l'indifférence, des états d'âme tels que la sincérité, la spontanéité, l'innocence ou la foi ne sauraient être établis par un acte de volonté intentionnelle.

Pour dégager l'importance de ces distinctions dans l'œuvre de Zinoviev, on examinera d'abord son analyse du régime ivanien, ensuite les rapports du régime et de l'opposition (intérieure et extérieure), et enfin la structure interne de l'opposition intérieure. Il se dégagera une première conclusion quant à l'impuissance profonde du régime, ce qui permettra finalement de distinguer deux sens de la notion « négation de la négation » en tant que forme du processus historique.

L'air tragi-burlesque des Hauteurs béantes vient de ce que Zinoviev soumet à l'analyse sociologique des phénomènes tels que la dénonciation ou l'arrivisme, burlesques dans le détail,

---

22. Paul Veyne, Le Pain et le Cirque, op. cit., p. 488, 569, 701.
23. Voir mon Logic and Society, op cit., p. 71sq., pour cette idée hégélienne reprise dans les travaux d'Eugene Genovese sur l'esclavage américain.
24. L. Farber, Lying, Despair, Jealousy, Envy, Sex, Suicide, Drugs and the Good Life, New York, 1976

tragiques dans l'ensemble. En effet : « Une farce qui se répète régulièrement, c'est justement une tragédie » (*HB*, 359), car « les petits riens passent, mais le système des riens reste » (*HB*, 289), à quoi il faut ajouter que l'histoire se répète « la première fois comme tragédie, la seconde comme catastrophe » (*HB*, 544). En ce qui concerne la dénonciation, phénomène constitutif de tout groupe social à Ivanbourg (*HB*, 20), elle tend à se substituer à l'information : « L'information est mensongère, en tant qu'elle est un phénomène public et officiel, et se transforme rapidement en dénonciation, en tant que phénomène secret » (*HB*, 84). On pourrait penser naïvement que, dans tout régime totalitaire, il doit y avoir une instance au ministère de l'Intérieur qui disposerait d'informations complètes et véridiques, ne serait-ce que pour rendre l'oppression plus efficace ; or, d'après Zinoviev, il n'en est rien, puisqu'il n'est dans l'intérêt de personne de dire la vérité.

Il faut considérer Zinoviev comme le fondateur de la sociologie de *l'arrivisme*, trait fondamental et universel à Ivanbourg. Dans *l'Avenir radieux*, l'auteur-protagoniste nous livre ses réflexions sur ce phénomène en commençant par sa forme la plus intelligible, caractérisée par le cynisme, l'absence totale de conscience morale et l'habileté dans le jeu des relations personnelles. Or, il y a autre chose et plus :

> Mais voilà qu'Agafanov est venu m'embrouiller toutes mes idées sur l'arrivisme soviétique. C'est un garçon qui n'est pas un Apollon, mais qui est d'un physique agréable. On ne peut pas dire qu'il soit très doué, mais enfin il n'est pas bête. Il n'est pas ennemi de la bouteille. Pas méchant. Débonnaire. Paresseux. D'un genre un peu endormi. Aucun parent haut placé. Personne pour le patronner comme Canarille m'a patronné. Il a publié une couple de bouquins de la plus basse vulgarisation en philosophie (...) Et cependant il a décollé comme une flèche. Comme ça, sans raison. Brusquement on l'a fait entrer dans la rédaction d'une revue très en vue, on lui a donné une chaire, on l'a fait rédacteur, puis membre-correspondant (*AR*, 43).

Également mystérieuse est l'attribution d'un prix littéraire à un auteur qui non seulement manque totalement de talent, ce qui va de soi, mais qui n'a même pas rendu service à l'État ou au parti (*AR*, 235 *sq.*). C'est dans *les Hauteurs béantes* qu'on trouve la clé de cette deuxième forme d'arrivisme, dans l'observation que Staline ne fut pas un arriviste de talent, mais plutôt quelqu'un d'extraordinairement médiocre (*HB*, 306). Être un arriviste de talent implique des qualités négatives remarquables ; être quelqu'un d'extraordinairement médiocre implique une absence remarquable de qualités. Dans la société ivanienne, la réussite suprême appartient au second : « L'arriviste le plus doué sera celui qui manque le plus de talent, précisément sur le plan de l'arrivisme » (*HB*, 306). Ou encore :

> La méthode la plus sûre de faire carrière, dont use l'arriviste prétendant au talent, indéniable, donne pourtant, dans les conditions ivaniennes, d'énormes avantages aux arrivistes sans talent. Même le Patron [*i.e.* Staline] : s'il a pris le pouvoir et s'il a créé son propre système de pouvoir, ce n'est pas du tout parce qu'il fut un génie dans sa sale besogne, mais uniquement parce qu'il fut une nullité. Sa personnalité correspondait parfaitement à cette besogne. Un lion ne peut être un meneur de rats (*HB*, 166).

D'où « l'impression (...) d'être en butte à une force extraordinairement insignifiante, et de ce fait invincible » (*HB*, 307). On ne saurait s'opposer à une absence ; mieux vaut la présence d'un négatif qui offre un objet d'opposition. Zinoviev reprend ici le thème de la banalité du mal, en le transposant du niveau de l'individu à celui de la société. Selon Yeats, la situation la plus à craindre est celle où « *the best have lost all conviction and the worst are full of passionate intensity* » ; pour Tocqueville, la crise de la religion est de n'avoir que « de tièdes amis et d'ardents adversaires [25] » ; d'après le jeune Marx le danger pour la liberté de presse en Allemagne fut d'avoir des amis platoniques et des ennemis passionnés [26]. En un sens ils ont raison, mais d'exister en tant qu'objet d'une négation est quand même une forme d'existence qui vaut mieux que l'absence totale de la conscience des hommes. Le Mal ne triomphe que lorsqu'il est devenu la négation passive et banale du Bien.

Pour expliquer le succès de la médiocrité, on peut invoquer le

25. *De la démocratie en Amérique*, t. I, p. 314 ; voir aussi l'observation de Paul Veyne citée en note 8 ci-dessus.
26. *Rheinische Zeitung*, le 5 mai 1842.

principe général que voici : certaines conduites ne sont efficaces que lorsqu'elles n'ont pas l'efficacité pour fin [27]. L'intention se dissimule toujours mal ; « *man merkt die Absicht und wird verstimmt* ». On ne saurait épater le bourgeois en voulant épater le bourgeois [28], ni toujours tirer profit d'un amour qu'on inspire [29], ni engendrer de manière systématique des *random numbers* [30]. On peut aussi se rappeler les difficultés qu'éprouve un auteur de talent lorsqu'il se met à faire un *best-seller* pour gagner sa vie. Le résultat, invariablement, sera soit trop bon soit trop mauvais ; pour trouver le ton juste, il faut partager et non pas exploiter la vision étroite et les préjugés du public de masse. « Mieux vous ferez votre travail et plus il vous en cuira. Et, si vous le faites mal, vous n'en serez que mieux écrasé, car, pour le travail mal fait, ils s'y entendent mieux que vous » (*AR*, 102).

Or, cette analyse de l'homme ivanien semblerait contredire la vue exposée dans le passage suivant :

> Une intelligence remarquable est considérée ici comme quelque chose d'anormal, et une sottise remarquable comme une intelligence remarquable. Les personnes qui possèdent une haute conscience morale passent pour des aventuriers sans scrupules, et des nullités hautement abjectes pour des modèles de vertu. Le problème n'est donc pas qu'il y ait défaut de quelque chose, mais qu'il y ait présence de quelque chose d'autre. Le résultat est la formation d'un type original de personnalité négative, qui a le même rapport à la personnalité positive qu'un électron à un positron (ou inversement). De même que la présence d'une charge négative n'est pas absence de charge positive et la présence de charge positive n'est pas absence de charge négative, de même, dans le cas présent, je le répète, le type de personnalité négative est une personnalité qui possède des qualités déterminées (*HB*, 80).

---

27. Paul Veyne, *Le Pain et le Cirque, op. cit.*, p. 679, énonce ce principe d'une manière inégalable.

28. *Ibid*, p. 98.

29. Qu'on se rappelle l'amour de Lucien Leuwen pour Mme de Chasteller.

30. Selon John von Neumann : « *Anyone who considers arithmetical methods of producing random digits is, of course, in a state of sin* » (cité d'après H. H. Goldstine, *The Computer from Pascal to von Neumann*, Princeton, 1972, p. 297).

L'homme ivanien est-il la négation active de l'homme rationnel et moral, comme semble le suggérer ce passage, ou la négation passive de type Agafanov ? Il faut penser que la négation passive est la forme la plus développée de la personnalité ivanienne, même si la négation active en est la forme la plus frappante en vertu de ses qualités déterminées. Cette interprétation est appuyée notamment par l'insistance de Zinoviev sur la *normalité* de l'univers qu'il décrit. On ne saurait le guérir, puisqu'il est parfaitement normal et sain (*AR*, 191). Il n'est pas peuplé de démons et d'immoraux ; tout au plus peut-on parler d'amoralité. Il est vrai que « la conscience morale a dépéri, tout comme le prévoyaient les classiques » (*AR*, 134), mais le résultat est en deçà de la morale plutôt qu'au-delà [31]. Si la morale est la négation de l'action aveuglément irréfléchie, Ivanbourg représente la négation de la négation – mais au sens logique plutôt qu'au sens dialectique ; nous y reviendrons.

Le contresens domine la vie ivanienne dans tous les domaines, qu'il s'agisse de planification économique, d'éducation ou de lutte contre la criminalité. Un principe général se dégage : au lieu de chercher une solution efficace aux problèmes réels, il faut chercher un problème qui corresponde aux solutions possibles ou souhaitées (qu'on se rappelle les procédures de l'économie mathématique, qui recherche les conditions permettant de démontrer un théorème jugé important – telle l'existence de l'équilibre économique général – plutôt que les théorèmes qui s'ensuivent de conditions jugées plausibles). Un exemple grotesque : pour réduire le pourcentage de crimes impunis, on peut accroître le nombre de crimes fictifs (*AR*, 79). En mettant n pour le nombre de crimes réels, m pour le nombre de crimes réels punis et a pour le nombre de crimes fictifs attribués aux innocents et aussitôt punis, les autorités ont intérêt à rendre a aussi grand que possible puisque le pourcentage $\frac{m + a}{n + a}$ est une fonction croissante de a. Le seul ennui est qu'il « faut concilier des objectifs qui sont en contradiction dialectique : il ne faut pas qu'il y ait de crimes dans l'unité, et il faut démontrer aux autorités supérieures que tous les crimes sont démasqués avec succès » (*HB*, 57). La

31. Voir mon *Ulysses and the Sirens* (Cambridge, 1979, p. 107 *sq*), pour cette distinction entre les deux manières de ne pas ou ne plus vivre moralement, correspondant en gros à la distinction du ça et du moi en théorie freudienne, respectivement en deçà et au-delà du surmoi.

synthèse qui supprime la contradiction est d'exterminer « les criminels avant même qu'ils aient le temps d'accomplir leurs crimes » (*HB*, 632), idée grotesque qui trouve pourtant une analogie sérieuse dans la lutte contre les trafiquants et escrocs qui « tentent de rétablir le système monétaire » : pour les supprimer, il suffit de cesser « de produire les marchandises qui font l'objet d'une spéculation » (*HB*, 620).

En ce qui concerne l'éducation, il faut citer le beau texte où Zinoviev nous explique la nécessité d'être hypocrite au premier degré, afin de ne pas tomber dans l'hypocrisie au carré pratiquée à Ivanbourg :

> Je suis de plus en plus convaincu que toute la littérature de notre passé récent avait fait une mauvaise besogne en stigmatisant l'hypocrisie mondaine. Elle se référait à un principe très banal. D'après elle, l'homme se conduisait décemment vis-à-vis des autres en société (il souriait, disait qu'il était content de vous voir, se montrait attentif, etc.), mais pensait à part lui tout autre chose (il vous méprisait, vous enviait, se réjouissait de vos malheurs, etc.). On y voyait de l'hypocrisie. Il était admis que les hommes peu recommandables se donnaient des allures d'hommes de bien. Mais ce n'est pas seulement (et pas toujours) de l'hypocrisie. C'est aussi le résultat de la bonne éducation, qui est un des moyens sociaux d'autodéfense des hommes contre eux-mêmes. C'est la capacité de savoir se dominer, sans laquelle aucun rapport normal n'est possible. Sans cette bonne éducation, la vie devient un cauchemar. Sans elle, il est tout simplement impossible de rencontrer qui que ce soit. On ne peut pas parler de l'homme, comme s'il y avait quelque être caché et authentique qui se compose un masque dans telle ou telle situation. L'homme, c'est à la fois ce qu'il est chez lui, ce qu'il est au travail, ce qu'il est avec ses amis et connaissances, ce qu'il pense, ce qu'il dit. Oui, mais il y a plus qu'un manque d'éducation, dit le Bavard. Il faudrait plutôt parler d'anti-éducation. Ignorer et piétiner tout ce qui est important et mettre sur un piédestal tout ce qui est médiocre, c'est un certain type d'éducation, et non seulement un vide. Une hypocrisie qui prend la forme d'une négation de l'hypocrisie, c'est de l'hypocrisie au carré (*HB*, 270-271).

Ainsi le citoyen ivanien est-il en lui-même la négation passive de l'homme rationnel et moral, mais il est le produit d'une éducation qui est la négation active d'une éducation rationnelle et morale. L'anti-éducation n'engendre pas l'anti-homme. Surprenante d'abord, cette conclusion s'impose à la réflexion, car l'absence systématique de qualités remarquables, que ce soit des qualités positives ou négatives, ne saurait se manifester en l'absence d'une éducation systématique. Le simple manque d'éducation produirait toutes sortes d'hommes, ce qui serait incompatible avec la norme ivanienne de la médiocrité. Même si je ne sais produire chez moi-même un état de négation passive par un acte de négation active [32], rien n'empêche que je puisse arriver à ce résultat chez un autre. Même si je ne sais me décider à oublier, je pourrai induire un état d'ignorance chez les autres.

J'en arrive aux rapports du régime et de l'opposition, en commençant par le problème du droit ivanien. La donnée fondamentale en est la confusion de la non-obligation et de l'interdiction. Dans une société rationnelle, « il faut distinguer absence de normes et présence de normes négatives » (*HB*, 474), mais à Ivanbourg l'absence d'une obligation implique normalement la présence d'une interdiction, sauf mention expresse du contraire. « *Il arrive que l'absence d'interdit sur un acte ne suffise pas, il faut encore une autorisation officielle. Parfois même cela ne suffit pas, il faut encore une interdiction de s'opposer à la réalisation d'actes autorisés ou non interdits* » (*HB*, 61 ; voir aussi *HB*, 139).

On notera ci-dessous comment cette confusion hante même les tentatives pour la dissiper. Signalons pourtant d'abord deux autres contrastes entre le droit rationnel et le droit ivanien. Selon les droits de l'homme, le droit à l'émigration est un principe fondamental, comme l'est aussi l'absence d'un droit gouvernemental d'exiler [33]. Or, à Ivanbourg, nous vivons le monde renversé [34] : le gouvernement se réserve le droit d'exiler ; nie le droit

32. Sauf, bien entendu, par des stratégies indirectes comme celle dont se ervait Pascal : devenir croyant en faisant semblant de croire. Pour cette idée, oir *Ulysses and the Sirens, op. cit.,* chap. II.

33. Dans les termes de S. H Kanger (« Rights and Parliamentarism », *in* t. Olson et A. Paul (éd.), *Contemporary Philosophy in Scandinavia,* Baltimore, 972), l'individu possède vis-à-vis de l'État à la fois un *pouvoir* et une *contre-nmunité* face à l'acte de quitter le territoire.

34. Sans insister sur ce terme, il est néanmoins curieux de relire la section de Phénoménologie de l'esprit* sur le monde renversé à la lumière de cet exemple.

à l'émigration ; considère le désir d'émigration comme un crime dont la gravité en elle-même pourrait provoquer l'expulsion ; mais refuse néanmoins de satisfaire à la demande d'émigration. Qu'on médite sur la phrase terrible par laquelle Zinoviev résume tout l'engrenage ivanien et son irrationalité spécifique : « Car ce peuple libre ne peut admettre qu'on agisse à sa guise. Même sa volonté à mon égard, il veut qu'elle s'accomplisse contre la mienne » (*HB*, 416). L'univers de *Catch 22* vient immédiatement à l'esprit [35], association qui est renforcée par le passage suivant :

> Le Patriote (...) s'empressa de déclarer qu'il avait écopé dix jours pour avoir demandé de partir au front, mais qu'il n'y voyait aucune logique, vu que l'École y envoyait cinquante personnes qui n'en avaient pas le moindre désir. Le Déviationniste fit observer que c'était justement la logique de fer des lois de la société ; d'après ces lois, ce n'est pas le Patriote qui peut décider de son destin, mais les autorités supérieures ; en formulant sa demande, le Patriote avait donc contrevenu à cette loi ; il avait eu l'intention de disposer de son destin à son propre gré et n'avait reçu que ce qu'il méritait (*HB*, 51).

Un autre problème capital concerne le rapport entre la lettre et l'esprit de la loi. On sait que les Chinois ont voulu éviter un code élaboré de lois, craignant que les méchants n'invoquent la lettre de la loi contre son esprit [36]. Par contre, la notion occidentale du droit admet la possibilité et même l'inévitabilité [37] des

---

35. Dans le roman de Joseph Heller, ce paradoxe prend la forme suivante : « Quiconque accepterait de voler en mission de guerre est forcément fou et, étant fou, a le droit de se faire exempter pour des raisons psychiatriques. Il n'a qu'à demander. Or, le fait même de demander, le désir même de ne plus voler en mission de guerre, prouve sa normalité et l'empêche d'être exempté. »

36. J. Needham, *Science and Civilization in China*, vol. II. Cambridge, 1956, p. 522 ; voir aussi Paul Veyne, *Le Pain et le Cirque, op cit.*, p 625 *sq*

37. La loi dit toujours trop : ce sont les conséquences non voulues où elle est injuste. Elle dit toujours trop peu : ce sont les cas non prévus où elle est muette. Cf Tocqueville, *De la démocratie en Amérique, op. cit*, t. I, p. 188 : « [Les Américains] croient d'ailleurs que les tribunaux sont impuissants pour modérer la presse et que, la souplesse des langages humains échappant sans cesse à l'analyse judiciaire, les délits de cette nature se dérobent en quelque sorte devant la main qui s'étend pour les saisir. » De manière plus générale, seul un législateur très naïf peut croire que les hommes continueront de se comporter après le passage de la loi comme ils le faisaient avant. Ce qui n'empêche pas la naïveté

interprétations non voulues de la loi, et prescrit que, dans ces cas, il faut changer la lettre plutôt qu'invoquer l'esprit. En Occident, on n'est pas condamné pour injures pour avoir dit de quelqu'un : « Si je disais mon opinion de lui, je serais condamné pour injures » ; à Ivanbourg, on néglige la lettre pour aller droit à l'esprit :

> Ce qui compte avant tout, ce n'est pas qu'un droit soit bon ou mauvais. Ce qui compte, c'est qu'il y en ait un. Un droit mauvais est quand même un droit. Un bon arbitraire est tout de même un arbitraire. Je me fais fort de démontrer comme un théorème mathématique que toute société régie par des règles de droit permet l'existence d'une opposition, que ces règles soient bonnes ou mauvaises. L'existence même d'une opposition est un signe que cette société connaît le droit, de même que son absence prouve le contraire. Mais voyons les choses de plus près. Prenons un texte A. Admettons qu'il existe un système de règles juridiques B, qui permette de juger ce texte comme un texte hostile à la société donnée (texte « anti »). En conséquence, on engage des poursuites contre l'auteur de A. Et si, par exemple, je déclare le texte : « N affirme que A », je n'affirme pas A ; je ne fais qu'affirmer que N affirme A. Serait-ce un texte « anti » ? Parfait, mais alors, que dira-t-on du procureur lorsqu'il m'accusera au tribunal d'affirmer le texte : « N affirme que A » ? Que cet homme prononce un texte « anti » ? Non ? Et pourquoi ? Où sera le critère formel qui permettra de nous distinguer ? Il est vrai que j'ai employé une fois le mot « affirme », et que le procureur l'a fait deux fois. Mais, si une telle loi est adoptée, je n'aurais qu'à déclarer à l'avance le texte suivant : « M affirme que N affirme que A. » Je n'ai fait que vous citer une démarche logique. Mais

---

d'être répandue : qu'on réfléchisse par exemple aux nombreux cas où le passage d'une loi interdisant les employeurs de licencier les ouvriers avec plus de x ans d'ancienneté, multiplie les licenciements après x ans moins six mois, réduisant plutôt qu'assurant la stabilité de l'emploi, (Voir sur ce problème F. Kydland et E Prescott, « Rules Rather than Discretion : the Inconsistency of Optimal Plans », *Journal of Political Economy*, n° 85, 1977, p. 473-492.) Je ne pense pas que Zinoviev se soit inspiré de cette tradition sociologique ; en tant que logicien, il n'a eu qu'à traduire en termes juridiques le théorème de Lowenheim-Skolem sur les interprétations non standard des systèmes logiques ; voir notamment dans le texte cité la référence au « théorème mathématique »

il y en a beaucoup. Faites-moi un code *B,* qui contienne des lois qui permettent d'apprécier des textes comme « anti », et je me fais fort d'élaborer, à partir de n'importe quel texte « anti », un texte qui ne pourra pas être jugé tel d'après *B,* mais qui, de toute façon, sera compris comme un texte d'opposant. Tout droit rigoureux est *a priori* une possibilité d'opposition (*HB,* 236).

Le rapport du régime à l'opposition peut s'articuler soit sur le mode de la négation passive, soit sur celui de la négation active : le silence ou la condamnation. Le dilemme que présente ce choix est le suivant : « Il était temps, il était nécessaire d'opposer une riposte de haut niveau à cet individu. Mais, d'un autre côté, cela attirerait l'attention sur ses ignobles petits bouquins. En revanche, si nous gardons le silence, les gens penseront qu'ils ont raison » (*AR,* 230). C'est que, condamner, c'est reconnaître et faire connaître, même si c'est aussi brandir une menace. Donc, d'un certain point de vue, l'opposition voit le passage du silence à la condamnation comme un pas en avant ; ainsi, pour critiquer les peintres modernistes, il faut reproduire leurs tableaux et ainsi les faire connaître (*AR,* 134). D'où l'arme de l'opposition : « Condamnez-moi. »

A vrai dire, le silence du régime n'est pas une négation active au sens plein ; c'est un silence voulu qui diffère de la simple indifférence. C'est une intention de négation active qui se dissimule derrière une apparence de négation passive. Or, on parvient facilement à distinguer l'indifférence voulue de la vraie indifférence, en vertu de la forme trop systématique de celle-là. Là encore, l'intention se dissimule mal, ne jamais parler de quelqu'un dont pourtant on est loin d'ignorer l'existence peut être aussi révélateur d'une obsession que le fait d'en parler incessamment ; tous les maris trompés le savent. Les opposants ivaniens ne l'ignorent pas non plus :

Ce ne sont pas les attaques qui font peur, dit le Bavard. Les persécutions équivalent à une reconnaissance officielle. Ce qui fait peur, c'est une indifférence voulue à tout ce qu'on fait. Et plus le travail qu'on fait et ses résultats sont importants, plus cette indifférence est grande. Remarque bien que je ne parle pas d'indifférence au sens d'un manque d'intérêt, mais d'indifférence active. C'est quelque chose de positif (*HB*, 572).

Comme il sied à un expert de la logique polyvalente [38], Zinoviev fait ici la distinction entre *trois* types de négation ; il semble néanmoins possible de les réduire aux deux formes fondamentales. L'indifférence active, on l'a dit plus haut, est la négation active qui se masque derrière une apparence passive. On pourrait sans doute imaginer une suite indéfinie de tels masques, chacun plus sophistiqué que le précédent, et capable de tromper un plus grand nombre de personnes ; néanmoins, ils ne sauraient jamais effacer leur origine dans la négation active. Qu'on joue à l'indifférence au premier ou au énième degré, on ne *deviendra* jamais indifférent à la façon dont, selon Pascal, on peut devenir croyant en faisant semblant.

Outre l'opposition intérieure il y a aussi l'opposition extérieure, l'Occident. Dans les travaux de Zinoviev, il est constamment question de voyages à l'étranger, notamment à l'occasion de congrès scientifiques. Pour l'Ivanien, l'étranger est attrayant, à condition de repousser les avances ivaniennes :

> Les Ivaniens adorent les étrangers et sont prêts à leur donner leur dernière chemise. Si l'étranger ne prend pas la chemise, on le traite de salaud. Et on a raison. Prends ce qu'on te donne sans attendre qu'on te cogne. Mais prends donc, nom de nom, si tu ne veux pas avoir une grosse tête. Et arrête de faire ton malin. C'est de bon cœur. Ça part d'un bon sentiment. Allez, profites-en, ce n'est pas tous les jours qu'on est bon, et sinon... Si l'étranger prend la chemise, mais continue à agir comme il l'entend, il se fait encore traiter de salaud. Et ce n'est que justice. Il n'avait qu'à pas accepter. Et si tu acceptes, il faut te montrer gentil. Nous, c'était vraiment de bon cœur. On n'avait aucune arrière-pensée. Et lui, vlan. Qu'on ne nous parle pas de leur gratitude, à tous ces salauds. Bon, et si l'étranger prend la chemise, et se met à se comporter en bon Ivanien, il n'en est que plus salaud, parce qu'alors il est des nôtres et, avec les nôtres, on n'a pas à prendre de gants (*HB*, 353).

38. Voir Alexandre Zinoviev, *Philosophical Problems of Many-Valued Logic*, Dordrecht, 1963.

C'est l'idée de Groucho Marx : « Je me soucie peu d'appartenir à un club qui veut bien me compter parmi ses membres. » Il s'agit d'un effet de contamination : si vraiment l'étranger est assez bête pour nous reconnaître, nous serions bien bêtes, nous, de le reconnaître [39]. C'est aussi une variation ironique sur le thème de *Timeo Danaos* : il faut craindre les Ivaniens, jusque dans leurs cadeaux [40]. Khrouchtchev occupe une place particulière dans l'univers ivanien. Il symbolise l'impuissance du régime de changer et de se transformer lui-même :

> Même s'ils voulaient soudain mettre fin à l'oppression, ils ne le pouvaient pas, puisqu'ils ne sauraient réaliser ce désir que sous une forme oppressive, en ne changeant que l'aspect et le champ d'application de cette fonction d'oppression (*HB*, 447).

Qu'on se rappelle l'injonction faussement libératrice : « Ne sois pas si obéissant. » L'échec de Khrouchtchev se résume dans le projet de déstalinisation. Il y a eu un passage très rapide de la permission de ne plus citer Staline à la recommandation de ne pas le citer (*AR*, 58), comme si le premier état de négation passive était trop fragile pour durer. Ainsi Staline a triomphé même dans sa défaite, puisque la façon dont on le renia reposait sur la même confusion de la non-obligation et de l'interdiction dont il fut le champion. La distinction entre la négation active et la négation passive sert aussi à expliquer pourquoi Khrouchtchev ne saurait mener à bien son projet :

> Dans des cas comme celui-ci, les demi-mesures se terminent par la défaite. Vous dites qu'on ne l'aurait pas laissé faire ?

39. Le même effet de contamination, mais dans le sens inverse, est à l'œuvre dans la dialectique du maître et de l'esclave : celui qui cherche la reconnaissance d'un esclave qu'il ne reconnaît pas montre par ce fait même qu'il est indigne d'être reconnu. Pour une analyse brillante des mauvais empereurs, contaminés et contaminants, voir encore une fois Paul Veyne, *Le Pain et le Cirque, op. cit.*

40. A propos d'un cas analogue dans l'Antiquité classique, Paul Veyne (*ibid.*, p. 229) fait observer que « refuser un don, c'est refuser une amitié qui peut être envahissante ; Phocion refusa les cadeaux d'Alexandre qui lui fit dire, furieux, qu'il ne regardait pas comme de véritables " amis " ceux qui ne voulaient rien recevoir de lui ; Phocion, en effet, ne se voulait pas ami inconditionnel ; accepter un cadeau et ne pas obéir en tout équivalait à ne pas tenir sa parole ».

Qu'on l'aurait balancé ? Ils n'auraient pas eu le temps !
Avant qu'ils aient pigé quoi que ce soit, il aurait pu faire
un tel grabuge qu'il aurait déjà été trop tard pour prendre
des mesures contre lui. Plus il aurait été loin, plus sa
position aurait été solide. Il est exact qu'il ne pouvait pas
frapper un grand coup. Mais non pas parce qu'il en comprenait l'impossibilité objective, mais parce que, subjectivement, il n'en comprenait pas la possibilité (*HB*, 146).

« Il ne pouvait pas » : expression clé qu'il s'agit de bien
comprendre. Khrouchtchev fut impuissant à sa manière ; on peut
l'être aussi des deux manières expliquées dans le passage suivant :

Comment peux-tu savoir ce qui est absurde et ce qui ne
l'est pas, dit le Paniquard. Peut-être qu'on ne peut pas faire
autrement. Qu'est-ce que tu veux dire par là, demanda
l'Humoriste. Qu'ils ont fait de leur mieux, là-bas, dans des
circonstances qui ne dépendaient pas d'eux ? Ou qu'ils ont
agi conformément à leur nature profonde ? Ce n'est pas du
tout la même chose. La première hypothèse suppose une
rationalité de l'entreprise. La deuxième, non (*HB*, 321).

Si toute action est conçue comme le résultat final de deux
filtrages successifs, dont le premier est constitué par les contraintes
structurales de la situation et le second par le mode de choisir
une action dans l'ensemble des actions qui satisfont simultanément à toutes les contraintes, on peut en effet nier le choix
rationnel de deux manières différentes [41]. Ou bien les contraintes
structurales sont si fortes, et l'ensemble des actions possibles si
restreint, qu'il ne reste aucune place pour le choix, rationnel ou
non. Ou bien le mode de choix est autre que rationnel ; dicté
par la tradition, par le hasard, par une pensée obsessionnelle.
C'est à peu près la distinction que fait Zinoviev dans le dernier
texte cité ; c'est aussi la distinction que fait Joel Feinberg entre
les *contraintes extérieures* (positives ou négatives) et les *contraintes
intérieures positives* [42]. Par contre, la distinction entre comprendre

41. Pour cette distinction, voir mon *Ulysses and the Sirens, op. cit* , p. 113 *sq.*
42. Cité d'après Steven Lukes, « Power and Structure », en ses *Essays in
Social Theory*, Londres, 1977, p. 11 *sq.* L'analyse que propose Lukes pour
expliquer l'échec de Boukharine à résister à la montée de Staline est très proche

l'impossibilité et ne pas comprendre la possibilité – entre la négation active et la négation passive – revient à une distinction entre les contraintes extérieures et les *contraintes intérieures négatives*. Comme le dirait Sartre, *rien* n'a empêché Khrouchtchev de mener une lutte victorieuse contre le stalinisme, ce rien étant la négation passive ou l'ignorance. Sans doute son aveuglement ne fut-il pas fortuit, mais il n'y a pas de raison de croire qu'il fût voulu. Or agir par ignorance non voulue est moins irrationnel qu'agir par un désir obsessionnel.

L'opposition elle-même est teinte de la confusion de la négation active et de la négation passive. Ainsi un dissident...

> disait jusqu'alors qu'il n'éprouvait aucun besoin d'être en ballottage aux élections de l'Académie. Mais sa candidature fut proposée et il remplit tous les papiers nécessaires. Alors il fut accusé de manque de logique. Est-ce vrai ? En allant ici, je n'éprouvais pas le désir de boire. Vous m'avez proposé de boire et je l'ai fait. Est-ce inconséquent ? Non. Il faut simplement distinguer l'absence de désir de faire quelque chose et le désir de ne pas le faire (*HB*, 82).

Si les autres dissidents n'ont pas reconnu cette distinction maintenant familière, c'est qu'ils portent l'empreinte de la société dans laquelle – et non seulement contre laquelle – ils luttent. « On ne peut à la fois vivre dans une société et prétendre s'en affranchir » (*HB*, 431). Ou encore : « Au fur et à mesure qu'il surmonte [les] résistances, l'homme prend peu à peu une forme qui s'approche de l'individu standard de cette société. Sinon, il ne parvient pas à se faufiler dans les fissures de tous les obstacles. L'homme croit qu'il garde son individualité de créateur et qu'il réalise ses idéaux. Mais, en réalité, il se conforme progressivement à un standard » (*HB*, 585). Cette remarque s'applique en particulier au sculpteur Barbouilleur, personnage central et ambigu des *Hauteurs béantes*, qui, sous nos yeux, d'un dissident naturel se transforme en un opportuniste qui s'ignore. Lorsqu'il observe que la stèle funéraire qu'il a sculptée pour Khrouchtchev est une œuvre sans compromis, un ami remarque : « Bien sûr, si le fait de ne pas rechercher le compromis est déjà une absence de

---

de l'analyse que propose Zinoviev pour expliquer l'échec de Khrouchtchev à mener à bien la démolition de Staline : « Ils ne pouvaient pas » (d'une manière ou d'une autre).

compromis » (*HB*, 358). On peut arriver au compromis sans le rechercher ; qu'on se rappelle la distinction entre les deux types d'arrivistes.

Venons-en maintenant au problème du *pouvoir* :

> Le pouvoir ivanien est tout-puissant, et, en même temps, impuissant. Sa toute-puissance est négative, c'est-à-dire qu'elle réside dans son impunité à faire le mal. Son impuissance est positive, car elle touche à ses possibilités de faire le bien sans contrepartie. Il possède une force destructrice immense et une force créatrice insignifiante (*HB*, 370).

La notion de pouvoir, en effet, est doublement contrefactuelle : elle implique qu'on peut réaliser ses fins *quelles qu'elles soient* et *quelles que soient les fins des autres* [43]. Les autorités ivaniennes remplissent la seconde partie de cette définition, mais non pas la première. Pour Tocqueville, le pouvoir centralisé « excelle à empêcher, non à faire [44] » ; « il force rarement d'agir, mais il s'oppose sans cesse à ce qu'on agisse ; il ne détruit point, il empêche de naître [45] ». On voit que Zinoviev va plus loin, en attribuant au régime une force destructrice immense ; peut-être faut-il voir là une différence entre les régimes autoritaires et les régimes totalitaires. Quoi qu'il en soit, l'asymétrie entre faire et défaire ne vient pas simplement de ce qu'« il est plus facile de détruire que de construire » (*HB*, 371). En sus de cet obstacle universel que pose la deuxième loi de la thermodynamique à tout projet créateur d'ordre, viennent certains obstacles spécifiquement ivaniens. Essayons de les énumérer : (i) la tendance déjà citée de l'information de dégénérer en dénonciation ; (ii) la tendance à évaluer les solutions d'après leur efficacité idéologique

43. La première hypothèse contrefactuelle est au centre de l'analyse d'A. Goldman, « Towards a Theory of Social Power », *Philosophical Studies*, n° 23, 1972, p. 221-248 ; la seconde est importante dans la théorie du choix collectif, où un *dictateur* est défini comme un individu capable de dicter ses préférences sociales, quelles que soient les préférences des autres individus. On voit ainsi l'absurdité de vouloir démontrer l'existence d'un dictateur même dans le cas où les préférences ne sont pas variables : un tel individu serait seulement *l'homme moyen*, dans ce sens qu'il aurait les mêmes préférences que la société. Une telle démonstration a néanmoins été tentée par R. Parks, « An Impossibility Theorem for Fixed Preferences » : a Dictatorial Bergson-Samuelson Welfare Function », *Review of Economic Studies*, n° 43, 1976, p. 447-450.
44. Tocqueville, *De la démocratie en Amérique, op. cit.*, I, p. 91.
45. *Ibid.*, II, p. 325.

plutôt que d'après leur efficacité technique : on cherche « une solution sociale correcte à un problème économique insoluble » (*HB*, 509) ; (III) l'omniprésence de plans contradictoires, telles l'attitude à l'égard du crime ou la directive : « rehausser le rôle dirigeant des cadres dirigeants et activer l'initiative de la base » (*HB*, 140) ; (IV) la production systématique de personnalités médiocres, tout au plus capables de bloquer les projets d'autrui ; (V) « l'action des rapports sociaux est telle qu'un problème important est également considéré comme difficile » (*HB*, 440), ce qui fait obstacle à toute solution simple et efficace ; (VI) « une société amorale dépense une énorme énergie en pure perte » (*HB*, 617), puisque « les hommes attendent le pire » (*AR*, 185) et prennent leurs précautions, contribuant ainsi à réaliser le pire qu'ils craignent.

On peut donc énoncer la première loi fondamentale de la vie ivanienne : c'est « la règle bien connue qui veut que celui qui cherche à transformer ne transforme rien du tout, et que c'est celui qui n'en avait pas l'intention qui le fait » (*HB*, 153). Autrement dit, à Ivanbourg, l'ensemble des possibilités politiques est vide [46]. Non qu'il ne puisse y avoir de changements, et même des transformations profondes ; simplement, on ne saurait jamais les réaliser de manière délibérée et voulue. Il faut distinguer solution et résultat de la recherche d'une solution (*HB*, 576), comme il faut aussi « distinguer ce qui est le fruit du temps et ce qui est le fruit du nouveau système social » (*HB*, 406). Puisque « n'importe quelle décision de la Direction à propos de n'importe quel problème donne toujours le même résultat » (*HB*, 120), on comprend que « les directives sont un résultat et non une cause » (*HB*, 261). A Ivanbourg, on sait d'avance que toute tentative de mener une action quelconque déclenche un contre-effort qui l'annule :

> Je n'étais nullement étonné d'apprendre qu'on ait mené deux réunions diamétralement opposées dans leur orientation et qu'on ait adopté des mesures qui se paralysaient mutuellement. Chez nous, c'est dans l'ordre des choses, et j'y suis habitué depuis longtemps. Par exemple, le père de Stoupak reçut son prix Lénine et, le même jour, fut exclu du parti (*AR*, 59-60).

46. Voir mon *Logic and Society, op. cit.*, chap. III, pour cette notion.

A Ivanbourg, la culpabilité se substitue à la causalité. La deuxième loi fondamentale dit que « tous les succès obtenus sous une Direction donnée sont les succès de cette Direction » (*HB*, 121). « Le pouvoir s'attribue tout ce qui est positif et calcule son action de façon à ne jamais être responsable des échecs et des imperfections » (*HB*, 317). Et inversement :

> Du point de vue de la science (...) il faut parler des causes de tels ou tels phénomènes. Mais, du point de vue officiel, une telle façon de poser le problème est inacceptable. La conscience officielle pose toujours le problème de la culpabilité pour une situation donnée. Et, comme, pour la conscience officielle, la culpabilité doit être personnifiée, car on ne peut accuser que des êtres conscients, et non une nature sans vie ou des créatures muettes, le problème prend pour elle une forme encore plus nette : qui est coupable dans une situation donnée ? Du point de vue de la conscience officielle, même la responsabilité des cataclysmes naturels (tremblements de terre, sécheresse, inondations) repose sur des personnes précises (*HB*, 78).

Ainsi l'on obtient la troisième loi fondamentale : pour tout désastre, il y a un coupable hors de la Direction. En un sens, c'est une attitude qui est de tous les temps : le souverain est « auteur du bien et n'est pas responsable du mal [47] », même si parfois le chef est destitué s'il pleut trop sous son règne. Or, à Ivanbourg, personne n'y croit vraiment ; la deuxième et la troisième loi n'expriment pas l'attitude spontanée du peuple, elles constituent plutôt des principes de promotion bureaucratique. Donc, le bien qu'il est incapable de faire, le régime en revendique l'honneur ; le mal, qui, seul, est en son pouvoir, il s'en lave les mains.

J'arrive enfin à la théorie de la négation de la négation, présentée dans *l'Avenir radieux* qui, sur ce point, va plus loin que *les Hauteurs béantes*. A vrai dire, c'est seulement dans une petite phrase faite en passant (*AR*, 70) qu'on comprend que Zinoviev entend cette expression dans son acception logique, selon laquelle la négation de la négation ne fait que rétablir le point de départ. Marx et Zinoviev acceptent également de voir

---

47. Paul Veyne, *Le Pain et le Cirque*, op cit., p. 558 sq

la révolution communiste comme négation de la négation, le premier dans un sens dialectique et le second dans un sens logique [48]. Le sens dialectique, bien entendu, est mal défini ; on est même allé jusqu'à dire qu'il n'y en a pas, et que la négation de la négation appartient à ces outils conceptuels qui sont trop puissants puisqu'ils n'excluent rien [49]. Or, à mon avis, il est possible de cerner dans une définition semi-rigoureuse l'essentiel des exemples classiques. Je dirai donc qu'un processus p-q-r suit le schéma de la négation de la négation quand (I) n'importe quel couple de deux éléments parmi p, q, r sont incompatibles entre eux ; (II) le passage p-r est impossible ; (III) le passage q-p est impossible ; et (IV) il n'y a aucun q' $(q \neq q')$ tel que le passage p-q'-r est possible. Ainsi l'on ne saurait passer directement du féodalisme au communisme ; on ne saurait revenir du capitalisme au féodalisme ; et seul le capitalisme peut constituer l'étape intermédiaire indispensable. Pour Zinoviev, l'idée de la négation de la négation est à prendre dans une acception logique, ce qui implique le rejet de la condition (III) :

> En Russie (...) un modèle de vie traditionnel s'est conservé en dépit de tout. Tout comme en Chine. Au siècle dernier, la Russie est entrée dans un processus de rapprochement avec le mode de vie occidental. Mais cela n'a rien donné. La révolution nous a rejetés dans un état de servage. Et ce fut de nouveau l'histoire abjecte et sanglante de l'empire. Combien faudra-t-il de victimes et dans quel marais faudra-t-il plonger pour que le problème de l'abolition du servage redevienne actuel (*AR*, 157) ?

En général, les notions de révolution et de contre-révolution ne sont pas symétriques, en dépit de l'apparence verbale. La révolution contre la révolution contre X donne autre chose que X, et cela pour de bonnes raisons bien exprimées un jour par M. Giscard d'Estaing : « Il n'est certainement pas question de revenir à la situation d'avant 1968, et d'abord parce que la situation d'avant 1968 comportait les conditions qui ont créé

48. Une thèse principale du présent essai étant la compatibilité profonde de la dialectique et de la logique formelle, on comprend que cette opposition fasse exception et non règle.

49. Ainsi H. B. Acton, « Dialectical Materialism », in *The Encyclopaedia of Philosophy*, New York, 1967, vol II, p 389-397.

1968 [50]. » Le but des contre-révolutionnaires n'est certainement pas de créer une situation où la révolution redevient possible ; Eduardo Frei aurait dû comprendre que jamais il ne reviendrait au pouvoir après Allende. Or, les remarques qui précèdent supposent que les processus révolutionnaires ou contre-révolutionnaires sont des actions intentionnelles et intelligentes. Étant donné l'impuissance du régime soviétique pour transformer la société de manière délibérée et voulue, il ne reste que les transformations purement causales, dont le résultat n'est voulu par personne ou qui, s'il est voulu, arrive néanmoins par un processus ni voulu ni dirigé [51]. C'est par cette voie seulement qu'on peut imaginer le rétablissement de l'ordre pré-communiste ; par contre, la négation active [52] du communisme n'est pas une lutte pour rétablir ce qui l'a précédé :

> Je ne veux pas revenir en arrière. Je veux avancer, acceptant ce qui est arrivé comme un fait accompli. La critique du communisme sur le terrain du communisme n'est pas une lutte contre le communisme. Elle ne peut, en son essence, amener la restauration d'un ordre prérévolutionnaire. C'est plutôt le contraire, c'est justement l'étouffement de la critique du communisme qui est étroitement lié à une tendance à la restauration (*AR*, 266).

Par un processus sourd de dégradation insensible pourra s'instaurer un *troisième servage* qu'il aurait été impossible de créer de manière délibérée. D'une manière semblable, seul un processus causal qui effacerait sa propre mémoire est capable d'engendrer

---

50. Interview dans *le Monde* du 8 janvier 1975.
51. Voir *Logic and Society, op. cit* , p. 49, p. 144, pour cette dernière clause. Le pouvoir n'est pas seulement la production causale d'un résultat voulu : il faut exiger aussi que le résultat soit produit de la manière voulue.
52. Peut-on voir une analogie entre la distinction négation active / négation passive et les deux sens de la négation de la négation ? La réponse n'est que partiellement affirmative. La négation passive de la négation passive rétablit le point de départ. Or la négation active de la négation active, au sens strict où la négation active de « *Np* » est « *N* (non-*p*) », rétablit aussi le point de départ. Ce n'est que dans le sens plus large, et plus vague, de la notion de négation active qu'on peut dire que son application répétée fait dépasser le point de départ, comme dans l'exemple de « révolution contre la révolution contre *X* » Ainsi le démenti du démenti de *X* est autre chose que la simple affirmation de *X*, le démenti étant conçu comme une action politique et non simplement comme une opération logique.

des états tels que la foi, l'innocence, la sincérité ou l'oubli [53]. « L'histoire ne laisse pas de traces. Elle ne laisse que des conséquences qui ne ressemblent en rien aux causes qui les ont fait naître » (*HB*, 25 ; voir aussi *HB*, 483). Plus généralement, le passé survit dans le présent, soit sous la forme d'une mémoire du passé, soit sous une forme objectivée qui cache son origine [54]. Seule une société qui garde vivante la mémoire du passé est capable d'orienter les processus qui informent l'avenir.

Zinoviev a démontré de manière éclatante que, non seulement la logique formelle et l'analyse dialectique ne sont pas incompatibles, mais que celle-ci ne se comprend que par celle-là [55]. Et pourtant cette démonstration méthodologique n'est pas son apport le plus important : l'œuvre de Zinoviev ouvre à la science politique des perspectives entièrement nouvelles, par la démonstration de l'irrationnel politique, phénomène jusqu'ici trop négligé. Mais le mérite inoubliable de Zinoviev est surtout d'avoir créé la fiction détaillée et convaincante d'un univers hallucinatoire, d'un univers où les dents artificielles se gâtent (*HB*, 595) et les fleurs artificielles se fanent (*HB*, 603) : un univers qui ne ressemble à rien – sauf à la réalité *.

53. *Ulysses and the Sirens, op cit.*, p. 50.
54. Voir ma « Note on Hysteresis in the Social Sciences », *Synthese,* n° 33, 1976, p. 371-391.
55. Telle est aussi l'une des principales conclusions des chap. IV et V en *Logic and Society* , ce fut donc une source de satisfaction profonde de la voir confirmée par Zinoviev.

* Ce texte a été présenté au XIe Congrès mondial de l'Association internationale de science politique, à Moscou, les 12-18 août 1979. Les délégués soviétiques l'ont reçu d'une manière qui confirme pleinement l'analyse de Zinoviev, affirmant notamment que, hôte de leur pays, je n'aurais pas dû le critiquer. Qu'on lise en particulier le passage sur les rapports entre l'Ivanien et les étrangers (*HB*, 353) cité ci-dessus

PAUL
WATZLAWICK

Avec quoi construit-on des réalités idéologiques ?

Le terme d'*idéologie* permet une multitude de définitions qui ont cependant, pour la plupart, deux éléments en commun. D'abord, le présupposé qu'un système de pensée (la « doctrine ») explique le monde tel qu'il est ; ensuite, le caractère fondamental, totalisant (et, de ce fait, généralement contraignant) de l'idéologie.

Notre propos est ici d'examiner quel type de « réalité » on construit quand on suppose avoir trouvé une vision du monde aussi définitive. Avant de prendre des exemples concrets, nous donnerons d'abord des définitions abstraites des différents éléments qui composent cette construction, et nous en décrirons ensuite les caractéristiques essentielles. Ces exemples ne veulent rien prouver ; nous ne les mentionnons que comme anecdotes, métaphores ou illustrations anthologiques d'effets donnés. Nous les avons donc pris dans des disciplines et des domaines extrêmement divers, sans jamais prétendre à un exposé exhaustif.

Le contenu d'une idéologie n'a pas d'importance eu égard à la réalité construite par cette idéologie. Il peut être en totale contradiction avec le contenu d'une autre idéologie. On constate cependant, dans les faits, une terrifiante stéréotypie.

Pour l'idéologue – appelons ainsi laconiquement, et peut-être pas très justement, l'inventeur ou le défenseur d'une idéologie –, cette thèse est absurde. Et il semble avoir raison. Du point de vue du contenu, on peut difficilement trouver plus radicalement différents que la foi d'un Torquemada, *le Mythe du XXᵉ siècle* de Rosenberg, l'interprétation définitive et « scientifique » de la réalité sociale par Marx et Engels, et les convictions du groupe Baader-Meinhof. Cependant, dans la *pratique,* un indéniable et terrible isomorphisme lie l'Inquisition, les camps de concentration, le Goulag et les actes terroristes. Quels que soient les bourreaux – Pinochet ou l'IRA –, l'acte d'assassinat lui-même ne confère à aucune des idéologies impliquées une valeur éternelle. L'historien britannique Norman Cohn développe cette idée dans son livre *les Fanatiques de l'Apocalypse* :

> On remarque, dans l'histoire des comportements sociaux, des modèles qui, dans leurs grandes lignes, se répètent, révélant ainsi entre eux des similitudes toujours plus évidentes. Les mouvements de masses extrêmement émotifs dont nous traitons dans cet ouvrage démontrent on ne peut plus clairement la récurrence de ces modèles. Des mouvements millénaristes aussi nombreux que divers ont existé, à des époques diverses, mais aussi dans des pays et des sociétés très différents, par leurs technologies, leurs institutions, leurs valeurs et leurs croyances. Ces mouvements ont varié de l'agressivité la plus violente au plus paisible des pacifismes ; ils ont prôné la plus éthérée des spiritualités comme le matérialisme le plus ancré dans la réalité (...) Et pourtant, des similitudes apparaissent d'autant plus nettement que l'on compare attentivement le chiliasme social et militant du haut Moyen Age avec les mouvements totalitaires modernes. De nouveaux slogans et symboles ont certes remplacé les anciens, mais la structure de base des projets reste manifestement la même [12] *.

LES ORIGINES PSEUDO-DIVINES DES IDÉOLOGIES

L'homme du commun ne pouvant connaître l'ordre cosmique dans sa totalité, une idéologie est d'autant plus convaincante qu'elle revendique pour origine un créateur exceptionnel, surhumain, ou au moins génial.

La plus haute autorité – et, de ce fait, l'autorité qu'on a le plus souvent invoquée – est celle du Créateur du monde. S'Il existe, on peut à juste titre supposer qu'Il connaît l'origine, le sens, l'histoire et la fin du monde. Mais, en même temps, la question se pose de savoir comment Il révèle Sa connaissance et

* Traduction originale [*NdT*].

Sa volonté. S'impose alors l'idée d'un médiateur qui, comme l'histoire de l'humanité le montre, doit être d'origine à la fois divine *et* humaine ; des démons, démiurges, interprètes d'oracles, voyants – souvent physiquement aveugles –, prophètes et messagers divins nés de mère humaine interviennent pour faire connaître Sa sagesse.

D'autres sources, non théologiques, sont aussi apparues pour présenter des interprétations définitives du monde. Des systèmes philosophiques, des individus géniaux ou doués de voyance, la raison comme permettant d'énoncer une vérité suprême et axiomatique, ou seulement le bon sens commun et la sagesse populaire, chacun défini d'une façon très précise, ont été désignés comme autorité absolue. Ou encore, de nos jours, nous attribuons une infaillibilité radicale et un caractère définitif à une vision du monde prétendument scientifique. Mentionnons aussi les préjugés acceptés sans aucune appréciation critique, le vaste domaine de la tradition, de la superstition, et le phénomène de la rumeur. « Il n'y a pas de fumée sans feu » fut la réponse qu'une équipe de sociologues recueillit alors qu'elle enquêtait sur l'origine et la rapide propagation d'une rumeur à Orléans [43]. La vérité « pure » est bien sûr axiomatique ; elle dépasse le cadre du probabilisme. Autrement dit, le doute est indésirable. Interrogé par la journaliste de télévision américaine Barbara Walters sur le refus de Cuba de laisser la Croix-Rouge Internationale visiter les prisons cubaines, Fidel Castro répondit simplement :

> Nous obéissons à nos normes, à nos principes. Nous disons toujours la vérité. Si quelqu'un veut douter de cette vérité, qu'il le fasse, mais nous ne permettrons jamais à personne d'essayer de contrôler nos réalités, ou de réfuter nos vérités [11].

Une autre possibilité d'éviter toute réfutation ou même discussion consiste à représenter la vérité de façon très énigmatique, ou à la remplacer par un formalisme dénué de sens, si bien que – dans son éclat nébuleux – elle apparaît à la fois grandiloquente et profonde. A cet égard, la définition que Mikhaïl Alexandrovitch Bakounine donne de la liberté est exemplaire. Ce prophète du terrorisme, un des fossoyeurs de la liberté, affirme dans son *Catéchisme révolutionnaire* :

On a tort d'affirmer que la liberté de chacun finit là où celle des autres commence. L'homme est vraiment libre dans la mesure où cette liberté, pleinement reconnue et reflétée par le libre consentement des autres, se trouve confirmée et étendue par la liberté des autres [3].

(Voilà un exemple de bavardage faussement profond, qu'on appelle aujourd'hui « langue de bois ».)

LA SUPPOSÉE NÉCESSITÉ PSYCHOLOGIQUE DE L'IDÉOLOGIE

S'interroger sur les raisons qui font qu'une vision du monde définitive est pour nous aussi crucialement nécessaire n'est peut-être qu'une perte de temps. Les êtres humains et – comme le montrent les plus récentes études sur les primates – les autres grands mammifères semblent psychologiquement incapables de vivre dans un univers sans ordre ni sens. D'où la nécessité de remplir le vide ; car, si ce sentiment peut, dans sa forme la plus édulcorée, engendrer l'ennui, il mène aussi parfois, dans sa forme la plus aiguë, à la psychose ou au suicide. Mais, si l'enjeu est si important, alors l'interprétation du monde doit être sans faille et ne laisser aucune question sans réponse.

Gabriel Marcel voit la vie comme un combat contre le néant. L'œuvre de Viktor Frankl donne d'innombrables exemples d'êtres humains qui tombent malades parce que leur vie leur semble n'avoir plus aucun sens, et montre, au contraire, comment celui « qui sait *pourquoi* il vit peut supporter quasiment n'importe quoi » (Nietzsche).

Doit-on alors conclure qu'un individu personnellement menacé par la faim, la maladie, ou se trouvant dans une situation d'insécurité générale, soit particulièrement sensibilisé au discours idéologique ? Et les périodes de troubles politiques et sociaux engendrent-elles une sensibilité collective particulière ? Pas nécessairement. Dans ses *Essais,* Orwell écrit :

Les grands écrivains du XXe siècle étaient essentiellement pessimistes. Peut-être parce qu'ils écrivaient à une époque exceptionnellement confortable ? Car c'est précisément le confort qui permet au « désespoir cosmique » de s'épanouir. Le ventre vide, on ne désespère jamais de l'univers. Pas même l'idée d'un tel désespoir ne nous vient à l'esprit [45].

Nous le verrons par la suite, le besoin de poser des questions brûlantes semble caractéristique des sociétés d'abondance. On ne niera pas que la résignation puisse engendrer des situations dangereuses pour la vie d'un individu. On peut, de plus, difficilement contester que la vraie misère soit un terrain favorable aux tentatives désespérées de mettre fin aux injustices existantes par la violence. Toutefois, Lénine le reconnaissait, ces explosions spontanées ne sont pas l'expression d'une conscience révolutionnaire déjà existante, elles sont « bien plus une manifestation de désespoir et de vengeance qu'une lutte [34] ». Le besoin d'utopie semble alimenté par des situations qui n'ont que peu ou même rien à voir avec la misère matérielle. Si on considère, par exemple, la contestation hippie aux États-Unis, le sociologue Walter Holstein affirme que ce mouvement...

fut vécu par des jeunes qui pouvaient profiter de tous les avantages et privilèges du système. Ce n'est ni l'envie ni l'ambition qui provoquèrent la révolte des enfants brandissant une fleur, mais plutôt l'abondance et le désir de vivre quelque chose de différent [23].

LES PARADOXES DES VALEURS ÉTERNELLES

La prétention de toute idéologie à l'irrévocabilité conduit à un paradoxe que la logique formelle connaît depuis des millénaires. Ce paradoxe permet cependant à un système conceptuel de résoudre les plus profondes contradictions, et même, en apparence, facilement. Il s'agit de l'introduction du zéro ou de l'infini dans les équations mathématiques, et de ses conséquences.

On se sert généralement des paradoxes que Zénon d'Élée a décrits, il y a bientôt deux mille cinq cents ans, pour formuler les problèmes que pose l'utilisation inconsidérée de ces deux valeurs. Mentionnons, par exemple, l'histoire d'Achille « aux pieds légers », qui – contrairement à ce que laisse prévoir l'expérience – « doit » perdre la course qu'il fait avec la tortue. Depuis ces temps reculés, les « paradoxes de l'infini » (l'expression est de Bernhard Bolzano [8]) ont incité l'esprit humain à toujours chercher de nouvelles et fascinantes variations. Ainsi celle qu'Arthur Schnitzler décrit dans « Flucht in die Finsternis » :

> Il se souvint de l'idée que Leinbach avait exprimée, des années plus tôt, devant une assemblée nombreuse, avec le plus grand sérieux, et même d'une façon impressionnante. Leinbach avait découvert la preuve que la mort n'existe pas. Il ne fait aucun doute, avait-il déclaré, qu'au moment de mourir nous voyons défiler toute notre vie dans notre mémoire, avec une rapidité que nous ne pouvons imaginer. Et cette vie, dont nous nous souvenons alors, a aussi nécessairement un dernier moment, qui lui aussi a un dernier moment, et ainsi de suite. Mourir est donc éternel : en fonction de la théorie des limites, on approche la mort mais on ne l'atteint jamais [54].

En 1940, Arthur Koestler publia son célèbre roman intitulé *Darkness at Noon* [27], paru en français sous un titre dont la portée dépassait largement celle de l'original : *le Zéro et l'Infini* [28]. Ce livre traite des conséquences politiques de l'introduction du zéro et de l'infini dans ce que Koestler appelle ailleurs très justement l'« équation sociale » :

> Je me rappelais une phrase de Malraux dans *les Conquérants* : « Une vie ne vaut rien, mais rien ne vaut une vie. » Dans l'équation sociale, la valeur d'une seule vie est nulle ; dans l'équation cosmique, elle est infinie. Or, tout écolier sait que, si l'on introduit un zéro ou l'infini dans un calcul fini, l'équation sera désorganisée et l'on pourra prouver que trois égale cinq ou cinq cents. Non seulement le communisme, mais tout mouvement politique qui repose implicitement sur une éthique purement utilitaire deviendra la victime d'une erreur fatale semblable. C'est une illusion aussi naïve qu'une attrape mathématique ; mais ses conséquences mènent droit aux *Désastres* de Goya, au règne de la guillotine, aux chambres de tortures de l'Inquisition ou

aux caves de la Lubianka. Que la route soit pavée de citations de Rousseau, Marx, Jésus ou Mahomet n'y change rien [30].

De ce qui a été énoncé, il s'ensuit aussi – presque nécessairement – que toute idéologie se fixe des buts empreints de l'utopie d'un état idéal définitif.

C'est ici que la thèse de Rousseau, sortie du grenier des idées philosophiques, fait un retour glorieux avec ses idées sur l'homme, bon à l'état de nature, mais dépravé par la société. Cependant, un point, déjà obscur du temps de Rousseau, est aujourd'hui toujours aussi peu clair : pourquoi l'ensemble des êtres humains, bons à l'état de nature, a-t-il dégénéré en une force obscure et mauvaise, responsable de l'oppression, de la maladie mentale, du suicide, du divorce, de l'alcoolisme et du crime ? En 1945, dans la Société ouverte et ses ennemis [47], Karl Popper énonça une idée qui semble aujourd'hui quasiment prophétique : le paradis de la société primitive et heureuse (qui, d'ailleurs, n'a jamais existé) est perdu pour tous ceux qui ont mangé le fruit de l'arbre de la connaissance. Popper nous avertit que, plus nous voulons retourner à l'âge héroïque du tribalisme, plus nous arriverons en fait au règne de l'Inquisition, de la police secrète et du gangstérisme – teinté de romantisme.

Mais, une fois qu'on a rendu la société responsable des problèmes existentiels de l'individu, bon par nature, rien n'entrave plus le cheminement de l'imagination pure. Définir un modèle de société bienveillante, libérée de toute forme de pouvoir, n'est en effet plus qu'une question d'imagination. Marx et Engels, par exemple, voyant dans l'inévitable division du travail une des manifestations du pouvoir bourgeois, ont rapidement imaginé une solution à ce problème :

En effet, dès l'instant où le travail commence à être réparti, chacun a une sphère d'activité exclusive et déterminée qui lui est imposée et dont il ne peut sortir ; il est chasseur, pêcheur, ou berger, ou critique critique, et il doit le demeurer s'il ne veut pas perdre ses moyens d'existence ; tandis que, dans la société communiste, où chacun n'a pas une sphère d'activité exclusive, mais peut se perfectionner dans la branche qui lui plaît, la société réglemente la production générale. Ce qui crée pour moi la possibilité de faire aujourd'hui telle chose, demain telle autre, de chasser le matin, de pêcher l'après-midi, de pratiquer l'élevage le soir, de faire de la critique après le repas, selon mon bon plaisir, sans jamais devenir chasseur, pêcheur ou critique [40].

« Je veux voir libres tous les opprimés du monde. Et il n'y a pour cela qu'un seul moyen : nous devons avancer vers une société révolutionnaire dans laquelle les besoins et les désirs de tous sont respectés. » En déclarant cela, le professeur de philosophie Angela Davis, bien connue pour ses positions absolues, faisait écho au vieux rêve messianique d'Isaïe qui voit le lion se coucher paisiblement à côté de l'agneau dans un monde parfaitement bon. Mais, ce que le prophète ne savait peut-être pas, on le trouve on ne peut plus clairement exprimé dans la phrase d'ouverture d'un discours que le Sénat adressa à Napoléon Ier : « Sire, le désir de perfection est une des pires maladies qui puissent affecter l'esprit humain. » Les auteurs de cette phrase pouvaient bien sûr faire valoir le douteux avantage d'avoir eux-mêmes expérimenté l'introduction de la devise « Liberté, Égalité, Fraternité », et d'avoir survécu à cette tentative.

Les espoirs utopiques se nourrissent aussi de l'idée que les nobles peuples opprimés deviendront, une fois libérés, les ardents défenseurs des valeurs humaines les plus hautes, précisément parce qu'ils ont eux-mêmes subi l'injustice et l'oppression. Dans la préface de son livre intitulé *The Revolutionist's Handbook* (le manuel du révolutionnaire), George Bernard Shaw affirme qu'il n'en est rien : « Les révolutions n'ont jamais secoué le joug de la tyrannie ; elles le placent seulement sur d'autres épaules. »

Nous allons essayer ici de comprendre pourquoi les plus merveilleuses utopies génèrent la plus épouvantable oppression. De l'époque de Platon jusqu'à très récemment, l'histoire confirme ce phénomène. Et n'oublions pas que la plupart des utopies classiques n'ont jamais existé que dans l'esprit de leurs inventeurs et sur les pages de leurs traités. Cependant, bien que leurs modèles n'aient jamais été réalisés, ces utopies n'en contiennent pas moins les caractéristiques d'une inhumaine oppression. Wolfgang Kraus évoque cette idée dans *Die verratene Anbetung* (l'adoration trahie) :

Si on étudie les utopies sociales classiques du point de vue des valeurs qui étaient les plus importantes pour leurs auteurs, on arrive à d'étonnants résultats. Dans *la République* et *les Lois* de Platon, dans le chapitre des *Vies* que Plutarque a consacré à Lycurgue, dans l'*Utopie* de Thomas More et *la Cité du Soleil* de Tommaso Campanella, comme dans la *Nouvelle Atlantide* de Francis Bacon, et beaucoup d'autres œuvres encore, on trouve une terrifiante tendance à revendiquer la violence comme moyen d'établir l'ordre. Les dictatures politiques contemporaines paraissent, des bastions de liberté si on les compare à ces types d'États considérés comme idéaux [32].

Pourtant, le monde s'acharne à essayer de réaliser ces utopies. Et tout ce qui reste de ces rêves et inventions se résume en deux mots : méfiance et déception. Comme si ce résultat n'avait pas été prévisible dès le départ. Max Frisch exprime cela avec une remarquable concision dans *Biedermann et les Incendiaires* :

> CHŒUR : (...)
> Vous avertissant
> Simplement,
> Selon la coutume
> S'avance le chœur,
> Concitoyenn'ment
> Impuissant,
> Toujours bienveillant,
> Jusqu'à ce qu'il soit
> Trop tard pour éteindre le feu.
> (...)
> Ce que vous nommez
> Destin immuable,
> – Cherch'pas à savoir
> Pourquoi ni comment –
> Dévastant des villes,
> Monstrueusement,
> N'est que connerie.
> CORYPHÉE : Humaine.
> CHŒUR : Trop humaine *.

---

* Max Frisch, *Biedermann et les Incendiaires*, trad. fr. de M. Pilliod, *L'Avant-Scène*, n° 587, mai 1976, p. 7 [*NdT*].

Chacun essaie à sa façon de se débarrasser des douleurs de la déception. Dans *das Konzept* de mars 1979, Niklaus Meienberg écrit :

> Pendant des années, nous avons ignoré des réalités qui auraient pu ternir l'image que nous nous faisions du socialisme ; ou bien nous en avons admis d'autres – contre lesquelles nous nous battions en Suisse – sous prétexte que le contexte politique et historique était exceptionnel. Il fallut que « notre » Vietnam envahisse le Cambodge en utilisant les moyens classiques – avec des bombes et des chars semblables à ceux des Américains, et avec l'habituelle tactique de la guerre éclair – (...) pour que certains se rendent soudain compte que les Khmers Rouges avaient commis un génocide. Ce dont ils n'avaient pas été capables avant [41].

Et le *Zeitdienst* zurichois de se plaindre :

> Après Prague, l'Éthiopie et le Cambodge, il n'existe plus aujourd'hui de camps progressistes qui excluent, par principe, le recours au conflit armé pour régler des questions d'opinions ou d'intérêts divergents. Il n'existe plus – et ce sera peut-être la nouveauté essentielle pour la génération à venir – de bons modèles politiques. Le temps des modèles est révolu [65].

LES PARADOXES DE LA PERFECTION
ET DE L'INFINI

Aussi audacieux, fort et beau soit-il, et aussi fermé sur lui-même qu'il paraisse, un système n'en a pas moins une fatale imperfection : il ne peut lui-même prouver sa propre logique et cohérence. Les mathématiciens, en particulier Kurt Gödel [19], ont très minutieusement étudié cette condition fondamentale de la construction logique de chaque réalité que nous inventons. Et les conclusions auxquelles ils sont arrivés s'appliquent à tous les systèmes dont la complexité correspond au moins à celle de l'arithmétique. Pour démontrer sa cohérence, tout système doit nécessairement sortir de son propre cadre conceptuel : seuls des principes interprétatifs extérieurs, que le système ne peut créer lui-même, permettent de démontrer qu'il ne renferme aucune contradiction. La cohérence logique de ces principes – constituant donc un méta-cadre conceptuel – ne peut à son tour être démontrée sans le recours à un autre système encore plus vaste, c'est-à-dire à un méta-méta-cadre, et ainsi de suite *ad infinitum*. On sait depuis les études de Whitehead et Russell [62] qu'un élément ne peut à la fois se rapporter à un ensemble et en faire partie ; autrement dit, il ne peut se rapporter à lui-même sans tomber dans les paradoxes de la réflexivité. L'exemple célèbre du menteur qui dit « Je mens » en est la forme la plus simple. S'il ment effectivement, alors son affirmation est vraie. Mais, si elle est vraie, alors il ne ment pas, et il mentait donc en disant qu'il mentait. Il mentait donc... et ainsi de suite. En d'autres termes, la proposition « Je mens » se rapporte à la fois à l'ensemble (qu'on appelle classe en langage mathématique) de ses affirmations *et* à un élément (un membre) de cet ensemble, à savoir cette affirmation précise. Quand on ne distingue pas strictement la classe et ses membres apparaît le paradoxe de la réflexivité [60] bien connu et démontré par la logique formelle. La carte n'est pas le territoire, le nom n'est pas ce qu'il nomme, et une interprétation de la réalité n'est pas la réalité elle-même, mais seulement une interprétation. Seul un schizophrène mange le menu au lieu des plats qui y sont énumérés [1].

Kant avait déjà remarqué que toute erreur de ce type consiste à prendre les façons dont nous définissons, déterminons ou déduisons nos concepts pour les choses elles-mêmes.

Ainsi, quand une interprétation du monde, une idéologie par exemple, prétend tout expliquer, une chose reste cependant inexplicable : le système interprétatif lui-même. A partir de là, une autre prétention tombe : celle de construire un système parfait et définitif. Popper attire l'attention sur cette impossibilité dans ses *Conjectures et Réfutations* [46], où il explique qu'on ne peut prouver aucune théorie de façon positive : seules ses failles nous apprennent quelque chose, et nous ne savons jamais rien avec certitude. De ce fait, aucune autorité ne peut revendiquer

---

1 Voir la contribution de Varela qui présente des méthodes totalement nouvelles pour traiter les problèmes de la réflexivité.

une quelconque autorité. Et nous ne pouvons jamais prétendre qu'à des approximations d'une vérité qui reste toujours en partie incompréhensible.

Le logicien anglais J.R. Lucas explique cela très clairement :

> On reproche avec raison à beaucoup de philosophies, et pas seulement au déterminisme, de se prendre à leur propre piège. Quand le marxiste affirme qu'une idéologie n'est jamais vraie en elle-même, et reflète toujours les intérêts de classe de ses partisans, on peut lui répondre que, dans ce cas, ses conceptions marxistes reflètent les intérêts économiques de sa classe, et, de ce point de vue, ne peuvent se prétendre plus vraies que d'autres. Il en va de même pour le freudien. En affirmant que les idées de chacun sont le résultat de ce qu'il a vécu pendant son enfance, il révèle simplement les conséquences différées de ce qui est arrivé dans sa propre enfance. Même chose pour le déterministe : si ce qu'il affirme est vrai, c'est son hérédité et son environnement, et rien d'autre, qui le déterminent à énoncer cette vérité. Il n'a pas ces idées déterministes parce qu'elles sont vraies, mais seulement parce que tel et tel stimulus le déterminent à les avoir ; il a donc ces idées, non pas parce que la *structure* de l'univers a une certaine configuration, mais seulement parce que la configuration d'une partie de l'univers et la structure du cerveau du déterministe sont telles qu'elles produisent ce résultat [38].

Mais l'idéologue considère comme inacceptable cette imperfection pourtant incontournable. Il déclare son interprétation du monde absolument vraie : elle doit tout prouver, donc sa propre véracité aussi. En essayant, malgré tout, d'atteindre l'impossible, l'idéologue politicien fait encore plus mauvaise figure que ses « confrères » théologiens. Le christianisme, par exemple, réussit à cet égard à entretenir une perspective consolatrice pour le croyant en renvoyant la réalisation du rêve d'Isaïe à la fin des temps, et échappe au dilemme en introduisant le concept d'infini. Ainsi, l'existence du mal n'est pas excusée, mais est en tout cas relativisée, alors que d'autres questions restent sans réponse ; par exemple, l'idée de la damnation éternelle des pécheurs impénitents, le péché originel, la question de savoir si Dieu est soumis aux lois de sa propre création ou s'il peut accomplir l'impossible.

De telles questions menèrent, au IIe siècle de notre ère, Basilide à une position hérétique ; il prétendait que le cosmos était le résultat de l'improvisation frivole et malicieuse de démiurges imparfaits. L'idéologue politicien ne peut par contre remettre l'avènement de la société idéale à la fin des temps ; l'harmonie doit commencer ici et maintenant, ou du moins devenir une réalité pour la génération qui suit. A ce propos, Popper affirme ceci :

> Les êtres humains ont droit à notre aide. Aucune génération ne doit être sacrifiée pour le bien de celles qui viennent, au nom d'un idéal de bonheur irréalisable. En bref, je pense que la misère humaine est le plus urgent des problèmes qu'une politique sociale rationnelle doive prendre en considération. Le bonheur est un problème d'un autre ordre : il appartient à chacun de nous de le rechercher individuellement [48].

En s'imposant cette exigence de perfection, l'idéologue est pris entre les exigences du principe aristotélicien du tiers exclu et les imprévisibles stratagèmes d'une logique qui essaie de se prouver elle-même de façon réflexive, mais sans y parvenir. Car aucun idéologue ne saurait contourner la sage et inhumaine imperfection que Ernst Wolfgang Böckenförde résume ainsi : « L'État moderne et libre est fondé sur un ensemble de présupposés qu'il ne peut garantir sans remettre en question sa propre liberté [7]. » Cette thèse exprime avec beaucoup de pertinence un principe : celui de l'imperfection de toute interprétation du monde, et donc aussi de toute « équation sociale ».

L'extrémisme de gauche, en particulier, s'empêtre dans l'inextricable contradiction inhérente à cette « équation » ; pour ses partisans, l'homme n'est qu'un rouage dans le cours imperturbable et déterminé une fois pour toutes de l'histoire, mais en même temps c'est l'innovateur messianique appelé à changer ce cours en agissant librement et de sa propre initiative. Alors, agit-il ou réagit-il ? Ses initiatives viennent-elles de lui-même ? Sont-elles spontanées ou lui sont-elles dictées de l'extérieur ? Peut-être par l'implacable logique du progrès historique ? Lénine a déjà traité ce problème. Dans un essai publié en 1902, *Que faire ?*, il pose la question de la spontanéité révolutionnaire et conclut catégoriquement :

Les ouvriers, avons-nous dit, *ne pouvaient pas avoir* encore la conscience social-démocrate. Celle-ci ne pouvait leur venir que du dehors. L'histoire de tous les pays atteste que, par ses seules forces, la classe ouvrière ne peut arriver qu'à la conscience trade-unioniste, c'est-à-dire à la conscience qu'il faut s'unir avec les syndicats...

Quel est alors cet élément extérieur qui donne l'impulsion décisive ? De façon surprenante, c'est le camp ennemi. Lénine continue :

Quant à la doctrine socialiste, elle est née des théories philosophiques, historiques, économiques élaborées par les représentants instruits des classes possédantes, par les intellectuels. Les fondateurs du socialisme scientifique contemporain, Marx et Engels, appartenaient eux-mêmes par leur situation sociale aux intellectuels bourgeois [35].

En fonction de cela, le méta-cadre du socialisme serait donc la bourgeoisie, dont il faudrait ensuite se demander dans quel méta-méta-cadre elle-même s'inscrit. Au lieu de s'approcher de la réponse finale que l'on espère trouver, on sombre plutôt dans la régression sans fin que nous avons déjà évoquée et qui contredit la prétention des idéologies à se prouver elles-mêmes sans avoir recours à aucun élément extérieur. Roger Garaudy, un des principaux idéologues du parti communiste français jusqu'en 1970, essaie d'aborder ce problème plus élégamment, sans toutefois éviter de s'empêtrer dans les pièges de la réflexivité – ce qui, dans son cas, reste sans conséquences graves puisque la solution proposée ne repose jamais que sur des promesses faites en l'air. Dans son livre *l'Alternative* [17], il traite la question de savoir comment les travailleurs pourraient concevoir eux-mêmes l'idée d'autogestion, et par là parvenir à leur propre compréhension de la situation dans son ensemble, alors qu'elle leur était jusque-là transmise « de l'extérieur ». Comme nous l'avons développé ailleurs, voici la question qui se pose :

Comment la classe ouvrière se libère-t-elle de cette tutelle, et comment arrive-t-elle à l'autogestion ? La réponse de Garaudy est très intéressante car il conclut tout simplement que « le pas vers l'autodétermination doit lui-même être autodéterminé ». L'autogestion devient ainsi un *ouroboros* [2], ou, pour citer de nouveau Garaudy, « l'autogestion devient une école d'autogestion ». Cela se traduit, dans la pratique, par le fait que les ouvriers choisissent les ingénieurs et autres spécialistes, et ont à tout moment la possibilité de les renvoyer. Les spécialistes doivent informer, expliquer et convaincre, mais la décision finale appartient aux travailleurs. Cela signifie ni plus ni moins que les travailleurs, en faisant appel à des spécialistes, ont conscience de l'insuffisance de leur spécialisation, mais qu'ils sont, pour ainsi dire, des méta-spécialistes jugeant des spécialistes. Et, bien que Garaudy critique l'omniscience des cadres dans le système bureaucratique staliniste et centraliste, dans son modèle, c'est la base qui exerce ce pouvoir absolu. On pense alors à l'idée platonicienne d'une république gouvernée par les plus sages, et à tous les paradoxes et les conséquences contradictoires qu'elle implique et que Karl Popper a décrite dans *la Société ouverte et ses Ennemis* [61].

L'homme d'action que « les pâles lumières de la pensée n'ont pas affaibli » choisira plutôt des solutions « gordiennes » pour résoudre ce paradoxe. Martin Gregor-Dellin en donne un exemple très intéressant dans une étude sur la sémantique socialiste en RDA. Il analyse un discours d'Erich Honecker où il trouve cette phrase : « C'est un processus régulier que notre parti planifie et conduit à long terme. » A ce propos, Gregor-Dellin fait la remarque suivante :

Ici, le vocabulaire trahit l'imposteur. Il démasque le manipulateur qui se dissimule derrière un prétendu administrateur. Les lois ne sont donc pas, comme l'affirme Marx, déterminées par les réalités économiques et sociales, mais par le parti qui « planifie et conduit un processus régulier ». Mon propos n'est pas de prouver que Honecker trahit le marxisme. Cet exemple montre seulement comment, pendant un court instant, un langage que l'intellect ne contrôle quasiment plus révèle ce qui le sous-tend : apparaît alors au grand jour le cynisme du Comité Central qui considère

2. Le symbole du serpent qui se mord la queue.

depuis longtemps qu'on ne doit pas se conformer au processus, mais plutôt le commander [21].

Pourtant, pour le croyant, les apparences sont sauvées.

HÉRÉSIE ET PARANOÏA

> *...weil, so schliesst er messercharf,*
> *nicht sein kann was nicht sein darf.*
>
> Christian Morgenstern.

Affirmer qu'une idéologie est universellement vraie implique, aussi nécessairement que la nuit succède au jour, que toutes les autres positions sont hérétiques. A l'origine, le mot hairèsis *ne signifiait pas du tout hérésie, mais choix, ou, plus précisément, il désignait une situation dans laquelle quelqu'un a la possibilité de choisir.* Celui qu'on appelle hérétique a donc la liberté de choisir, et de vivre comme bon lui semble. Mais il entre alors en conflit avec l'idéologie, la vraie foi ou la ligne du parti. On ne doit pas oublier ici que, sans les doctrines qui se prétendent absolument vraies, l'hérésie n'existerait pas.

On distingue plusieurs étapes caractéristiques dans le processus de répression et d'élimination de l'hérétique.

L'idée de posséder l'ultime vérité se traduit d'abord par une attitude messianique : elle consiste à s'accrocher à la croyance que la vérité s'imposera d'elle-même, ou par elle-même. A ce stade, le partisan d'une idéologie peut encore croire en la possibilité d'enseigner la vérité à l'hérétique, ou simplement de le convaincre. Mais il se heurte rapidement à l'entêtement, à la mauvaise volonté, à l'incapacité de s'ouvrir à la vérité, et, finalement – selon le terme de Hermann Lübbe –, il « s'auto-autorise » à recourir à la violence. Dans son intérêt le plus fondamental, le monde doit ouvrir enfin les yeux, reconnaître ce qui est vrai. Lübbe note que cette idée est déjà exprimée dans le journal de la Tchéka, *l'Épée rouge,* du 18 août 1919 ; le célèbre principe « Tout nous est permis » y est énoncé et justifié par l'ahurissante explication : « Nous ne voulons qu'une chose, le bien de l'humanité. »

Lübbe explique comment ces deux affirmations peuvent être rendues compatibles :

> L'historicisme que nous avons mentionné plus haut (...) comme condition théorique d'une auto-autorisation illimitée à recourir à la violence parvient à concilier ces deux affirmations. Par un examen critique et idéologique, cette philosophie de l'histoire permet d'identifier la mystification qui perpétue l'emprisonnement de la conscience du peuple. Ainsi, ceux qui connaissent la vérité et veulent le bien du peuple ne sont pas déçus de ne recevoir en retour que haine de la part de ceux qui devraient au contraire les aimer. Et c'est précisément le fait de vouloir le bien du peuple qui justifie tout [37].

Le bienfaiteur universel n'a donc pas le choix ; il est le chirurgien qui manie le bistouri dans le seul but de soigner. Il ne veut pas la violence, mais la réalité (celle qu'il a inventée) le contraint à y recourir, en un sens, contre sa volonté. Pour lui, faire éclater une bombe dans la foule d'un grand magasin devient un acte révolutionnaire perpétré par amour pour l'humanité. Et, en général, pour citer de nouveau Lübbe, « sa principale intention n'est pas de faire éclater des bombes dans les magasins ou des commissariats, mais plutôt dans la conscience du public ». Au fond, le terroriste Felix Dzerjinski « avait une âme poétique et sensible ; il était toujours plein de pitié pour les plus faibles et pour ceux qui souffrent (...) et toujours partagé entre son idéal et le massacre qui, pour lui, faisait partie du quotidien [13] ». De la terroriste Gudrun Ensslin, Günther Grass écrit ceci : « Elle était idéaliste, et toute espèce de compromis lui inspirait un dégoût profond. Ce qu'elle cherchait, c'était l'absolu, la solution parfaite [5]. »

Quiconque le peut essaie, bien sûr, de ne pas se salir les mains. Alors qu'il assistait à une exécution en masse à Smolensk, Himmler dut partir après la deuxième salve parce qu'il se sentait mal. Mais, de son quartier général, loin de la cruauté de la scène, les choses lui paraissaient plus propres et il put alors adresser à ses hommes une lettre de félicitations pour le désintéressement qu'ils avaient su garder en accomplissant leur tâche difficile ³.

---

3. Il y a aussi bien sûr ceux pour qui la « tâche difficile » est un franc plaisir. En témoigne un slogan dont le terroriste Michael Baumann est supposé être

Bien sûr, la solution finale des nazis n'était pas très ambitieuse : ils ne voulaient pas imposer leur idéologie dans le monde entier, mais seulement dans leur pays. Leur but était d'anéantir leurs ennemis, et ils pratiquaient pour cela ce qu'Elster (voir sa contribution) appelle la négation active. Cependant, le vrai idéologue, celui qui veut que sa doctrine soit absolue et éternellement valable, ressent la nécessité d'éliminer ou d'anéantir radicalement tout fait ou opinion qui contredit cette doctrine ; dans les termes d'Elster, il s'agit d'une lutte contre la négation passive. Mais, pour y parvenir, le mépris, l'interdiction, le reniement et le bannissement ne suffisent pas. Car, encore selon Elster, tous les idéologues doivent reconnaître ce contre quoi ils se battent. Après avoir introduit le concept d'infini dans l'équation sociale, il s'agit ensuite pour l'idéologue d'y introduire le zéro. Dans *1984,* le tortionnaire dit à sa victime :

> Vous êtes (...) une tache qui doit être effacée (...) Il nous est intolérable qu'une pensée erronée puisse exister quelque part dans le monde, quelque secrète et impuissante qu'elle puisse être [44].

On peut éliminer physiquement les dissidents et les hérétiques, et même – pour ainsi dire, *ad majorem gloriam ideologiae –* commencer par les anéantir psychologiquement au point non seulement qu'ils reconnaissent les accusations les plus absurdes qu'on leur porte au cours d'un procès, mais aussi qu'ils finissent par demander eux-mêmes qu'on les élimine. Les choses ne sont cependant pas si simples quand il s'agit des lois de la logique. L'adversaire n'est plus dans ce cas un ennemi en chair et en os, mais la *fata morgana* d'une construction mentale qui tient sa vérité de son propre architecte. Nous l'avons déjà remarqué, l'idée d'une interprétation du monde absolument vraie exclut par définition la coexistence d'autres interprétations ; ou, plus précisément, aucune autre interprétation n'a le droit d'exister. Car autrement on se trouverait dans un univers où tout serait en fait vrai, y compris le contraire. Là où l'idéologie essaie de se référer à elle-même pour établir sa propre vérité et validité, apparaît

---

l'auteur : « Notre devise : *La terreur sans limite est une source de plaisir illimitée.* »

une tache aveugle, qui correspond précisément à ce que Heinz von Foerster décrit dans ce volume (p. 45) :

> Notons que cette cécité localisée n'est pas perçue comme une tache sombre dans notre champ visuel (voir une tache sombre impliquerait de poùvoir la voir) ; elle n'est pas perçue du tout, ni comme quelque chose de présent, ni comme quelque chose d'absent – ce que nous percevons, nous le percevons « sans taches ».

Cette cécité localisée, qui ne se perçoit pas comme telle, permet au partisan d'une idéologie de croire en l'absolue vérité et perfection de sa doctrine. Si, toutefois, l'égalité sociale visée ne se réalise pas, cette perfection n'est évidemment pas en cause ; le responsable de l'échec doit être un ennemi insidieux, qui n'a pas encore été découvert, et attend dehors dans l'espoir de saboter l'avènement du millenium. Ou peut-être s'agit-il d'un parasite qui se trahit parfois seulement par le choix des mots qu'il emploie – son vocabulaire déviant bien sûr par rapport à celui qui est devenu obligatoire. Sur la période nazie, Schneider écrit : « Il ne fallait rien changer à la domination du langage, le véritable crime était de se révolter contre celle-ci. A la fin du livre de Klemperer [4], une femme répond à la question de savoir pourquoi son mari fut envoyé dans un camp de concentration : " à cause d'expressions qu'il employait " [52]. » Le satiriste polonais Wieslav Brudziński traite, à sa façon, du même problème quand il écrit : « Il commençait prétentieusement ses discours par : " Si je peux me permettre d'exprimer mon opinion, je dirai avec Engels que... " »

Comme de nombreux autres philosophes, Leibniz se battait avec l'impossibilité de réconcilier notre monde imparfait avec la perfection de Dieu. Dans un célèbre précepte, il affirme que, si le monde existant n'était pas le meilleur possible, alors Dieu n'aurait pas su comment, ou n'aurait pu, ou n'aurait pas voulu créer le meilleur des mondes. Mais ces trois affirmations sont incompatibles avec la nature de Dieu. Donc, le monde existant est le meilleur des mondes possibles.

L'idéologue raisonne différemment. Si mes idées n'étaient les seules vraies, pense-t-il, ou bien je ne pourrais savoir quel monde

---

4. Victor Klemperer, *Die unbewältigte Sprache* (le langage insoumis) [26].

est le meilleur, ou bien je ne serais pas capable de le façonner entièrement, ou je ne voudrais pas le façonner entièrement en fonction de celles-ci. Mais ces trois affirmations sont incompatibles avec la nature de mes idées ; l'indéniable mal qui régit le monde est donc le fait d'ennemis non encore identifiés.

A ce stade, le raisonnement de l'idéologue devient paranoïaque. Par définition, le délire paranoïaque se fonde sur une affirmation fondamentale tenue pour absolument vraie. Étant donné son caractère axiomatique, elle ne peut (ni n'a besoin de) démontrer sa propre véracité. Des déductions rigoureusement logiques faites à partir de cette prémisse résulte l'invention d'une réalité dont la caractéristique essentielle est que tout échec ou incohérence du système n'est jamais attribué à la prémisse fondamentale, mais à ce qui en a été déduit.

Dans la tour d'ivoire de la logique formelle, ce défaut « technique » mène au terrible et inévitable paradoxe que des esprits pratiques contournent imperturbablement pour passer aux questions concrètes de l'ordre du jour. Car, s'il est vrai qu'un barbier rasant seulement les hommes de son village qui ne se rasent pas eux-mêmes ne peut exister (on ne saurait pas, autrement, ce que le barbier fait de sa propre barbe), ce fait reste toutefois sans conséquences *pratiques* susceptibles de changer la face du monde : il démontre simplement que la prémisse de cette proposition est défectueuse. Mais la prémisse du raisonnement idéologique ne « peut », par contre, être défectueuse puisque sacro-sainte. De ce fait, quiconque l'attaque prouve par là sa dépravation et sa sournoiserie. Pour cette raison, la *Pravda* du 13 janvier 1974 condamnait l'écrivain Soljenitsyne. D'autres avant lui avaient critiqué les insuffisances et les erreurs du passé ; mais lui tenta, de plus, de démontrer que les violations de la légalité n'étaient pas des transgressions des normes socialistes, mais plutôt les conséquences logiques de la *nature même du « socialisme »* (c'est-à-dire de l'idéologie). Ainsi Soljenitsyne était devenu un traître, et tout être humain honnête – quelle que fût sa nationalité – était supposé le considérer avec dégoût et manifester de la colère à son égard.

Quand quelque chose ne va pas, ou ne convient pas – la perfection du système étant indubitable –, un élément extérieur au raisonnement idéologique doit en être responsable. On voit ainsi comment une idéologie essaie de se protéger en portant toutes sortes d'accusations chicanières. La trahison et les obscurs pouvoirs d'ennemis intérieurs et extérieurs menacent de toute part. Des théories sur la conspiration se développent et se révèlent bien commodes pour masquer l'absurdité du fondement de l'idéologie ; d'où la nécessité et le bien-fondé de purges sanglantes. Comme Elster l'affirme dans sa contribution, la culpabilité remplace la causalité. Ajoutons aussi la citation des *Hauteurs béantes* de Zinoviev qu'Elster fait p. 218 :

> Du point de vue de la conscience officielle, même la responsabilité des cataclysmes naturels (tremblements de terre, sécheresse, inondations) repose sur des personnes précises.

Ceci ne s'applique pas seulement aux cataclysmes naturels. Au début de son livre, *les Orangers du lac Balaton* [14], Maurice Duverger écrit ceci :

> Au temps du stalinien Rákosi, les dirigeants hongrois décidèrent de cultiver des orangers sur les rives du lac Balaton. Il gèle chaque hiver, bien que sa masse d'eau atténue la rigueur du climat continental et donne une allure un peu méridionale aux rives abritées des vents du nord. Courageusement, l'agronome chargé de l'entreprise exposa qu'elle était chimérique. En vain. Interprète du matérialisme historique, lequel exprime la vérité scientifique, le parti ne pouvait pas se tromper. On planta donc des milliers d'arbres, importés à coups de devises rares. Ils moururent. En conséquence, l'agronome fut condamné pour sabotage. N'avait-il pas montré sa mauvaise volonté dès le début, en critiquant la décision du bureau politique ?

On pourrait, pour illustrer ce type de logique paradoxale et réflexive, mentionner d'innombrables exemples allant du ridicule à l'épouvantable. La façon dont les prophètes rationalisent l'échec de leurs prophéties appartient à la première catégorie. Selon des informations données par des journaux, le 17 février 1974, quatre cents étudiants de l'université californienne de San Jose se réunirent, dans le grand amphithéâtre, sous la direction de plusieurs de leurs enseignants : ils étaient là pour psalmodier des chants indiens destinés à faire pleuvoir, et mettre ainsi fin à une période de sécheresse que la Californie subissait depuis des années. L'un des organisateurs expliqua que seules des « attitudes négatives » avaient pu faire échouer la cérémonie [58]. Car la pluie ne vint pas. Popper dit de ce type de preuve qu'il est « auto-immunisant ». Elster parle d'une logique manichéenne primitive qui permet d'affirmer, par exemple : « Qui n'est pas pour moi est donc contre moi. » En fonction de ce que nous avons exposé jusqu'à présent, nous dirons qu'il s'agit d'une logique circulaire, caractéristique du fonctionnement des idéologies. « Un communiste convaincu ne peut devenir un anticommuniste. Soljenitsyne n'a jamais été un communiste [42] », c'est ce que Sergueï Michalkov, lauréat du prix Staline, pense de cet écrivain. Ceci rappelle, en un sens, une plaisanterie sur les « super-rabbins » :

– Personne ne peut se comparer à mon rabbin. Non seulement il parle avec Dieu lui-même, mais aussi, imaginez donc, Dieu s'adresse directement à lui.
– Je ne crois pas ça. Vous avez des témoins ? Si votre rabbin dit ça, il ne se contente pas d'exagérer, il ment tout simplement.
– Ah oui ? Voici la meilleure preuve de ce que j'affirme : Dieu parlerait-il à quelqu'un qui ment [10] ?

On se demandera maintenant combien de temps il est possible de tenir un raisonnement fondé sur ce type de logique. Il semble qu'un grand nombre de facteurs donnent aux systèmes les plus vastes, rigides et puissants une durée de vie beaucoup plus longue que celle des individus. Manès Sperber écrit :

Car lorsqu'ils peuvent gagner de grandes victoires, les terroristes peuvent avoir momentanément l'illusion d'être les maîtres de leur propre destinée, comme les kidnappeurs quand ils font trembler toute une famille ou une ville pour l'enfant qu'ils peuvent tuer à chaque instant. Dans la mesure où la politique est la lutte pour le pouvoir, les terroristes, ces vagabonds du néant, pensent peut-être, à ce moment-là, qu'ils ont choisi le chemin le plus court pour arriver au pouvoir [57].

Quand l'idéologie exaltée échoue à réaliser les buts qu'elle s'était fixés, il est toujours possible d'accuser d'obscures puissances pour expliquer cet échec. On trouve un bon exemple d'une telle démarche dans la mythologie hitlérienne du crépuscule des dieux. Dans son étude sur *le Mythe du XXe siècle,* Kurt Sontheimer fait sur Rosenberg la remarque suivante :

> A Nuremberg – alors que le mythe du Reich était détruit –, il défendit avec la plus grande assurance la thèse que l'idéologie national-socialiste était, en elle-même, bonne, et que seule une mauvaise application de ses principes avait pu mener à son échec. « L'instinct lui permettant de saisir le sens profond de l'histoire » – instinct pour lequel le philosophe nazi Alfred Baümler l'admirait en 1943 – était manifestement toujours si fort que Rosenberg restait incapable de reconnaître la terrible réalité : à l'heure de la défaite, le moment venu de faire le bilan et de réfléchir, ses convictions demeuraient rigoureusement les mêmes [56].

On trouve le même type d'explication et de projection de la faute dans le dernier discours que le révérend Jim Jones fit devant ses partisans, le 18 novembre 1978, peu avant qu'environ neuf cents personnes se suicident dans le Temple du Peuple, dans la forêt tropicale de Guyana. L'enregistrement de ce discours fut d'abord gardé secret par les autorités gouvernementales des États-Unis, et finalement communiqué à la presse. Le révérend Jones dit :

> J'ai fait de mon mieux pour que vous puissiez vivre bien. Mais, malgré tous mes efforts, une poignée d'individus, avec leurs mensonges, ont rendu notre vie impossible (...) Nous nous trouvons maintenant dans une situation très difficile : il y a non seulement ceux qui nous ont abandonnés et ont commis la trahison du siècle, mais aussi certains d'entre eux ont volé des enfants à d'autres, qui sont maintenant sur le point de les tuer pour cette raison (...) On nous a trahis. On nous a si terriblement trahis [24].

Il existe de nombreuses variantes du thème de l'environnement hostile qui cherche à détruire une idéologie. Hitler livrait un combat à mort contre une coalition, entièrement inventée par lui, de « pouvoirs juifs, ploutocratiques et bolcheviques soutenus par le Vatican ». Ulrike Meinhof s'élevait contre « la coalition parlementaire allemande, le gouvernement américain, la police, l'État et les autorités universitaires, les bourgeois, le chah d'Iran, les multinationales et le système capitaliste [5] » ; les opposants à l'énergie nucléaire s'imaginent, quant à eux, lutter contre une coalition monolithique de trusts industriels, tout-puissants et irresponsables, et contre les pouvoirs financiers et toutes les institutions qui leur sont soumises : la justice, l'administration, les universités, les instituts de recherche et les partis politiques.

Le passage de l'utopie la plus bizarre, excentrique, et impossible à réaliser, à l'inhumanité froide et paranoïde semble s'opérer du jour au lendemain, mettant la psychiatrie devant une énigme. Les recherches sur ce phénomène ne se sont pas limitées aux personnalités historiques ; les cas de jusqu'au-boutistes révolutionnaires et de terroristes contemporains ont aussi été considérés, ainsi que ceux de sectes et cultes qui pullulent aujourd'hui. Les résultats obtenus et les tentatives d'explication avancées, bien que contradictoires, semblent toutefois avoir un point commun : croire à une idéologie peut avoir des conséquences psychologiques et intellectuelles d'une inhumanité démoniaque, à côté desquelles les actes d'un criminel endurci paraissent seulement d'une regrettable impertinence. Dans son autobiographie écrite en 1968, alors qu'il était encore à Moscou, l'émigrant russe Naum Korshavin, qui en sait quelque chose, écrit à ce sujet :

Je hais les révolutionnaires professionnels (...) Ils représentent la forme d'égoïsme la plus extrême, la plus coûteuse (pour les autres) et la plus impitoyable. Ils ont trouvé le moyen le plus simple et le meilleur marché de satisfaire leurs ambitions, de cacher leur vide intellectuel, et d'obtenir quelque chose qui ressemble au royaume des Cieux, sans que cela leur coûte quoi que ce soit (puisque ce sont les autres qui doivent payer de leur vie ou de leur destin) [31].

Pour l'idéologue, bien sûr, il s'agit là d'une contrevérité. Nous avons déjà évoqué plus haut la mauvaise foi et la perversité prêtées aux dissidents. Ceux qui ne veulent rien avoir à faire avec la réalité que des idéologues ont construite, et refusent de reconnaître les bénéfices qui en découlent, peuvent aussi, évidemment, être psychologiquement (et non pas seulement moralement) anormaux. La volonté d'émigrer, par exemple, n'est donc pas un simple refus de s'adapter à une réalité, mais témoigne d'une difficulté personnelle d'adaptation. Pour les nazis, les parasites de la société ne méritaient pas de vivre, et, pour eux, leur infériorité s'expliquait, la plupart du temps, génétiquement. En octobre 1973, lors d'un congrès de psychiatrie réuni en Union soviétique, Alfred Freedman, à cette époque président de l'Association américaine de psychiatrie, et ses collègues conclurent que certains types de comportement, comme les manifestations sur la place Rouge par exemple, étaient un signe de maladie mentale :

> Bien qu'il ait été établi que le fait de critiquer n'était pas en soi un symptôme psychopathologique, on a toutefois l'impression que la dissidence, l'opposition ou la critique doivent être considérées comme des comportements bizarres, et constituent certainement d'importants signes de maladie (...) En fonction de cela, il semble que la déviance paraisse tolérable aussi longtemps qu'elle n'est pas associée à la dissidence politique [16].

Le problème de la rééducation idéologique des opposants est de toute première importance. En insistant, non seulement sur la soumission passive, mais aussi sur l'acceptation active et volontaire, l'idéologue s'enferme dans un nouveau paradoxe.

LE PARADOXE DU TYPE :
« SOYEZ SPONTANÉ »

La question pressante, et toujours sans réponse, de savoir comment concilier la faiblesse et la nature peccable de l'homme avec l'exigence de ne pas pécher se pose pour toutes les religions, mais plus particulièrement dans le cadre de la morale chrétienne.

Dans quelle mesure la soumission à Dieu doit-elle être parfaite ? La théologie morale catholique distingue entre se conformer aux commandements de Dieu par peur de la punition qu'entraînerait la désobéissance (ce niveau de foi est considéré comme suffisant, bien que moins valable) et se conformer à la volonté de Dieu par amour pour lui, et donc se soumettre volontairement. Le Grand Inquisiteur de Dostoïevski est l'exemple le plus poignant du douloureux dilemme que vit le croyant, partagé entre sa nature humaine, et donc faillible, et le modèle de vie parfaite *(imitatio Christi)* que la religion exige de suivre.

Après Dostoïevski, on pense bien sûr à Pascal qui, plus que tout autre penseur, essaya de résoudre ce terrible problème : comment un incroyant peut-il lui-même – c'est-à-dire spontanément – faire naître la foi en lui ? Dans la pensée 233 *, il développe le célèbre argument que l'on peut « aller à la foi » en faisant comme si l'on croyait [5], par exemple en priant, « en prenant de l'eau bénite, en faisant dire des messes, etc. ». Si on considère le gain potentiel (la foi et le salut de l'âme), pense Pascal, l'investissement est faible. « Qu'avez-vous à perdre ? » demande-t-il rhétoriquement. Elster a minutieusement étudié [15] le paradoxe inhérent à la décision de croire pour parvenir à la foi. Dans ce cas aussi, le problème de la réflexivité se pose. Elster met en évidence que, même s'il était possible de décider de croire en *p,* on ne pourrait croire en *p* et, en même temps, croire que cette foi en *p* est née de la décision de croire en *p*. Autrement dit, la décision de croire en *p* (la cause de la foi) ne peut être elle-même sa propre cause (c'est-à-dire la raison de décider de croire en *p*). De ce fait, l'argumentation ne donne aucune preuve de l'existence de Dieu ; elle prouve tout au plus que l'on peut gagner à croire en Dieu – à moins que l'on puisse volontairement oublier sa décision de croire. Par ailleurs, Pascal traite des exigences que la personne concernée se pose à elle-même et des paradoxes qu'elle doit affronter.

Dès l'instant que l'exigence est imposée de l'extérieur, l'illusion ne tient plus, et apparaît alors ce que la théorie de la communication appelle le paradoxe du type : « Soyez spontané. » La situation intenable que ce paradoxe engendre se résume ainsi : une personne B est dépendante d'une personne A, et A exige de B un comportement qui doit être absolument spontané. Mais, précisément parce qu'il est exigé, ce comportement ne peut pas être spontané. L'exigence de spontanéité engendre un paradoxe russellien dont nous avons déjà fait mention dans la section intitulée « Les paradoxes de la perfection et de l'infini ». Par exemple, un mari dont la femme exprime un désir « déguisé »

5 Dans *L'Art d'aimer,* Ovide dit la même chose de l'amour : « Convaincs-toi que tu aimes alors que tu désires seulement superficiellement. Et crois-le (...) Aime sincèrement celui qui parvient à se convaincre de sa passion. »
* Blaise Pascal, *Pensées et Opuscules,* Paris, Hachette, 1968, p. 441 [*NdT*].

en lui demandant : « Pourquoi ne m'offres-tu plus de fleurs ? » se trouve dans ce type de situation paradoxale. Il n'a le choix qu'entre deux solutions : ou bien il ne lui offre plus de fleurs, et sa femme sera sans aucun doute déçue, ou bien il lui en offre, et elle le sera tout autant, puisqu'il aurait dû faire spontanément ce qu'elle désirait, et non pas simplement parce qu'elle le lui a demandé ; en d'autres termes, il agit bien, mais pour de mauvaises raisons.

Le dilemme de l'exigence de spontanéité est une des caractéristiques inhérentes à toutes les réalités idéologiques. Voici ce qu'Arthur Koestler en dit dans *le Zéro et l'Infini* :

> Le parti niait le libre arbitre de l'individu – et en même temps exigeait de lui une abnégation volontaire. Il niait qu'il eût la possibilité de choisir entre deux solutions – et en même temps il exigeait qu'il choisît constamment la bonne. Il niait qu'il eût la faculté de distinguer entre le bien et le mal – et en même temps il parlait sur un ton pathétique de culpabilité et de traîtrise. L'individu – rouage d'une horloge remontée pour l'éternité et que rien ne pouvait arrêter ou influencer – était placé sous le signe de la fatalité économique, et le parti exigeait que le rouage se révolte contre l'horloge et en change le mouvement. Il y avait quelque part une erreur de calcul, l'équation ne collait pas [28].

Dans *1984*, d'Orwell, la victime doit aussi être spontanée :

> Nous ne nous contentons pas d'une obéissance négative, ni même de la plus abjecte soumission. Quand, finalement, vous vous rendez à nous, ce doit être de votre propre volonté. Nous ne détruisons pas l'hérétique parce qu'il nous résiste. Tant qu'il nous résiste, nous ne le détruisons jamais (...) Nous le convertissons. Nous captons son âme, nous lui donnons une autre forme. Nous lui enlevons et brûlons tout mal et toute illusion. Nous l'amenons à nous, pas seulement en apparence, mais réellement, de cœur et d'âme. Avant de le tuer, nous en faisons un des nôtres [44].

Ici encore, suivant Elster, nous pouvons avancer qu'il n'existe pas seulement deux formes de négation, mais aussi deux formes – passive et active – d'acceptation ou d'obéissance. Un exemple d'obéissance passive serait l'«émigration intérieure» pratiquée par beaucoup d'Allemands sous Hitler, consistant généralement à «faire comme si»; et les idéologues nazis d'écumer de rage chaque fois qu'ils découvraient un de ces «émigrants intérieurs». Pendant la Seconde Guerre mondiale, l'esprit du bon soldat Chveïk *, de l'armée impériale autrichienne, revint, et fraternisa avec la «sournoiserie» (le régime nazi s'était d'ailleurs doté d'une «loi antisournoiserie», destinée à combattre cet état mental) du caporal Hirnschal de Radio Londres.

Les ministres du Reich chargés de l'éducation (armée) et de la propagande connaissaient très bien ces deux formes d'obéissance. Faisant manifestement référence à la phrase de Talleyrand sur les baïonnettes, Goebbels déclara, le 16 septembre 1935 : «C'est peut-être bien de commander avec des baïonnettes, mais c'est encore mieux de commander les cœurs ! (...) Il faut arriver à ce que le peuple allemand traduise la contrainte du cœur en ordre d'agir [20].» Le paradoxe de l'exigence de spontanéité était familier à Goebbels. Schneider écrit de lui :

> Le plus étonnant, c'était sa technique pour faire du spontané, du futur et de l'imprévisible une nécessité. « Les villes et les campagnes ont répondu en l'espace d'une demi-heure à l'appel à pavoiser », annonce-t-il le 15 janvier 1935, après le vote de la Sarre (...) « Des rassemblements de masse se sont spontanément formés »[53].

Dans le cadre d'une idéologie, seule l'obéissance est acceptable, car «qui n'est pas pour nous est contre nous». De cette façon, l'idéologie devient une pseudo-religion. Roger Bernheim, le correspondant à Moscou du *Neue Zürcher Zeitung,* décrit comme suit les aspects «ecclésiastiques» du parti communiste soviétique :

> Le parti a son dieu. Le slogan « Lénine vécut, vit et vivra toujours » fait partie du credo d'un communiste soviétique, et doit en réalité faire partie du credo de tout citoyen soviétique. Le parti a ses prêtres, ses pasteurs, ses Saintes Écritures et ses docteurs de la Loi. Il a aussi sa liturgie.

* Voir *le Brave Soldat Chveïk* et *les Nouvelles Aventures du brave soldat Chveïk* de Jaroslav Hašek, Paris, Gallimard, 1932, trad. par Henry Horejsi [*NdT*].

Ses déclarations sont faites de formules liturgiques. L'adjectif « grand » appartient au concept de « Révolution d'octobre », celui de « glorieux » au parti communiste soviétique, et le nom de « génie » à Lénine (...) S'il est question du soutien que le peuple soviétique apporte au parti, alors ce soutien doit être unanime, passionné et inconditionnel. Les travailleurs, les paysans et les intellectuels du pays forment un bloc monolithique autour du parti [6].

Dans l'univers irrationnel de l'exigence de spontanéité, le pouvoir de l'État va plus loin que l'interdiction d'accomplir des actes contraires aux intérêts de la société en s'assignant à lui-même le devoir de prescrire au citoyen ses pensées et ses convictions. Revel remarque que « c'est dans les sociétés totalitaires que l'État se charge de " donner un sens à la vie des êtres " [51] [6] ». Toute pensée originale devient alors trahison, et la vie un enfer d'une espèce très particulière. Selon une publication du journal littéraire clandestin, *Samizdat,* vivre cet enfer consiste non seulement...

à se soumettre à des contraintes physiques et économiques, mais aussi à totalement abandonner son âme : il exige une participation constante et active au mensonge commun que tout le monde peut voir [55].

Le mensonge engendre ses propres ramifications. Dans les prétendus sanglots de joie de l'Aryen en adoration devant le portrait du Führer (un homme, Reck-Malleczewen [50], qui lui trouvait un visage plutôt répugnant, ne revint jamais des camps de concentration), on discerne le même besoin d'adulation aveugle, monotone et ininterrompue : une des composantes de la réalité stéréotypée des idéologies les plus diverses, et même les plus contemporaines. Car quelle différence y a-t-il entre, d'une part, la plus mauvaise et ampoulée des littératures qui immortalisa l'amour naissant entre le jeune homme des Jeunesses hitlériennes et la jeune fille de l'Association des jeunes filles allemandes, à l'abri des forêts ou sous les drapeaux claquant au vent, et, d'autre

6. Et Revel ajoute : « L'État libéral, lui, tend, au contraire, à créer les conditions où aucun genre de vie, aucun prototype de sensibilité n'est imposé d'avance par la collectivité à l'individu. »

part, la nouvelle chinoise *le Rôle de l'amour,* où la narratrice raconte comment elle tomba amoureuse d'un jeune homme ?

> Nous commençâmes par nous poser tour à tour des questions : « As-tu vu comment le corbillard du Premier ministre Chou a descendu la rue Changan ? Où te trouvais-tu ? As-tu appris une partie de l'anthologie de poésie écrite à la mémoire de Chou En-lai ? (...) Quand as-tu entendu parler pour la première fois de la chute de la Bande des quatre ? » Comme nous parlions, je vis que nous avions beaucoup en commun [39].

Il faut rendre crédible le mensonge inhérent au paradoxe de l'exigence de spontanéité. On mobilise pour cela la propagande, et surtout la production artistique, « dirigée » pour qu'elle soit en accord avec l'idéologie. Il s'agit de créer avec habileté l'impression qu'un enthousiasme réellement passionné bouillonne en chacun, et quiconque n'en est pas habité fait mieux de reconnaître que quelque chose ne tourne pas rond chez lui, et non dans la définition officielle de la réalité. Probablement faut-il cultiver en soi des sentiments à la Pascal, jusqu'à ce qu'ils deviennent finalement spontanés. On peut alors ressentir pour Hua Kuo-feng, le successeur de Mao, ce qu'un certain Yu Kuangh-lieh exprime dans son poème :

> Mon cœur bat
> Et saute dans ma poitrine ;
> Des larmes de joie
> M'aveuglent.
> Et pourtant, dans l'océan des drapeaux rouges,
> Parmi les vagues de fleurs,
> Je vois, je vois
> Le président Hua sur la place Tienanmen
> Dans son uniforme militaire vert [64].

Mais l'astuce de l'enthousiasme spontané ne marche pas avec tout le monde. Ce que l'Allemand de l'Est Thomas Brasch dit dans son texte ironique *Selbstkritik* (Autocritique) est différent, plus vraisemblable, plus humain :

J'admets tout cela. Je change de conversation. Je ne prends pas position. Je nettoie seulement la saleté entre mes orteils. Je ne me suis encore jamais engagé (...) Alléluia, l'insurrection pourrit entre mes dents. Alléluia, le vent. Il balaie nos cerveaux nationalisés [9].

Ce que nous avons avancé jusqu'à présent n'est valable qu'une fois le pouvoir entre les mains de l'idéologue. Mais, avant que les choses en soient là, le paradoxe du type « Sois spontané ! » a une autre fonction, résultant de la nécessité de créer une conscience révolutionnaire. On appelle « prise de conscience » la technique employée pour y parvenir. Atteindre la perfection visée présuppose une conscience aiguë de l'imperfection du monde ; pourtant, une des faiblesses de l'homme semble être son incapacité à en tolérer beaucoup : il préfère ne pas voir. Marx inventa le terme de *mystification* pour désigner les méthodes dont la classe dominante se sert pour créer cette cécité, et tout ce qu'elle fait aussi pour l'entretenir. L'avocat de la perfection doit donc surtout démystifier. Faire apparaître objectivement les insuffisances et les dénoncer ne suffit pas. Pour qu'elle atteigne son but, l'indignation ne doit pas être mécaniquement répétée, mais spontanée. A partir de là seulement, l'appel à la perfection peut avoir des résonances de spontanéité. Rien ne répugne davantage aux bienfaiteurs universels que de se limiter au possible, et d'en accepter l'inévitable imperfection. D'où la recherche de plus en plus effrénée de questions brûlantes, en particulier dans les pays qui jouissent actuellement d'une liberté, d'une sécurité et d'un niveau de vie encore jamais vus dans toute l'histoire de l'humanité. Et, le progrès scientifique ayant largement contribué à l'avènement de ce monde, la science – aujourd'hui plus que jamais – se trouve dans le champ des préoccupations de l'idéologue.

LA PRÉTENTION A LA SCIENTIFICITÉ

Si les faits ne s'accordent pas avec la théorie, alors tant pis pour les faits.

Hegel, cité par Marcuse.

Avec la confiance grandissante en une totale compréhension de la réalité, fondée sur des observations objectives et des expériences renouvelables, la science a progressivement comblé le vide idéologique laissé par la disparition des grands idéaux religieux, moraux et idéologiques. Bien sûr, une doctrine du salut par le savoir scientifique existait depuis longtemps : Bacon et Descartes, par exemple, en furent des défenseurs. Mais, mettre dans la connaissance scientifique – en dehors de toute révélation divine – des espoirs politiques et utopiques est une attitude relativement récente.

L'idée séduit par son apparente simplicité et clarté. Quiconque parvient à comprendre l'ordre intrinsèque de la nature – en elle-même indépendante des opinions, convictions, préjugés, valeurs et espoirs humains – peut se considérer en possession de la vérité éternelle. Le scientifique prend la place de celui qui cherche Dieu, et la vérité objective celle de la superstition :

> Nous devons donc envisager l'état présent de l'univers comme l'effet de son état antérieur, et comme la cause de celui qui va suivre. Une intelligence qui pour un instant donné connaîtrait toutes les forces dont la nature est animée et la situation respective des êtres qui la composent, si d'ailleurs elle était assez vaste pour soumettre ces données à l'analyse, embrasserait dans la même formule les mouvements des plus grands corps de l'univers et ceux du plus léger atome : rien ne serait incertain pour elle, et l'avenir, comme le passé, serait présent à ses yeux [33].

Dès 1840, Laplace définissait ainsi l'idée d'une eschatologie sécularisée. Remarquons cependant que, en toute justice, il prend en compte son caractère utopique en utilisant le conditionnel.

Depuis Giambattista Vico, de nombreux esprits éclairés n'ont cessé d'affirmer haut et fort que toute théorie scientifique ne donne jamais, au mieux, qu'une image, ou une interprétation du monde, et ne peut en aucun cas prétendre représenter la réalité elle-même. Le présent ouvrage a précisément été conçu comme contribution à cette problématique. Notre propos se limite ici à examiner les conséquences pratiques résultant de l'affirmation que l'on peut (ou que l'on a déjà) expliquer le monde scientifiquement ; ou, en d'autres termes, à examiner ce qui arrive quand l'idéologie essaie de fonder sur le savoir scientifique sa prétention à détenir la vérité, et sa volonté de l'imposer universellement.

Quelle est la validité des conclusions scientifiques ? Pour ce qui concerne les multiples aspects de la vie quotidienne, on peut affirmer qu'elles sont généralement valables. Faite dans des conditions identiques, l'observation de la chute d'un corps dans le vide, au niveau de la mer, donne chaque fois les mêmes résultats. A ce stade, on peut ne pas prendre en compte le fait que l'observation n'explique pas les causes du phénomène (dans ce cas, la nature de la gravitation), ni n'établit plus qu'une probabilité statistique ; on doit en effet se limiter à affirmer que, à la millième fois, le corps lâché dans le vide tombera comme il l'a fait lors des 999 essais précédents, et ne commencera pas, au contraire, à s'éloigner de la Terre. Nous rappellerons ici une distinction, que nous avons faite ailleurs [59], entre deux aspects fondamentalement différents de ce que nous appelons la *réalité*. Il y a, d'une part, les propriétés des objets : c'est ce que nous avons appelé la réalité de premier ordre, celle de tous les « faits » contenus dans un cadre particulier : celui de l'observation, ou de l'expérience (l'une comme l'autre n'étant, bien sûr, que le résultat de constructions théoriques) ; il s'agit, autrement dit, de l'univers des « faits » que l'on établit objectivement, dans la mesure où la répétition de la même expérience fournit les mêmes résultats, indépendamment de qui la réalise, et de quand et où on la réalise [7].

Comment, à partir de là, ne pas succomber à la tentation d'affirmer, avec une apparente logique, qu'on a trouvé la clé de l'interprétation du monde, et avec elle les règles absolues que l'homme doit observer dans sa relation à son environnement, à son prochain, mais aussi dans l'attitude qu'il adopte à l'égard de

---

7. Cela n'est bien sûr possible – mais nous ne nous y arrêterons pas ici – que si tous les participants utilisent le même système de communication linguistique. La construction de la tour de Babel s'arrêta quand Dieu commanda à ses anges de « descendre parmi les hommes et d'embrouiller leur langage ».

sa propre existence ? Car la vérité devient alors accessible à tout homme de bonne volonté, et seuls les fous, les obstinés et les sournois veulent résister à la raison. Et, pour ces gens-là, on a prévu des asiles de fous et des prisons.

Cette terrible simplification * oublie cependant que les faits de la réalité de premier ordre ne donnent aucun point de référence ou indication concernant le sens de l'existence humaine. La loi de la gravitation ne nous apprend rien que nous ne sachions déjà : tomber de très haut entraîne la mort. Et Shakespeare ne connaissait aucun philosophe capable de ne pas tenir compte de son mal de dents. Dans son *Tractatus logico-philosophicus,* Wittgenstein écrit :

> Nous sentons que, même si toutes les *possibles* questions scientifiques ont trouvé leur réponse, nos problèmes de vie n'ont pas même été effleurés. Assurément il ne subsiste plus alors de question ; et cela même constitue la réponse [63].

Mais la réalité dont il est question ici (et que l'idéologue se propose d'expliquer) n'est pas celle des faits scientifiques du premier ordre de réalité ; il s'agit bien plutôt de l'aspect de la réalité qui donne aux « faits » sens, ordre et valeur. Un petit enfant ayant une vue normale perçoit une lumière rouge sans savoir encore qu'elle lui interdit de traverser la rue, ou qu'elle indique un bordel. La signification de cette lumière n'a absolument rien à voir avec sa longueur d'ondes ou d'autres propriétés du même type ; elle est une convention humaine – un sens a été attribué à cette lumière – et, comme tout autre signe (chaque mot, surtout), elle n'a pas d'autre relation avec son référent (à l'exception, bien sûr, des formations onomatopéiques). En affirmant : « le nombre cinq, en lui-même, n'a rien de particulièrement ressemblant avec la quantité cinq ; et le mot " table " n'a rien de particulièrement ressemblant avec une table [4] », Bateson et Jackson ont fait écho à la remarque de Shakespeare : « Le bien et le mal n'existent pas, si ce n'est dans nos pensées. » Nous avons appelé *réalité de second ordre* le cadre dans lequel les « faits » reçoivent une signification, ou une valeur.

Alors que cela a un sens, dans la réalité de premier ordre, d'examiner, par exemple, quelles opinions s'accordent ou non

* Voir *Changements,* « Les terribles simplifications », p. 58-65 [*NdT*].

avec les faits concrets, il devient insensé, dans la réalité de second ordre, de discuter une « vérité » établie scientifiquement, ou de prétendre l'avoir trouvée. Prenons un exemple parmi tant d'autres possibles : il n'existe pas de solution « scientifique », « objective », au conflit entre les pays arabes et Israël ; pas plus que ce type de solution ne peut s'appliquer à un conflit entre deux individus. Les relations interindividuelles dépassent le cadre de la réalité de premier ordre, puisqu'il n'est pas possible de déterminer scientifiquement leur nature ; totalement construites par les partenaires, elles échappent à toute vérification objective. D'où l'échec d'une foi naïve en la raison, fondée sur la connaissance scientifique. D'où aussi l'échec des espoirs mis en l'homme « bon par nature » (Rousseau), que sa soumission volontaire, spontanée et raisonnable aux évidentes valeurs fondamentales, établies scientifiquement, rend toujours meilleur, et dont, de ce fait, les désirs et besoins individuels finiront par coïncider parfaitement avec ceux de la société.

C'est précisément là qu'on trouve le noyau des utopies scientifiques qui prétendent pouvoir construire un monde sain, où règnent l'altruisme et la paix : dans la prétention – fondée sur la confusion des deux ordres de réalités – des idéologies à la scientificité. Quand elle se produit, cette confusion donne lieu à la construction d'une réalité qui n'a en rien besoin d'être identique au monde, aussi obligatoire, d'une quelconque autre idéologie « non scientifique ». La psychiatrie classique pose naïvement l'existence d'une réalité dont les individus normaux (les psychiatres, en particulier) ont plus clairement conscience que les malades mentaux. Et, comme Andersson et Radnitzky l'ont très justement remarqué [2], on trouve, dans l'application sociologique de la doctrine scientifique du salut du monde, la foi en la possibilité de combler le fossé qui sépare ce qui est de ce qui devrait être, et l'espoir en l'avènement d'un monde où les faits irréfutables et les désirs humains ne seront plus qu'une seule et même réalité.

Quand une théorie scientifique est finalement déclarée valable par décision politique, et justifie dès lors la contrainte générale exercée par la raison d'État, tombe le rideau de fer de l'obscurantisme. Mentionnons deux exemples qui illustrent notre propos de façon particulièrement éclatante : *le Mythe du XXᵉ siècle* d'Alfred Rosenberg (qui développe une théorie raciale au nom de laquelle des millions d'êtres humains furent déclarés inutiles et tués), et la théorie de la transmission génétique des caractères acquis de Trofim Denissovitch Lyssenko (qui mena à l'arrestation et à la mort de scientifiques soviétiques qui la réfutaient, et qui, pendant des dizaines d'années, paralysa la recherche génétique en URSS). Et pourtant, déjà du vivant de ces deux hommes, leurs « théories » étaient de ridicules non-sens. Dans l'univers sublunaire des idéologies scientifiques, la recherche n'a plus lieu de continuer, les affirmations sont définitivement établies et ne doivent plus être remises en question : le doute n'a plus droit de cité. Ce qui, dans un monde où le savoir scientifique peut se développer librement, va de soi devient une évidente trahison et subversion quand ceux qui ont le pouvoir s'imaginent détenir la vérité absolue.

Bien sûr, chaque fois qu'il contredit l'idéologie, le cours des événements est lui-même subversif. Les idéologues font dans ce cas un saut, qui n'est un saut périlleux que pour ceux qui sont incapables de s'adapter suffisamment vite. La vérité d'hier devient alors l'hérésie d'aujourd'hui, et on réhabilite soudain comme génies ceux que l'on avait tués pour les erreurs qu'ils avaient commises.

ÉNANTIODROMIE

**Là où est le danger,
croît aussi le salut.**

Hölderlin

Depuis Héraclite, le grand philosophe du devenir, nous appelons énantiodromie la transformation des choses en leur contraire. Un des fragments qui nous restent de sa pensée dit : « Ce qui est taillé en sens contraire s'assemble ; de ce qui diffère naît la plus belle harmonie ; tout devient par discorde *. » Après Héraclite, de nombreux penseurs ont, au cours des siècles, décrit et tenté d'expliquer ce phénomène dans ses formes les plus diverses. Mais seule la pensée moderne – avec les concepts de systèmes et de propriétés des systèmes – semble avoir trouvé un cadre conceptuel capable de rendre compte de ces processus non

---

* Héraclite, Fragment 8, *in* Abel Jeannière, *La Pensée d'Héraclite d'Éphèse*, Paris, Aubier-Montaigne, 1959. Énantiodromie : du grec *énantios*, contraire [*NdT*].

logiques, et donc inexplicables dans les termes d'une causalité classique et linéaire. Mentionnons, dans ce contexte, les travaux d'Ilya Prigogine, lauréat du prix Nobel. Dans *From Being to Becoming* [49] – d'un abord difficile pour le lecteur non spécialiste en biologie, physique et chimie –, Prigogine traite des *structures dissipatives* * en tant que principe explicatif de l'énantiodromie, et met en évidence le rôle des fonctions stabilisantes et désta-bilisantes de ces structures dans le fonctionnement des systèmes sociaux. D'un point de vue purement empirique, on a nettement l'impression que l'énantiodromie est liée à la radicalisation d'une attitude ou d'une orientation. Ceci s'applique évidemment aux réalités que construisent les idéologies. En effet, nous avons essayé de montrer que, dans le cadre de ces réalités, tout ce qui contredit l'idéologie doit être considéré comme inexistant, ou carrément anéanti. Mais, malgré cela, l'idéologie s'enchevêtre tout de même dans les pièges sournois de la négation active. Dans son analyse de l'athéisme (p. 201), Elster dit que, dans sa croyance négative, l'athée est aussi lié à Dieu que le croyant (ou même plus, si ce dernier n'a pas de volonté particulière de prosélytisme) : « car l'impuissance de l'athéisme vient justement de ce qu'il veut l'impossible : établir par la négation active un état de négation passive ».

Aussi longtemps que ce dilemme ne se pose que dans la tête des idéologues, le reste de l'humanité peut se contenter de rire ou hausser les épaules. Mais on ne rit plus du tout dès que la composante énantiodromique dépasse le cadre de l'imagination de quelques visionnaires et se trouve utilisée pour la construction d'une réalité idéologique. Apparaît alors un type de contradiction dont on trouve un exemple dans *les Démons* de Dostoïevski : le personnage Chigaliov y annonce l'invention d'un nouveau type d'organisation sociale « qui remplacera à l'avenir les conditions actuelles ». Comme on peut s'y attendre, le nouveau système est très complexe, mais Chigaliov veut bien l'exposer de façon sommaire. Il prévient cependant dès le départ :

> Cela prendra au moins dix soirées, une pour chacun de mes chapitres. (Il y eut quelques rires.) De plus, je dois vous prévenir que mon système n'est pas complètement

---

* Le lecteur francophone peut se reporter à Ilya Prigogine et Isabelle Stengers, *La Nouvelle Alliance*, Paris, Gallimard, 1979 [*NdT*].

achevé. (Nouveaux rires.) Je me suis embrouillé dans mes propres données, et ma conclusion se trouve en contradiction directe avec l'idée fondamentale du système. Partant de la liberté illimitée, j'aboutis au despotisme illimité. J'ajoute à cela, cependant, qu'il ne peut y avoir d'autre solution du problème social que la mienne. (Les rires augmentaient... *)

Le personnage de Chigaliov est fictif, mais son dilemme est tout à fait réel. De nombreux pays, où le « chigaliovisme » a pris le pouvoir, en savent quelque chose. Plus la négation est active, plus l'objet de cette négation s'impose avec force à ceux qui le nient. Freud parlait du retour du refoulé ; et, pour Jung, « chaque extrême psychologique contient son contraire ou s'y rattache par une relation intime et essentielle » [25]. Pour Lénine, enfin, qui pensait avoir « complètement détruit la bureaucratie », faire l'expérience de l'énantiodromie fut une amère déception. A ce sujet, Heinz Abosch écrit :

> Des ruines du vieil appareil sortit une nouvelle bureaucratie, plus importante encore, et avec un pouvoir encore plus étendu. Dans les dernières années de sa vie, Lénine ne cessa de déplorer le développement de cette tumeur. Loin de se réjouir de la « destruction » de la bureaucratie, il en déplorait le triomphe. Dans un texte secret rédigé en 1922, il admettait que l'État soviétique « avait simplement pris la relève du tsarisme qu'il n'avait que très légèrement enduit d'huile soviétique [1] ».

Mais tous les idéologues ne prennent pas l'échec de leurs idéologies à ce point au tragique. Les terroristes qui font surface, après des années passées dans l'ombre, affirment naïvement et franchement qu'ils sont désolés, mais sans omettre d'ajouter que l'erreur est humaine. Avec la dissertation qu'il lut à la Sorbonne, le président du Kampuchéa, Khieu Samphan, donna aux Khmers Rouges une base idéologique justifiant le massacre d'environ 250 000 personnes et la liquidation progressive d'un million d'autres par le travail forcé et la privation. Le 20 août 1980, il déclarait à *United Press International :*

---

* Fedor M. Dostoïevski, *Les Démons*, Paris, Gallimard, coll. « Bibliothèque de la Pléiade », p. 425 [*NdT*]

Nous savons maintenant que, pour notre génération, une révolution socialiste n'est plus possible. Dans le temps qu'il nous reste à vivre, le seul espoir que nous puissions avoir, c'est que le Cambodge survive (...) La population a toujours un peu peur de nous, mais nous lui disons que nous sommes des nationalistes avant d'être des communistes, et nous nous rendons compte que nous ne pouvons réaliser maintenant notre rêve de socialisme [8].

L'échec d'une idéologie ne mène pas nécessairement à comprendre le processus fatal du constructivisme idéologique. Il fait seulement place à une nouvelle construction. Car, au mieux, nous ne connaissons de la réalité que ce qu'elle *n'est pas*. Ou bien, comme von Glasersfeld l'affirme dans sa contribution à ce livre :

Cela signifie que le monde « réel » se manifeste lui-même uniquement là où nos constructions échouent. Mais, dans la mesure où nous ne pouvons décrire et expliquer ces échecs qu'avec les concepts mêmes dont nous nous sommes servis pour construire ces structures défaillantes, ce processus ne fournit jamais l'image d'un monde que nous pourrions tenir pour responsable de leur échec.

Il est difficile de prendre conscience du fait énantiodromique que le mauvais côté d'une idéologie, qui apparaît dans la pratique, ne peut être attribué ni à des « accidents du travail », ni à l'incapacité des petits (et même des hauts) fonctionnaires du parti, ni aux machinations d'ennemis intérieurs ou extérieurs. Dans sa contribution, Gabriel Stolzenberg explique pourquoi en montrant qu'on ne peut échapper au piège d'une conception particulière que si on évite de la considérer comme un fait existant indépendamment de nous, et menant à des conclusions qui, à leur tour, « établissent » réflexivement la « véracité » de cette conception ; il s'agit bien plutôt de mettre en question ses fondements mêmes.

Dans *les Orangers du lac Balaton,* déjà cités plus haut, Maurice Duverger pose précisément ce problème :

8. Quelques minutes après cette interview, Khieu accusait les Vietnamiens « de systématiquement créer des conditions de famine au Cambodge, et d'empêcher volontairement la distribution de la nourriture envoyée par l'aide internationale ».

Et si Marx n'était pas trahi ? Il n'a pas voulu les régimes terribles qui se réclament de lui. Ils lui auraient probablement fait horreur. Mais s'ils n'étaient pas une excroissance, une aberration, une déviation de sa doctrine ? S'ils en exprimaient un aspect, dont ils dévoileraient la logique implicite, poussée à son terme [14] ?

Duverger montre avec force que ces abus résultent en fait de la nature même des idéologies.

Les « nouveaux philosophes » ont, pour leur part, explicité ce que Soljenitsyne avait déjà dit, et qui lui valut – il n'y a pas même dix ans – d'être accusé de déformer sournoisement les faits. Dans *la Barbarie à visage humain* [36], Bernard-Henri Lévy affirme qu'il n'y a pas de ver dans le fruit, et que le péché ne vint pas après, mais que le ver est le fruit, et Marx le péché. André Glucksmann, dans *les Maîtres Penseurs* [18], en vient à la même conclusion : pas de Goulag sans marxisme. Monique Hirschhorn affirme dans le même sens :

> Les nouveaux philosophes se sont réveillés de leur sommeil dogmatique et découvrent maintenant la vérité dans une pensée d'une simplicité éclatante : le lien intrinsèque entre le Goulag et Marx est évident. Il ne s'agit pas d'un accident dont on pourrait rendre responsables la bureaucratie, le déviationnisme staliniste ou les erreurs de Lénine. Le goulag est bien plutôt la conséquence directe, inéluctable et logique des principes marxistes. La « société sans classe » n'est pas une vision messianique, mais une autre façon d'appeler la terreur [22].

Un des résultats de la pensée causale primitive est que, malgré les preuves qu'en donne l'histoire, les visionnaires et idéologues sont incapables de concevoir l'énantiodromie dont chaque manifestation les surprend donc tout à fait. Et, ce qui n'arrange rien à l'affaire, ces penseurs « unidimensionnels » se sont octroyé le droit exclusif de définir ce qui est humain, moral et juste. Quel homme de bonne volonté ne voudrait pas souscrire à des slogans revendiquant une société sans classes, la liberté, l'égalité, la fraternité, et à d'autres du même genre ? Pour la plupart, la désillusion vient trop tard – excepté pour le Grand Inquisiteur qui, lui, bien sûr, sait déjà. Ni le contexte ni le lieu géographique de l'application d'une idéologie ne changent quoi que ce soit. Que les conditions d'une société égalitaire soient construites selon des principes marxistes ou au contraire capitalistes, le résultat est tout aussi stéréotypé. La tentative de niveler les diversités humaines naturelles mène inexorablement aux excès du totalitarisme, et finalement à l'inégalité. De la même façon, trop insister sur la liberté, comme manifester trop d'inquiétude à la protéger, aura pour résultat de la nier totalement.

Dans sa quête de perfection, l'idéologue ne peut accepter, même s'il la voit, la très ancienne vérité sans cesse redécouverte au cours des dernières décennies, et dans les disciplines les plus diverses. Énonçons-la encore une fois : les systèmes complexes – par exemple, les sociétés humaines – sont homéostatiques, c'est-à-dire capables d'autorégulation. Autrement dit, les déviations de la norme engendrent elles-mêmes la correction ou le redressement des conditions qui mettent le système en danger, ou en limitent le développement naturel. Mais tout ce qui continue à se développer est, de ce fait même, imparfait, et la réalité idéologique ne peut tolérer l'imperfection. Dans les systèmes complexes, le changement et l'évolution sont le produit de facteurs qui semblent d'abord constituer des déviations ou des anomalies pathologiques : mais, en fait, sans elles, le système s'enliserait dans une immuable stérilité. On ne liquide pas l'ennemi apparent ; on se contente de l'identifier et de le ranger au nombre des brebis galeuses ou des doubles démoniaques.

Les analyses des penseurs constructivistes permettront de mieux comprendre les tenants et aboutissants de la logique complexe que le simple bon sens ne peut à lui seul expliquer, et qui, paradoxalement, se confirme en même temps qu'elle se dépasse elle-même. Nous reviendrons, dans notre épilogue, sur cet aspect du constructivisme. Mais restons maintenant sur le rayon de soleil que nous apporte la sage et célèbre devise de Winston Churchill : *La démocratie est une mauvaise forme de gouvernement, mais je n'en connais pas de meilleure.*

RÉFÉRENCES

1 Abosch, Heinz, « Karl Kautskys Kritik am Bolschewismus », *Neue Zürcher Zeitung,* 27-28 novembre 1976, p. 69.
2 Andersson, Gunnar, et Radnitzky, Gerard, « Finalisierung der Wissenschaft im doppelten Sinn », *Neue Zürcher Zeitung,* 19-20 août 1978, p. 33.
3 Bakounine, Mikhaïl A., *Revolutionärer Katechismus,* cité *in* Erwin Oberländer, Der Anarchismus, Dokumente der *Weltrevolution,* Olten et Frilourg, Walter, 1972, t. IV, p. 19.
4 Bateson, Gregory, et Jackson, Don D., « Some Varieties of Pathogenic Organization », *in* David McK. Rioch (éd.), *Disorders of Communication,* vol. XLII, Research Publications, Association for Research in Nervous and Mental Disease, Baltimore, Williams and Wilkins, 1964, p. 270-283.
5 Becker, Jullian, *Hitler's Children : The Story of the Baader-Meinhof Terrorist Gang,* Philadelphie, Lippincott, 1977, p 72 et 159.
6 Bernheim, Roger, « Der " kirchliche " Aspect der sowjetischen KP », *Neue Zürcher Zeitung,* 16 août 1970, p. 3.
7 Böckenförde, Ernst Wolfgang, *Der Staat in sittlicher Staat,* Berlin, Duncher und Humblot, 1978, p. 37.
8 Bolzano, Bernhard, *Paradoxien des Unendlichen,* Berlin, Mayer und Müller, 1889.
9 Brasch, Thomas, « Selbstkritik », in *Kargo : 32. Versuch auf einem untergehenden Schiff aus der eigenen Haut zu kommen,* Francfort-sur-le-Main, Suhrkamp Taschenbuch n° 541, 1979, p. 160-161.
10 Broch, Henry, « Wunderrabis », *Neue Zürcher Zeitung,* 4-5 octobre 1975.
11 Castro, Fidel, cité in *Neue Zürcher Zeitung,* 7-8 novembre 1978, p. 5.
12 Cohn, Norman, *Les Fanatiques de l'Apocalypse,* Paris, Julliard, 1962.
13 Deutscher, Isaac, *The Prophet Unarmed,* Londres, Oxford University Press, 1959, p. 85.
14 Duverger, Maurice, *Les Orangers du lac Balaton,* Paris, Éd. du Seuil, 1980, p. 6 et 9.
15 Elster, Jon, *Ulysses and the Sirens : Studies in Rationality and Irrationality,* Londres, Cambridge University Press, 1979, p. 47-54.
16 Freedman, Alfred, cité in *Monitor,* American Psychological Association, vol. IV, n° 12, décembre 1973, p. 1, et *United Press International,* 2 novembre 1973.
17 Garaudy, Roger, *L'Alternative,* Paris, R. Laffont, 1972, p. 232.
18 Glucksmann, André, *Les Maîtres Penseurs,* Paris, Grasset, 1977.
19 Gödel, Kurt, « Über formal unentscheidbare Sätze der *Principia mathematica* und verwandter Systeme, I », *Monatshefte für Mathematik und Physik,* n° 38, 1931, p. 173.
20 Goebbels, Joseph, cité par Wolf Schneider [52].
21 Gregor-Dellin, Martin, cité par Wolf Schneider [52], *Schriftsteller testen Politikertexte,* Munich, 1967, p. 75-87.

22 Hirschhorn, Monique, « Les nouveaux philosophes : l'écume et la vague », *Stanford French Review*, n° 2, 1978, p. 301-313.
23 Holstein, Walter, *Der Untergrund*, Neuwied, Luchterhand, 2ᵉ éd., 1969, p. 67.
24 Jones, Jim, cité in *San Francisco Chronicle*, 15 mars 1979, p. 5.
25 Jung, Karl, *Symbole der Wandlung*, Zurich, Rascher, 1952, p. 654 ; trad. fr., *Métamorphoses de l'âme et ses Symboles*, Genève, Librairie de l'Université, 1953.
26 Klemperer, Victor, *Die unbewältigte Sprache*, Darmstadt, 1966.
27 Koestler, Arthur, *Darkness at Noon*, The Modern Library, New York, 1941.
28 *Id.*, *Le Zéro et l'Infini*, Paris, Calmann-Lévy, 1945, p. 308.
29 *Id.*, *Sonnenfinsternis*, Zurich, Artemis-Verlag, 1946.
30 *Id*, *Hiéroglyphes*, Paris, Calmann-Lévy, 1955, coll. « Pluriel », t. II, p. 307.
31 Korshavin, Naum, *in* Vladimir E. Maximov (éd.), *Kontinent*, vol. VIII, Berlin, Ullstein, 1978 ; cité in *Neue Zürcher Zeitung*, 1ᵉʳ-2 juillet 1978, p. 33.
32 Kraus, Wolfgang, *Die verratene Anbetung*, Munich, Piper, 1978, p. 49.
33 Laplace, Pierre-Simon, *Essais philosophiques sur les probabilités*, Paris, C. Bourgois, 1986, p. 33.
34 Lénine, Vladimir I., *Que faire ? Les questions brûlantes de notre mouvement*, Paris, Éd. Sociales, 1971, p. 46.
35 *Ibid*, p. 47.
36 Lévy, Bernard-Henri, *La Barbarie à visage humain*, Paris, Grasset, 1977.
37 Lübbe, Hermann, « Ideologische Selbstermächtigung zur Gewalt », *Neue Zürcher Zeitung*, 28-29 octobre 1978, p. 65-66.
38 Lucas, J. R., *The Freedom of the Will*, Oxford, Clarendon Press, 1970, p. 114.
39 Mäder-Bogorad, Yvonne, « Literatur als Zerrspiegel der Wirklichkeit », *Neue Zürcher Zeitung*, 5-6 mai 1975, p. 70.
40 Marx, Karl, et Engels, Friedrich, *Die deutsche Ideologie*, Vienne/Berlin, Verlag für Literatur und Politik, 1932, p. 22 ; trad. fr., *l'Idéologie allemande*, Paris, Éd. Sociales, 1970.
41 Meienberg, Niklaus, in *Das Konzept*, mars 1979 ; cité in *Neue Zürcher Zeitung*, 17-18 mars 1979, p. 33.
42 Michalkov, Sergueï, in *Der Spiegel* 28, 4 février 1974, p. 87.
43 Morin, Edgar, *La Rumeur d'Orléans*, Paris, Éd. du Seuil, 1969, p. 35.
44 Orwell, George, *1984*, New York, Harcourt, Brace, 1949, p. 258 ; trad. fr., *1984*, Paris, Gallimard, 1950, p. 306.
45 *Id*, « Inside the Whale », in *A Collection of Essays*, Garden City, New York, Doubleday, 1954, p. 235.
46 Popper, Karl, *Conjectures et Réfutations : la croissance du savoir scientifique*, Paris, Payot, 1985.
47 *Id*, *La Société ouverte et ses ennemis*, Paris, Éd. du Seuil, 1979.
48 *Id*, « Utopie und Gewalt », *in* Arnhelm Neususs (éd.), *Utopie : Begriff und Phänomen des Utopischen*, Neuwied, Berlin, Luchterhand, 1968, p. 322.
49 Prigogine, Ilya, *From Being to Becoming*, San Francisco, W. H. Freeman, 1980.
50 Reck-Malleczewen, Fritz P., *Tagebuch eines Verweifelten*, Stuttgart, Goverts, 1966.
51 Revel, Jean-François, *La Tentation totalitaire*, Paris, R. Laffont, 1976, p. 320.

52   Schneider, Wolf, *Wörter machen Leute : Magie und Macht der Sprache*, Munich, Piper, 1976, p. 133.
53   *Ibid.*, p. 128.
54   Schnitzler, Arthur, « Flucht in die Finsternis », in *Die erzählenden Schriften*, Francfort-sur-le-Main, S. Fischer, 1961, t. II, p. 917.
55   Soljenitsyne, Alexandre, *et al., Stimmen aus dem Untergrund. Zur geistigen Situation in der URSS*, Darmstadt, Luchterhand, 1961.
56   Sontheimer, Kurt, « Die Erweckung der Rassenseele », *in* Günther Rühle, *Bücher, die das Jahrhundert bewegten*, Munich, Piper, 1978, p. 113.
57   Sperber, Manès, « Die Erben des Herstratos », *Süddeutsche Zeitung*, 20-21 septembre 1975.
58   Stienstra, Tom, « 400 Students Chant Ritual at Main-Making Ceremony », *Palo Alto Times*, 18 décembre 1977, p. 2.
59   Watzlawick, Paul, *How Real is Real ?*, New York, Random House, 1976, p. 140-142 ; trad. fr., *la Réalité de la Réalité. Confusion, désinformation, communication*, Paris, Éd. du Seuil, 1978, p. 137-138.
60   *Id ,* « Münchhausens Zopf und Wittgenstein Leiter. Zum Problem der Rückbezüglichkeit », *in* Anton Peisl et Armin Mohler, *Der Mensch und seine Sprache*, Berlin, Propyläen, 1979, p. 243-264.
61   *Ibid.*, p. 253.
62   Whitehead, Alfred N., et Russell, Bertand, *Principia mathematica*, Cambridge, Cambridge University Press, 1910-1913.
63   Wittgenstein, Ludwig, *Logisch-Philosophische Abhandlungerse*, New York, Humanities Press, 1951 (éd. bilingue anglais/allemand) ; trad. fr., *Tractacus logico-philosophicus*, Paris, Gallimard, 1961, p. 175.
64   Yu Kuangh-lieh, cité in *Neue Zürcher Zeitung*, 12-13 mars 1977, p. 5.
65   *Zeitdienst*, cité in *Neue Zürcher Zeitung*, 17-18 mars 1979, p. 35.

QUATRIÈME
PARTIE

PAUL
WATZLAWICK

La mouche
et la bouteille à mouches

> – Quel est ton but en philosophie?
> – Montrer à la mouche l'issue par où
> s'échapper de la bouteille à mouches.
>
> Ludwig Wittgenstein,
> *Investigations philosophiques* *

Les anciennes bouteilles à mouches avaient une large ouverture, en forme d'entonnoir, donnant une apparence de sécurité aux mouches qui s'aventuraient dans le col toujours plus étroit du récipient. Une fois dans le ventre de la bouteille, la seule façon pour la mouche d'en sortir était d'emprunter le même conduit étroit par lequel elle était entrée. Mais, vu de l'intérieur, il lui apparaissait encore plus étroit et dangereux que l'espace dans lequel elle se trouvait prisonnière. Selon Wittgenstein, il aurait fallu, dans une pareille situation, convaincre la mouche que la seule solution à son dilemme était en fait celle qui semblait la moins appropriée, et la plus dangereuse.

Maintenant, comment trouvons-nous le moyen de sortir de la bouteille à mouches d'une réalité que nous avons construite et qui ne convient pas? Et avons-nous quelque espoir de nous en libérer si toutes les solutions que nous imaginons ne mènent jamais qu'à « plus de la même chose », et si, du fait de leurs composantes énantiodromiques, elles finissent plutôt par aggraver ce qu'elles devraient en principe améliorer?

Les pièges inhérents à l'interprétation du monde fondée sur les catégories de vrai et de faux, en apparence universellement valables, comptent parmi les plus anciens exemples que l'on puisse trouver pour illustrer ce dilemme. Étant donné le sujet

* Paris, Gallimard, coll « Tel », 1961, I, 309, p 227 [*NdT*].

qui nous intéresse ici, il est important de noter que, depuis l'Antiquité, un inquiétant craquement se fait entendre dans cette construction. Une vision des choses simplifiée fait remonter le malaise à l'affirmation d'Épiménide le Crétois « Tous les Crétois sont des menteurs » (généralement remplacée, dans la littérature spécialisée, par la formule plus concise et simple « Je mens »). Après réflexion, il devient évident qu'Épiménide dit la vérité quand il ment, et, inversement, qu'il ment quand il dit la vérité. Et ainsi cette remarque, apparemment anodine, fait dérailler la rigoureuse logique aristotélicienne, de même que notre approximative logique quotidienne.

C'est précisément la réflexivité de cette affirmation qui cause des dégâts : en effet, elle affirme sur elle-même quelque chose qu'en même temps elle nie. Épiménide avouant son mensonge, un mouvement oscillatoire allant alternativement du vrai au faux et du faux au vrai se déclenche, et le penseur crétois devient le père de tous les paradoxes.

Pendant des siècles, les paradoxes ont été considérés comme étonnants, mais d'importance toutefois secondaire, ou simplement déclarés inadmissibles. Cependant, comme tout ce que l'on essaie de nier et de réprimer, ils ont toujours eu la déconcertante capacité de déranger insidieusement. On pense à cet égard au douloureux dilemme des théologiens : qu'est-ce que Dieu répondit au diable qui mettait au défi Son omnipotence en lui demandant de créer un rocher si grand que Lui-même, Dieu, ne pourrait le soulever? Ils eurent beau retourner la question dans tous les sens, il y avait toujours une condition que Dieu ne pouvait remplir.

En juin 1901, Bertrand Russell découvrit le célèbre paradoxe de l'ensemble des ensembles qui ne sont pas membres d'eux-mêmes. A partir de là, le paradoxe ne fut plus seulement un inquiétant craquement dans la charpente aristotélicienne de notre univers logique : il devint – selon l'expression percutante de Heinz von Foerster – « l'apôtre de la sédition au royaume de l'orthodoxie ». Nous le verrons dans ce chapitre, l'univers du paradoxe est autonome; il se situe au-delà du monde conceptuel construit à partir des catégories, en apparence universellement valables, du vrai et du faux. Mais revenons d'abord à Bertrand Russell qui, dans son autobiographie, décrit les conséquences de sa découverte :

*J'ai d'abord espéré qu'il me serait très facile de sur-
monter cette difficulté, qu'une erreur banale avait dû se
glisser dans mon raisonnement. Mais il s'avéra, peu à
peu, qu'il n'en était rien. Burali-Forti s'était déjà heurté
à une contradiction similaire, laquelle – comme le révéla
l'analyse logique – n'était pas sans affinité avec l'aporie
grecque d'Épiménide le Crétois qui disait que tous les
Crétois étaient des menteurs (...) On pouvait juger peu
dignes d'un homme mûr des passe-temps apparemment
aussi futiles, mais comment aller de l'avant? Puisque
les prémisses ordinaires entraînaient inévitablement de
semblables contradictions, il y avait une erreur – laquelle
[7]?*

Russell explique ensuite que ce problème ne cessa de le
préoccuper pendant des années, et que les étés 1903 et 1904 lui
laissèrent le souvenir d'une période de paralysie intellectuelle.
Pour Russell, exactement comme pour ses prédécesseurs et
ses successeurs, le problème était de savoir comment traiter
l'« apôtre de la sédition » qui menaçait de subversion le royaume
de l'orthodoxie. Et il est à la fois intéressant et effrayant de
constater qu'un aussi grand penseur que Russell lui-même ne
trouva pas de meilleure solution que de rejeter la contradiction.
Dans l'œuvre monumentale, Principia mathematica, qu'il rédigea
avec Whitehead [13] et publia en 1910, les propositions réflexives
sont ʑmplement déclarées illégitimes. Ce principe de l'illégiti-
mité est une des pierres angulaires de la théorie des types
logiques.
Nous savons aujourd'hui qu'essayer de résoudre les difficultés
que posent les paradoxes n'est en aucune façon « indigne d'un
homme mûr ». Ce type d'impasse apparaît inévitablement quand
la cohérence logique d'une réalité que l'on a construite s'écroule
et tombe d'elle-même dans les pièges de l'absurde. Ce phénomène
se produit aussi dans d'autres domaines que ceux de la logique
mathématique et dépassent le cadre des problèmes ésotériques
que pose parfois l'épistémologie. Les publications de l'école de
Palo Alto [1, 11, 12] ont montré que le paradoxe est partie
prenante dans la désintégration de l'image du monde chez un
schizophrène, et que des contradictions du même type apparaissent dans le cadre de théories physiques jusque-là considérées
comme tout à fait cohérentes. Mentionnons à cet égard le

problème de l'accélération de l'accélération que les spécialistes de l'espace doivent maintenant essayer de résoudre. L'apparition du paradoxe est un signal d'avertissement qui se déclenche quand – selon von Glasersfeld – une construction ne convient plus, ou, en d'autres termes, quand elle met en évidence ce que la réalité n'est pas [1]. A ce point critique, on observe très souvent que la pierre d'achoppement devient la pierre angulaire d'une construction totalement nouvelle et convenant mieux.

George Spencer Brown, le philosophe, logicien, informaticien, psychologue, ingénieur et auteur anglais, donne un splendide exemple d'un tel renouvellement. En 1967, après avoir travaillé des années à résoudre les problèmes de la réflexivité en logique, ainsi que leurs conséquences pour le traitement informatique de données, il présenta à Bertrand Russell – « avec une certaine excitation » – un type de calcul logique [3] qui échappait à la fatalité de l'insoluble paradoxe et donc aussi à la nécessité de le « rejeter » qui en découlait. Selon les propres termes de Brown, Russell fut « enchanté ». « La théorie [des types logiques], disait-il, était la chose la plus arbitraire que lui-même et Whitehead aient jamais faite. En réalité, ça n'était pas une théorie, mais une solution bâtarde, et Russell se réjouit d'avoir vécu assez longtemps pour voir ce problème résolu [3, p. IX]. » Quand le livre de Brown parut, Russell dit : « M. Spencer a réussi quelque chose de très rare : il a inventé un nouveau type de calcul, à la fois très puissant et très simple. Je le félicite. »

Ce livre, Laws of Form, *présente en effet une forme de calcul qui, malgré (ou, peut-être, précisément à cause de) sa « grande simplicité », n'est accessible qu'aux logiciens et mathématiciens avertis. Il s'agit d'une logique moderne qui n'est plus construite à partir du principe aristotélicien du tiers exclu : elle se fonde sur les concepts d'intérieur et d'extérieur, c'est-à-dire sur la séparation des espaces physique et conceptuel qui apparaît dès que l'on établit une distinction.*

Il est intéressant de noter, dans le cadre de notre étude, que Brown prend comme un de ses points de départ le paradoxe du menteur. Dans la préface de son livre, il met en évidence le fait que les paradoxes de la réflexivité (qui, on s'en souvient, avaient

---

1. Le lecteur qui s'intéresse à cette problématique trouvera d'innombrables exemples de situations et problèmes paradoxaux dans différentes publications récentes. Par exemple, celles de Hughes et Brecht [5], Smullyan [9, 10], et Hofstadter [4].

*été déclarés illégitimes par la théorie des types) « ne sont en
fait pas pires que d'autres semblables paradoxes apparus dans
différents domaines de savoir et résolus sans pertes ni fracas [3,
8, IX] ». Nous essaierons maintenant d'expliquer simplement –
peut-être trop – pourquoi.*

*Tous les nombres sont ou positifs, ou négatifs, ou égaux à
zéro. Par conséquent, tout nombre qui n'est ni positif ni égal à
zéro est nécessairement négatif, et tout nombre qui n'est ni
négatif ni égal à zéro est nécessairement positif. Maintenant,
qu'en est-il de cette équation apparemment inoffensive :
$x^2 + 1 = 0$? Si on transpose le 1 de l'autre côté de l'équation,
on obtient $x^2 = -1$, puis, $x = \sqrt{-1}$. Mais, dans un monde conceptuel construit de façon à ce que tout nombre soit ou positif, ou
négatif, ou égal à zéro, ce résultat est inimaginable. Car quel
nombre, multiplié par lui-même (élevé au carré) pourrait donner -1? L'analogie de cette impasse avec le paradoxe mentionné
plus haut, apparaissant dans un monde fondé sur la logique
aristotélicienne du tiers exclu, est évidente. En tout cas, ima-
ginable ou pas, les mathématiciens, physiciens et ingénieurs ont
néanmoins depuis longtemps, nonchalamment, accepté la racine
carrée de -1 et lui ont assigné le symbole i (signifiant imaginaire); ils l'ont incluse dans leurs calculs, au même titre que
les trois catégories de nombres (positifs, négatifs et égaux à
zéro), et ont obtenu à partir d'elle des résultats pratiques,
concrets et parfaitement imaginables. Mais, pour notre mode de
penser, le nombre imaginaire i est d'une fantastique irréalité.
C'est précisément ce que l'élève Törless exprime, à sa façon,
dans le roman de Robert Musil. Pour la première fois confronté
aux énigmatiques propriétés de i, Törless dit à un de ses
camarades de classe :*

> *Écoute-moi bien : au début de tout calcul de ce genre, on
> a des chiffres parfaitement solides qui peuvent symboliser
> des mètres, des poids ou ce que l'on voudra de concret.
> C'est de semblables chiffres que l'on retrouve à la fin de
> l'opération. Mais ces derniers chiffres sont reliés aux
> premiers par quelque chose qui n'existe pas! Ne dirait-on
> pas un pont qui n'aurait que ses piles extrêmes et que l'on
> ne franchirait pas moins tranquillement comme s'il était
> entier? Pour moi, ce genre de calcul a quelque chose de
> vertigineux; comme si, à un moment donné, il conduisait*

Dieu sait où. Mais le plus mystérieux à mes yeux, c'est
encore la force cachée dans une telle opération et qui vous
maintient d'une main si ferme que vous finissez quand
même par aborder sur l'autre rive [6].

Mais même le mathématicien aura bien du mal à se sortir
de la bouteille à mouches d'une « réalité » apparemment évi-
dente, et à montrer que son « objectivité » tient au seul fait
qu'on ne l'a jamais remise en question, qu'on l'a aveuglément
acceptée comme vraie et évidente. (L'astronomie fournit un bon
exemple d'une telle attitude en affirmant que deux événements
se produisent simultanément dans deux parties différentes de
l'univers. Seulement, quand on commença à remettre entièrement
en question le concept de temps, l'idée de simultanéité devint
insoutenable.) Dans sa contribution à cet ouvrage, le mathé-
maticien Gabriel Stolzenberg montre comment il est possible de
se laisser prendre au piège d'une telle vision du monde, mais
tout aussi possible d'en sortir. Nous, profanes en la matière,
trouvons sans doute surprenant que même la « reine des sciences »
puisse rejeter et éliminer des questions qui confronteraient son
système de pensée à l'absurde si elle acceptait de les prendre
en considération. Et pourtant, dans le contexte en principe tout
à fait objectif et impersonnel des réalités scientifiques, on trouve
aussi les ahurissantes structures qui se vérifient d'elles-mêmes
et permettent d'inventer des réalités. Et cette thèse – à savoir
que les réalités mathématiques ne sont pas découvertes mais
inventées – est un des aspects les plus fascinants de l'essai de
Stolzenberg.

Dans la suite de son analyse, Stolzenberg, comme Elster, en
vient à réexaminer le concept de négation qui pourtant, lui aussi,
semble aller de soi. Pour le définir de manière univoque, il est
nécessaire de sortir du cadre primitif du système de pensée régi
par les catégories de vrai et de faux, et de totalement remettre
en question la construction conceptuelle des mathématiques
classiques. Mais, à l'intérieur de ce cadre, cette procédure est
fausse : considérée de l'intérieur, la négation de Stolzenberg
(passive, au sens où Elster l'entend) est « fausse ».

Bien que Stolzenberg ne se réfère pas à Brown, les perspectives
des deux auteurs sont similaires. La logique de Brown est fondée
sur les concepts d'« intérieur » et d'« extérieur ». Très prosaï-
quement, on dira que Brown montre comment un système concep-

*tuel peut transcender ses propres limites, se regarder de l'ex-
térieur, et, en quelque sorte, de nouveau rentrer en lui avec cette
fois les informations qu'il a pu obtenir sur lui-même. Stolzenberg
montre par contre que des découvertes mathématiques, apparemment définitives et évidentes, se révèlent des pièges dès que
le mathématicien essaie de se placer à l'extérieur du cadre
conceptuel de son système. Considéré de l'extérieur, ce cadre se
révèle constituer un piège, alors que, de l'intérieur, il reste
parfaitement cohérent, et ne renferme aucune contradiction. (Que
Stolzenberg qualifie d'«incorrect» ce système vu de l'extérieur
ne signifie cependant pas qu'on trouve la vérité absolue une fois
sorti de son cadre conceptuel. Par «incorrect», il faut plutôt
comprendre «ne convenant pas», au sens où von Glasersfeld
l'entend.)*

*Même le profane se rendra compte que tout ceci dépasse
largement le seul domaine des mathématiques. Ce que Stolzenberg met en évidence du processus qui mène le mathématicien
à se prendre lui-même au piège, Rosenhan le montre aussi pour
le domaine de la psychiatrie. Pour prendre pleinement conscience
de cette analogie, il suffit de remplacer, tout au long de l'article
de Stolzenberg, les termes* problèmes mathématiques *par* problèmes humains, *et* mathématiques *par* thérapie. *Bien que cela
semble un peu tiré par les cheveux, la substitution sémantique
satisfait néanmoins notre intuition. Car celui qui souffre mentalement est lui aussi, d'une certaine façon, pris au piège d'une
bouteille à mouches dont il ne sait comment sortir; l'éventuelle
solution qui se présente est précisément son problème* [11]. *Et
c'est seulement en sortant du cercle vicieux qui se résume à
passer du problème à la «solution» et de cette «solution» au
problème qu'elle constitue qu'il découvre qu'il est possible de
construire une réalité différente* [12]. *Bien sûr, cette autre réalité
est de nouveau une construction. Mais, si elle convient mieux,
il est plus facile d'y vivre, et surtout elle donne le sentiment
existentiel d'être «en harmonie», de s'accorder avec elle, sentiment sans lequel nous ne pouvons pas psychologiquement
survivre.*

*La dernière contribution, celle de Francisco Varela, traite des
propriétés de cette construction qui, finalement, est aussi inimaginable que le nombre* i, *et pourtant – exactement comme* i
*– mène à des résultats concrets et pratiques. Le biologiste chilien
y présente une synthèse de presque tous les thèmes abordés dans*

PAUL WATZLAWICK

ce livre, de la reproduction cellulaire aux paradoxes de la logique (et donc aussi des processus de notre pensée), mais encore aux mécanismes réflexifs de notre perception du monde, et au concept d'autonomie qui échappe au paradoxal mouvement d'oscillation entre le vrai et le faux.

RÉFÉRENCES

1   Bateson, Gregory, Jackson, Don D., Haley, Jay, et Weakland, John H., « Towards a Theory of Schizophrenia », *Behavioral Science*, n° 1, 1956, p 251-264; trad. fr., « Vers une théorie de la schizophrénie », *in* Gregory Bateson, *Vers une écologie de l'esprit*, t. II, Paris, Éd. du Seuil, 1980, p. 9-34.

2   Berger, Milton M. (éd.), *Beyond the Double Bind*, New York, Bruner/Mazel, 1978.

3   Brown, George Spencer, *Laws of Form*, Toronto, New York, Londres, Bantam Books, 1973.

4   Hofstadter, Douglas R., *Gödel, Escher, Bach : An Eternal Golden Braid*, New York, Basic Books, 1979, et Vintage Books, 1980; trad. fr., *Gödel, Escher, Bach : les brins d'une guirlande éternelle*, Paris, InterÉditions, 1985.

5   Hughes, Patrick, et Brecht, George, *Vicious Circles and Infinity*, New York, Doubleday, 1975.

6   Musil, Robert, *Die Verwirrungen des Zöglings Törless*, Hambourg, Rowohlt, 1957, p. 74; trad. fr., *Les Désarrois de l'élève Törless*, Paris, Éd. du Seuil, 1960, p. 121.

7   Russell, Bertrand, *The Autobiography of Bertrand Russell*, Boston, Little, Brown, 1951, t. I, p. 221-222; trad. fr, *Autobiographie*, Paris, Stock, 1967, t. I, p. 188-189.

8   Sluzki, Carlos E., et Ransom, Donald C. (éd.), *Double Bind*, New York, Grune & Stratton, 1976

9   Smullyan, Raymond M , *What is the Name of This Book?* Englewood Cliffs, New Jersey, Prentice-Hall, 1978.

10   *Id.*, *This Book Needs No Title*, Englewood Cliffs, New Jersey, Prentice-Hall, 1980.

11   Watzlawick, Paul, Weakland, John H., et Fisch, Richard, *Change. Principles of Problem Formation and Problem Resolution*, New York, W.W. Norton, 1974; trad. fr., *Changements : paradoxes et psychothérapie*, Paris, Éd. du Seuil, 1975, p. 31-39.

12   Watzlawick, Paul, *The Language of Change*, New York, Basic Books, 1978; trad. fr., *Le Langage du changement*, Paris, Éd. du Seuil, 1986.

13   Whitehead, Alfred, et Russell, Bertrand, *Principia mathematica*, Cambridge, Cambridge University Press, 1910-1913.

GABRIEL
STOLZENBERG

Une enquête sur le fondement des mathématiques peut-elle nous apprendre quelque chose sur l'esprit * ?

Oublions pour le moment la question que pose le titre de ce chapitre. J'y reviendrai à la fin, et j'essaierai d'expliquer comment on peut voir, dans l'ensemble de mes remarques, une réponse affirmative, bien que non traditionnelle.

Je partage avec la communauté des mathématiciens « constructivistes » la conviction que, à la fin du XIXe siècle, la science des mathématiques pures est tombée dans un piège intellectuel en essayant de rendre plus rigoureux son système de pensée, et d'établir plus solidement ses propres fondements, et que, depuis lors, les mathématiciens, avec l'« aide » des logiciens, n'ont cessé de s'y enfoncer toujours plus profondément. Je voudrais ici montrer en quoi consiste ce piège, de quelles structures logiques et linguistiques il se compose, pourquoi il est si facile de s'y laisser prendre, et ce qui arrive quand quelqu'un s'y laisse effectivement prendre. Enfin, en tant que mathématicien, je voudrais faire quelque chose pour sortir de ce piège la discipline qui est la mienne. Mais c'est là une autre histoire. Il faut d'abord comprendre ce que j'appelle un « piège » ; la plupart des mathématiciens, ne le voyant que de l'intérieur, le considèrent plutôt comme un paradis intellectuel. Et, en fait, il n'y a là aucune contradiction. Mais on a déjà tant dit sur le paradis des mathématiques. J'ai choisi de parler ici de pièges. Pourquoi ? Simplement parce que je trouve le sujet intellectuellement fascinant. Je crois aussi que d'autres scientifiques qui s'intéressent aujour-

* Cette contribution est la version abrégée d'un article de Stolzenberg constituant à l'origine le chapitre XII de *Psychology and Biology of Language and Thought : Essay in Honor of Eric Lenneberg,* publié par George A. Millet et Élisabeth Lenneberg, New York, Londres, Academic Press.

d'hui aux mathématiques pures peuvent en tirer une somme considérable de connaissances pratiques. Car il s'agit ici de poser des questions fondamentales sur la nature même des recherches scientifiques. Et comprendre les erreurs commises dans le domaine des mathématiques pures peut aider d'autres scientifiques à éviter de les reproduire dans leur domaine propre.

Quelles erreurs a-t-on commises dans le domaine des mathématiques pures ? Dans quel piège est-on donc tombé ?

Avant de répondre à ces questions, j'expliquerai, d'abord en termes assez généraux, ce que j'entends par « piège », ou par « tomber dans un piège ». De plus, je dois définir les attitudes, croyances et habitudes de pensée institutionnalisées, particulières aux mathématiques pures contemporaines, et dont j'affirme qu'elles constituent un piège. Enfin, j'expliquerai pourquoi j'affirme cela. A mon avis, une étude approfondie de l'état actuel de la théorie et de la pratique mathématiques permettrait de développer une argumentation beaucoup plus solide et détaillée qu'il n'est possible de le faire ici. Néanmoins, tout en me limitant à une discussion non technique, je peux tout de même présenter des arguments et explications suffisamment consistants pour qui voudrait les contester ou les contredire.

SUR L'EMPLOI DU MOT « PIÈGE »; ET QUELQUES CONSIDÉRATIONS SUR LE POINT DE VUE ADOPTÉ

Je pose des conditions très strictes à l'emploi du mot « piège ». Afin de justifier cet emploi, je montrerai que les attitudes, croyances et habitudes de pensée institutionnalisées mentionnées plus haut constituent un système fermé ; mais aussi, de manière plus significative encore, que certaines de ces croyances sont manifestement fausses, et que certaines de ces attitudes et habitudes de pensée empêchent cette fausseté d'apparaître comme telle. Pour mener à bien ma démonstration, ou simplement pour reconnaître une de ces données des mathématiques contemporaines quand elle se présente, il s'agit d'abord de définir un point de vue d'où on puisse les considérer, non plus comme des données, mais comme de simples hypothèses ou propositions qui, comme telles, ne sont encore ni acceptées ni rejetées.

Se pose alors la question cruciale de savoir comment établir ce point de vue. Toute réponse à cette question, pour être adéquate, doit d'abord tenir compte du lieu d'où chacun part, chacun pouvant avoir un point de départ différent. Si quelqu'un se situe à l'intérieur d'un système de pensée, ce qui s'impose alors est une procédure pour en sortir, et « défaire » un certain nombre de croyances et modèles de pensée apparemment fondamentaux [1]. Ce type de procédure existe, encore faut-il avoir la discipline nécessaire pour le suivre correctement.

Cela étant dit, je rappellerai qu'un « piège » n'est pas vu comme tel pour qui se trouve à l'intérieur. A partir de là, la suite de mes affirmations ne devrait pas trop surprendre. Les erreurs méthodologiques de base qui ont entraîné les mathématiques pures dans un piège, et qui, maintenant encore, les y maintiennent, consistent essentiellement à ignorer cette question, fondamentale, du *point de vue*. Les données de départ, établies en fonction d'un point de vue particulier, peuvent à la fois influencer la manière dont nous interprétons une question (nous la considérons par exemple comme équivalente à une autre) et celle dont nous évaluons les réponses que l'on y apporte. C'est précisément ce qui a été négligé. Dans certains cas, les données de base sont des croyances ou des affirmations non dites, y compris des affirmations « non factuelles » sur le sens de certains types d'énoncés ; mais il peut aussi s'agir d'attitudes et habitudes de pensée, comme de phénomènes sociaux et psychologiques [2].

Je tiens à préciser dès maintenant que, lorsque j'insiste sur l'importance de considérer la question du point de vue, je ne prêche en aucun cas le relativisme. Je ne dis pas : vous avez

1 Nous pensons en particulier à la croyance en une « vérité indépendante de la connaissance » sur laquelle on fonde une logique de pensée aristotélicienne (régie par le principe du tiers exclu).

2. Par exemple, dans certains cas, une donnée de base sera simplement le fait que quelqu'un est incapable de prendre au sérieux la réponse à une question, même si, vue « de l'extérieur », cette réponse est manifestement juste. On trouve un exemple amusant dans *Proofs and Refutations*[4] de Imre Lakatos. Dans cette pièce, qui met en scène des mathématiciens « au travail », un des personnages oppose un excellent contre-exemple aux hypothèses que les autres ne cessent d'avancer. Pourtant, et bien qu'ils prennent très au sérieux beaucoup d'autres contre-exemples, à celui-ci ils répondent invariablement : « Arrête de te moquer de nous ! »

votre vérité, moi la mienne, et elles ne se rencontreront jamais. Au contraire, pour être vraiment objectif – c'est-à-dire donner une base objective à une réponse –, il faut souvent considérer la manière dont les données établies à partir d'un point de vue particulier peuvent influer sur cette réponse. Parfois, cette vigilance révèle la nécessité de renoncer temporairement à un point de vue et d'en adopter un autre, radicalement différent, permettant de résoudre adéquatement la question posée. Ce qui devient très difficile quand des facteurs psychologiques sont impliqués (et c'est très souvent le cas), ou quand les données de base qui doivent être abandonnées, au moins momentanément, sont des croyances et des habitudes de pensée. Mais personne n'a jamais prétendu que la pratique scientifique soit facile.

COMMENT ON TOMBE DANS UN PIÈGE : BRÈVE DESCRIPTION DU PROCESSUS EN TERMES GÉNÉRAUX

Jusque-là, j'ai défini un piège comme étant un système fermé de croyances, attitudes et habitudes de pensée dont on peut – pour certaines de ces croyances – objectivement démontrer qu'elles sont fausses, et – pour certaines habitudes de pensée – montrer qu'elles empêchent cette fausseté d'être reconnue comme telle. D'après cette formulation, on dira que les « erreurs méthodologiques » consistant à négliger l'importance du point de vue contribuent à « entretenir » le système. Mais on n'a ainsi encore rien énoncé sur l'*origine* du piège. On ne sait toujours pas comment il peut se former. Je voudrais donc maintenant décrire brièvement le processus qui conduit à tomber dans un piège, toujours en termes très généraux, mais en gardant cependant à l'esprit quelques-uns des traits caractéristiques du cas des mathématiques pures.

Le processus qui conduit à tomber dans un piège consiste à se laisser tromper *1)* par certaines façons d'utiliser le langage qui, en apparence seulement, ont du sens, et *2)* par certains types de raisonnements dont, en apparence seulement, la justesse semble évidente. On aboutit de cette façon à l'*enfermement* comme résultat de ce fait, ou processus psychologique, qui consiste à prendre des apparences pour des réalités. Par ce processus, parfois très complexe, ces apparences finissent par se mêler étroitement au tissu que nous prenons pour notre réalité, de sorte qu'il ne semble plus possible d'adopter un point de vue à partir duquel leur justesse soit considérée comme une simple hypothèse. Dès lors, on prend des suppositions de départ pour des données, et l'idée même de les remettre en question n'est plus accessible.

Remarques :
I. Quand je parle, dans le cas des mathématiques pures, d'être pris au piège de certaines façons de se servir du langage, je pense en particulier à l'emploi du présent pour décrire des objets et leurs propriétés, d'une façon qui présuppose qu'on prend ce présent au sens littéral, mais aussi à un type de raisonnement régi par ce qu'on appelle le « principe du tiers exclu ».
II. Quand je parle de *tomber dans un piège,* je pense, par exemple, à ce qui s'est produit dans le domaine des mathématiques pures de 1870 environ à 1930, alors qu'il s'agissait, pour l'ensemble de ce champ de connaissance (après deux cents ans de luxe et de confusion) de se renouveler lui-même entièrement ; ou bien, au processus dans lequel chaque nouvel étudiant en mathématiques pures s'engage quand il apprend, aujourd'hui encore, ce qu'on appelle maintenant « penser comme un pur mathématicien ».

QUE SIGNIFIE « ACCEPTER LES CHOSES COMME TELLES » ?

La pratique scientifique peut conduire à tomber dans un piège. Mais *que se passe-t-il dans* la science elle-même ? Autrement dit, que fait-on précisément dans la pratique scientifique ? On peut bien sûr commencer par répondre qu'on pose des questions, et qu'on fait des recherches. Mais on accomplit aussi des démarches qui, qu'on le veuille ou non, construisent la structure d'un système (de croyances, de pratiques, d'habitudes de pensée, de comportements, etc.). Et c'est précisément dans le cadre de ce système que la pratique scientifique est poursuivie (y compris l'activité consistant à construire la structure du système dans le cadre duquel on poursuit cette pratique). Mon propos est ici de démontrer que toutes ces démarches ne sont pas de simples étapes de « construction » ; elles constituent aussi un processus d'« acceptation », ou plutôt d'« acceptation des choses comme telles ». Je vais maintenant développer de façon plus détaillée ce point extrêmement important.

En général, « accepter » quelque chose, une expérience ou un objet, « comme tel » consiste à le prendre pour ce qu'il semble, ou pour ce qu'on le prétend être, *et à procéder à partir de cette donnée de base.* Malgré une apparente similitude, il y a en fait toute la différence du monde entre, d'une part, *accepter* quelque chose comme étant ce qu'il semble être et procéder (dans la vie, en tant qu'individu qui fait des expériences) à partir de cette donnée de base, et, d'autre part, simplement explorer les conséquences possibles de la *supposition* que quelque chose est effectivement ce qu'il semble être. Quand je me réveille le matin et « constate » que le soleil brille, je ne fais pas une expérience sensorielle sur laquelle je me fonderais pour *supposer* que « le soleil brille ». Certains matins, bien sûr, je fais effectivement cela ; mais je parle ici de ceux où je me lève et vois simplement que le soleil brille. J'agis ainsi parce que ma propre expérience est ainsi constituée. Mais le fait de se lever le matin et de constater que le soleil brille est un exemple caractéristique de ce que j'appelle « accepter les choses comme telles ». Remarquons cependant que, pour celui qui l'accomplit, cette démarche n'étant pas délibérée, elle n'existe, en fait, pas. Elle existerait par contre si j'avais décidé ou choisi de remettre en question l'authenticité de ma constatation « Je vois le soleil briller ». Néanmoins, rétrospectivement, ou du point de vue d'un observateur extérieur, on peut affirmer qu'une démarche d'acceptation immédiate a été accomplie, ou est en train d'être accomplie. Cela peut apparaître de différentes façons. Par exemple, l'observateur m'aura trompé en installant une source de lumière artificielle qui me donne l'impression que le soleil brille. Dès lors, du point de vue de cet observateur, mon expérience (le soleil brille) apparaît en fait l'*acceptation* immédiate de ce qui semble être « Le soleil brille ». De son point de vue, non du mien, je me laisse tromper par certaines apparences. Dans la pratique scientifique aussi, on peut tomber dans un piège dès lors qu'on se laisse duper par certaines apparences – autrement dit, dès lors qu'on accepte les choses telles qu'elles se présentent.

Je voudrais maintenant mettre en évidence l'omniprésence de

ce type de démarche dans l'activité que représente la construction du système dans le cadre duquel on développe la pratique scientifique. L'exemple suivant devrait suffire. La structure du système de pensée où les mathématiciens développent leurs idées est en partie constituée de démarches qu'ils acceptent comme moyens d'établir un nouveau théorème, ou d'introduire un nouveau concept ; et la démarche consistant à « accepter comme » est en fait un élément essentiel de la démonstration. Car comment établit-on un nouveau théorème ? De l'intérieur du système, on répondra simplement : en construisant une preuve. Mais l'observateur extérieur, de son point de vue, verra dans cette démarche une construction qui semble constituer une preuve – autrement dit, une construction qui, si on s'en tient aux apparences, est une preuve – et son acceptation comme telle. Mais examinons ce point plus précisément. Construire une preuve consiste essentiellement à développer un raisonnement mathématique, à en vérifier chaque étape, pour finalement constater qu'il est juste. Pourtant, vérifier ce raisonnement et « constater qu'il est juste » revient au même que se lever le matin et « voir que le soleil brille ». Dans un cas comme dans l'autre, il y a acceptation des choses telles quelles, mais seule la réflexion après coup ou le point de vue d'un observateur extérieur peuvent révéler cette démarche comme telle. Je vais maintenant tenter de montrer que les choses se passent ainsi lorsqu'on « vérifie » un raisonnement mathématique.

Supposons qu'une « autorité » en la matière déclare que quelque chose dans ce raisonnement est faux. Dans ce cas, ma vérification peut devenir tout à fait différente de ce qu'elle était avant la déclaration. Au lieu de « voir que le raisonnement est juste », qu'il se vérifie, je pourrai maintenant « constater que je ne vois pas ce qu'il y a de faux dans mon raisonnement, à supposer qu'il y ait quelque chose ». Et, si je reconnais l'autorité de cette autorité, je peux même éliminer : « à supposer qu'il y ait quelque chose ». Exactement comme avant, je constate que le raisonnement *semble* juste ; mais, cette fois, je ne l'accepte pas comme *étant* juste. Et c'est bien là toute la différence entre les deux situations. Dans la première, j'accepte les choses comme telles (« mon raisonnement est juste »), alors que, dans la seconde, je remets en question quelque chose qui semble juste (« mon raisonnement semble juste, mais, en fait, il est peut-être faux »). Si je constate que mon raisonnement est juste, alors le théorème est établi, et je peux donc élargir son utilisation, par exemple pour établir d'autres théorèmes, ou au contraire rejeter certaines hypothèses. Mais, aussi longtemps que j'essaie de trouver l'erreur dans ce raisonnement, j'investis mon énergie tout à fait différemment. Je le vérifie plusieurs fois, toujours en cherchant l'erreur ou la faille. Je me demande si je néglige ou omets quelque chose. Ou peut-être suis-je au contraire en train de lire dans le raisonnement quelque chose qui ne s'y trouve pas ? L'«autorité» publiera peut-être une explication de ce qui est faux dans le raisonnement. Cela m'aiderait ; pourtant, telles que les choses se présentent, il se peut aussi que je sois incapable de suivre la logique de ses explications. (Pour pousser un peu plus loin mon argumentation, je dirai qu'il y a ici trois « issues » possibles : *1)* je parviens finalement à comprendre les explications de l'autorité, et je saisis donc ce qui, dans le raisonnement, est faux ; *2)* la situation reste non résolue ; *3)* je décide qu'après tout l'autorité n'est pas à ce point infaillible, et que, en fait, mon raisonnement est « évidemment » juste.)

Ce seul exemple suffit, je pense, à montrer très clairement comment chaque étape de la construction de la structure d'un système conceptuel – définissant les limites dans lesquelles on poursuit une pratique scientifique – est étroitement liée à des démarches d'acceptation des choses comme telles. J'ai noté précédemment que ces démarches pouvaient être reconnues comme telles par un observateur extérieur, ou parfois, rétrospectivement, par celui-là même qui les a accomplies. En effet, pour des opérations visant à établir une « preuve mathématique », les mathématiciens eux-mêmes découvrent souvent après coup qu'elles font effectivement partie de leur raisonnement. Et, dans les limites imposées par leur acceptation immédiate de ce qu'ils prennent pour une preuve, ils sont prêts, en principe comme dans la pratique, à faire tout ce qu'il faut pour essayer d'éliminer les erreurs découlant éventuellement de ce type de démarche. Par contre, on ne connaît aucune tradition de vérification critique qui remette en cause les démarches d'acceptation plus fondamentales qui ont conduit les mathématiques à se prendre à leur propre piège ; et il n'est pas non plus question d'en instaurer une. Bien au contraire, on considère généralement que ces problèmes n'exigent aucune remise en question, et que, si un mathématicien est libre de mener comme il l'entend des recherches privées sur ces questions, on peut toujours ignorer les résultats auxquels il arrive, aussi importants soient-ils. Je reviendrai sur ce point quand j'examinerai plus spécifiquement le cas des mathématiques pures contemporaines.

Retenons pour le moment trois faits importants concernant les démarches d'acceptation telles qu'elles se présentent :

1. Du point de vue de celui qui les accomplit, elles n'existent pas comme telles ; il ne se pose simplement pas de question.

2. Ces démarches sont des sources d'erreurs potentielles ; un observateur extérieur peut parfois voir qu'une erreur a été faite.

3. L'important, dans le fait d'accepter une chose telle qu'elle se présente, c'est que l'on considère, non seulement cette chose, mais aussi tout le reste, en fonction de cette acceptation.

De ce fait, quel que soit le cas considéré, en acceptant ou, au contraire, en n'acceptant pas, on s'engage dans des voies très différentes. Accepter une croyance et l'intégrer dans une conception du monde, c'est perdre, dans certains cas, la capacité de revenir en arrière et de la remettre en question. Au contraire, quand on ne l'accepte pas comme telle, et quand on choisit de la remettre en question, on reconnaît parfois que cette croyance et certaines de ses conséquences sont fausses.

COMMENT NOUS ACCEPTONS
DES ÉNONCÉS TELS QUELS

Il arrive dans tous les domaines que l'on accepte des données telles qu'elles se présentent. C'est inévitable, les choses sont simplement ainsi [3]. De ce fait, le problème qui doit nous occuper n'est pas de savoir comment éviter une démarche de ce type, mais plutôt – puisque nous savons qu'elle existe et que nous l'accomplissons – comment prendre ce fait en compte dans la pratique scientifique. Une solution à ce problème serait, à mon avis, de nous efforcer d'inventer et d'appliquer des procédures de dissolution des croyances et habitudes acceptées telles quelles. Et nous devrions considérer l'invention de ces procédures comme un des moyens fondamentaux qui permettraient de développer la connaissance scientifique.

3. En effet, reconnaître que quelque chose est « en fait faux » implique aussi un acte d'acceptation « tel quel » ; on pourrait donc de nouveau « constater » que cette nouvelle affirmation « est fausse ».

Je dis ceci pour deux raisons. D'abord, parce que nous, scientifiques, nous intéressons au monde, et non au monde vu de l'intérieur d'un système de croyances ; ensuite, parce que, pour toute croyance ou habitude de pensée que nous avons actuellement, nous devons admettre la possibilité que nous l'ayons acceptée, non pas pour les raisons que nous supposons, mais plutôt parce que nous avons, sans nous en rendre compte, accepté telle quelle une donnée dans un domaine qui, conceptuellement, est très éloigné de celui auquel nous l'avons empruntée [4]. Je pense, en particulier, à des démarches d'acceptation immédiate d'énoncés que nous accomplissons dans les strictes limites du langage, et qui pourtant engendrent des croyances sur des « faits ». L'expérience courante montre qu'il nous arrive de « voir » certaines choses, par exemple « une vérité fondamentale sur la nature de la réalité », seulement parce que nous sommes laissé duper par certaines façons d'utiliser le langage qui n'ont un sens qu'en apparence. Une raison essentielle explique de telles méprises : en même temps que nous apprenons à nous servir du langage, nous apprenons à attribuer aux autres, comme à nous-mêmes, une beaucoup plus grande maîtrise du langage que nous n'en avons en réalité. Dans la pratique courante du langage, nous ne cherchons généralement pas plus qu'une apparence de sens.

Ces idées deviendront plus claires si nous prenons l'exemple d'un énoncé que nous avons involontairement accepté tel quel, et qui a engendré une croyance sur des « faits ».

HISTOIRE D'UNE DÉFINITION
TROP BONNE POUR ÊTRE VRAIE

On apprend à l'école que π est « le rapport constant de la circonférence d'un cercle à son diamètre ». Demandez à quelqu'un ayant appris cela de prouver que, pour deux cercles, les rapports de leur circonférence à leur diamètre sont égaux. On vous répondra probablement : « Bien sûr qu'ils sont égaux, ils sont tous les deux égaux à π. » Il y a des années, j'essayai, sans

---

4. On observe facilement ceci pour les croyances des autres ; il nous reste à apprendre comment appliquer cet enseignement à nous-mêmes.

succès, de convaincre un groupe d'étudiants (ayant appris la définition énoncée plus haut) de ceci : si on calcule le rapport de la circonférence d'un grand cercle à son diamètre, et si on fait la même opération pour un petit cercle, il n'est pas évident, loin de là, qu'on obtienne le même résultat. Mais, pour ces étudiants, qui « voyaient » que « dans les deux cas, on mesure π », le résultat des deux opérations devait évidemment *être* identique. J'essayai de semer le doute dans leur esprit en attirant leur attention sur un fait remarquable : à partir d'une simple définition qu'ils avaient apprise – ayant donc accompli un acte strictement limité au domaine du langage –, ils étaient arrivés à un élément de connaissance « factuel » non trivial. Et ils reconnurent que c'était effectivement remarquable. Mais, au lieu de commencer à douter, ils trouvèrent finalement que mon raisonnement confirmait à quel point la définition de π était « bonne ».

A mon avis, ils ne savaient pas de quoi ils parlaient ; mais surtout, ils ignoraient que la validité de ce qu'ils prenaient pour « une définition de π » dépendait en fait d'une donnée de base : on avait d'abord établi que le rapport de la circonférence d'un cercle à son diamètre *est* le même pour tous les cercles. Pour moi, c'était évident, une telle preuve devait nécessairement précéder la définition (et j'étais prêt à leur faire la magnifique démonstration fondée sur les polygones circonscrits et le théorème de la proportionnalité pour des triangles semblables). Mais, pour eux, leur « définition » était évidente : ils savaient « ce qu'est une définition », et étaient capables de la reconnaître comme telle [5]. J'essayai de les faire réfléchir sur cette affirmation. Ils pensaient que c'était inutile. Et nous en restâmes là.

Qu'aurait-il fallu, dans ce cas particulier, pour arriver à nous entendre ? Bien sûr, si nous avions réfléchi dans le cadre d'un système avec des normes de définition, nous aurions pu simplement régler la question en vérifiant si la prétendue définition était en fait exacte. Mais, manifestement, nous ne procédions pas à l'intérieur d'un tel système ; les étudiants avaient leurs règles, et j'avais les miennes. Nous aurions tout de même résolu le problème si j'étais parvenu à leur montrer, en me servant de leurs propres termes, que leur conception d'une « définition » était

---

5. L'enseignement des mathématiques qu'ils avaient reçu avait très probablement renforcé cette croyance. A un niveau plus élevé, on peut corriger la pseudo-définition de π ; ce qui est impossible pour des définitions beaucoup plus mauvaises, comme celles de la « racine carrée de 2 » et d'un « nombre réel ».

en fait défectueuse. Et je vois maintenant comment j'aurais pu m'y prendre. Pourtant, sans cela, nous aurions pu nous comprendre si les étudiants avaient accepté de faire quelque chose qu'ils considéraient comme inutile : à savoir, renoncer, ne serait-ce que temporairement, à considérer leur prétendue « connaissance de ce qu'est une définition » comme une donnée établie.

L'exemple que je viens de donner illustre très clairement ce que représente un raisonnement qui procède à partir d'un point de vue particulier, mais que l'on considère comme « objectif ». Sans que l'on s'en rende compte, la conclusion du raisonnement est intégrée au point de vue d'où on traite la question. Mais voyons maintenant comment. Non pas que les étudiants aient *supposé* que leur conclusion était vraie. Cela aurait pu être le cas si, à l'école, on leur avait enseigné que les mathématiciens avaient prouvé que le rapport de la circonférence d'un cercle à son diamètre est constant, et que la définition de π est fondée sur cette vérification. Mais, dans ce cas, ils auraient su que la conclusion n'est pas évidente, qu'elle exige donc une preuve. Et c'est précisément ce dont ils ne pouvaient se rendre compte. Ils n'avaient pas fait des suppositions, mais plutôt accepté telles quelles des données. C'était bien cela, le problème.

La situation que je viens de décrire montre quelques-unes des caractéristiques de ce que j'ai appelé un piège... Toutefois, pour deux raisons, il ne serait pas exact de dire qu'il s'agissait d'un piège. D'abord, parce que nous ne nous sommes rencontrés qu'une fois ; les étudiants n'étaient manifestement pas prêts, à ce moment-là, à remettre en question ce qu'ils croyaient savoir, mais il n'y a aucune raison de penser qu'ils tenaient coûte que coûte à rester sur leur position. Ensuite, même s'ils croyaient leur position sûre et ne la sentaient pas menacée par ce que j'avançais (ils me prenaient en fait pour un loufoque), en réalité, elle n'était pas sûre du tout. J'aurais pu, par exemple, en employant leur propre « critère d'acceptation » des définitions, inventer un nouveau nombre, Π, qui aurait été le rapport de la surface d'un cercle à son diamètre ; sur la base de ce qu'ils savaient par ailleurs, ils auraient dû se rendre à l'évidence que « Π n'est pas constant ». Mais alors, ils auraient accepté la question que je leur posais : « Comment savez-vous que π est constant ? »

SUR LES SYSTÈMES DE CROYANCES ;
COMMENT RENONCE-T-ON A DES CROYANCES GÉNÉRALEMENT ACCEPTÉES ?

Il apparaît maintenant clairement que l'éventualité de tomber dans un piège dépend fondamentalement de l'attitude que l'on adopte à l'égard d'une simple idée – celle de renoncer à des croyances et habitudes de pensée. Nous voici donc de nouveau confrontés à ce problème fondamental. C'est vrai, on ne peut éviter d'accepter des données telles qu'elles se présentent à nous ; de même qu'on ne saurait éviter la conséquence de telles acceptations : à savoir la possibilité d'adopter des croyances que quelqu'un d'autre sera en position de dire fausses. Ce que l'on peut par contre éviter, et ce que surtout – pour des raisons de stricte scientificité – nous devrions éviter, c'est d'adopter une méthodologie qui empêche effectivement quelqu'un d'autre de reconnaître cette fausseté. D'un certain point de vue, il est évident qu'un scientifique n'adoptera jamais délibérément une telle méthodologie ; un scientifique ne peut tolérer l'idée d'être enfermé dans un système de croyances dont un observateur verra qu'elles sont fausses. Néanmoins, il arrive que ce type de méthodologie *soit effectivement adopté,* et parfois le système de pensée qui en résulte devient un piège.

Pourquoi un scientifique conçoit-il et adopte-t-il une telle méthodologie ? Parce qu'il désire posséder un système de pensée ou une vision du monde défendable, et qu'il soit prêt à défendre. C'est ce que Humberto Maturana appelle le « péché de certitude ». J'appellerai « système de croyances » tout système qui repose sur une pareille attitude. Et, de tout système de croyances que l'on peut effectivement défendre, je dirai qu'il « se vérifie lui-même » ou qu'il est « irréfutable ».

Un système de croyances peut ressembler trait pour trait à un vrai système scientifique, si ce n'est pour une caractéristique essentielle qui l'en distingue : toutes les observations, évaluations, etc., sont faites du seul point de vue du système. De ce fait, dès lors qu'une croyance ou principe opératoire a été accepté – autrement dit, dès lors que l'on considère qu'il « l'est » –, tout argument visant à le rejeter sera écarté, à moins que l'on puisse montrer, du point de vue du système, que quelque chose « ne va pas [6] ». Si, par exemple, on n'a pas encore accepté un principe fondamental – comme le principe du tiers exclu –, on peut voir une bonne raison de le rejeter dans le simple fait qu'on n'en trouve aucune de l'accepter ; mais, s'il s'agit d'un principe déjà accepté à l'intérieur d'un système de croyances, une telle considération n'aura plus aucune force.

Ce type de procédure ne fournit pas, à lui seul, un système avec des principes et des procédés régissant l'acceptation de croyances, autrement dit des procédés permettant d'établir que quelque chose « est ainsi » – en deux mots, des règles de « vérification ». Il suggère néanmoins d'accepter, comme principe méthodologique fondamental, un « critère d'acceptation » : pour toute nouvelle croyance ou principe méthodologique, on doit pouvoir montrer que, une fois accepté et incorporé au système, il est impossible, dans les termes de ce système, de le considérer comme faux. C'est essentiellement la démarche qu'ont adoptée les mathématiciens en définissant des règles de « vérification » pour le système de croyances à l'intérieur duquel on pratique aujourd'hui les mathématiques pures. Et c'est aussi ce que contient leur célèbre devise : « En mathématiques pures, le seul critère d'exactitude, c'est la cohérence – c'est-à-dire la cohérence du système lui-même. »

SUR LES ERREURS QUE L'ON FAIT QUAND ON NE TIENT PAS COMPTE DU POINT DE VUE

Il est important de se souvenir que se trouver à l'intérieur d'un système de croyances signifie voir les choses d'une certaine façon – par exemple, que « le soleil brille », ou que « π est le rapport de la circonférence d'un cercle à son diamètre », ou

---

6. La seule façon de montrer que la méthodologie acceptée contient quelque chose de faux serait de se servir de cette même méthodologie. Mais une démonstration de ce type ne tiendrait pas un instant puisque sa force dépendrait de l'exactitude de la méthodologie venant précisément d'être déclarée défectueuse. Et, bien sûr, le système entier s'effondrerait aussi.

encore que « toute assertion mathématique est vraie ou fausse »
– sans jamais avoir conscience que. cette façon de voir dépend
du point de vue adopté. On considère donc comme allant de soi
que tout le monde voit les choses de la même façon ; d'où les
erreurs d'interprétation des croyances et expériences des autres
qui s'ensuivent presque nécessairement, puisque, en fait, tout le
monde ne voit pas les choses de cette façon.

Prenons un exemple. Dans le livre de W. V. Quine, *Philosophy
of Logic* [6], le chapitre intitulé « Deviant Logics » contient des
erreurs de ce type, dont découlent des conclusions inexactes –
du point de vue des faits – sur des sujets auxquels l'auteur
attache une importance considérable. La position de Quine est
intéressante au moins à cet égard qu'elle représente le contre-
exemple d'une thèse que j'ai énoncée plus haut. En effet, bien
qu'il développe sa pensée exclusivement à l'intérieur d'un système
de croyances particulier (celui de la logique classique et de la
vision du monde qu'elle implique), il ne la considère cependant
pas comme « donnée par Dieu » : il reconnaît qu'elle est un
résultat découlant de l'acquisition de ce que nous pensons être
la « maîtrise » de l'usage du langage. De plus, Quine met l'accent
sur le fait qu'on reconnaît un bon système à sa capacité de
fonctionner comme façon de « voir le monde », plus particulièrement pour les scientifiques. Il compte la commodité, la simplicité et la beauté parmi les critères dont on se sert pour
comparer des systèmes rivaux. Sur la base de cette description,
on peut clairement énoncer la démarche à suivre pour faire une
telle comparaison : il s'agit de mettre à l'épreuve chacun des
systèmes rivaux afin de déterminer la qualité de son fonctionnement. Mais ce n'est pas ce que Quine fait. Il reste confiné dans
les strictes limites de son propre système, alors même qu'il essaie
de voir comment on procède à l'intérieur d'un système différent.
Rien d'étonnant donc à ce que l'opération lui paraisse compliquée
et confuse. De plus, il traite cette expérience comme si elle
révélait, d'une certaine manière, la confusion inhérente au fonctionnement de cet autre système ; alors qu'il n'en est évidemment
rien. Néanmoins, à partir de ce qu'il considère comme « évident »,
il tire d'importantes conclusions : ce qu'il appelle « notre logique »
est, affirme-t-il, plus simple, plus commode et plus belle ; ce qui
est totalement inexact. Je n'objecte pas que ce sont là des
jugements de valeurs, donc subjectifs ; mais j'affirme que Quine
n'est pas en mesure de savoir quelle « logique » est plus simple,

commode et belle, puisqu'il n'a pas fait le nécessaire pour pouvoir réellement porter un jugement sur cette question.

Quine révèle son erreur méthodologique fondamentale quand il parle de ce qu'il en coûte de devoir penser dans le cadre d'une « logique déviante ». Autant parler de ce qu'il en coûte à un Chinois de communiquer dans une langue « étrangère ». A aucun moment de son argumentation, Quine n'est conscient que, pour le « déviant », la logique « déviante » n'est pas déviante.

Résumons-nous. Un système de croyances est un système dans le cadre duquel toute observation est faite, et toute assertion énoncée ; toute autre considération étant subordonnée à l'entretien de ce système. Quand un observateur extérieur est en mesure de voir qu'un tel système contient une croyance inexacte, et qu'il est impossible de démontrer cette inexactitude dans les termes propres à ce système, il peut alors affirmer de ce dernier qu'il est devenu un piège. Dans une situation de ce type, on distingue deux points de vue : celui de l'observateur extérieur pour qui les défenseurs du système sont des dogmatiques, et celui des défenseurs du système qui voient en l'observateur quelqu'un qui refuse d'accepter ce qui est « évidemment ainsi ». Et, en fait, ils ont tous raison.

LE CAS DES MATHÉMATIQUES PURES : DE L'ATTACHEMENT DU MATHÉMATICIEN CONTEMPORAIN A SES CROYANCES

Une chose est certaine : le système dans lequel le mathématicien contemporain développe sa pensée est sans aucun doute un système de croyances. Le mathématicien a en effet une façon immuable de « voir » les mathématiques ; considérant par exemple un « ensemble » et un « objet mathématique », il voit non seulement si cet objet « appartient » ou « n'appartient pas » à cet ensemble, mais aussi que, dans un cas comme dans l'autre, sa décision est définitive : l'objet est et restera tel. On sait, de plus, du mathématicien lui-même, qu'il est profondément attaché à la conception particulière qu'il a de sa discipline, qu'il n'a jamais fait l'expérience d'une autre façon de voir, et qu'il appartient à une communauté de praticiens qui la partagent avec lui. Nous savons enfin que le mathématicien contemporain réagit contre l'idée de remettre en question et de démonter, même provisoirement, les données fondamentales de sa vision du monde mathématique ; il trouve cette idée troublante, en fait gênante. Chaque fois que des suggestions ont été faites en ce sens – pour des motifs strictement scientifiques –, les mathématiciens les ont considérées comme « terriblement destructrices », et taxées de « menace bolchevique ».

Le mathématicien contemporain est très impressionné par la « réalité » de son expérience mathématique ; et le fait de la partager avec la communauté des mathématiciens du monde entier renforce considérablement sa croyance en l'« objectivité » de son expérience. Mais en quoi cette objectivité consiste-t-elle réellement ? D'abord, à employer une forme de discours objectif. Ensuite, il existe un « processus d'apprentissage », bien connu et largement employé, par lequel apparemment n'importe qui peut parvenir à « voir » les mathématiques de cette façon particulière. Cette deuxième condition n'est pas sans intérêt. Mais, le mathématicien contemporain n'ayant jamais fait l'expérience, ni même imaginé, de sortir de son système et de le regarder de l'extérieur, il attribue beaucoup plus d'importance à ce qu'il « voit » que ne le permettent en réalité des conditions plus objectives. Ceci vaut pour la portée *mathématique* qu'il accorde à certaines de ses « découvertes » – par exemple, qu'un certain type de structure mathématique est « finie-dimensionnelle », ou qu'une équation a la propriété d'« avoir une solution » –, mais aussi pour les avantages *méthodologiques* qu'il voit à suivre les procédures qu'il a définies ; c'est par exemple « plus simple » et, à partir de là, « on peut faire plus ». Le mathématicien est donc totalement inconscient du fait que, dans une certaine mesure, ces visions et jugements de valeurs ne sont que des sous-produits des mêmes démarches d'acceptation des choses telles quelles (dans le domaine de l'usage du langage) sur lesquelles la construction du système lui-même repose.

On a, en particulier, interminablement discuté sur la « complication » excessive qu'impliquerait le refus du principe du tiers exclu comme donnée de base du raisonnement mathématique. On a aussi prétendu que, en n'acceptant pas cette « loi », on limiterait les possibilités du champ. David Hilbert affirmait en ce sens que cela équivaudrait à priver l'astronome de son télescope, ou à interdire au boxeur de se servir de ses poings. Si une telle attitude semble évidente de l'intérieur du système de croyances du mathématicien contemporain, elle apparaît comme nettement naïve et entêtée dès que l'on se place à l'extérieur et qu'on le met à l'épreuve.

De l'intérieur du système donc, on ne voit pas *comment* l'acceptation du principe du tiers exclu comme donnée de base contribue à la construction de cette même « réalité mathématique » sur laquelle on « découvre » ensuite des « vérités » en se servant, entre autres, du principe du tiers exclu. Le mathématicien contemporain ne voit pas ce piège : il s'imagine plutôt devoir vérifier des théorèmes comme un juge essaie d'établir des faits au cours d'un procès. De ce point de vue, « rejeter » le recours au principe du tiers exclu équivaudrait en effet à restreindre les moyens « légaux » qui permettent d'établir les tenants et aboutissants d'une affaire ; c'est-à-dire, dans le cas des mathématiques, les moyens de vérifier un théorème. On s'attend donc ainsi à obtenir moins de résultats positifs ; quant à ceux auxquels on arrive tout de même, ce ne sera pas pour autant plus facile, et même, dans certains cas, ce sera beaucoup plus difficile. Mais c'est là une conception extrêmement naïve des mathématiques : c'est penser que, en rejetant le principe du tiers exclu comme donnée de base du raisonnement mathématique, la « réalité » des mathématiques reste inchangée, et que les méthodes de vérification « légitimes » sont simplement moins nombreuses. En fait, rien n'est plus éloigné de la vérité [7].

QUE VOIT-ON DU BORD DU SYSTÈME ?
COMMENT, SUCCOMBANT A LA TENTATION
DU LANGAGE, NOUS TOMBONS
A L'INTÉRIEUR DU SYSTÈME

Je définirai maintenant quelques-unes des caractéristiques du système de croyances dans lequel le mathématicien contemporain

---

7. Bien au contraire, quand on considère un raisonnement mathématique qui n'est pas fondé sur le principe du tiers exclu, on se rend compte que, en l'y introduisant, il devient impossible de maintenir d'importantes distinctions La structure du raisonnement se trouve par conséquent « aplatie », et sa forme comme son organisation interne deviennent alors opaques.

développe ses raisonnements. A cette fin, je ne me placerai ni *à l'intérieur* ni *à l'extérieur,* mais au « bord » du système ; cette méthode, bien que non orthodoxe, ne me paraît pas plus mauvaise qu'une autre pour atteindre mon but. De plus, ce point de vue me permettra de pencher assez facilement tantôt vers l'intérieur, tantôt vers l'extérieur, et de faire ainsi l'expérience immédiate de l'accomplissement, ou au contraire de l'annulation, des démarches d'acceptation des choses comme telles à partir desquelles on construit effectivement la « réalité » des mathématiques pures contemporaines.

Pour arriver au bord du système, nous suivrons le chemin que prit Michael Dummett il y a quelques années ; il rend compte de son expérience dans un brillant essai, « The Philosophical Basis of Intuitionistic Logic » (le fondement philosophique de la logique intuitionniste) [1]. La discussion qui suit est fondée sur la dernière partie de cet ouvrage. Dummett y étudie la force de différents arguments qu'on peut développer de l'extérieur du système face à un mathématicien qui, lui, se trouve à l'intérieur, pour l'amener à voir que certaines de ses croyances sur les mathématiques sont en fait inexactes. Développant un raisonnement complexe visant à montrer pourquoi un certain type d'approche ne réussirait pas nécessairement, Dummett en arriva à traiter la question suivante.

Supposons que nous avons deux assertions mathématiques, A et B, et un algorithme, P, qui a la propriété de vérifier A ou B (peut-être les deux) quand on le développe. (Par exemple : A affirme que plus d'un million de membres de la suite $s(n) \equiv$ la partie décimale de $\left(\frac{3}{2}\right)^n$ sont compris entre 0 et $\frac{1}{2}$; B est l'assertion correspondante pour les membres compris entre $\frac{1}{2}$ et 1 ; P est l'algorithme qui permet de calculer deux millions et un membres de la suite, tout en déterminant ceux compris entre 0 et $\frac{1}{2}$ et ceux compris entre $\frac{1}{2}$ et 1.) Supposons aussi que l'on n'a pas développé l'algorithme. La question suivante se pose : dans ce cas, est-il exact de dire que nous possédons un algorithme permettant de vérifier A ou B (et peut-être les deux) ? Si B est la négation de A, la question se pose alors de savoir si, sans avoir développé l'algorithme, nous pouvons néanmoins affirmer que nous possédons un moyen de vérifier A, ou un moyen de la réfuter, sans toutefois être en mesure de dire lequel ?

Maintenant, face à une telle question, on peut considérer qu'il n'y a là qu'un problème de terminologie, que tous les faits étaient donnés avant même que la question ne soit posée, et que l'on peut « dire » tout ce que l'on veut aussi longtemps que nous gardons à l'esprit ceci : nous ne faisons par là rien d'autre que paraphraser ce que nous avons énoncé au départ. Si telle est votre réaction, alors vous vous trouvez pour le moment à l'extérieur du système. Néanmoins, alors qu'il écrivait son essai, Dummett était manifestement un peu à l'intérieur du système. Par conséquent, pour lui, le problème n'était pas, tant s'en faut, aussi simple. En effet, de la position que je viens d'exposer, il dit sans cesse qu'elle est entêtée ; et il suggère que, pour être aussi entêté, il faut vraiment le vouloir. (En fait, il me dit plus tard que, à l'époque où il écrivait cet essai, il ne pensait pas que quiconque puisse réellement tenir une telle position.) Pourquoi ? Parce qu'« il nous est très difficile de résister à la tentation de supposer qu'il existe déjà, bien que nous ne la connaissions pas, une réponse déterminée à la question de savoir si nous pourrions vérifier ou au contraire réfuter A, au cas où nous appliquerions l'algorithme qui permet d'en décider » (p. 36). De là où Dummett se trouvait en écrivant ces lignes, il était difficile de résister à une telle tentation. Et cette tentation fait partie de la « réalité » de ce point de vue. Essayons maintenant de découvrir son origine.

Remarque :
Il est important, dans la discussion qui va suivre, de ne pas oublier quelle position on occupe à chaque étape de l'argumentation. Ma méthode sera de pencher tantôt vers l'intérieur, tantôt vers l'extérieur, afin de faire l'expérience de ce qui se passe au « bord » du système et crée la « réalité » des mathématiques contemporaines. Ceci implique, d'une part, de rester complètement à l'« extérieur » et d'échapper ainsi à toute tentation du type que Dummett a décrit ; d'autre part, il s'agit de pouvoir faire l'expérience du moment où on se sent poussé ou attiré à l'« intérieur ». De plus, il faudra essayer de nous observer nous-mêmes au moment où nous faisons ces expériences.

Quiconque ressent la tentation dont Dummett parle doit d'abord croire qu'il comprend l'expression « Il existe déjà, bien que nous ne la connaissions pas, une réponse déterminée (à une question donnée) ». En d'autres termes, cet individu doit supposer, à tort ou à raison, qu'il a participé à établir un énoncé qui contient, au moins implicitement, la signification de « supposer qu'il existe, bien que nous ne la connaissions pas, une réponse déterminée » à une question donnée. J'affirme qu'il s'agit là d'une démarche fondamentale d'« acceptation des choses comme telles » – – accomplie dans les strictes limites du langage – qui crée les conditions dans lesquelles on ressent la tentation. J'essaierai maintenant de démontrer mon affirmation le plus clairement possible.

Commençons par considérer ma propre position. A l'affirmation de Dummett, telle qu'on la trouve formulée dans son essai, je réponds ceci : qu'il m'explique d'abord ce qu'il entend par là, et j'aurai peut-être ensuite quelque chose à ajouter. Peu importe ce que suggère l'énoncé « Il existe déjà, bien que nous ne la connaissions pas, une réponse déterminée », ou les associations qu'il suscite en moi ; il n'est pas non plus question de prendre en considération ce qui a conduit Dummett à affirmer ceci. Tout cela est important et pertinent, mais rappelons-nous que nous réfléchissons ici dans le contexte des mathématiques pures. Et nous avons choisi de traiter un problème dont les données ont été on ne peut plus clairement décrites : il s'agit de deux assertions mathématiques et d'un algorithme permettant de vérifier au moins l'une, et peut-être les deux. De ce fait, bien que l'énoncé « Il existe déjà, bien que nous ne la connaissions pas, une réponse déterminée à la question de savoir laquelle des deux assertions l'algorithme vérifierait si nous le développions » en dise sans doute déjà très long, il n'en reste pas moins que nous démolirions complètement notre cadre conceptuel et notre discours scientifique si nous « acceptions » une telle « supposition », autrement dit, si nous négligions d'expliquer clairement ce que nous entendons par « supposer » que c'est ainsi. A mon avis, cet argument oppose déjà à lui seul une très forte résistance à la tentation dont il est ici question [8]. Nous poserons donc que l'on a des difficultés à résister à la tentation à partir du moment où on a l'impression que la signification de l'énoncé est parfaitement claire. Essayons maintenant de définir en quoi cette signification consiste. On pourrait bien sûr affirmer que la signification de « Il existe déjà, bien que nous ne la connaissions pas, une réponse

---

8. Cette supposition deviendrait par contre tout à fait viable si une explication adéquate était fournie. On pourrait, dans ce cas, traiter le problème très différemment. Une seule tentative d'explication – même si elle échouait – amènerait celui qui pose une telle affirmation à reconsidérer sa position.

déterminée », est « Nous connaissons un procédé déterminé permettant d'obtenir la réponse, mais il n'a pas encore été appliqué ». En fait, c'est la signification que je lui donne, et que probablement, du moins je le crois, beaucoup d'autres lui donnent aussi. Mais, avec une telle approche, il n'y a ni tentation ni résistance, mais seulement une paraphrase de ce qui a déjà été dit. Celui qui se sent tenté doit donc vouloir, ou croire vouloir, dire davantage. Mais quoi donc ? Peut-être veut-il dire que nous ne connaissons pas la réponse, mais que quelqu'un d'autre la connaît. En donnant une signification à l'énoncé, on dépasse les données immédiates ; et telle n'est manifestement pas l'intention ici. Quand Dummett dit que « nous ne connaissons pas », il entend : nous tous sans exception. Bien sûr, il se pourrait que quelqu'un ait développé l'algorithme et trouvé la réponse ; mais, dans la plupart des cas, nous ne sommes pas particulièrement tentés de supposer que ce soit effectivement le cas.

De plus, quelle que soit la signification attribuée à « Il existe déjà, bien que nous ne la connaissions pas, une réponse déterminée », ce n'est de toute façon pas quelque chose que nous pouvons savoir, mais seulement supposer. (Ceci vaut d'ailleurs aussi pour le cas où l'on veut dire que quelqu'un d'autre a déterminé la réponse.) De ce fait, on n'a pas besoin d'une explication sur ce qui est nécessaire pour savoir cela, mais plutôt sur ce que cela représente de le supposer, c'est-à-dire de l'accepter « comme tel ».

Dummett fonde son argumentation sur l'adjectif « déterminée ». Il pose la question suivante : est-il exact d'affirmer, dans le cas présent, qu'il existe une réponse « déterminée » ? Il parvient à démontrer, à mon avis avec succès, qu'on le peut effectivement. Il résume ainsi la situation : nous savons que si nous accomplissons une démarche de type X le résultat sera Y ou Z. Mais, dans de nombreux cas de ce type, la réponse à la question de savoir lequel des deux résultats on obtiendra si on accomplit effectivement la démarche est « indéterminée », au sens où elle peut dépendre d'autres facteurs. Par exemple, nous savons que, si les Red Sox et les Yankees jouent un match de base-ball jusqu'à la fin, l'une des deux équipes gagnera ; mais, en différentes occasions, ce sera l'une ou l'autre. Cependant, le problème mathématique se pose tout à fait différemment. En effet, la réponse à la question de savoir laquelle des deux assertions sera vérifiée si on développe l'algorithme ne varie pas d'une opération à l'autre [9]. En ce sens, elle n'est pas « indéterminée ». Dummett dit : « Chaque étape de l'opération étant déterminée, comment nier que le résultat final le soit aussi ? »

Dummett mène bien son argumentation. Et pourtant, remarquons que, si on l'accepte, on ne dépasse pas le niveau d'une simple paraphrase de l'énoncé « Le procédé déterminé dont nous disposons n'a pas été appliqué ». Il n'y a ainsi ni tentation ni résistance. Il nous faut donc chercher plus loin.

Je crois savoir où. « Il existe déjà (...) une réponse. » Sans doute, si nous appliquions le procédé algorithmique, nous serions en mesure d'affirmer : « la réponse est A », ou : « la réponse est B ». Aussi, avant même de l'appliquer, nous pouvons déjà nous demander si la réponse est A, ou B, ou encore les deux. On a ainsi l'impression de parler d'une « chose » bien précise : la réponse ; c'est-à-dire du fait qu'il « existe », au moins potentiellement, une « chose », la réponse, sur laquelle on obtiendrait une information si nous appliquions notre procédé. De la même façon, quand nous considérons le cas où B est la négation de A, et affirmons que, en appliquant le procédé, nous établirions que A est vrai ou faux, nous pouvons aussi avoir l'impression de parler d'une « chose », l'assertion A. Dans ce cas, le problème est de savoir si cette « chose », l'assertion A, possède déjà une propriété déterminée. Laquelle ? Celle d'« être vraie », ou « d'être fausse », que nous découvririons si nous appliquions le procédé.

Dès lors que nous acceptons de parler de « réponses » et d'« assertions », c'est, au sens littéral, parler de « choses » qui ont une relation à nous – plus précisément, si nous acceptons que, dans le cas présent, « connaître la réponse » (parce qu'on a appliqué le procédé) établit « son » existence –, on peut alors aussi se demander si « connaître la réponse » est une condition *nécessaire* à l'« existence de la réponse ». Et c'est précisément ici que l'on peut ressentir l'irrésistible tentation de dire : « Non, ça n'est pas une condition nécessaire. » Si nous acceptons que, au moins *après* avoir appliqué le procédé, il existe une « chose », la réponse, à laquelle nous sommes alors confrontés, la question se pose de savoir si, en appliquant le procédé, nous « inventons » ou « découvrons » quelque chose. Autrement dit, est-ce nous qui

---

9. Pourquoi ? Parce que nous ne le permettons pas. Si nous accomplissions deux démarches, en acceptant que chacune d'elles est un exemple de « développer l'algorithme », et si nous trouvions deux résultats différents, nous dirions : « Il y a une erreur quelque part. »

« faisons » que *A* et *B* (ou les deux) « est » la réponse, ou « trouvons-nous » la réponse ? Existe-t-il déjà une réponse déterminée
que nous ne connaissons pas encore, ou bien est-ce l'application
du procédé qui la crée ? Au cas où *B* est la négation de *A*, est-
ce nous, en appliquant le procédé, qui « faisons » que *A* a la
propriété d'« être vraie » ou d'« être fausse », ou « trouvons-nous »
que *A* « est » vraie ou fausse ?

Dès lors que nous avons accepté comme tels des énoncés qui
font que ces pseudo-questions paraissent être de vraies questions,
il faut, semble-t-il, être effectivement entêté, peut-être même
solipsiste, pour ne pas accepter aussi que nous découvrons quelque
chose en appliquant le procédé – autrement dit, que nous n'inventons rien.

Pourquoi ? Une des raisons est la suivante : alors qu'on peut
évidemment répéter indéfiniment le procédé algorithmique, cette
« chose » qu'on appelle « réponse » est au contraire unique. Si
l'application du procédé produisait littéralement la réponse, en
faisant l'opération deux fois, on obtiendrait alors deux réponses ;
ce qui, manifestement, contredit les faits. Par contre, l'idée que
nous « trouvons » la réponse semble parfaitement correspondre à
ce qui se passe. Car trouver quelque chose est un acte qui peut
être répété indéfiniment, et par différentes personnes.

Aussi, si on a accepté l'argumentation jusqu'ici, l'idée de
soutenir que l'on « crée » la réponse en appliquant le procédé
évoquera probablement d'autres images du même type ; par
exemple, celle de quelqu'un qui affirmerait que le fait d'avoir
trouvé une paire de chaussures dans une armoire a « fait » que
ces chaussures « sont » dans l'armoire. Nous sommes conditionnés
à considérer cette position comme absolument inacceptable [10].
Nous voyons que ce n'est pas exact, mais cela semble aussi
irréfutable. Pourquoi est-ce inexact ? On pourrait répondre :
parce que les chaussures étaient déjà dans l'armoire avant qu'on
ne les y trouve ; ce ne serait toutefois pas juste, car, autant que
nous sachions, les chaussures *n'*étaient *pas* dans l'armoire avant
qu'on les y trouve. Disons alors que, quels que soient le moment
et la façon dont ces chaussures sont arrivées dans l'armoire, ce
n'est en tout cas pas un acte de perception qui les y a amenées.

---

10. Et, malheureusement, nous avons tendance à considérer comme inaccep-
tables d'autres positions qui, quand on ne les examine que superficiellement,
semblent proches de celle-ci

Peut-être vous faites-vous ici l'avocat du diable et demandez-vous : « Mais comment le savez-vous ? » Je répondrai ceci : je ne prétends pas qu'on puisse totalement *exclure* la possibilité que, dans certains cas au moins, un acte de perception « crée » ce qui est perçu: J'observe seulement que, étant donné les informations dont nous disposons, nous n'avons aucune raison de supposer que tel soit le cas. Nous savons seulement une chose : soutenir que c'était effectivement le cas semble irréfutable. Mais ce n'est certainement pas quelque chose que nous pouvons « voir » ; notre expérience ne nous permet pas de le constater.

COMMENT ÉVITER DE SE LAISSER
PRENDRE AU PIÈGE DU LANGAGE

La question de savoir pourquoi nous trouvons l'idée du solipsisme tellement inacceptable est intéressante. Mais nous nous contenterons ici de reconnaître que nous n'avons pas besoin de la soutenir. Comme nous n'avons pas non plus besoin de soutenir que « la réponse n'existait pas avant que le procédé algorithmique ait été appliqué ». Ni le contraire, à savoir que « la réponse existait avant que l'on ait appliqué le procédé ». Aussi longtemps que nous refusons de nous laisser prendre au piège du langage, nous n'avons pas à soutenir l'une ou l'autre thèse ; et j'essaierai de montrer que nous avons de très bonnes raisons de ne pas le faire.

Dans cette discussion, j'ai essayé de me servir du langage de façon à mettre en évidence comment, à un moment donné, on se sent attiré à l'« intérieur » du système. Car c'est une façon de nous servir du langage qui semble nous contraindre à choisir entre deux membres d'une alternative, qui ne sont en fait que deux descriptions métaphoriques de la manière dont nous développons la connaissance dans le domaine des mathématiques pures : découverte ou invention. Et c'est aussi cette façon de nous servir du langage qui nous entraîne à accepter que nous ne « créons » pas, mais « découvrons » la réponse « exacte ». Et si, en l'absence de toute force qui nous entraînerait dans la direction opposée, nous cédons à cette tentation, nous serons presque immédiatement séduits par une conception totalement platonicienne, non seulement des propositions mathématiques, mais aussi du développement de la pensée mathématique – c'est-à-dire de la relation du mathématicien à son domaine de recherche. Cependant, nous avons constaté que des démarches d'acceptation des choses comme telles, strictement limitées au domaine du langage et de son utilisation, sont à l'origine de cette force ou tentation qui nous entraîne à adopter un certain point de vue. Nous devons donc nous garder de croire que nous pouvons parler d'« assertions » et de « réponses » comme si nous parlions de « choses » qui ont un certain rapport à nous ; et il n'y a plus alors ni tentation ni choix dans une alternative. Il ne s'agit pas d'abandonner ce type de discours ; bien au contraire, à condition de définir rigoureusement les limites de son utilisation, il constitue un moyen très précis et efficace de formuler la pensée mathématique pure. Je vais maintenant développer ce point.

LES ÉNONCÉS COMME SIGNAUX : COMMENT SE SERVIR DU LANGAGE POUR TRANSMETTRE LA CONNAISSANCE

Je pars du point de vue que, dans le domaine de la science, la fonction principale du langage est de transmettre la connaissance. Par exemple, si je sais que le carré d'un nombre rationnel n'est jamais égal à 2, je peux, au moyen du langage, « partager » ce savoir avec vous ; je peux vous le « prouver ». Bien sûr, pour être en mesure de « partager » cette connaissance, nous devons d'abord nous entendre sur la façon de nous servir du langage à cette fin ; chacun de nous doit pouvoir « lire » les messages de l'autre. Mais nous devons nous-mêmes établir les conventions d'usage du langage. Et il s'agit, en particulier, de définir les conditions dans lesquelles il est exact de poser une assertion. Dans un contexte scientifique, ces conditions seront précisément celles qui nous permettent de savoir quelque chose ; par exemple, que le carré d'un nombre rationnel n'est jamais égal à 2, ou que certains nombres impairs sont premiers. Ainsi, un « énoncé », une « assertion », est, ni plus ni moins, l'annonce, le signal, que quelqu'un possède certain élément de savoir. De plus, au moins en mathématiques pures, il va de soi que l'on est en mesure de transmettre ce savoir ; par exemple, en se servant du langage pour spécifier des opérations qu'il faut enchaîner pour arriver à savoir quelque chose.

De ce point de vue, se demander si une assertion « est vraie, indépendamment de ce que nous croyons savoir » n'est que bavardage inutile et creux. Parce qu'une « assertion » n'est jamais une « chose » : poser une affirmation, c'est toujours faire quelque chose. Et, dans un contexte scientifique, penser que l'on puisse dire la « vérité » sans le savoir n'est jamais, au mieux, qu'une manière confuse d'essayer de poser une question.

Autrement dit, il ne s'agit pas ici de définir ce que c'est qu'une assertion A « vraie » ou « exacte », mais plutôt de rendre compte de ce que nous devons savoir, en tant qu'observateur de nos connaissances, pour pouvoir poser l'assertion A, ou que « A est vraie ». Dans la mesure où on suppose qu'une assertion est un message signifiant que l'on sait que A est vraie, on ne peut la poser que si on sait effectivement que A est vraie. Dans le même ordre d'idée, une question du type « A est-elle vraie ? » devrait signaler littéralement, une quête ; la quête d'un savoir que A : par exemple, que le carré d'un nombre rationnel n'est jamais égal à 2. Et on a réussi quand on parvient effectivement à savoir ce que l'on cherchait – autrement dit, quand on peut dire que l'on « sait que A ».

QUE SE PASSE-T-IL QUAND NOUS AVONS DEUX ASSERTIONS ET UN ALGORITHME PERMETTANT DE VÉRIFIER L'UNE OU L'AUTRE ?

Revenons maintenant à la situation dans laquelle il était « très difficile de résister à la tentation de supposer qu'il existe déjà, bien que nous ne la connaissions pas, une réponse déterminée à la question de savoir quelle assertion nous vérifierions si nous appliquions l'algorithme ». Nous avons un algorithme B, et nous savons que si nous l'appliquons, nous vérifierons A ou B, et peut-être les deux. Nous savons donc quelque chose qui nous permettra de savoir autre chose ; plus précisément, nous savons que, si nous appliquons l'algorithme P, nous parviendrons à « savoir que A », ou à « savoir que B », et peut-être les deux.

Mais, jusqu'à présent, nous n'avons fait qu'évoquer une situation hypothétique. Considérons donc maintenant un cas précis, celui que nous avons mentionné plus haut. L'assertion A affirme que plus d'un million de termes de la suite $s(n)$ = la fraction décimale de $\left(\frac{3}{2}\right)^n$ sont compris entre 0 et $\frac{1}{2}$, et B est l'assertion correspondante pour les termes compris entre $\frac{1}{2}$ et 1 ; enfin, P est l'algorithme qui permet de déterminer les premiers deux millions et un termes de la suite, et décide le nombre des termes compris dans chaque intervalle, en spécifiant, à chaque étape de l'enchaînement algorithmique, si au moins un des deux comptes dépasse un million. Nous savons que, si nous appliquons l'algorithme, la somme des deux totaux excédera 2 millions, et que chaque total ou bien excédera, ou bien n'excédera pas 1 million. Mais nous savons aussi que, si aucun des deux totaux n'excédait 1 million, alors leur somme n'excéderait pas 2 millions. Nous savons donc qu'au moins un des deux totaux excédera 1 million, si nous appliquons l'algorithme. De ce fait, nous avons une situation dans laquelle nous savons que, si nous appliquons entièrement l'algorithme, nous « saurons que A », ou nous « saurons que B ». Et c'est tout.

Nous avons vu précédemment que, quand nous nous laissons tromper par certaines formes de langage, nous nous trouvons contraints de choisir entre deux descriptions métaphoriques de l'acte que constitue l'application de l'algorithme P : à savoir entre « découverte » et « invention ». Du point de vue que nous avons maintenant, A et B servent de messages que l'on transmet quand on est parvenu à savoir quelque chose ; et l'algorithme P a pour fonction de mener celui qui l'applique à savoir quelque chose. En l'absence de tout autre moyen permettant d'y parvenir, il est donc mathématiquement *inexact* d'affirmer A ou B *avant* d'avoir appliqué l'algorithme. En ce sens, d'un point de vue opérationnel, et peut-être même conceptuel, la situation que nous décrivons semble, pour le moment, beaucoup plus correspondre à un processus d'« invention » que de « découverte ». Notons ici que nous constatons exactement le contraire quand nous nous étions laissé prendre au piège de formes de langage métaphoriques qui donnaient l'impression de parler de « choses ». D'un point de vue scientifique, ce qui compte, ce n'est pas de parler, mais de savoir. Et, dans le cas présent, ce qui compte, c'est de parvenir à savoir que A, ou à savoir que B [11]. Or, pour le moment, nous ne connaissons qu'une seule façon d'y parvenir : appliquer l'algorithme P.

Dans ce cas, nous pouvons dire qu'appliquer l'algorithme « crée » ou « engendre » un certain savoir : on sait que A, ou on sait que B. Cependant, il ne s'ensuit pas qu'on ait ainsi produit ce qu'on appelle « la réponse à la question de savoir laquelle des deux assertions nous vérifierions si nous appliquions l'algorithme ». Si nous voulons continuer à parler métaphoriquement de choses que nous appelons « réponses », alors mieux vaut dire que nous « trouvons » la réponse plutôt que nous ne l'« inventons » en appliquant l'algorithme. Mais, si nous voulons continuer à nous servir d'un langage métaphorique dans un contexte scientifique, encore faudrait-il au moins le reconnaître.

QUE SIGNIFIE COMPRENDRE DES ASSERTIONS MATHÉMATIQUES ?

L'assertion que nous avons énoncée précédemment au « présent » – « Plus d'un million de termes de la suite " partie décimale de $\left(\frac{3}{2}\right)^n$ " sont compris entre 0 et $\frac{1}{2}$ – n'est pas supposée se référer à quoi que ce soit qui, littéralement, « existe déjà maintenant ». N'oublions pas que, du point de vue que nous avons maintenant, être en mesure de ce qu'on pourrait appeler « comprendre cette assertion » ne consiste en rien d'autre qu'à comprendre les conditions – au sens où nous en faisons l'expérience – dans lesquelles, conformément aux conventions que nous avons établies, il est correct que quelqu'un pose cette assertion pour signaler une

11. D'après ce que j'ai pu constater, on n'a vérifié ni A ni B A qui aime s'attaquer à ce type de problèmes, je conseillerai la tactique suivante : essayez de vérifier A et B en prouvant plus généralement que, pour tout nombre entier positif k, il existe $N \geqslant 2k$ qui possède la propriété que, parmi les N premiers termes de la suite « partie décimale de $\left(\frac{3}{2}\right)^n$ », il en existe au moins k appartenant à chaque moitié de l'intervalle compris entre 0 et 1.

certaine position où il se trouve. Mais nous n'avons même pas encore explicité ces conditions. Et, si l'on est encore enclin à penser que l'expression « termes de la suite » *doit,* d'une certaine façon, se référer à des « choses » qui « sont déjà là » dans l'intervalle, on suppose peut-être aussi que ces conditions consistent à « découvrir » quelque chose qui « existe déjà ».

Alors, en un sens, nous nous retrouvons dans la même situation que précédemment ; mais cette fois, au lieu de parler de « réponses » et d'« assertions », nous parlons de ce dont traitent certaines de ces assertions. En appliquant le procédé approprié, « découvrons-nous » qu'un terme de la suite est compris entre 0 et $\frac{1}{2}$? Ou bien « faisons-nous » qu'il y soit ? Quand je calcule $\left(\frac{3}{2}\right)^5 = \frac{243}{32} = 7 + \frac{19}{32}$, et trouve ainsi que le cinquième terme de la suite est égal à $\frac{19}{32}$, et donc compris entre $\frac{1}{2}$ et 1, suis-je en train de « découvrir » quelque chose qui « existait déjà », ou l'ai-je « inventé » ? Comme précédemment, dès lors que nous acceptons qu'un tel choix se présente réellement, nous sommes aussi tentés d'accepter que nous n'inventons pas mais découvrons.

Il est ici heureusement inutile, dans ce nouveau contexte, de reprendre l'argumentation que nous avons développée plus haut. Nos remarques sur le fait que nous parlions des « réponses » et des « énoncés » comme s'il s'agissait de « choses » s'appliquent tout aussi bien à la façon dont nous parlons du contenu des assertions mathématiques elles-mêmes, c'est-à-dire des « nombres », des « fonctions », des « ensembles », etc. Si nous n'adoptons pas à son égard une attitude critique, cette façon de nous servir du langage exerce sur nous une très forte influence ; et nous nous sentons alors contraints de supposer que, sans que nous nous l'expliquions (et, apparemment, sans qu'il soit même possible de l'expliquer), des assertions comme « 7 est un nombre impair », « $\frac{19}{32}$ est compris entre $\frac{1}{2}$ et 1 », et « plus d'un million de termes de la suite " partie décimale de $\left(\frac{3}{2}\right)^n$ sont compris entre 0 et $\frac{1}{2}$ » sont, au sens littéral, des assertions posées au « présent », se référant à des objets et à leurs caractéristiques. Cette façon de nous servir du langage *ne* devrait donc *pas* être considérée sans esprit critique ; car, en tant que scientifiques, nous ne devons en aucun cas jouer aux devinettes avec la signification de notre langage scientifique – dans le cas présent, celui des mathématiques pures.

Au contraire, si nous voulons que le langage mathématique fonctionne comme un moyen de noter et de communiquer la connaissance mathématique [12], nous devons reconnaître que « comprendre » ce langage, c'est-à-dire comprendre « ce dont traitent les assertions mathématiques », ne consiste en rien d'autre qu'à comprendre les conventions qui, en fait, régissent l'usage mathématique du langage à cette fin. Mais, je l'ai déjà fait remarquer, nous établissons *nous-mêmes* ces conventions, qui donc, avant que nous ne les établissions, n'existent pas.

Remarque :
Nous n'insisterons jamais assez sur le fait que nous parlons ici de conventions qui régissent l'usage du langage pour noter, communiquer, etc., des expériences *cognitives,* celles que nous appelons « mathématiques » ; il ne s'agit en effet pas (ou pas seulement) des règles d'un « jeu linguistique » formel dans lequel on peut formuler des énoncés ou faire des signes sur le papier, à condition que d'autres aient déjà été faits. Nous nous intéressons ici aux mathématiques en tant que savoir acquis au moyen de procédures de vérification mathématique, et au langage mathématique comme moyen de communiquer ce savoir [13].

12. Et, de plus, de telle façon que ces procédures d'usage mathématique du langage que nous appelons « preuves » sont précisément les procédures qui permettent d'acquérir cette connaissance.
13. Dans les mathématiques contemporaines, il existe des règles précises qui définissent la forme qu'une suite d'énoncés ou de signes sur le papier doit avoir pour constituer la « preuve formelle » d'une « assertion mathématique formelle » *A*. Les mathématiciens cherchant parfois pendant des années, ou même des dizaines d'années, la « preuve formelle », ou, au contraire, la « réfutation formelle » d'une assertion, la construction de ces entités formelles permet manifestement d'acquérir un savoir nouveau, et souvent non trivial. Mais, en elle-même, cette construction ne permet pas – et ne peut permettre – d'acquérir un savoir de type « mathématique », au sens où on l'entend traditionnellement : par exemple, les lois de l'arithmétique dont nous nous servons quotidiennement, la théorie des proportions, la géométrie élémentaire, etc., constituent ce que nous appelons des connaissances mathématiques. Cette construction ne peut, en particulier, rien nous apprendre sur le résultat que l'on obtient quand on effectue un calcul arithmétique (ou de n'importe quel autre type) ; par exemple, qu'en additionnant une colonne de chiffres de haut en bas ou de bas en haut, on obtient toujours le même résultat. (Si on ne trouve pas le même résultat, on a fait une erreur.) On *peut* acquérir un savoir de ce type en développant des procédures de vérification mathématique, mais pas dans le seul cadre d'un jeu mathématique formel.

COMMENT FAIRE FONCTIONNER
LE LANGAGE MATHÉMATIQUE

Je vais maintenant développer la discussion précédente en montrant comment, dans une très large mesure, le langage dont on se sert traditionnellement pour compter, y compris les assertions « sur les opérations d'addition et de multiplication », peut être utilisé (et dans une large mesure l'est déjà) pour noter, communiquer, etc., des informations sur les actes de « comptage ». En fait, je montrerai même plus ; nous verrons en effet comment on utilise ce langage pour *acquérir* un savoir mathématique, et pas seulement un savoir sur les actes de comptage (qui sont eux-mêmes des actes d'utilisation mathématique du langage), mais aussi sur les actes d'utilisation mathématique du langage qui permettent d'acquérir un savoir sur les actes de comptage ; par exemple, l'acte d'« effectuer un calcul ». (Et pas seulement un savoir sur ce type d'actes d'usage mathématique du langage, mais aussi sur des actes d'usage mathématique du langage qui permettent d'acquérir un savoir sur ce type d'actes d'usage mathématique du langage, etc.)

Pour commencer, nous devons distinguer deux types de comptage : le comptage « énumératif », par exemple en base 10, et le comptage que, faute d'un meilleur terme, nous appellerons « réel » ; un comptage réel, c'est par exemple dépouiller un scrutin, ou compter les nombres premiers inférieurs à 100. Il n'est pas nécessaire d'expliquer en quoi consiste en général l'acte du « comptage réel », parce qu'en mathématique pure on définit précisément le contexte dans lequel on effectue ces actes ; ce qui nous permet de les présenter d'une façon spécifique à ce contexte.

Dès lors que nous avons appris, d'une part, à reconnaître et à effectuer des actes de comptage énumératif (qui consiste à poser des énoncés distincts, ou à faire des signes sur le papier dans un ordre déterminé), et, d'autre part, les règles générales de formation, on peut aussi apprendre à reconnaître et à effectuer des actes du type « compter les nombres B après A ». Par exemple, compter cinq nombres après 7 consiste en ceci : 8 pour 1, 9 pour

2, 10 pour 3, 11 pour 4, et 12 pour 5. Dans ce contexte, nous établissons la convention qu'une assertion du type « A + B = C » sert à signaler que nous savons ceci : si on compte les nombres B après A, on arrivera au résultat : « C est B. » Et donc – avec toutes nos excuses à Kant –, après avoir compté cinq nombres après 7, et sur la base du résultat obtenu, « 12 est 5 », nous savons maintenant que 7 + 5 = 12.

Au système classique de la numération décimale, c'est-à-dire au comptage énumératif, 1, 2, 3, 4, 5, 6, etc., on peut aussi ajouter un « comptage en blocs de B » ; par exemple, compter en blocs de trois pourrait consister en 1, 2, 3, 1, 2, 3, 1, 2, 3, etc. ; mais, dans ce système d'écriture, les signes (ou énoncés) ne sont pas tous distincts. On corrige donc cela en utilisant un système de notation du type (1,1), (1,2), (1,3), (2,1), (2,2), (2,3), (3,1), (3,2), (3,3), (4,1), etc. Ces systèmes étant posés, on peut alors accomplir (et parler) des actes du type « compter jusqu'à A en blocs de B » ; par exemple, compter jusqu'à 7 en blocs de 3 consiste en ceci : 1 pour (1,1), 2 pour (1,2), 3 pour (1,3), 4 pour (2,1), 5 pour (2,2), 6 pour (2,3), 7 pour (3,1). Et nous établissons la convention qu'une assertion du type « A = C.B » signale que nous savons ceci : si nous comptons jusqu'à A en blocs de B, on arrive au résultat « A est (C,B) ». Ainsi, sur la base de ce que nous avons développé précédemment, nous pouvons affirmer que 6 = 2.3.

Si nous continuons ainsi, nous pouvons établir des conventions du même type pour le reste du langage arithmétique traditionnel. Par exemple, pour un système de notation comme « N°k », des assertions du type « A = B » et « A < B », pour parler de « nombres négatifs », de « nombres entiers », de « nombres réels », pour l'usage de prédicats, comme dans les assertions du type « A est impair » ou « A est premier », et ainsi de suite.

Les assertions qui contiennent des prédicats donnent l'impression d'être des affirmations au présent « sur des objets et leurs caractéristiques » ; prenons, par exemple, « 7 est premier », « Il existe un nombre premier supérieur à 1 million », « Pour tout entier positif, il existe un nombre premier qui lui est supérieur », et « Tout nombre entier positif est premier ou composé ». Cependant, étant donné les conventions que nous établissons afin d'utiliser de telles assertions pour communiquer un savoir sur des actes de comptage, et des actes d'acquisition d'un savoir sur des actes de comptage, et ainsi de suite, ce mode d'expression est strictement métaphorique. (Nous ne connaissons d'ailleurs aucun autre moyen d'établir des conventions en fonction desquelles il en serait autrement.) Par exemple, une assertion du type « A est premier » est, par convention, un message indiquant que l'on sait ceci : si on accomplissait certains actes d'usage mathématique du langage, c'est-à-dire certains « calculs », ils auraient telle forme spécifique. Les calculs sont les suivants : pour chaque valeur de B supérieure à 1 et inférieure à A, on compte jusqu'à A en blocs de B, et on obtient dans chaque cas un énoncé (ou un signe sur le papier) du type « A est (D,E) ». On détermine ensuite si E est inférieur ou égal à B. On utilise l'assertion « A est premier » pour communiquer que nous savons ceci : si nous effectuons ces calculs, on trouve dans chaque cas que E est inférieur à B. Nous établissons aussi la convention selon laquelle on utilise « A est composé » pour communiquer que nous savons ceci : si nous effectuons les mêmes calculs, on obtiendra une valeur de B pour laquelle E est égal à B (auquel cas A = D.B). Évidemment, en effectuant ces calculs pour toute valeur particulière de A, on aboutit à une de ces deux situations : nous savons que A est premier, ou bien nous savons que A est composé. Et nous communiquons notre savoir en posant l'assertion : « tout entier positif est premier ou composé ».

Pour ce qui nous intéresse ici, j'ai maintenant largement assez montré comment on peut parler « au présent » d'objets mathématiques et de leurs propriétés pour noter, communiquer – et acquérir – un savoir d'un type particulier.

COMMENT LE MATHÉMATICIEN CONTEMPORAIN CHERCHE ENCORE LE MOYEN DE FAIRE FONCTIONNER LE LANGAGE MATHÉMATIQUE COMME IL LE VEUT

Que l'on « aime » ou pas les conventions de l'usage mathématique du langage dont je viens de parler, il n'en reste pas moins qu'elles remplissent effectivement la tâche qu'on leur demande. En effet, dès lors qu'on les adopte, les mathématiques pures deviennent une véritable discipline scientifique dans laquelle les actes de vérification mathématique sont, au sens traditionnel, des actes permettant d'acquérir un savoir ; en d'autres termes, les preuves établissent effectivement quelque chose, que l'on peut de plus parfaitement bien définir. Par contre, malgré toutes les apparences, le pur mathématicien contemporain « utilise » le langage mathématique indépendamment de tout ensemble de conventions qui régissent son fonctionnement dans le sens défini précédemment. A mon avis, ceci constitue une critique fondamentale de la pratique mathématique contemporaine. Mais, de l'autre point de vue, c'est-à-dire de l'intérieur du système, cette critique n'a pas le moindre impact. Elle n'est qu'une question à laquelle le mathématicien contemporain a appris qu'il n'a pas à répondre.

Quand je dis que le mathématicien contemporain n'accepte pas les conventions particulières définies dans la section précédente, je ne formule pas par là une critique à l'égard de sa position. Il a le droit de préférer établir d'autres conventions qui, par exemple, décideront que les assertions des mathématiques pures portent sur *autre chose* que des actes de comptage et des actes permettant d'acquérir un savoir sur les actes de comptage, etc. En fait, nous savons qu'il a effectivement cette préférence, et nous savons aussi pourquoi. Pour lui, dire que les mathématiques pures portent sur de tels actes de comptage revient au même que d'affirmer que l'astronomie porte sur les actes que l'on accomplit en regardant dans un télescope plutôt que sur « ce que l'on voit » quand on regarde dans un télescope. Et, dans le même ordre d'idées, il fait remarquer qu'une assertion comme « 7 + 5 = 12 » ne se réfère pas à des actes de comptage, mais à « une relation entre des nombres » que des actes de comptage permettent de découvrir. Très bien, mais, dans ce cas, il se trouve confronté à la tâche de définir des conventions d'usage mathématique du langage selon lesquelles le langage mathématique fonctionnera de cette façon. Remarquons seulement que rien de tel n'a jamais été fait, et nous n'avons pas non plus la moindre raison de supposer que cela le sera un jour.

Remarques :

I. Au cours du XIXᵉ siècle, les fondateurs du système contemporain attachèrent une grande importance au travail de définition des conventions de l'usage mathématique du langage requises ; et, pendant un certain temps, ils crurent s'être acquittés de cette tâche en expliquant que la totalité du discours des mathématiques pures portait « sur des ensembles ». Ils faisaient là une erreur fondamentale : celle de croire que, parler d'« ensembles », c'était, littéralement, parler de choses qu'on appelle « ensembles ». Il est intéressant de relire avec un œil critique ces discours traditionnels (mais aussi contemporains) qui sont supposés nous apprendre « ce que sont des ensembles », et, en particulier, ce que signifient des expressions comme « l'ensemble de tous les nombres entiers positifs inférieurs à 10 », « l'ensemble de tous les nombres premiers », et d'autres encore. Malgré les apparences, ces discours ne parviennent pas même à définir quel *type* de chose est un ensemble, c'est-à-dire quelles caractéristiques spécifiques une chose doit avoir pour être un ensemble [14].

II. Je ne critique pas le fait qu'on parle d'« ensembles », mais seulement les tentatives de faire passer ce discours pour un discours sur des « choses » (conceptuelles ou autres) appelées « ensembles ». Parler d'« ensembles » a une signification opérationnelle évidente en tant qu'acte de désignation, et donc un rôle spécifique et très important dans le discours des mathématiques pures.

III. Finalement, le mathématicien contemporain reconnut lui-même l'insuffisance de ses prétendues « définitions des ensembles » ; mais l'attitude alors adoptée ne changea fondamentalement rien à la situation. Ainsi, le mathématicien contemporain pense toujours qu'il a une intuition de « ce que sont les ensembles », mais, étant incapable de la préciser quand on le lui demande, il affirme que son langage mathématique est strictement formel, que ses assertions mathématiques ne se réfèrent pas *vraiment* à quelque chose, mais que la structure de son langage formel est conçue pour « figurer » (sans que l'on sache très bien ce que cela signifie) son « idée intuitive d'un ensemble ». Un observateur extérieur trouvera cette position très insatisfaisante, mais du point de vue du mathématicien elle est essentielle parce qu'elle lui permet de rester à l'intérieur du système. Et il rationalise ce qu'il appelle son incapacité à définir « son intuition de ce que les ensembles sont » en l'attribuant à l'imperfection inhérente à l'esprit humain en tant qu'« organe » pour « voir dans » le domaine des mathématiques pures.

IV. Au siècle dernier, les fondateurs du système contemporain firent une erreur encore plus fondamentale : celle de penser que définir rigoureusement le langage mathématique impliquait nécessairement de parler, au sens littéral, d'« objets mathématiques » ; ainsi, il allait de soi que, parler de la « racine carrée de 2 », c'était parler d'une chose, d'un « nombre réel » ayant une propriété spécifique. Comment se fait-il que, en mathématiques pures, parler d'« objets » nous attire tellement, alors que, dans beaucoup d'autres domaines, nous employons un langage similaire pour communiquer des informations complexes avec précision et efficacité, mais sans jamais ressentir une telle attirance ? Si les

---

14. On nous dit qu'un ensemble est « composé » de ses éléments ; cependant, tel quel, cet usage du langage est strictement métaphorique.

fondateurs du système contemporain avaient un peu réfléchi à la question, ils se seraient très rapidement rendu compte qu'on peut parler d'« objets » avec une parfaite précision sans pour autant l'entendre au sens littéral. Et peut-être auraient-ils aussi compris que définir des règles rigoureuses d'usage mathématique du langage n'impliquait pas, et même ne devait pas impliquer, de donner au « discours au présent sur des objets et leurs propriétés » une signification qui soit en accord avec sa forme.

LE PSEUDO-MYSTÈRE DE LA NATURE DU SAVOIR MATHÉMATIQUE, ET COMMENT ON LE CRÉE

Un des aspects du piège auquel les mathématiques pures se sont laissé prendre consiste donc, selon moi, en ceci : bien que cette discipline soit supposée et semble être scientifique, au sens où elle représente un domaine de recherche permettant d'acquérir un certain savoir, il est impossible, du point de vue que les mathématiciens ont adopté, de fournir une explication intelligible de ce dont traitent les assertions des mathématiques pures (si elles traitent effectivement de quelque chose), et donc de savoir sur quoi on apprend quelque chose (si effectivement on apprend quelque chose quand on poursuit des recherches en mathématiques pures). Et ceci vaut aussi pour les assertions apparemment bien comprises comme « Tout nombre entier positif est la somme de quatre carrés », ou « π est compris entre 3 et 4 ». On peut bien sûr comprendre ces assertions d'un point de vue opérationnel, c'est-à-dire en fonction des conventions particulières qui ont préalablement été établies. Mais, comme je l'ai montré, le mathématicien contemporain rejette explicitement l'explication opérationnelle même s'il n'est pas en mesure d'en fournir une autre. Il sait ce qu'il veut, et, s'il ne peut l'obtenir, il est prêt à y renoncer.

Pour le mathématicien contemporain, donc, la nature du savoir mathématique – ce sur quoi porte ce savoir, et quelle « faculté de l'esprit » permet de l'acquérir – est un mystère aussi grand qu'apparemment insoluble. Et pourtant, du point de vue d'un observateur extérieur, ce mystère n'est jamais qu'un pseudo-mystère, puisqu'il voit clairement comment on le crée. Nous avons vu précédemment que le mathématicien contemporain accomplit des démarches d'acceptation des choses comme telles par lesquelles il entre dans un système et apprend à penser « comme un pur mathématicien ». Je dirai maintenant plus précisément en quoi ces démarches consistent : essentiellement en cela que le mathématicien prétend connaître des conventions (qu'il ne connaît pas et qui n'existent pas) selon lesquelles le discours « au présent sur la vérité ou la fausseté d'assertions non vérifiées » et « sur les objets mathématiques et leurs caractéristiques » a effectivement un sens qui correspond à sa forme. Quand donc le mathématicien contemporain essaie ensuite de définir ce savoir qu'il prétend posséder, il découvre qu'il est – ou au moins lui semble – inaccessible. Et il n'y a là rien de vraiment étonnant. Mais, plutôt que de comprendre qu'il ferait manifestement mieux de remettre en question les fondements à partir desquels il prétend à ce savoir, il préfère ne voir là qu'une manifestation des limites inhérentes à l'entendement humain. Ainsi, de fantasmagorie en fantasmagorie, le mathématicien contemporain en vient à englober dans sa conception du monde, non seulement les mathématiques, mais aussi l'esprit humain.

Remarque :
De plus, on sait que certains résultats techniques de la théorie des systèmes formels sont considérés comme la preuve rigoureuse des limites de l'entendement humain. Le principe est très simple. Supposons que, sur la base de l'analyse des différents procédés de vérification possibles, on fournisse une explication raisonnablement convaincante du fait que, pour une assertion mathématique A, on ne vérifie ni *A* ni sa négation. D'un point de vue strictement opérationnel, cela – pas plus que notre incapacité à acquérir le savoir que $2 + 2 = 3$ – ne démontre en rien les limites de nos « capacités » à acquérir du savoir. Toutefois, si on prétend maîtriser les conventions régissant l'usage des notions de « vrai » et « faux » selon lesquelles il est exact d'affirmer que toute assertion mathématique est « vraie ou fausse », indépendamment du fait que nous sachions si elle est vraie ou fausse, il apparaîtra en fait que, des deux assertions *A* et non-*A,* au moins l'une est une « vérité » que nous ne pouvons connaître. Si par contre on reconnaît que, malgré les apparences, aucune convention de ce type n'a été établie, alors, l'édifice s'effondre complètement, et il ne reste plus qu'une phrase creuse, « vraie ou fausse, indépendamment du fait que nous sachions si elle est vraie ou fausse », et un résultat technique de la théorie des systèmes formels.

DE L'INFLUENCE DÉCISIVE DU LANGAGE
SUR LA RECHERCHE MATHÉMATIQUE

Jusqu'à présent, j'ai surtout montré comment, par des démarches d'acceptation des choses comme telles accomplies dans le domaine de l'utilisation du langage, le mathématicien contemporain acquiert certaines croyances que l'on peut définir comme croyances « sur les mathématiques [15] ». J'ai critiqué ces croyances et leurs fondements, ainsi que l'incapacité du mathématicien à remettre en question le processus par lequel il les acquiert. Mais je n'ai pas encore établi le lien entre le fait d'avoir ces croyances et le travail quotidien de recherche mathématique. Pour cette raison, on pourrait avoir la tentation de nier ce que j'ai affirmé jusqu'ici en avançant que ma critique ne porte pas sur l'activité de la recherche mathématique contemporaine, ni sur le résultat de cette activité, mais seulement sur certaines croyances manifestement métaphysiques sur la nature de cette activité et de son résultat.

De ce point de vue, le corps de « théorèmes et preuves » que l'on trouve dans les manuels et revues de mathématiques contemporaines ont une importance et une valeur intellectuelles qui dépassent d'une certaine façon les critiques formulées ici. Il est facile de voir pourquoi on peut avoir cette impression, surtout du point de vue de quelqu'un qui a les croyances que j'ai remises en question [16]. Néanmoins, celui qui adopte cette position ne

---

15. On pourrait penser, du fait que je ne mets pas de point d'interrogation, que j'accepte qu'une assertion comme « Je crois que l'on n'invente pas les objets mathématiques, mais qu'on les découvre » exprime une croyance sur la nature de certaines choses appelées « objets mathématiques ». Mais c'est plutôt la croyance qu'elle n'exprime pas une telle croyance que j'appelle ici une croyance « sur les mathématiques ».

16. Le mathématicien contemporain sait très bien que son explication sur ce qu'il prétend être l'objet des mathématiques manque quelque peu de cohérence. Mais son expérience quotidienne de mathématicien lui apprend que cela n'a tout simplement pas d'importance. Aussi, même si on prend la recherche mathématique contemporaine pour un « simple jeu formel », on ne niera pas l'extraordinaire virtuosité technique parfois déployée pour la construction d'une « preuve » ou d'une « réfutation » formelle d'une « assertion » mathématique formelle.

tient pas compte du tout d'un fait essentiel : une grande partie, peut-être même la plus grande partie de ce qu'il considère comme son activité de « développement de la connaissance mathématique » – par exemple, la connaissance des fonctions continues ou des équations différentielles partielles –, le mathématicien ne la voit comme telle que parce qu'il a ces croyances. Pour développer cette activité, le mathématicien contemporain se base sur des « principes de raisonnement » qui lui semblent de toute évidence exacts. Mais cette façon de voir les choses dépend entièrement du point de vue qu'il a adopté ; ces principes semblent évidemment valables à quiconque se laisse tromper par un discours « au présent sur des objets mathématiques et leurs caractéristiques » ; il suffit donc de ne pas se laisser tromper pour les voir différemment. J'exposerai maintenant brièvement ce qu'Errett Bishop appelle le « principe d'omniscience mathématique » pour mettre cela en évidence.

Le principe affirme ceci : chaque fois que l'on est en mesure de poser une assertion du type « Tout x est ou bien du type A ou du type B », on est alors aussi en mesure d'affirmer « Ou bien tout x est du type A, ou bien un x est du type B ». En d'autres termes :

Si tout x est du type A ou du type B, alors ou bien tout x est du type A, ou un x est du type B.

Remarquons que le fait de parler d'« objets au présent » donne l'impression que ce que l'on affirme est vrai « par définition [17] ». Il n'y a donc rien d'étonnant à ce que le mathématicien contemporain l'accepte comme tel et développe à partir de là ses raisonnements ; rien d'étonnant non plus à ce que ce type de langage lui permette d'« obtenir » de très nombreux « résultats importants » auxquels il ne pourrait autrement arriver. Pour le mathématicien contemporain, le principe d'omniscience [18] est de toute évidence un principe de raisonnement adéquat. Il le voit ainsi parce qu'en fait il *serait* vrai « par définition » si on *pouvait* établir des conventions d'utilisation mathématique du langage selon lesquelles des assertions « au présent sur des objets et leurs

---

17. On est tenté de dire que, d'après la définition de « vrai », cela doit être vrai.

18. Auquel il ne donne ni ce nom ni aucun autre

caractéristiques » ont une signification que le mathématicien leur attribue *de toute façon*.

Mais aucune convention de ce type n'a été établie ; et il n'y a non plus aucune raison de penser – comme le nom de ce principe le laisse supposer – que l'on en établisse jamais [19]. De plus, selon les seules conventions qui ont effectivement été établies – mon schéma du fonctionnement de l'utilisation mathématique du langage les a décrites –, le principe d'omniscience est manifestement faux ; car, dans certains cas, on peut effectivement affirmer que « Tout x est du type A ou du type B », sans pourtant pouvoir affirmer « Ou bien tout x est du type A ou bien un x est du type B [20] ».

Remarque :

Toutefois, ceci n'implique pas que tous les « résultats importants » fondés sur le principe d'omniscience sont aussi inexacts. Certains le sont effectivement, mais d'autres ne le sont pas [21]. En fait, malgré le très large usage du principe d'omniscience (et d'autres du même type), les théories mathématiques contemporaines contiennent un bon nombre de données opérationnelles importantes. D'autre part, bien qu'on extraie presque mécaniquement une grande partie de ce contenu, d'une manière

19 Le nom « principe d'omniscience » fait référence à ce type de cas dans lesquels le champ de la variable x est un domaine potentiellement infini, comme celui des entiers positifs. Au cas où le champ est fini, nous avons une procédure – consistant à déterminer, pour toute valeur de x, si elle est de type A ou B – qui, si nous l'appliquons, nous conduirait à savoir que tout x est du type A ou qu'un x est du type B. Mais nous n'avons aucune procédure générale que nous pourrions appliquer dans les cas où le champ est potentiellement infini. On cite souvent la remarque de Bertrand Russell : l'impossibilité qu'ont le mathématicien pur et le logicien-mathématicien de trouver une telle procédure est d'ordre « simplement médical », et ils ne devraient pas hésiter à la surmonter. Pour moi, cette remarque de Russell met en évidence un des traits caractéristiques des mathématiciens purs contemporains : le manque d'un « sens de la réalité » qui, selon Russell lui-même, « devrait être préservé même dans les recherches les plus abstraites » [7].

20. Je suis, par exemple, en mesure de poser l'assertion : « Pour tout entier positif k, ou bien pas plus d'un million des premiers termes k de la suite " partie décimale de $\left(\frac{3}{2}\right)^n$ " ne sont compris entre 0 et $\frac{1}{2}$, ou bien plus d'un million de termes sont compris dans cet intervalle », mais je ne suis pas en mesure d'affirmer : « Ou bien, pour tout k, pas plus d'un million des premiers termes k ne sont compris entre 0 et $\frac{1}{2}$, ou bien, pour un k, plus d'un million de termes sont compris dans cet intervalle. »

21 Et, parmi ceux qui le sont, certains le sont seulement « un tout petit peu », alors que d'autres le sont presque entièrement.

générale, ce travail d'extraction se révèle être fondamentalement une entreprise de sauvetage. Bien qu'on ait affirmé que le système contemporain soit, en un sens, un cadre confortable pour produire des mathématiques opérationnellement valables, on sait maintenant que ce n'est qu'un mythe. Bien au contraire, ce cadre est un handicap, et même un très gros. D'abord, un grand nombre des « théorèmes » des mathématiques contemporaines sont inexacts d'un point de vue opérationnel ; mais aussi les théories elles-mêmes sont presque toujours infondées d'un point de vue opérationnel. Ce qui, d'un certain point de vue, semble représenter un résultat essentiel ou un concept clé apparaît parfois tout autrement si on le considère d'un point de vue différent.

DE L'INFLUENCE QU'EXERCE LE FAIT
DE PARLER D'« ASSERTIONS VRAIES »

Avec l'exemple décrit précédemment, j'ai montré comment le fait de parler « au présent d'objets mathématiques et de leurs caractéristiques » peut donner l'impression que le principe d'omniscience est vrai « par définition ». Cependant, l'essai de Michael Dummett [1], déjà mentionné plus haut, démontre qu'on peut distinguer les croyances du mathématicien contemporain sur la nature d'un raisonnement mathématique exact et sa croyance que les assertions mathématiques se rapportent, au sens littéral, à des choses qu'on appelle « objets mathématiques ». Pour mettre cela en évidence, je vous propose une nouvelle formulation du principe d'omniscience dans laquelle on a éliminé (ou plutôt supprimé) tout discours « sur des objets mathématiques et leurs caractéristiques ».

Si, pour tout x, soit l'assertion $A(x)$ soit l'assertion $B(x)$ est vraie, alors toutes les assertions $A(x)$ sont vraies, ou une assertion $B(x)$ est vraie.

Remarquons que, comme avant, c'est le fait de parler « au présent d'objets et de leurs caractéristiques » qui donne l'impression que le prétendu principe est vrai « en vertu de sa signification ». Mais, cette fois, les objets sont des « assertions », et la prétendue caractéristique est celle d'« être vraie ». De la même manière, on peut concevoir tous les autres « principes de raisonnement exacts » – autrement dit, la logique – du mathématicien de façon à en éliminer tout discours ‹ sur des objets mathématiques » ; et c'est seulement ses croyances sur la signification du fait de parler d'« assertions vraies » qui font qu'il voit ces prétendus principes comme étant de toute évidence exacts.

Par des démarches d'acceptation des choses comme telles accomplies dans le domaine de l'utilisation du langage, le mathématicien contemporain acquiert la croyance qu'il sait « ce que cela représente » qu'une assertion mathématique « soit vraie sans que personne ne sache, ou même ne puisse savoir, qu'elle est vraie [22] ». Par conséquent, il pense que parler d'« assertions mathématiques », ça n'est pas seulement parler de signaux ou de messages dont nous nous servons (selon les conventions que nous établissons) pour annoncer que nous « savons » quelque chose ; c'est essentiellement parler de choses avec lesquelles nous [23] avons la relation suivante : il existe une caractéristique, « être vraie », que chacune de ces choses possède ou ne possède pas, invariablement, et cela indépendamment du fait que quiconque le sache, ou soit capable de le savoir [24].

Nous faisons très directement l'expérience de ce que représente le fait de parler « au présent » dans un contexte mathématique quand nous nous demandons d'une assertion mathématique [25], non pas si on peut la prouver ou la réfuter, mais « si elle est vraie ». Pour le mathématicien contemporain, ce sont des expé-

---

22. Voir la note 8 à la fin du chapitre.

23. Et, selon cette conception, nous sommes aussi des choses, construites de telle façon qu'elles peuvent « acquérir des connaissances sur » d'autres choses.

24. Il est intéressant d'observer comment cette conception des assertions mathématiques – chacune d'elles appartenant définitivement à l'une des deux catégories « vrai » ou « faux » – conduit le mathématicien contemporain à adopter une « définition » de «A implique B » selon laquelle B n'est en aucun sens considéré comme « découlant » de A D'un point de vue opérationnel, on peut dire : «A implique B », ou : « Si A, alors B », pour signaler que nous disposons d'une procédure permettant de *passer* d'un état à un autre : de celui de savoir que A à celui de savoir que B. Le mathématicien contemporain « voit » par contre quatre possibilités : A et B sont vraies, A et B sont fausses, A est vraie et B est vraie, A est vraie et B est fausse. Et, pour lui, l'expression «A implique B » « signifie » qu'un des trois premiers cas « est valable » ; ce qui, pour le mathématicien, équivaut à : le quatrième cas « n'est pas valable ».

25. Par exemple, l'assertion : « Pour toute valeur de N, quelle qu'elle soit, chaque moitié de l'intervalle compris entre 0 et 1 contient au moins N termes de la suite " partie décimale de $\left(\frac{3}{2}\right)^n$ ". »

riences comme celle-ci – qu'il fait en croyant posséder un concept de « vérité indépendante de la connaissance » – qui justifient implicitement ses raisonnements fondés sur le principe du tiers exclu ; le mathématicien contemporain entend par là des « raisonnements fondés sur le principe que toute assertion mathématique est ou n'est pas vraie, indépendamment du fait que nous sachions si elle est vraie ou non ».

Finalement, c'est précisément cette croyance « sur les mathématiques » – celle de croire que l'on possède un concept de « vérité indépendante de la connaissance » rendant le principe du tiers exclu « vrai par définition » – qui fait que tous les autres « principes de raisonnement » du mathématicien paraissent évidemment exacts, alors qu'ils sont en fait opérationnellement inexacts. Et, bien que cette croyance puisse sembler tout à fait inoffensive à quelqu'un qui la partage, nous ferons tout de même remarquer qu'aucune autre croyance « sur les mathématiques » ne joue un rôle aussi essentiel dans la construction et l'entretien de la vision du monde mathématique contemporaine [26].

Remarques :
I. Du point de vue d'un observateur extérieur, fonder un raisonnement sur le principe du tiers exclu a, entre autres conséquences importantes, celle d'inverser la relation naturelle entre « vérité » et « preuve ». Au lieu de voir dans « A est vraie » un message annonçant que l'on est parvenu, au moyen d'une procédure de vérification, à un certain savoir, on explique le concept de procédure de vérification par celui de « vérité indépendante de la connaissance » auquel on peut ensuite se référer quand on accomplit cette procédure. De ce point de vue, une procédure de vérification est un raisonnement sur des choses qu'on appelle « assertions », chacune « étant déjà » vraie ou fausse, et dont le but est de découvrir, *pour l'une d'entre elles,* si elle est vraie ou fausse. Mais, dans le cadre d'une conception opérationnelle des conventions d'utilisation du langage, une procédure de vérification constituerait une démarche tout à fait différente.

26. Sa contribution à l'entretien de cette vision du monde est parfaitement mise en évidence par la façon dont le mathématicien ou logicien contemporain comprend les critiques formulées ici et y réagit – critiques qui ne portent pas si l'on ne défait pas d'abord la croyance primordiale remise ici en question. Il y répond en faisant observer que, du seul point de vue de celui qui a cette croyance, il n'y a apparemment aucune bonne raison de la rejeter. Et, à l'intérieur du système, cette réponse est parfaitement adéquate. Le mathématicien peut de plus tirer de cette croyance la conclusion que toute critique de ce type est nécessairement malvenue. Voir, par exemple, l'ouvrage de Quine [6] qui, à la page 85, parle de ce qu'il appelle une « confusion entre connaissance et vérité ».

II. En expliquant plus haut ce que j'appelle le « bord » du système, j'ai décrit comment, en accomplissant certaines démarches d'acceptation des choses comme telles, on peut acquérir la croyance qu'appliquer une procédure de vérification mathématique consiste à découvrir quelque chose qui « existe déjà » – en d'autres termes, que toute assertion mathématique que l'on peut vérifier « est déjà vraie » – et, de cette façon, en arriver à croire que l'on sait « ce que cela représente » qu'une assertion mathématique « soit vraie sans que personne ne le sache encore ». Mais une croyance de ce type peut être entièrement compatible avec l'idée que « est vraie » ne signifie rien d'autre que « est vérifiable », et, si compatibilité il y a, alors elle ne fonde ni le mode de raisonnement fondé sur le principe du tiers exclu, ni aucun des « principes de raisonnement mathématique » opérationnellement inexacts, mais que le mathématicien contemporain trouve évidents. Celui qui a cette croyance pensera qu'il est exact d'affirmer qu'une assertion mathématique « est ou n'est pas vraie, indépendamment du fait que nous sachions si elle est vraie ou pas », puisqu'il dispose d'une procédure qui lui permet de vérifier ou de réfuter cette assertion. Mais, s'il pense qu'il n'est pas nécessaire de disposer d'une telle procédure pour poser cette assertion, s'il pense être en mesure de dire que *toute* assertion mathématique « est ou n'est pas vraie, indépendamment du fait que nous sachions si elle est vraie ou pas », il croit alors ainsi nécessairement savoir « ce que cela représente », qu'une assertion mathématique « soit vraie sans que quiconque soit capable de le savoir ».

Je n'ai pas expliqué ici comment on acquiert cette croyance plus « forte », mais j'affirme qu'elle est en fait le résultat des mêmes démarches d'acceptation des choses comme telles qui, comme je l'ai montré dans mon argumentation précédente, engendraient la croyance plus modeste, bien qu'aussi injustifiée, que l'on sait « ce que cela représente », qu'une assertion mathématique « soit vraie sans que personne ne le sache encore ». Rappelons-nous qu'il s'agit là de démarches d'acceptation des choses comme telles accomplies non pas au moment où on fait l'expérience de « voir qu'une assertion mathématique est vraie », mais plutôt quand on y réfléchit, et quand on emploie un langage « au présent sur des objets et leurs caractéristiques » pour décrire ces expériences. La distinction est essentielle. Quand on étudie précisément l'expérience qui consiste à vérifier une assertion mathématique, et donc comment on parvient à « voir que A est vraie », on trouve qu'une procédure de vérification aboutit en effet à un acte de reconnaissance, celui de « voir » quelque chose [27]. Mais, quand on réfléchit seulement d'une manière

27. Par exemple, si *A* affirme qu'« il existe un nombre premier supérieur à 10 », une procédure de vérification peut consister à représenter 11 sous la forme $11 = QB + R$, Q étant un entier positif, à prendre pour *B* tout entier positif dont la valeur est comprise entre 2 et 10, et à voir que, dans chaque cas, *R* a une valeur positive.

générale sur ce que représentent de telles expériences, il peut arriver que l'on perde de vue ce que l'on « voit » et qu'on le confonde alors avec le signe dont on se sert pour signaler qu'on a vu cette chose. Et cette confusion peut engendrer la croyance que l'on sait « ce que cela représente » qu'une « assertion mathématique soit vraie bien qu'il n'existe aucune façon de le prouver ».

Ce que l'on « voit » ou « découvre » à la fin d'une procédure de vérification, c'est qu'une certaine structure (construite au cours de la procédure) a une forme déterminée qui, en fonction des conventions d'usage mathématique du langage qui ont été établies, permet à quiconque l'observe de dire « A est vraie [28] ». Mais c'est seulement ce que l'on *dit*, et non pas ce que l'on *voit*; l'expression « A est vraie » n'est en quelque sorte que la marque du type de chose que l'on voit à la fin d'une procédure de vérification. Et, ce type de chose, on ne le voit que si on construit une preuve ; non pas parce que nous devons nous en servir comme d'une échelle pour pouvoir le voir, mais plutôt parce que ce que l'on voit fait partie intégrante de la structure que nous construisons en « faisant une preuve ».

Évidemment, si on voit les choses de cette façon, l'idée qu'« une assertion soit vraie sans qu'il existe aucun moyen de le prouver » est en soi contradictoire. Mais, si on n'a pas encore fait les observations que je viens de décrire, et étant donné le langage dont on se sert généralement pour parler d'« assertions vraies », il sera très facile, en réfléchissant d'une façon générale à ce que représente le fait de « prouver qu'une assertion est vraie », de confondre ce que l'on découvre à la fin d'une procédure de vérification avec le signe ou signal dont on se sert pour annoncer la découverte : « A est vraie. » Et, si on fait cette confusion – si on ne se rend pas compte que, ce qu'on découvre, c'est nécessairement la forme de structures que l'on construit au cours de la procédure de vérification –, et si on accepte qu'on découvre simplement que « A est vraie », alors il apparaîtra effectivement que la possibilité de construire une preuve n'est pas nécessaire pour qu'« une assertion soit vraie ». Et c'est essentiellement de cette croyance « sur les mathématiques » que dépend l'apparente exactitude du mode de raisonnement fondé sur le principe du tiers exclu.

III. Le mathématicien contemporain n'est certainement pas le seul à croire qu'il existe une « vérité indépendante de la connaissance ». Pourtant, les mathématiques pures, plus que toute autre discipline scientifique contemporaine, semblent avoir fondamentalement besoin de cette croyance [29]. Certains épistémologues, comme Karl Popper [5], pensent

28. Je n'ignore pas le caractère prédicatif du savoir qui résulte d'une procédure de vérification : on sait que, si on faisait certains calculs, ils auraient une forme déterminée. Aussi important cet aspect soit-il, il est toutefois insignifiant dans le contexte présent.

29. De plus, dans le contexte scientifique actuel, croire qu'il existe une « vérité

que la physique est dans la même situation, que les physiciens en aient conscience ou pas. Ceux que j'ai lus en arrivent toutefois invariablement à cette conclusion parce qu'ils confondent ce que cela signifie de ne pas croire en une « vérité indépendante de la connaissance » et ce que cela semble signifier du point de vue de quelqu'un qui croit posséder une telle vérité [30]. De façon tout à fait prévisible, pour expliquer ce que cela implique de ne pas l'avoir, ces auteurs mentionnent la figure bien connue du solipsiste qui dit : « Le monde est mon rêve. » Et ils considèrent que c'est là une critique accablante. Néanmoins, du point de vue même qu'ils critiquent, leur position semble celle de quelqu'un qui dit : « Mon rêve est le monde. » Est-ce là aussi une critique accablante ? Oui ? Non ? Comment décider ? En ne comprenant pas que leur point de vue détermine la nature de leur propre conception des autres conceptions, les philosophes qu'on appelle « réalistes » ou « objectivistes » commettent finalement la même erreur qu'ils reprochent aux autres : celle de ne voir dans les autres êtres sensibles que des projections de leur propre moi.

REMARQUES FINALES

J'ai affirmé au début de ce chapitre que les mathématiques pures étaient tombées dans un piège intellectuel. Je me suis efforcé de montrer en quoi ce piège consiste, et pourquoi il est si facile de s'y laisser prendre. Pourtant, mon exposé reste incomplet, des aspects essentiels n'y sont pas abordés. Je n'en suis que trop conscient. Mais, ce qui me préoccupe le plus, c'est d'avoir dû négliger des éléments importants du problème considéré dans son ensemble. Par exemple, je n'ai pas dit un mot de

---

indépendante de la connaissance » ne consiste en rien d'autre qu'à croire que l'on sait « ce que cela représente », qu'un événement se produise – un arbre tombe dans la forêt, ou Icare tombe du ciel – sans que personne ne soit là pour l'observer. Et, dans le contexte des mathématiques pures, une telle croyance n'engendre rien de plus qu'une autre croyance, plus « modeste », dont nous avons traité plus haut, et trop faible pour supporter l'« évidente exactitude » du principe du tiers exclu.

30. Et ils renforcent encore parfois cette confusion en ne distinguant pas entre les deux formes de cette croyance dont nous avons traité plus haut dans le contexte des mathématiques pures : la « plus modeste », et la « plus forte ». Parce qu'en fait ils pensent qu'en critiquant ceux qui ne partagent pas la croyance la plus modeste, ils soutiennent par là même la plus forte.

l'étrange situation née de l'acharnement que met le mathématicien contemporain à construire les mathématiques [31] *à l'intérieur* de son système de croyances. Sur le sujet de la construction des mathématiques, la littérature contemporaine est très peu fiable : quand un auteur affirme avoir construit un X, il peut aussi bien avoir construit un X′, ou même rien du tout ; et, au contraire, il prétendra ne pas avoir construit d'X alors qu'en réalité il en aura effectivement construit un [32]. A mon avis, en faisant une telle parodie de l'activité qui consiste à construire les mathématiques, le mathématicien contemporain réduit à l'absurde – au sens pratique et peut-être même du point de vue de sa légitimité – le fondement même de sa discipline. Mais ce n'est là qu'une des questions importantes que je n'aurai pas traitées ici.

Je n'aurai pas non plus montré combien les arguments présentés dans la dernière partie de ce chapitre soutiennent mon idée que le système de croyances du mathématicien contemporain est vraiment un piège au sens précis que j'ai donné à ce terme. Quand on considère le problème dans son ensemble, un seul doute subsiste : la position fondamentale du mathématicien contemporain n'est-elle pas en elle-même contradictoire ? Il semble en tout cas qu'elle le soit [33]. Je crois aussi qu'on pourrait trouver bon nombre d'arguments qui le démontreraient. Mais, si on me prouvait que je me trompe sur ce point particulier, alors tant mieux !

---

31. Le mathématicien décrirait cette activité comme consistant « à trouver des objets mathématiques d'un type particulier, ou des règles de construction, des algorithmes et des formules explicites qui permettent de développer cette activité ».

32. Il dira éventuellement, dans un cas semblable, qu'il a prouvé que ceci ou cela existe, mais qu'il ne connaît aucun moyen de les trouver ; alors qu'en fait sa preuve donne un moyen de les « trouver ». Avec sa preuve qui démontre l'existence d'un changement de signe pour la fonction π (x) − Li (x), Littlewood fournit un très bon exemple d'une telle attitude. Voir Ingham [2] et Kreisel [3].

33. Ceci ressort manifestement de la réponse traditionnelle que la communauté des mathématiciens contemporains fait à la critique « constructiviste » de Brouwer, et à ses plus récentes variantes.

RÉPONSE A LA QUESTION POSÉE
PAR LE TITRE DU CHAPITRE

Le titre de ce chapitre pose la question suivante : une enquête sur le fondement des mathématiques peut-elle nous apprendre quelque chose sur notre esprit ? La tradition veut que l'on donne une réponse affirmative : on essaie habituellement de montrer que seule une faculté particulière de notre esprit peut nous permettre d'acquérir un savoir mathématique pur. Quiconque partage la conception du monde du mathématicien contemporain ressent nécessairement au moins la tentation de répondre à cette question en avançant un argument de ce type ; car il ne peut expliquer autrement le fait qu'il soit capable d'acquérir des connaissances non triviales sur des « objets » non physiques et existant « indépendamment de nous ». Il ne saurait non plus expliquer autrement pourquoi, pour le débutant qui commence à étudier les mathématiques pures, le principe du tiers exclu et les autres « lois » de la pensée logique sont évidemment exacts. Ce n'est certainement pas un savoir qu'ils acquièrent de façon ordinaire, c'est-à-dire en observant le monde, ou en démontrant cette exactitude [34]. De ce fait – c'est du moins ce que ce raisonnement nous entraîne à conclure –, ce savoir nous est certainement « donné » comme élément constitutif de la structure de base de notre entendement.

Mais voici une autre explication possible : ce prétendu savoir n'existe en fait pas, et, en ayant l'impression de le posséder (ou au moins la capacité de le posséder), le mathématicien et l'étudiant débutant ne partagent en réalité qu'une illusion – très forte certes – engendrée par des croyances infondées et indistinctes « sur les mathématiques » qui elles-mêmes sont le produit de démarches d'acceptation des choses comme telles accomplies

---

34. En effet, si un étudiant n'acceptait pas l'« évidente exactitude » du principe du tiers exclu – si, par exemple, n'ayant jamais employé les termes « est vrai » dans le sens requis par la pensée mathématique, il demandait une explication plus précise sur cette question –, on ne saurait alors que lui répondre. Il n'y a pas d'explication « plus précise ». Tout dépend de l'acceptation immédiate de l'étudiant.

dans le domaine de l'usage courant du langage. C'est ce que j'ai essayé d'expliquer dans ce chapitre. Et, si j'ai raison, alors la réponse affirmative que le mathématicien donne à la question posée par le titre du chapitre n'est qu'une élucubration engendrée par le langage [35].

De plus, si on considère la partie positive de mon argumentation – c'est-à-dire mon exposé sommaire sur la nature du savoir mathématique pur et la façon dont on l'acquiert –, on constatera que ces états de savoir qu'on qualifie de « mathématiques » n'ont rien de spécial, ou de particulièrement « non empiriques [36] ». En clair, je n'ai trouvé, au cours de mon enquête sur le fondement des mathématiques, aucune raison d'affirmer que les mathématiques pures ou la logique soient, à aucun égard, le « miroir de l'esprit », au sens où on peut le dire du langage.

J'ai pourtant commencé par annoncer que l'ensemble de mes remarques constituait une réponse affirmative, bien que radicalement non traditionnelle, à la question posée. En effet, quel remarquable phénomène que celui de l'esprit créant, sous l'influence du langage, une « réalité », ou une vision du monde, comme celle que j'ai décrite dans ce chapitre.

Je ne prétends rien vous apprendre en affirmant que le langage exerce parfois sur nous un très grand pouvoir. Il est aussi inutile d'entreprendre une enquête sur le fondement des mathématiques pour nous rendre compte que nous sommes tous parfois dupes du langage, que nous sommes tous parfois emportés par le langage, et qu'il nous arrive aussi à tous de mettre dans les propos de quelqu'un beaucoup plus qu'il n'y met lui-même. Mais, précisément parce que ce sont là des expériences très courantes et familières à tous, on découvre avec d'autant plus de surprise que, quand le mathématicien « perçoit » une réalité mathématique « objective », il fait une expérience de ce type. Mais cette découverte, en elle-même, n'est pas banale, si ce n'est pour un observateur tout à fait extérieur. Pour quiconque se trouve à l'intérieur du système de croyances du mathématicien contemporain, découvrir qu'une des composantes de la « réalité » de son expérience est le résultat de démarches d'acceptation des choses

35. Et même en tant qu'élucubration, elle ne pèse pas très lourd.
36. Il semble par contre y avoir quelque chose de particulièrement non empirique dans ce que j'ai appelé plus haut, de façon assez imprécise, le caractère « prédicatif » de la connaissance mathématique. Mais ce serait l'objet d'une autre discussion.

comme telles accomplies dans le domaine de l'usage du langage n'est pas seulement instructif. C'est, au sens littéral, bouleversant : dès lors que le mathématicien comprend que sa perception de l'« évidente exactitude » du principe du tiers exclu n'est que l'équivalent linguistique d'une illusion optique, il ne peut plus concevoir de la même manière ni sa pratique ni sa compréhension des mathématiques.

RÉFÉRENCES

1   Dummett, Michael, « The Philosophical Basis of Intuitionistic Logic », *in* H. E. Rose et J. C. Shepherdson (éd.), *Studies in Logic and the Foundations of Mathematics*, vol. LX, Amsterdam, North-Holland, 1975.
2   Ingham, A. E., *The Distribution of Prim Numbers*, Cambridge, Cambridge University Press, 1932.
3   Kreisel, G., « On the Interpretation of Non-Finitist Proofs », *Journal of Symbolic Logic*, n° 17, 1952, p. 43-58.
4   Lakatos, Imre, *Proofs and Refutations : The Logic of Mathematical Discovery*, Cambridge, Cambridge University Press, 1976.
5   Popper, Karl Raimund, *Objective Knowledge : An Evolutionary Approach*, Oxford, Oxford University Press, 1972 ; trad. fr. des trois premiers chapitres de cet ouvrage : *La Connaissance objective*, Paris, PUF, 1978.
6   Quine, Willard V., *Philosophy of Logic*, Englewood Cliffs, New Jersey, Prentice Hall, 1970 ; trad. fr., *Philosophie de la logique*, Paris, Aubier-Montaigne, 1975.
7   Russell, Bertrand, *Introduction to Mathematical Philosophy*, Londres, Allen et Unwin, 1919, p. 169 ; trad. fr., *Introduction à la philosophie mathématique*, Paris, Payot, 1970.
8   Brouwer, L.E.J. : « Philosophy and Foundations of mathematics », in A. Heyting, *L E J Brouwer collected works*, vol. I, Amsterdam, 1975.

FRANCISCO
J. VARELA

Le cercle créatif

Esquisses pour une histoire naturelle
de la circularité

Une main émerge de la feuille de papier et s'avance dans un espace plus vaste. Nous croyons qu'elle a définitivement quitté la platitude de son origine, mais elle replonge aussitôt sur le papier et dessine sa propre émergence de la feuille blanche. Une boucle se ferme, et deux niveaux s'effondrent l'un sur l'autre, s'entrecroisent et s'enchevêtrent. A ce moment précis, les deux niveaux que nous voulions maintenir séparés se révèlent inséparables ; nous perdons notre sens de l'orientation, nous ne savons plus sur qui repose quoi, et nous avons maintenant le sentiment de nous trouver face à un paradoxe (voir *fig. 22*).

Traditionnellement, on appelle ce type de situation des cercles vicieux ; ils représentaient autrefois l'essence même de ce qu'il fallait éviter. Je suggère au contraire de les appeler des cercles « vertueux » et créatifs. Derrière leur apparente étrangeté se dissimulent les clés de la compréhension des systèmes naturels, de leurs processus cognitifs et de leur grande diversité formelle. Mon propos sera ici de présenter quelques esquisses de l'étrange monde des boucles, ou circuits, des trois points de vue suivants : empirique, formel et épistémologique.

LE POINT DE VUE EMPIRIQUE

On voit sur la gravure d'Escher que les deux mains se dessinent mutuellement ; en d'autres termes, elles spécifient mutuellement leurs conditions de production.

Elles se hissent à l'extérieur de la gravure pour finalement constituer deux entités séparées. Plus précisément, en se diffé-

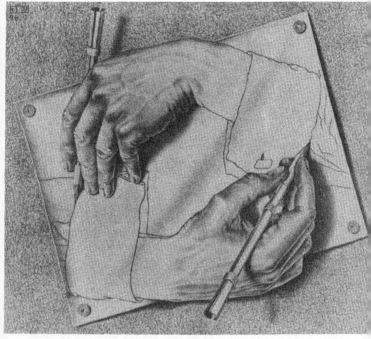

FIGURE 22

M. C. Escher, *Mains*.

renciant mutuellement, elles s'extraient du reste du dessin, et forment alors chacune une *unité*. Ce qu'elles font (se dessiner mutuellement) spécifie les conditions dans lesquelles on peut les distinguer puisqu'elles se détachent ainsi d'un fond.

On observe couramment chez les êtres vivants ce type de processus par lequel une unité se détache elle-même d'un fond. Depuis l'Antiquité, on emploie le terme d'*autonomie* pour désigner le résultat de ce processus. Quand un chien qui marche dans la rue change brusquement de direction et se dirige vers moi, je pense généralement qu'il a l'intention de me saluer. La question de savoir si ce processus mental se produit effectivement dans la tête du chien ne m'intéresse pas tant que le fait qu'il est *tentant* de supposer une intention sur la base de ce que le chien fait. Autrement dit, j'expliquerai difficilement le comportement du chien à moins que je ne considère qu'il réagit à son environnement, non pas comme s'il recevait de celui-ci des instructions visant à produire certains effets, mais plutôt comme si ces instructions étaient de simples informations que le chien interprète et organise en fonction de ses propres mécanismes de régulation et de contrôle. Il s'agit ici encore de cette caractéristique particulière que nous appelons autonomie. En fait, si un matin ma voiture ne démarre pas, je suis tenté de penser qu'elle est en colère après moi ; mais je suis tout de même suffisamment civilisé pour savoir que c'est tout à fait impossible, puisque ce sont avant tout des hommes qui ont construit cette machine.

Peut-être l'affaire commence-t-elle précisément ici à se compliquer : nous n'avons pas fabriqué le chien, et il ne semble pas non plus être là pour quelque raison sur laquelle nous pourrions facilement tomber d'accord. L'évidente différence entre les systèmes vivants capables d'autonomie et beaucoup d'autres objets naturels ou fabriqués par l'homme n'a cessé de fasciner les biologistes depuis l'époque d'Aristote jusqu'au XIXe siècle. Et seule l'extraordinaire diversité du monde vivant a pu exercer une fascination comparable [11]. De façon intéressante, le thème de l'autonomie quitta peu à peu la scène des problématiques scientifiques, progressivement occupée, au tournant du XXe siècle, par la génétique et la biologie moléculaire ; parallèlement, les domaines de la technique et de la construction se développaient rapidement, en même temps qu'apparaissaient la cybernétique et la théorie du contrôle. Par conséquent, aujourd'hui, le problème de l'autonomie des systèmes naturels ne nous intéresse plus, et nous ne reconnaissons même pas qu'un tel concept puisse correspondre à quoi que ce soit de précis. En revanche, on considère la contrepartie conceptuelle de l'autonomie, le contrôle, comme capable de fournir des données parfaitement exactes.

Mais, bien sûr, il n'y a pas plus de mystère dans la notion d'autonomie que dans celle de contrôle. L'autonomie est en fait l'expression d'un type particulier de *processus* que l'on trouve partout dans la nature sous des formes très diverses et concrètes [13]. Et c'est précisément ce type de processus qu'Escher a représenté sous forme de deux éléments qui se spécifient mutuellement.

Au niveau moléculaire, on observe que la vie se différencie et acquiert son autonomie par ce type d'articulation. Une substance moléculaire devient une cellule en définissant et en déterminant des limites qui la différencient de ce qu'elle n'est pas. Mais aussi les processus de production moléculaire déterminent ces limites qui elles-mêmes déterminent ces processus de production moléculaire. On peut donc dire que les transformations chimiques et les limites physiques se déterminent mutuellement ; la cellule se détache elle-même d'un environnement homogène. Si ce processus se trouve interrompu, les composants cellulaires cessent de former une unité et se fondent de nouveau progressivement en une substance moléculaire homogène [8].

La figure suivante représente les principaux éléments de l'organisation cellulaire :

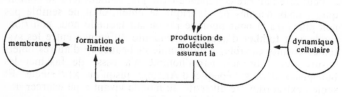

FIGURE 23

Ce schéma montre l'essentiel : les différentes opérations de la dynamique cellulaire forment un *circuit fermé*, d'où il résulte que les produits sont au même niveau que les processus de production. En fait, dans ce type d'organisation, les distinctions habituelles entre producteur et produit, commencement et fin, entrée et sortie ne sont plus pertinentes.

On ne sait pas grand-chose sur l'origine des cellules, mais des découvertes récentes permettent cependant de penser que le circuit que nous venons de décrire en est une condition nécessaire [3]. Dès lors que des unités autonomes se sont différenciées, un *domaine* entièrement nouveau est apparu : la vie telle que nous la connaissons aujourd'hui. En effet, sur la base du schéma fondamental d'un enchevêtrement de circuits de production moléculaire, une grande diversification peut se produire : de nombreuses configurations différentes se forment, et donc aussi un grand nombre de cellules différentes.

Les cellules récentes sont peut-être le produit de la symbiose d'unités qui furent autonomes – comme les mitochondries, les chloroplastes et autres organites, qui ne montrent plus aujourd'hui que quelques traces de leur ancienne autonomie [6]. Ou même, encore aujourd'hui, certaines espèces d'algues et de champignons, qui forment ce qu'on appelle un lichen, se fournissent mutuellement la nourriture dont elles ont besoin. Des cellules peuvent donc avoir entre elles une action réciproque, et constituer ainsi de nouvelles unités autonomes ; tous les organismes multicellulaires apparaissent de cette façon.

Dans tous les cas que nous venons d'évoquer, le phénomène de base est le suivant : des éléments de niveaux différents s'entrecroisent à l'intérieur d'un circuit et forment à partir de là une unité. Si cet entrecroisement et enchevêtrement de niveaux s'interrompt, l'unité est détruite. L'autonomie apparaît au point de croisement des niveaux. L'origine de la vie illustre particulièrement bien cette loi générale.

LE POINT DE VUE STRUCTUREL

« Donne quelque chose de faux quand on l'associe à sa propre citation » donne quelque chose de faux quand on l'associe à sa propre citation. Ce *koan* de Quine [10] exprime de façon lapidaire une difficulté que les linguistes, comme les mathématiciens, essaient de résoudre depuis longtemps. En fait, le nœud s'est formé le jour où Épiménide le Crétois eut l'étrange idée de dire : « Tous les Crétois sont des menteurs. » Depuis, l'étrange problème de la réflexivité est un perpétuel casse-tête [4]. Sa particularité repose sur un postulat : ce qu'on affirme de quelque chose ne devrait pas faire partie intégrante de ce quelque chose. Les énoncés d'Épiménide et de Quine violent manifestement cette règle.

Dans tous ces cas d'enchevêtrement linguistique, on reconnaît une parenté avec la gravure d'Escher, et donc aussi avec le processus de formation des cellules et le problème de l'autonomie. On observe chaque fois comment des éléments qui auraient dû rester séparés (dans le cas des énoncés de Quine et d'Épiménide, il s'agit de niveaux de signification) se recoupent, et comment deux niveaux se confondent alors pour ne plus en former qu'un, tout en restant cependant distincts.

Il est tout de même intéressant de noter que ce qui semble complexe mais compréhensible au niveau moléculaire devient *paradoxal* au niveau linguistique. Il est en effet plus difficile d'outrepasser la nécessité de rester à un niveau de signification donné et de simplement regarder la phrase comme une unité. Le paradoxe est précisément ce qu'on ne peut comprendre à moins de l'examiner en outrepassant les deux niveaux mêlés dans la structure du paradoxe. Les énoncés d'Épiménide et de Quine restent paradoxaux à moins que je ne renonce à choisir entre vrai et faux, et ne considère leur circularité comme un moyen particulier de spécifier leur signification. Ces énoncés se situent donc à un niveau de signification supérieur, et ils ne deviennent paradoxaux que si on les projette au niveau inférieur de la distinction entre vrai et faux.

(C'est pourquoi, je suppose, on utilise de plus en plus le paradoxe comme méthode d'apprentissage ; la doctrine zen, par exemple, considère précisément l'apprentissage comme le passage à un niveau supérieur d'où le disciple peut examiner ses pensées et ses valeurs avec détachement. Aussi longtemps que l'élève reste attaché à un niveau, qu'il a une préférence, ou juge de ce qui est bon ou mauvais, positif ou négatif, spirituel ou matériel, le but de l'apprentissage n'est pas atteint. Un bon maître zen doit, je pense, pouvoir faire saisir la circularité, ou l'unité, et la complexité de la situation si distinctement que l'élève se trouve en quelque sorte contraint de dépasser ce niveau de complexité.)

Le théorème de Gödel est probablement la preuve la plus

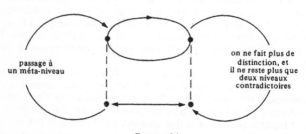

passage à
un méta-niveau

on ne fait plus de
distinction, et
il ne reste plus que
deux niveaux
contradictoires

FIGURE 24

intéressante et célèbre de la fécondité de la réflexivité dans les domaines du langage et des mathématiques. Je m'en servirai donc maintenant pour mettre en évidence quelques autres propriétés de la circularité.

La gravure d'Escher représente aussi très bien la démarche de Gödel. Ce savant, avec d'autres de son époque, cherchait à savoir si les langages formels sont capables de s'examiner eux-mêmes ; par exemple, si le cœur des mathématiques peut se parler à lui-même. Pour répondre à cette question, nous devons examiner des langages mathématiques qui, au moins, se réfèrent aux nombres et sont capables d'en dire quelque chose. Mais les nombres ne sont pas des assertions mathématiques ; ce sont des objets mathématiques auxquels on peut se référer dans un langage mathématique approprié. Le génie de Gödel a été de faire se croiser les deux niveaux : celui du langage numérique et celui des nombres. Un bien étrange circuit, en fait. Pour réaliser ce croisement, il choisit une correspondance entre chaque symbole du langage et un nombre, de façon que les séries de symboles (qui sont donc des assertions *sur* des nombres) correspondent aussi à un nombre. Nous n'entrerons pas ici dans les détails [9], mais la figure suivante rend compte de l'essentiel du langage ainsi construit par Gödel.

Dès lors que le recoupement des domaines est solidement établi, il devient facile de produire des énoncés circulaires comme celui de Quine. Quant à Gödel, il propose celui-ci : « Cette phrase est indémontrable » (on ne peut ni la vérifier, ni la réfuter). L'existence même d'un tel énoncé montre que tous les systèmes formels suffisamment riches pour contenir à la fois des nombres et une arithmétique comprennent aussi des éléments parfaitement définis, et ayant un sens précis, dont on ne peut cependant établir

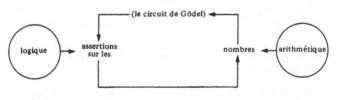

FIGURE 25

s'ils sont vrais ou faux. Pour cette raison, on dit qu'ils sont *incomplets.*

En montrant que le noyau même d'une partie aussi essentielle des mathématiques renferme des assertions indécidables, Gödel provoqua des vagues de mécontentement parmi les mathématiciens. Mais, de notre point de vue, nous pouvons comprendre sa conclusion non pas comme une limitation de la possibilité de formalisation d'un système, mais plutôt comme un exemple supplémentaire de la façon dont la circularité conduit à la formation d'un domaine autonome ; on voit alors comment une unité se détache d'un fond et définit un domaine plus vaste. Dans le cas de l'énoncé de Gödel, une unité apparaît dans le domaine linguistique dès lors que le circuit est fermé, et que les niveaux s'entrecroisent. La comparaison avec la biologie est évidente *(fig. 26).*

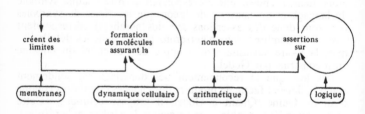

FIGURE 26

Voyons maintenant ce qui se passe *à l'intérieur* de l'un de ces étranges circuits. Celui d'Épiménide d'abord : si nous supposons que cette proposition est vraie, elle est donc fausse, et, si elle est fausse, alors elle est nécessairement vraie. On lit, en filigrane, dans sa structure, une oscillation entre des éléments qui étaient d'abord séparés. Nous pouvons donc maintenant écrire :

Tous les Crétois $\longrightarrow$ *E* est donc $\longrightarrow$ *E* est donc $\longrightarrow$ ...
sont des menteurs   fausse   vraie
(E) est vraie

Prenons ensuite le cas de la cellule. Si nous ouvrons le cercle, nous obtenons une structure qui se développe à l'infini :

| formation d'une membrane | $\longrightarrow$ | formation de métabolites | $\longrightarrow$ | formation d'une membrane | $\longrightarrow$ | ... |

Dans l'unité d'un circuit opérationnel, ce qui semble constituer un comportement *cohérent* ou *distinct* (dans le domaine du langage comme au niveau des structures moléculaires) est en fait de nature particulière. On a, d'une part, l'impression d'observer une propriété de l'unité elle-même ; et d'autre part, quand on essaie d'examiner l'origine de cette propriété en examinant ses propres propriétés, on ne trouve rien qu'une répétition du même : cela ne commence nulle part et ne finit nulle part. La cohérence observée est *répartie* sur l'ensemble d'un cercle qui se répète à l'infini. Infini dans sa circularité, et pourtant fini puisqu'il a pour effet ou résultat de constituer une propriété de l'unité.

J'illustrerai maintenant cette idée avec un exemple plus concret. Prenons un triangle dont on divise chaque côté pour former une étoile à six branches. On divise ensuite de la même manière chaque branche de l'étoile, et on répète cette opération avec chaque nouveau côté à l'infini. La figure qui en résulte ressemble à un flocon de neige ; elle est immédiatement tangible, elle possède une forme cohérente. Pourtant, nous ne percevons jamais qu'un « ancêtre mythique » qu'on ne peut jamais entièrement dessiner ou décrire ; nous constatons seulement la répétition ininterrompue d'une même opération. Notons que (mis à part d'autres propriétés particulières) ce type de figure – du fait de sa construction géométrique réflexive – a des dimensions intermédiaires : dans le cas du triangle, la dimension de la figure finale est supérieure à 1, mais inférieure à 2 (très précisément 1,2618). Du fait de leur dimension fractionnelle, on appelle ces figures des fractals (voir *fig. 27*) [5].

L'exemple d'un fractal nous permet de voir comment un processus de nature circulaire engendre, d'une part, une cohérence qui est toujours répartie – donc jamais tout à fait présente, mais distincte comme « ancêtre mythique » – et, d'autre part, des propriétés qui émergent des éléments participant au processus, au sens où elles ne viennent pas simplement s'y ajouter.

337

FIGURE 27

FIGURE 28

LE POINT DE VUE COGNITIF

Nous avons jusqu'ici pris deux exemples – d'abord les cellules et le monde vivant, puis les systèmes formels et l'indécidabilité – pour montrer comment un circuit opérationnel engendre un domaine tout à fait nouveau, alors qu'apparemment il ne fait rien d'autre que se refermer sur lui-même. Abordons maintenant l'étape suivante de notre histoire naturelle de la circularité. En étudiant nos propres descriptions et notre propre activité cognitive, nous verrons une fois de plus comment la circularité produit une unité d'un type tout à fait particulier.

En fait, en considérant nos propres connaissances, nous retrouvons l'essentiel des deux exemples examinés précédemment. D'une part, le substrat biologique de notre corps constitue le fondement de notre activité cognitive, et, d'autre part, nos descriptions sont capables de se décrire elles-mêmes à un nombre illimité de niveaux. Ces deux types de circuit coexistent dans notre système nerveux et produisent ainsi la plus intime, mais aussi la plus insaisissable de nos expériences : celle que nous faisons de nous-mêmes.

Le système nerveux fait manifestement partie de l'unité autonome que nous constituons en tant qu'êtres biologiques. Mais aussi – et cet aspect est moins évident – il est, à plusieurs niveaux fondamentaux, fermé sur lui-même [7].

D'abord, toute action ou effet du système nerveux (motilité, sécrétion glandulaire) a un effet direct sur une surface sensorielle. Exactement comme un neurone agit sur un autre parce qu'ils ont en commun une zone de contact (la synapse), un ensemble de muscles agit sur le sensorium du corps par une action réflexive sur une synapse sensori-motrice. Trois facteurs contribuent au mouvement réflexe du genou : la tension d'un tendon, l'excitation des propriocepteurs, et la modification de l'activité des neurones moteurs de la moelle épinière qui entraîne une contraction musculaire inverse au mouvement de tension du tendon. Les actions motrices ont des effets sensoriels et, inversement, les actions sensorielles ont des effets moteurs. Ce principe de réafférence est universellement valable.

FIGURE 29

Mais il existe un second niveau de circularité opérationnelle du système nerveux. Quand on dépasse le seuil du motorium et du sensorium, les effets des organes correspondants sur le système nerveux ne sont pas linéaires ; ils ne suivent pas, pour ainsi dire, le tracé d'une route à sens unique. L'image de l'arrivée d'un nouveau vendeur dans la corbeille de la Bourse correspond davantage à la réalité. Si, par exemple, nous suivions l'activité neurale qui va de la rétine jusqu'à la zone corticale du lobe occipital, nous constaterions que, pour chaque fibre rétinienne qui débouche dans cette partie du cortex, cent autres venant de toutes les zones du cerveau arrivent à ce même point [1]. L'activité de la rétine ne livre donc au mieux qu'un modèle de ce qui se passe à l'intérieur du réseau très dense des couches et centres neuraux.

Mais ce n'est pas encore tout. Bien que des impulsions électriques se propagent dans une seule direction, beaucoup d'autres, de nature chimique, se propagent en sens inverse dans l'axone de la cellule ; dans le système nerveux, les routes sont donc toujours à double sens. Ainsi, des métabolites régulatrices sont amenées jusqu'à l'extrémité de l'axone, se propagent dans le corps cellulaire, et traversent une synapse pour agir sur le neurone précédent (par rapport au flux électrique). Et il existe dans le système nerveux beaucoup d'autres effets réciproques qu'on commence seulement à découvrir [2]. Le diagramme suivant permet de mieux visualiser cette organisation :

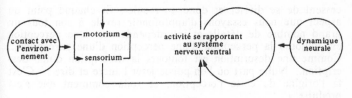

FIGURE 30

Sur cette figure du système nerveux, on observe un comportement précis quand la fermeture de tout ce réseau d'interconnexions engendre une *cohérence* particulière. On peut analyser cette cohérence en décomposant le processus. On pourrait, par exemple, commencer par la vision qui a son origine dans l'œil, puis examiner toutes les voies qui conduisent de l'œil au cortex, puis du cortex au thalamus et au cerveau antérieur, et ainsi de suite. Nous aurions ainsi finalement fait un tour complet, et pourrions reproduire indéfiniment le même circuit. Comme dans le cas d'un fractal, on observe le même processus circulaire récurrent.

SUJET/OBJET

Si nous prenons au sérieux ce que nous avons affirmé du système nerveux, nous constaterons maintenant que notre propre expérience est soumise aux mêmes lois de la circularité. De là, deux conséquences de première importance s'ensuivent.

D'abord, nous ne pouvons *sortir* du domaine défini par notre corps et notre système nerveux. Il n'existe pour nous qu'un monde : celui dont nous faisons l'expérience par ces processus physiologiques qui nous font tels que nous sommes. Nous nous trouvons dans un système cognitif, et nous ne pouvons en sortir, ni choisir où il commence et comment il fonctionne.

La seconde conséquence, aussi importante que la première, est qu'on ne peut retrouver les *origines* spécifiques et définitives d'une expérience donnée. Chaque fois que nous cherchons la source d'une perception ou d'une idée, par exemple, nous nous trouvons immanquablement face à un fractal dont les limites ne cessent de se diviser et donc de reculer. Et chaque point ou aspect que nous essayons d'approfondir révèle à son tour un grand nombre de détails et interdépendances. Une perception est toujours la perception d'une perception d'une perception... Comme une description est toujours la description d'une description... Nulle part où l'on puisse jeter l'ancre et dire : « C'est là l'origine de cette perception, et voilà comment elle s'est produite. »

Nous percevons le monde sans nous rendre compte de tout ce que nous faisons pour le percevoir de cette façon ; précisément parce que nous sommes pris dans l'étrange circuit de tous les processus qui s'accomplissent dans notre corps. Exactement comme le jeune homme dans la gravure d'Escher, *Print Gallery,* nous voyons un monde qui devient le substrat même de notre existence : le circuit est alors fermé, et les niveaux se recoupent. Comme dans la gravure d'Escher, il n'est nulle part possible d'en sortir. Et, si jamais nous essayions, nous nous trouverions pris dans un cercle sans fin qui disparaît dans un espace vide, exactement en son milieu (voir *fig. 31*) [1].

Selon la tradition [2], l'expérience est subjective ou objective. Le monde est là, et nous le voyons comme il est (objectivement), ou subjectivement. Pourtant, si nous suivons le fil conducteur de la circularité et son histoire naturelle, on peut considérer ce dilemme dans une perspective différente : celle de la participation et de l'interprétation, le sujet et l'objet étant alors intrinsèquement liés. Cette interdépendance est mise en évidence par le fait qu'on ne peut jamais commencer par une représentation exclusive de l'un ou de l'autre, si bien que, quelque point de départ que je choisisse, je me trouve en quelque sorte face à un fractal qui

---

1. Le biographe d'Escher, Bruno Ernst, donne de cette gravure l'explication suivante : « En bas, dans l'angle droit, on voit l'entrée d'une galerie dans laquelle une exposition de gravures a lieu. A gauche, dans l'angle opposé, un jeune homme debout regarde une gravure au mur. Sur cette gravure, on voit un bateau, et, en haut à gauche, des maisons le long d'un quai. Si on regarde maintenant vers la droite, la rangée de maisons continue, et, plus à droite encore, notre regard descend et nous découvrons une maison d'angle : en bas, on retrouve l'entrée de la galerie dans laquelle l'exposition de gravures a lieu. Le jeune homme se tient donc dans la gravure qu'il est en train de regarder ! » (*The Magic Mirror of M. C. Escher,* New York, Random House, 1976, p. 31) [NdE].

2. Il faudrait définir plus précisément les diverses traditions dissidentes. A cet égard, la phénoménologie et beaucoup de ses branches sont de première importance. Mais nous nous contentons ici du sens commun.

FIGURE 31

M.C. Escher, *Print Gallery*.

reflète seulement ce que je suis en train de faire : le décrire. Dans le cadre de cette logique, nous sommes face au monde comme face à un miroir qui ne nous dit ni comment le monde est, ni comment il n'est pas. Il révèle seulement qu'il est *possible* d'être comme nous sommes, et d'agir comme nous avons agi. Il nous montre que notre expérience est *viable*.

L'idée d'un tel monde est fascinante : il n'y aurait donc ni subjectivité, ni objectivité, ni dichotomie, ni unité. Une telle conception met non seulement en évidence la *nature* du processus dont nous pouvons saisir la configuration tant formelle que matérielle, mais aussi les *limites* fondamentales de ce que nous pouvons connaître de nous-mêmes et du monde. Il apparaît ainsi que nous ne construisons pas la réalité selon notre seul bon vouloir ; car ce serait supposer que nous choisissons un point de départ, et donc affirmer la primauté de la pensée. De même qu'on ne peut concevoir la réalité comme une donnée objective que nous percevons, car ce serait supposer un point de départ extérieur. Il apparaît donc finalement que notre expérience *n'a pas de fondement :* elle consiste en ceci que, de notre histoire commune d'êtres biologiques et sociaux, nous dégageons des régularités et interprétations. A l'intérieur de ces domaines consensuels d'histoire commune, nous vivons dans une suite apparemment sans fin d'interprétations [12].

Nous découvrons un monde où l'absence de fondement permet de comprendre que le très ancien idéal d'objectivité et de communication – conçu comme élimination progressive de l'erreur en vue d'une adéquation toujours plus grande – n'est, compte tenu de ses propres principes scientifiques, qu'une chimère. Il nous faudrait maintenant accepter l'idée que personne ne peut prétendre mieux comprendre le monde que les autres. La conclusion de tout cela est bien intéressante : le monde empirique du vivant, la logique de la réflexivité et l'histoire naturelle nous disent donc que l'éthique – la tolérance, le pluralisme, la distance qu'il nous faut prendre à l'égard de nos propres perceptions et valeurs pour pouvoir prendre en compte celles des autres – est le fondement même de la connaissance, mais aussi son point final. En trois mots, mieux vaut faire que dire : les actes parlent davantage que les mots.

RÉFÉRENCES

1 Braitenberg, Valentin, *The Texture of Brains,* Berlin, Springer, 1978.
2 Dismukes, R. K., *The Brain and Behavioral Sciences,* n° 2, 1979, p. 409.
3 Eigen, M., et Schuster, P., *The Hypercircle,* Berlin, Springer, 1979.
4 Hughes, Patrick, et Brecht, George, *Vicious Circles and Infinity,* New York,

Doubleday, 1975. Voir aussi Hofstadter, Douglas R., *Gödel, Escher, Bach : An Eternal Golden Braid,* New York, Basic Books, 1979 et Vintage Books, 1980 ; trad. fr., *Gödel, Escher, Bach : les brins d'une guirlande éternelle,* Paris, InterÉditions, 1985.

5 Mandelbrot, Benoît, *Fractals : Form, Chance, Dimension,* San Francisco, Freeman, 1978.

6 Margulis, L., *The Evolution of Eucaryotic Cells,* San Francisco, Freeman, 1980.

7 Maturana, Humberto, « The Biology of Cognition », *in* Maturana et Varela [8].

8 Maturana, Humberto, et Varela, Francisco, *Autopoiesis and Cognition,* Boston Studies in Philosophical Science, vol. XLII, Boston, D. Reidel, 1980.

9 Nagel, E., et Newman, J., *Gödel's Proof,* New York, New York University Press, 1965. Voir aussi Hofstadter [4].

10 Quine, Willard O., *The Ways of Paradox and Other Essays,* Cambridge, Massachusetts, Harvard University Press, 1971.

11 Schiller, J., *La Notion d'organisation dans l'histoire de la biologie,* Paris, Maloine, 1978.

12 On trouve une conception très proche dans le Madhyamikan, une école médiévale de philosophie indienne. Voir, par exemple, l'introduction de F. Streng, *Emptiness : A Study in Religious Meaning,* New York, Abingdon Press, 1967.

13 Varela, Francisco, *Principles of Biological Autonomy,* New York, North-Holland, 1979.

ÉPILOGUE

EPILOGUE

Nous ne cesserons pas notre exploration
Et le terme de notre quête
Sera d'arriver là d'où nous étions partis
Et de savoir le lieu pour la première fois.

T. S. Eliot,
« Little Gidding * »

On croit suivre sans cesse le cours de la
nature, alors qu'on ne fait que longer la
forme au travers de laquelle nous la
contemplons.
Une *image* nous captivait. Et nous ne
pouvions en sortir car elle résidait dans
notre langage et il semblait ne la répéter
que de façon inexorable.

Ludwig Wittgenstein,
Investigations philosophiques **

Le lecteur sait maintenant ce que nous entendons par constructivisme, mais il se pose certainement la question de savoir quelles conclusions *pratiques* on tire de tout cela. Le constructivisme n'est-il qu'une nouvelle perspective permettant d'enrichir ou de modifier l'épistémologie, sans pour autant changer quoi que ce soit à notre vie quotidienne ? La théorie de la Relativité, par exemple, ne nous apporte rien de fondamental pour la construction d'un hangar. Qu'est-ce que la pensée constructiviste peut signifier pour la femme et l'homme modernes confrontés à un monde qui les déconcerte souvent, à une époque où les idéaux et les valeurs d'antan n'ont plus cours ?

* In *Quatre Quatuors,* trad. fr. de Pierre Leyris, Paris, Éd. du Seuil, 1950, p. 123.
** Paris, Gallimard, coll. « Tel », 1961, I, 114-115, p. 165-166.

Pour beaucoup, le constructivisme équivaut au nihilisme. Si on est convaincu que la vie doit avoir un sens ultime, alors on voit certainement dans cette pensée l'annonce du désespoir et du chaos final. L'idée que toute réalité est toujours inventée semble conduire inéluctablement au suicide. « Je suis contraint de montrer mon incroyance », dit Kirilov dans *les Possédés* :

> Pour moi, il n'y a rien de plus élevé que l'idée de l'inexistence de Dieu. L'histoire de l'humanité tout entière est avec moi. L'homme n'a fait qu'inventer Dieu afin de pouvoir vivre sans se tuer. C'est en cela que consiste l'histoire jusqu'à nos jours [3].

Le suicidaire cherche un sens à la vie, puis, finalement convaincu qu'elle n'en a aucun, il se suicide – non pas que le monde ou la vie comme tels se soient révélés invivables, mais ils n'ont pas le sens qu'il voudrait y trouver. Il se suicide donc parce qu'il peut satisfaire *son exigence* de sens. En posant cette exigence, il a construit une réalité qui ne convient pas et qui le conduit donc au naufrage. Dans *les Aventures d'Alice au pays des merveilles,* le très sage Roi est à l'opposé de cet inventeur d'une réalité fatale ; il trouve le poème du Lapin Blanc absurde et conclut avec soulagement : « Si ces vers n'ont pas de sens, dit le Roi, cela nous évite, voyez-vous, bien des tracas, puisque nous n'avons plus besoin d'essayer de leur en trouver un [2]. » Wittgenstein, dans son *Tractatus,* exprime la même pensée : « La solution du problème de la vie se remarque à la disparition de ce problème [11]. »

L'opposé du suicidaire, c'est quelqu'un qui cherche. Pourtant bien peu de chose les sépare. Le premier arrive à la conclusion que ce qu'il cherche n'existe pas, et le second conclut qu'il n'a pas encore cherché là où il le fallait. Alors que le suicidaire introduit le zéro dans l'« équation » existentielle, le chercheur y introduit l'infini. Pour celui qui cherche, toute quête est, au sens où Popper l'entend, « auto-immunisante », et donc sans fin ; il existe un nombre infini de lieux où continuer à chercher.

L'accusation de nihilisme va d'elle-même à l'absurde : elle prouve ce qu'elle veut réfuter ; postuler que le monde a un sens conduit en fait à « découvrir » qu'il n'en a aucun.

Mais tout ceci ne nous dit encore rien sur la réalité que construit le constructivisme. Autrement dit, dans quel monde vit-on si on accepte que l'on construit entièrement soi-même sa propre réalité ?

Avant tout, si on accepte cela (Varela l'affirme dans sa contribution), on est *tolérant*. Si nous voyons le monde comme notre propre invention, nous devons admettre que tout un chacun en fait autant. Si nous savons que nous ne connaissons jamais la vérité, que notre vision du monde *convient* seulement plus ou moins, comment pourrions-nous alors considérer les visions des autres comme démentes ou mauvaises et rester attachés à la conviction manichéenne primitive « Qui n'est pas pour moi est donc contre moi » ? Pour être capable de respecter la réalité que les autres inventent pour eux-mêmes, nous devons d'abord comprendre que nous ne savons rien tant que nous ne savons pas que nous ne connaîtrons jamais la vérité absolue. Et c'est seulement si les autres deviennent intolérants à l'égard de notre propre réalité, que nous pouvons alors – citons ici encore Karl Popper – « au nom de la tolérance, revendiquer le droit de ne pas tolérer l'intolérance [8] ».

Ensuite, vivre dans un monde constructiviste, c'est se sentir *responsable,* au sens profondément éthique du terme, non seulement de nos décisions, de nos actes et de nos rêves, mais aussi, dans un sens beaucoup plus large, de la réalité que nous inventons chaque fois que nous faisons des prédictions qui se vérifient d'elles-mêmes. Dans un monde constructiviste, il n'est plus question de confortablement rejeter la faute sur les autres ou sur l'environnement.

Cette totale responsabilité implique une totale *liberté*. Si nous avions conscience d'être l'architecte de notre propre réalité, nous saurions aussi que nous pouvons toujours en construire une autre, complètement différente. Nous serions, au sens premier du terme, des « hérétiques », c'est-à-dire des individus sachant qu'ils peuvent choisir. Nous nous trouverions dans la même situation que *le Loup des steppes ;* à la fin du roman, dans le Théâtre magique, Pablo, le psychopompe du Loup, lui explique ceci :

> Mon petit théâtre a autant de loges que vous le désirez, dix, cent, mille, et derrière chaque porte vous attend ce que vous cherchez. C'est une belle galerie de peintures, cher ami, mais cela ne servirait à rien de la parcourir dans l'état où vous êtes. Vous seriez aveuglé et entravé par ce que vous êtes accoutumé d'appeler votre personnalité. Vous

avez sans doute deviné depuis longtemps que la délivrance du temps, l'affranchissement de la réalité et tous les autres noms que vous pouvez donner à votre nostalgie ne signifient en somme que le désir de dépouiller votre soi-disant personnalité. Elle est la prison où vous demeurez. Et, si vous entriez au théâtre tel que vous êtes, vous verriez tout avec les yeux de Harry, à travers les vieilles lunettes du Loup des steppes [4].

Mais le Loup des steppes est incapable de retirer ses lunettes, et, pour cela, on le « condamne à la vie éternelle ». Il y a dans cette inversion de la signification de la vie et de la mort beaucoup plus qu'un simple jeu de mots. Beaucoup d'individus ayant échappé de peu à la mort [7] racontent avoir eu l'impression de « passer » dans une autre réalité, beaucoup plus réelle que celle qu'ils avaient connue jusqu'alors, et dont l'immédiateté est indescriptible ; ils disent avoir eu à ce moment le sentiment d'être encore « plus eux-mêmes ». Quand toutes les constructions se sont effondrées, quand tout le monde a retiré ses lunettes, nous sommes alors au « terme de notre quête », nous arrivons « là d'où nous étions partis », et savons « le lieu pour la première fois ».

Dans *l'Idiot* de Dostoïevski, l'épileptique, le prince Mychkine parle de l'*aura* (les secondes qui précèdent une crise du « grand mal ») en ces termes : « A ce moment précis, il me semble comprendre ces mots étranges, *il n'y aura plus de temps.* » Condamné à mort, Koestler fit dans sa cellule de la prison de Séville une expérience manifestement identique pendant ce qu'il appelle « les heures à la fenêtre » :

> Puis, je me mis à flotter dans un fleuve de paix sous des ponts de silence. Il ne venait de nulle part et n'allait nulle part. Puis il n'y eut plus ni fleuve ni moi. Le moi avait cessé d'exister (...) Quand je dis : « le moi avait cessé d'exister », je rapporte une expérience concrète aussi incommunicable verbalement que le sentiment provoqué par un concerto de piano, mais tout aussi réel – encore plus réel. En fait, sa marque essentielle est la sensation que cet état est plus réel que tous ceux qu'on a éprouvés jusqu'alors... [5].

Pendant la guerre, de nombreux soldats ont vécu cela. Robert Musil – dont un des personnages, le jeune Törless, priait en vain son professeur de mathématiques de lui expliquer la signification du nombre imaginaire *i* – a certainement fait lui-même l'expérience qu'il décrit dans *Der Fliegerpfeil* [1], mais apparemment sans avoir pensé qu'elle contenait la réponse à la question de Törless :

[En tombant,] la fléchette faisait un sifflement léger, aigu et mélodieux, comme quand on fait chanter le bord d'un verre. Mais il avait en même temps quelque chose d'irréel ; « tu n'as encore jamais entendu ça », me disais-je. Ce son venait vers moi, quelque chose nous liait, lui et moi, et je ne doutais pas une seconde que quelque chose de décisif était sur le point d'arriver. Je n'eus à ce moment-là aucune des pensées qu'on est supposé avoir juste avant de mourir. Bien au contraire, tout ce que je ressentais était tourné vers l'avenir. En fait, j'avais tout simplement l'impression que, d'un instant à l'autre, j'allais sentir la présence de Dieu tout contre moi (...) Mon cœur battait avec calme et fermeté, et je n'eus pas peur, pas même l'espace d'une seconde. Pas la moindre parcelle de temps ne manquait à ma vie (...) A ce moment précis, un intense sentiment de gratitude m'envahit, et je pense avoir rougi de la tête aux pieds. Si on m'avait dit alors que Dieu était entré en moi, je n'en aurais pas ri. Mais je ne l'aurais pas non plus cru [6].

Toutes ces références anthologiques et ces parallèles, toutes ces descriptions, finalement vagues et subjectives, peuvent sembler un peu exaltées et « mystiques », au mauvais sens du terme. Et pourtant, il y a bien quelque chose de mystique dans ces moments où, sans qu'on puisse l'expliquer, sujet et objet ne font plus qu'un. Le problème, c'est de décrire ces moments. Ceux qu'on appelle les mystiques préfèrent se taire – comme Wittgenstein le recommande –, ou bien ils sont contraints d'employer le langage des symboles propres à leur époque : celui de la religion, de la mythologie, de la philosophie, ou d'autres encore.

1. Il s'agit de fléchettes en acier que les avions lâchaient par paquets sur les troupes ennemies pendant la Première Guerre mondiale.

Mais ils ne font alors que « longer la forme » au travers de laquelle ils contemplent le monde, et deviennent prisonniers de la réalité qu'ils ont construite avec ces symboles. Lao-tseu exprime ce paradoxe, avec une incomparable simplicité, dans son *Tao-tö King :* « Une voie qui peut être tracée n'est pas la voie éternelle : le Tao. Un nom qui peut être prononcé n'est pas le Nom éternel *. » Quand on est capable d'écrire cela, alors on sait la relativité et la subjectivité de toute signification et de toute tentative de l'exprimer. On sait que, attribuer un sens et une signification, c'est construire une réalité particulière. Mais, pour parvenir à ce savoir, il faut, en quelque sorte, se prendre soi-même en train de construire cette réalité ; il faut donc comprendre que l'on a construit une réalité « à sa propre image », sans avoir eu conscience d'accomplir un acte de création, et se rendre compte que, face à cette réalité, qu'on a considérée comme indépendante et objective, on s'est construit soi-même réflexivement. L'inévitabilité de la quête est ce qui donne un sens à son absurdité. Encore faut-il suivre le mauvais chemin pour qu'il se révèle être mauvais. Wittgenstein pensait probablement la même chose en écrivant :

> Mes propositions sont élucidantes à partir de ce fait que celui qui me comprend les reconnaît à la fin pour des non-sens, si, passant par elles – sur elles – par-dessus elles, il est monté pour en sortir. Il faut qu'il surmonte ces propositions ; alors il acquiert une juste vision du monde [11].

On voit maintenant que la question posée au début de cet épilogue (quelle réalité le constructivisme construit-il ?) est fondamentalement fausse, mais aussi qu'il fallait faire cette erreur pour qu'elle se révèle comme telle. Le constructivisme n'invente pas ou n'explique pas une réalité indépendante de nous. Il montre au contraire qu'il n'y a ni intérieur, ni extérieur, ni objet, ni sujet, ou plutôt que la distinction radicale entre sujet et objet – à l'origine de la construction d'innombrables « réalités » – n'existe pas, que l'interprétation du monde en fonction de paires de concepts opposés n'est qu'une invention du sujet, et que le paradoxe débouche sur l'*autonomie.*

D'autres avant nous ont déjà exprimé ces idées avec davantage

---

* Lao-tseu, *Tao-tö King,* Paris, Dervy-Livres, 1978, p 21 [*NdT*].

de rigueur. Schrödinger, par exemple, dans son livre *Mind and Matter,* écrivait déjà en 1958 :

> On ne trouve, dans notre vision du monde scientifique, nulle part trace de notre ego capable de sentir, percevoir et penser. La raison en est on ne peut plus simple : notre ego est lui-même cette vision du monde. Il est identique au tout, et, de ce fait, ne peut en constituer une partie [9].

Ces propos ont une résonance un peu mystique, mais n'oublions pas, tout de même, qu'ils sont ceux d'un physicien qui a reçu le prix Nobel. Dans la conclusion de *Laws of Form,* Spencer Brown dit, à propos de la vision du monde du physicien, que le monde que nous connaissons est construit de telle façon qu'il puisse se voir lui-même. Et il continue :

> Mais, *pour* qu'il puisse se voir, il doit évidemment d'abord se diviser au moins en un état qui voit, et au moins en un autre qui est vu. Donc, ainsi partagé et mutilé, *il ne se voit jamais que partiellement.* Le monde est donc indubitablement lui-même (c'est-à-dire identique à lui-même), mais, chaque fois qu'il essaie de se voir comme un objet, il doit aussi agir de façon à se distinguer de lui-même, et donc se tronquer lui-même. Dans ces conditions, une partie de lui-même lui échappe toujours [1].

Citons un dernier exemple, celui de Varela dans son « Calculus for Self-Reference » qui prend pour point de départ le système logique de Brown mais le dépasse. Néanmoins, Varela arrive à des conclusions analogues :

> Le point de départ de ce calcul (...) consiste à faire une distinction. Par cet acte primordial, nous séparons des formes que nous pensons être le monde. A partir de là, nous posons la primauté du rôle de l'observateur qui fait des distinctions où bon lui semble. Puis, les distinctions établies dont émerge notre monde révèlent précisément ceci : les distinctions que nous faisons – et elles révèlent davantage du point de vue de l'observateur que de la constitution intrinsèque du monde qui, du fait même de la séparation du sujet et de l'objet, reste insaisissable. En

trouvant le monde de la façon dont nous le trouvons, nous oublions tout ce que nous avons fait pour le trouver ainsi. Et, quand nous remontons les étapes de notre invention, nous découvrons à peine plus que le reflet de nous-mêmes dans un miroir. Contrairement à ce que l'on pense généralement, une description – quand on l'examine minutieusement – révèle les caractéristiques de celui qui la fait. Nous, observateurs, nous distinguons nous-mêmes précisément en distinguant ce qu'apparemment nous ne sommes pas, c'est-à-dire le monde [10].

RÉFÉRENCES

1   Brown, George Spencer, *Laws of Form*, Toronto, New York, Londres, Bantam Books, 1973, p. 105.

2   Carroll, Lewis, *Alice in Wonderland*, New York, Dutton, 1934 ; trad. fr. de Henri Parisot, *les Aventures d'Alice au pays des merveilles*, Paris, Aubier-Flammarion, 1970, p. 277.

3   Dostoïevski, Fedor, *Les Possédés*, trad. fr de Jean Chuzeville, Paris, Gallimard, 1948, p. 565-566.

4   Hesse, Hermann, *Der Steppenwolf*, Francfort, Suhrkamp, 1970, in *Œuvres complètes*, vol. VII, p 368 ; trad. fr. de Juliette Pary, *le Loup des steppes*, Paris, Calmann-Lévy, 1947, p 195-196.

5   Koestler, Arthur, *Die Geheimschrift*, Munich, Vienne, Bâle, Kurt Desch, 1954, p. 374-375 ; trad. fr , *Hiéroglyphes : l'écriture invisible*, Paris, Calmann-Lévy, 1955, p 424

6   Musil, Robert, « Der Fliegerpfeil », *Der Monat*, n° 3, 1950, p. 193-195.

7   Noyes, Russell, et Kletti, Roy, « Depersonalization in the Face of Life-Threatening Danger : A Description », *Psychiatry*, n° 39, 1976, p. 19-27.

8   Popper, Karl Raimund, *La Société ouverte et ses Ennemis*, Paris, Éd. du Seuil, 1979

9   Schrödinger, Erwin, *Mind and Matter*, Cambridge, Cambridge University Press, 1958, p. 52.

10 Varela, Francisco, « A Calculus for Self-Reference », *International Journal of General Systems*, n° 2, 1975, p. 5-24.

11 Wittgenstein, Ludwig, *Tractatus logico-philosophicus*, Paris, Gallimard, 1961, 6.521, p. 106.

Les auteurs

Les auteurs des contributions ont fourni les indications biographiques suivantes :

Rolf Breuer est né à Vienne en 1940. Il a étudié l'anglais, le français et la philosophie à Bonn et à Göttingen, et obtenu un doctorat en 1975. Quelques années assistant de littérature anglaise à l'université de Ratisbonne, il est depuis 1979 professeur à l'université de Paderborn. Médiéviste de formation, Breuer s'est intéressé ces dernières années à la littérature anglaise (romantique et moderne), ainsi qu'à la théorie littéraire. Ses publications les plus importantes sont les suivantes : *Die Kunst der Paradoxie : Sinnsuche und Scheitern bei Samuel Beckett* (l'art du paradoxe : la quête et son échec chez Samuel Beckett), Munich, Wilhelm Fink, 1976 ; *Das Studium der Anglistik* (l'étude de la philologie anglaise), avec R. Schöwerling, Munich, C. H. Beck, 1980 ; *Literatur – Eine kommunikationsorientierte Theorie des sprachlichen Kunstwerks* (contribution pour une théorie de la communication en littérature), Heidelberg, Carl Winter, 1983.

Jon Elster, né en 1946, enseigne la philosophie et l'histoire à l'université d'Oslo. Il est aussi responsable d'un séminaire sur « Rationalité et société » à la Maison des sciences de l'homme (Paris). Il a publié *Leibniz et la Formation de l'esprit capitaliste,* Paris, 1975 ; *Logic and Society,* Londres, 1978 ; et *Ulysses and the Sirens,* Cambridge, 1979. Il travaille actuellement à une étude critique de Marx, et continue à étudier le comportement irrationnel dont il traite dans sa contribution à ce volume.

Heinz von Foerster est né à Vienne en 1911. Après des études de physique (diplôme d'ingénieur de l'institut de technologie de Vienne en 1935, et doctorat de physique à l'université de Breslau en 1944), il travaille dans différents laboratoires de recherche industrielle en Allemagne et en Autriche. En 1949, il émigre avec sa famille aux États-Unis, et se joint à l'équipe du département d'électricité de l'université d'Illinois à Urbana (Illinois). Il devient à cette époque secrétaire du programme de conférences sur la cybernétique de la Fondation Josiah H. Macy Jr. à New York. Il a publié cinq volumes des textes de ces conférences : *Cybernetics : Circular Causal and Feedback Mechanisms in Biological and Social Systems.*

Avec ses collègues du département de physique, il fonde en 1957 le département de biophysique et de physiologie, et en 1958 le Laboratoire informatique de biologie, un laboratoire international et interdisciplinaire pour l'étude de la physiologie, de la théorie, de la technologie et de l'épistémologie des processus cognitifs.

Heinz von Foerster a été *Guggenheim Fellow* (en 1956-1957 et 1963-1964), président de la Fondation Wenner-Gren pour la recherche anthropologique (1976-1977), et directeur du Laboratoire informatique de biologie de 1958 jusqu'à sa retraite en 1976. Depuis 1980, il est membre de l'American Association for The Advancement of Science. Il est l'auteur de plus de soixante-dix publications.

Heinz von Foerster est maintenant professeur *emeritus* des départements d'électricité, de biophysique et de physiologie de l'université d'Illinois, et vit en Californie.

Ernst von Glasersfeld est né de parents autrichiens à Munich, en 1917. Il poursuit sa scolarité en Italie et en Suisse et étudie brièvement les mathématiques à Zurich et Vienne. Pendant la guerre, il est fermier en Irlande. En 1948, il se joint au groupe de recherche de Silvio Ceccato et devient ensuite collaborateur permanent de l'institut de cybernétique à Milan. Pendant ces années, il est aussi correspondant culturel d'un journal zurichois *(Weltwoche)*. En 1963, il signe un contrat avec le Bureau de recherche scientifique de l'US Air Force et travaille dans le domaine de la *computational linguistics* *. En 1966, il s'installe avec son équipe à Athens, en Géorgie. Depuis 1970, il enseigne la psychologie cognitive à l'université de Géorgie. Il s'intéresse essentiellement à l'analyse conceptuelle, à la théorie de la connaissance, et, depuis peu, au développement du concept de nombre chez l'enfant. Il écrit actuellement un livre sur la théorie constructiviste de la connaissance.

Rupert Riedl est né à Vienne en 1925, et a étudié la médecine, l'anthropologie et la biologie à l'université de Vienne. Entre 1948 et 1952, il étudie l'océanologie au cours d'expéditions, et obtient un doctorat en 1952. En 1956, il devient assistant du département de zoologie de l'université de Vienne. A partir de 1966, il enseigne la zoologie et l'océanologie à l'université de Caroline du Nord (Chapel Hill), et, en 1971, il devient directeur du département de zoologie de l'université de Vienne. Riedl est aujourd'hui professeur à l'institut de zoologie de

* Application des méthodes mathématiques de l'analyse à la linguistique [*NdT*].

l'université de Vienne, et dirige le département de biologie océanique et de biologie théorique ; il est aussi directeur remplaçant de l'institut d'anthropologie de l'université de Vienne. Il a publié *Die Ordnung des Lebendigen* (l'ordre dans les organismes vivants) en 1975, *Die Strategie der Genesis* (la stratégie de la genèse) en 1976, *Biologie der Erkenntnis* (biologie de la connaissance) en 1979, et *Evolution und Erkenntnis* (évolution et connaissance) en 1980.

David L. Rosenhan est professeur de psychologie et de droit à l'université de Stanford depuis 1970. Avant cette date, il enseignait au collège de Swarthmore, à l'université de Princeton, au collège de Haverford et à l'université de Pennsylvanie. Il étudie actuellement l'influence du contexte sur la perception, en particulier la perception des situations sociales, ainsi que l'influence des facteurs émotionnels sur le comportement et la connaissance, et les recoupements entre psychologie et droit.

Gabriel Stolzenberg est né à New York en 1937. Diplômé du collège de Columbia (1958), il a obtenu un doctorat de mathématiques au MIT en 1961. Il a enseigné à l'université de Harvard (1961-1963) et à l'université de Brown (1964-1968) tout en poursuivant des recherches mathématiques sur différentes variables complexes et les fonctions algébriques. Il enseigne les mathématiques à la Northwestern Université de Boston depuis 1969. Depuis 1967, il travaille sur le développement des mathématiques et la critique constructiviste des mathématiques classiques, et s'intéresse aussi, depuis 1973, au langage, à la connaissance, à la communication et à la méthodologie scientifique. Gabriel Stolzenberg a été successivement membre de l'Académie nationale des sciences (1963-1964), de la Fondation Alfred P. Sloan (1967-1969) et de la Fondation John Simon Guggenheim (1977-1978).

Francisco J Varela est né en 1946 au Chili. Il a étudié la médecine et les sciences naturelles à l'université du Chili à Santiago, et obtenu un doctorat de biologie à l'université de Harvard en 1970. Il a ensuite enseigné et poursuivi des recherches dans différentes universités (Chili, Çosta Rica, Colorado et New York), et donné des conférences aux États-Unis, en Europe et en Amérique latine. Il est maintenant professeur de sciences naturelles à l'université du Chili et à l'université de New York, et auteur d'une quarantaine d'articles de neurologie, cybernétique-mathématique, épistémologie, ainsi que de quatre livres (le dernier est intitulé *Principles of Biological Autonomy*, New York, Elsevier-North Holland).

Paul Watzlawick est né en Autriche en 1921. Il obtient un doctorat de philologie moderne et de philosophie en 1949, à l'université de Venise. De 1950 à 1954, il travaille à l'institut de psychologie analytique

LES AUTEURS

C. G. Jung, et y obtient un diplôme d'analyste. De 1957 à 1960, il est professeur de psychothérapie à l'université d'El Salvador, au Salvador. Depuis 1960, il est chercheur au Mental Research Institute de Palo Alto (Californie) et, depuis 1976, assistant au département des sciences psychiatriques et comportementales de la faculté de médecine de l'université de Stanford. Paul Watzlawick est l'auteur de sept livres et de plus de quarante articles parus dans des revues spécialisées.

Index des noms

365

INDEX DES NOMS

Index des notions

371

Table

III

IV

Du même auteur

AUX MÊMES ÉDITIONS

Une logique de la communication
(avec J. Helmick Beavin et D. D. Jackson)
1972
et « Points Essais » n° 102, 1979

Changements
Paradoxes et psychothérapie
(avec J. H. Weakland et R. Fisch)
1975
et « Points Essais » n° 130, 1981

La Réalité de la réalité
Confusion, désinformation, communication
1978
et « Points Essais » n° 162, 1984, 2014

Le Langage du changement
Éléments de communication thérapeutique
1980
et « Points Essais » n° 186, 1986, 2014

Sur l'interaction
Palo Alto, 1965-1974
Une nouvelle approche thérapeutique
(édition avec J. H. Weakland)
1981
et « Points Essais » n° 510, 2004

Faites vous-même votre malheur
1984
et « Points » n° P2274, 2009

Guide non conformiste
pour l'usage de l'Amérique
1987

Comment réussir à échouer
Trouver l'ultrasolution
1988
et « Humour », 1991
et « Points Essais » n° 726, 2014

Les Cheveux du baron de Münchhausen
Psychothérapie et « réalité »
« La Couleur des idées », 1991
et « Points Essais » n° 423, 2000

Stratégie de la thérapie brève
(codirection avec G. Nardone)
« La Couleur des idées », 2000

CHEZ D'AUTRES ÉDITEURS

L'Interaction en médecine et en psychiatrie
En hommage à Grégory Bateson
(avec M. Guy)
Génitif, 1982

L'Art du changement
(avec G. Nardone)
Le Bouscat, L'Esprit du temps, 1993, 2003

IMPRESSION : NORMANDIE ROTO IMPRESSION S.A.S.
DÉPÔT LÉGAL : MAI 1999 - N°29452-9 (1600128)
Imprimé en France